高等学校经济与管理类教材·基础课系列

管理信息系统

范并思　许　鑫◇主编

华东师范大学出版社

目录

前言

当代信息技术飞速发展，信息处理的理念、技术与方式方法已经改变或正在改变着人们的生活方式、社会关系、组织的经营模式和竞争手段。因此，如何通过现代信息技术来及时有效地获取和利用信息，支持组织的管理和决策，是保持组织竞争优势和持续发展的一个重大问题。

在这样的环境下，管理者学习和掌握管理信息系统的知识变得非常必要和紧迫。信息技术已经渗透到企业管理的各个环节，从事务处理到中长期决策，从供应链到客户关系，从生产管理到组织形态，都可以看到信息技术的强力推动。组织和领导信息系统开发、升级与管理已经成为现代企业管理者的基本能力之一。信息技术或信息系统已经成为很多企业最大的非生产性投资，而信息系统的失败率非常高，任何现代企业管理者都不能对信息技术或信息系统等闲视之。信息产业本身是一个极有潜力的产业，信息技术不但能够创造新的商业机会，也能使已有产品和服务增值，值得管理者时刻关注。

面对信息技术带来的挑战，国外经济与管理学科纷纷开设“管理信息系统”或类似课程，并将早期面向系统开发人员的课程体系逐步调整为面向系统管理人员的课程体系。教学内容也随着信息技术和信息系统的进步不断更新与完善。在我国，管理信息系统专业调整为信息管理与信息系统专业，属于管理学科。这也导致“管理信息系统”的教学内容和教材体系急剧变化。

我们在多年教学实践中，深感面向经济与管理学科的“管理信息系统”教材的缺乏。对于经济与管理学科，开设“管理信息系统”课程的目的是培养信息时代的新一代的管理者，他们必须了解信息资源的管理学价值，了解信息技术和信息系统的新发展，以及这种发展给组织和管理带来的巨大挑战。同时他们也需要掌握信息系统开发与管理的基本原理，有能力领导或参与管理信息化的实践。面对这一教学变革的需求，原有教材的指导思想、逻辑结构和具体内容很难适应。这促使我们编制一本真正用于培养管理者的《管理信息系统》教材。

本教材借鉴国外经济与管理院系管理信息系统教学改革的基本思路，依据我们多年来在经济与管理专业中开设管理信息系统的教学体会，对教材结构、教材体例和教学内容进行了重新设计与调整。教材共分十章，前四章分别为"绪论"、"信息与信息系统"、"组织与信息系统"、"管理与信息系统"，主要介绍了信息系统的基础知识、信息系统的战略作用、信息系统与组织的相互影响、信息系统对业务的支撑等内容；第五章为"信息技术基础设施"，包括计算机硬件和软件、计算机网络和通信、数据库与计算模式；第六章"信息化规划与管理"和第七章"信息系统开发"详细介绍了信息系统规划、系统分析、系统设计、系统实施中的各种方法与策略；第八章"企业信息系统"主要介绍企业中常用的各类信息系统；第九章为"道德与安全、控制"，阐述了信息系统使用过程中存在的问题及解决方案；第十章"全球企业与未来的挑战"提出了信息系统面临的各种挑战并探讨未来发展趋势。

本教材是集体智慧的结晶，在编写过程中得到了有关高校老师和同学们的大力支持和帮助。具体分工如下：第一章由贾立玥负责编写，第二章由王岩负责编写，第三章由黄欣、马纪萍负责编写，第四章由李钥、张凤仙负责编写，第五章由吴山负责编写，第六章由许梅华负责编写，第七章由王蒙负责编写，第八章由王小萌负责编写，第九章和第十章由邓璐芗、许鑫负责编写。全书由范并思、许鑫负责统稿，邓璐芗、郭金龙、陆宇杰协助校对。

教材编写过程中参考了管理信息系统领域的相关教材和国内外有关的专著、论文和期刊，在此，谨向原作者致以诚挚的谢意。

由于编者水平有限，且时间比较仓促，书中难免有错误和不当之处，敬请读者谅解和批评指正。

编者

第一章 绪论

学习目标

- 理解并掌握管理信息系统的定义
- 了解管理信息系统的发展历程
- 了解管理信息系统的发展现状
- 了解管理信息系统的学科特点

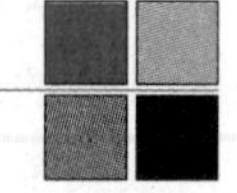

1.1 管理信息系统的定义

当代社会,信息技术已经广泛地应用于组织的经营模式和竞争手段之中。如何通过信息技术及时有效地获取和利用信息资源,以支持组织的管理和决策,已经成为保持组织竞争优势和持续发展的重大问题。

管理信息系统(Management Information System, MIS)是为了实现现代管理的需要,在管理科学、系统科学、信息科学和计算机科学等学科的基础上形成的一门学科,它是现代社会各类组织用来进行信息处理、信息管理,实现组织的运行、管理和决策功能,提高管理组织、管理方法和管理工作效率的重要组成部分,是现代化管理理念和现代信息技术的结合体。

管理信息系统可帮助企业实现对于信息资源的管理,改善企业的组织结构、经营方式与业务流程,支持企业各个层次的管理与决策。

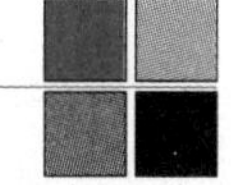

1.2 管理信息系统的发展历程

管理信息系统是一门新兴的学科,它是依赖于现代管理科学、系统科学、现代通信技术、尤其是计算机科学的发展而形成的。管理信息系统出现的历史甚至可以追溯到计算机出现之前的岁月。工业社会诞生以来,人们就一直在尝试信息处理的自动化,IBM 公司曾经发明了一种穿孔卡片机,每分钟可以处理 200 张卡片,后来英国的巴贝基等人曾尝试过研制机械式计算机。到 20 世纪 30 年代,伯纳德强调了决策在组织管理中的作用。50 年代,西蒙提出了管理依赖于信息和决策的概念,这为管理信息系统的发展奠定了理论基础。1946 年世界上第一台电子计算机发明,尽管当时数据处理还属于计算机科学的应用领域,但信息技术对企业管理的影响引起了管理学界的注意。

管理信息系统的发展基本上经历了以下四个阶段。

(1) 起步阶段

这一阶段指 20 世纪 50 年代中期至 60 年代中期。1954 年美国通用电气公司安装的第一台商业用数据处理计算机,开创了信息系统应用于企业管理的先河。在这一时期,管理信息系统主要是以商业企业中的单项事务子系统为主,主要利用电子计算机代替局部数据量大、操作方法简单的业务处理,如工资核算、物料管理等。其目的主要是单纯用计算机代替人的重复性劳动,减轻工作强度,提高工作效率,这也是管理信息系统的萌芽时期。这个阶段的主要特点是:集中批处理。计算机的普及率很低,设备功能简单且运行效率很低。在软件上没有操作系统,应用软件是个空白。数据无法共享,对数据采用文件式的管理,没有现在意义上的数据库系统。

(2) 发展阶段

这一阶段是指 20 世纪 60 年代中期。在这一时期,计算机在商业、企业以及各领域中得到了较为广泛的应用。管理信息系统的特点是以计算机为中心,实现分散管理和集中服务相结合的形式,针对不同的业务建立以数据处理为基础的各种业务信息系统。这个阶段的信息系统的处理方式以实时处理为主。硬件方面有了很大的发展,出现了大容量的磁盘。数据以文件方式储存在磁盘上,实现了初步的数据共享。在软件方面也出现了操作系统。

(3) 定型阶段

这一阶段是指 20 世纪 70 年代中期至 70 年代末期。在这一时期管理信息系统从以处理事务为主开始转向以管理控制为主。这一时期 IBM 公司开发的 COPICS 系统(communication oriented production and information control system),是有代表性的管理信息系统的成功范例之一。这一阶段的特点是:计算机在性能上的提高和价格上的进一步降低为计算机的广泛使用铺平了道路。分布式系统技术的出现使操作系统更加完善,数据库、各类应用软件也逐渐兴起。同时在这一阶段也开始运用系统的理论和方法进行管理信息系统的开发。

(4) 成熟阶段

这一阶段自 20 世纪 80 年代以后至今,在这一时期管理信息系统开发的基本理论、方法和手段已经趋于完善,人们开始广泛地运用计算机网络和数据库技术,并注重运用数学模型来进行预测和辅助决策。其特征是:个人计算机更加普及;数据库技术有了很大的发展;网络技术得到普遍的应用。在系统设计上,逐渐产生了一些成熟的方法。管理信息系统结合了其他学科的发展,内涵更加丰富。可以说,信息系统的应用在这个阶段已经达到了一个相当高的水平。

随着 Web 2.0、云计算、移动计算等新的信息技术得到人们的关注,利用新一代信息技术来改变政府、企业和人们相互交流的方式的理念也在指导人们做出更明智的决策。管理信息系统的发展,不仅面临着技术方面的挑战,也面临着社会的挑战。随着人类社会信息化的不断推进,信息技术和管理信息系统的发展极大地促进了生产、经营活动,提高了管理效率和质量,但同时也向我们提出了许多带有根本性的问题——跨平台运行、支持多种应用系统数据交换、高可靠性以及安全性问题等。在发展管理信息系统的同时,就应该更深刻地认识到管理信息系统不仅是一个技术系统,同时也是一个社会系统;要提高科学管理水平,为信息系统的使用创造有利的条件;并且要建设新型企业文化,培养新一代的工作人员,使之适应新技术应用和企业转型的挑战。

1.3 管理信息系统的发展现状

根据管理信息系统的演变过程,可以探索和研究管理信息系统的演变规律。随着计算机及相关技术的迅速发展,信息系统的内容与作用在深度和广度上都有了很大的发展,逐渐形成较为完整的理论体系,在国民经济各领域得到了广泛的应用,提高了全社会信息资源管理的水平。

管理信息系统面临着技术更新、观念和应用环境的变化,这就要求系统能够随着环境的变化和应用领域的扩展而快速做出调整，不断地适应业务变化和扩展的需要。管理信息系统的建设呈现崭新的视角，其发展现状有以下几个方面。

(1) 管理思想的信息化融合、集成

管理信息系统，其实质就是各种管理思想的信息化实现。因此，有不同的管理思想，相应的就有与之对应的管理信息系统。这就使各种类型的管理信息系统层出不穷。管理信息系统蕴含的管理思想可以归纳为三种：面向企业功能（如办公自动化 OA）、面向企业过程（如 MRPⅡ）、面向产品生命周期（如 SCM）。随着管理信息化基本理念的成熟，管理信息系统逐步会发展成为一种融合各种管理思想的面向产品生命周期的集成系统。集成是未来管理信息系统的最显著特征。集成包括总体优化和总体优化前提下的局部优化问题。集成不同于简单的集合，集合只是各子部分的简单线性叠加，而集成必须解决集成过程中引起的各种冲突，并且新的整合系统满足“1＋1＞2”的衡量准则。未来管理信息系统的集成化趋势的另一个显著特点是集成的内容无比丰富，并极为错综复杂、难分彼此地交融在一起。集成可大致分为各应用子系统过程和功能上的集成，人、技术与管理的集成，甚至包括企业间的有关集成。

(2) 管理信息系统的职能级应用

管理信息系统的构成遍布企业的各个层面各类职能，从管理层次来看，分布于战略层、战术层和作业层的各类管理信息系统，在目的上和功能上有所不同。管理信息系统在战略层的目的是支持企业的战略性决策，系统的功能主要为全局性、方向性，或关系企业竞争能力的重要问题的分析与决策。战术层和作业层的主要目的分别是提高工作效用和工作效率，管理信息系统为战术层提供资源配置、运作绩效等经营状态的分析评估和计划落实的控制优化等功能，为作业层提供准确便捷的数据收集处理功能。管理信息系统的职能级应用，也就是任务级应用，通常情况下，它支持单项复杂任务的应用，如 CAD（Computer Aided Design，计算机辅助设计）、仿真系统等；同时，它还支持单个职能部门的应用，如财务系统、人事管理系统、销售合同分析系统、订票系统、设备台账系统等的职能部门的使用。

(3) 管理信息系统的企业级平台化应用

随着企业建模思想的成熟，必然在面向企业功能、面向企业过程以及面向产品生命周期等方面积累起各种企业模型，在这些企业模型的基础上，对这些模型按照行业进行分类，然后按照行业大类，行业小类进行逐步细化，最后就可以建立面向行业、面向行业大类、面向行业小类的企业参考模型。在企业参考模型的基础上，再对每种模型所蕴含的管理思想进行自上而下的分解，随着各类模型库的丰富和面对特定对象（企业功能、过程、产品生命周期）的构件的完善以及管理思想的日益成熟，就可以构建平台式的管理信息系统，它能够针对具体的企业，在参考模型的基础上，根据企业实际情况稍作修改，就能在大量的构件库中快速组装出具有个性化的企业管理信息系统。在企业组织内跨部门的应用有企业资源计划、客户关系管理等；而跨组织的应用，则有供应链管理、电子商务等。

(4) 管理信息系统的网络化应用

网络技术尤其是 Internet 的发展，不仅为信息管理带来外在的技术形式的变化，更触发管理模式思想上的根本变革。信息系统的网络化具有极为丰富的内涵，涉及管理过程、管理方法、管理范围、组织结构等方面，具体说来包括：组织结构由等级式的金字塔结构走向扁平化的网络结构；信息管理的对象范围由封闭走向开放；企业活动（包括管理过程）由完全的序列活动走向合理的并行活动。例如支持广泛的沟通和交流，如Email、短消息、QQ(MSN)等；又如基于浏览器/服务器方式的应用、商户之间的网上交易和在线电子支付的电子商务功能、业务外包以及虚拟团队等。

案例 1－1

从MIS跨向I－COM数字网络时代

新的印刷市场需要印刷厂不断地降低成本。评估、下印刷业务订单、排期、提交和确认修改、设计配送、邮递、完成工作、开发票、回收货款，整个业务流程涉及的内容，都与I－COM(Internet－Customer Order Management，互联网客户订单管理系统)有关。I－COM甚至比现在经常提到的MIS系统还要好，因为它所涉及的内容，是印刷自动化过程中最重要的变化之一。那些采用了I－COM的公司会发现，自己企业的成本降低了，而那些没有采用这种系统的竞争对手则在竞争上处于劣势，在现今由计算机引导业务的世界中，这样的结果很快就会显现出来。用不了多久，通过网络和PDF格式传输订单信息将成为主流方式。

I－COM解决方案目标是：利用现成的I－COM解决方案，尽可能地由客户自己来完成一些业务管理工作，比如估工、下订单、订单跟踪等。其结果是：订单更加准确、运转周期更快、成本更低，同时客户满意度更高。此外，还减少了印刷厂内部人员在管理上的工作，使他们集中精力于了解客户对印刷的需求上，并把他们的注意力放到那些难度大的订单上。

1.4 管理信息系统的学科特点

1967年，美国明尼苏达大学率先开辟了管理信息系统课程。此后40多年的时间里，各国都纷纷推出了管理信息系统课程。我国自20世纪80年代中期开始陆续开展管理信息系统的教学和研究，现已有数百所高校开设此类课程。从国际上管理信息系统教学的发展趋势看，这门课程已经逐渐从一门面向信息系统开发人员的课程变为一门面向管理人员的课程，从一门技术类课程变为一门讨论如何从管理者的角度认识与理解信息与信息技术的课程，从研究一个仅涉及管理系统的课程(狭义的MIS)变为讨论组织信息化进程中各种问题的课程。这一变化至今还在继续，并导致西方管理信息系统课程教材处在不断变化中。

1.4.1 管理信息系统的学科体系

管理信息系统不仅是一个应用领域，而且是一门学科，它涉及社会和技术两大领域，是介于经济管理理论、统计学与运筹学以及计算机科学之间的一个边缘性、综合性、系统性的交叉学科，见表1-1。它运用这些学科的概念、方法，融合提炼组成一套新的体系和方法。由于它的开发在实际工作中的重要作用，因而管理信息系统成了信息管理与信息系统专业及其他管理类专业教学计划中的一门核心课程。

表1-1 管理信息系统与其他学科的关系

相关学科	相关内容
计算机系统科学	计算机技术、数据通信技术、计算机网络技术、数据库技术等
管理学	会计学、市场学、生产管理、质量管理、物资管理、人事管理等
运筹学	规划论、存储论、排队论、决策分析、计划评审技术(PERT)等
系统工程	MIS战略规划、MIS系统分析及系统设计、系统评价、系统仿真等
行为科学	人处理信息的特点、MIS与人的关系、MIS对企业的影响、系统开发的组织与管理等

1.4.2 国外管理信息系统课程教育

自明尼苏达大学开课以来，管理信息系统教学在国外已有40多年的历史。目前，在商学院或管理学院的课程中，课程内容已不再仅仅围绕信息技术和系统开发，而是讨论技术、组织、人三者在系统中的职能与协调，一般认为，技术是手段、组织是主体、人是根本。

社会对信息技术人才的要求以及国外大学商学院的成功办学表明：商学院学生应从管理学的角度向技术逼近的方法学习管理信息系统。管理信息系统课程的目标是：让学生充分意识到信息系统、信息技术在信息化社会里的重要战略性作用；理解信息技术如何改变了传统的工作方式和竞争策略；密切关注最新信息技术的发展并发现其内在的商业价值；知道如何参与到信息系统的开发设计；熟悉各种应用信息系统的工作原理和方式；能从战略角度进行信息技术的规划和管理。

教学方法的非单一化也让管理信息系统课程的教学工作得到了更好的提升。对于这样一门管理与科学并重的课程，案例教学法已被证明是其最有效的教学方法。正如实验对理工科来说一样，案例分析是管理科学的重要组成部分。对国外大学的调查可见，案例教学在国外非常盛行。它已成为学生将理论付诸实践、增强工作能力的主要途径。

1.4.3 国内管理信息系统课程教育

自1980年清华大学首次试办了管理信息系统专业以来，管理信息系统专业在中国已经发展了近30年。后来管理信息系统又成为一门课程，在国内各院校的管理专业、计算机专业等许多相关学科领域中均有开设。“管理信息系统”作为全国工商管理类的核心专业课程，教育部已经制定了统一的教学大纲。商学院、经济管理学院的学生通过管理信息系统课程的学习，不仅掌握系统科学理论，而且还具备了利用信息技术对信息资源进行处理的能力，最终具备对某一行业技术和管理活动进行处理所需的能力。

作为一门课程,管理信息系统是经济管理类专业的必修课。本课程的任务和教学目的是使学生掌握管理信息系统的概念、结构和建立管理信息系统的基础、管理信息系统开发方法学、管理信息系统开发过程各阶段的任务与技术、管理信息系统的开发环境与工具以及其他类型的信息系统等;使学生通过本课程的学习,了解管理信息系统在企业管理中的作用。并通过实践培养学生综合运用知识和分析开发应用系统的初步能力。

★★★★★ 本章知识点 ★★★★★

管理信息系统 MIS 的发展阶段	MIS 的网络化应用 MIS 的职能级应用	MIS 的平台化应用 MIS 的学科特点

案例分析

是系统的错,还是管理的错?

企业 A 和企业 B 是同行业中处于相似经营状况的公司,为了更好地提高公司的利润和完善公司的管理水平,他们在部署几个关键业务的同时,也开始使用一个信息系统的软件。两年后,企业 A 由于使用该信息系统得当,管理及利润等更上一层楼;企业 B 却因为新安装的信息系统软件套件出了问题,使公司停产一周,导致了巨大的经济损失。

于是企业 B 找到该信息系统的供应商投诉,说花费了大量投资购买他们的产品非但没能使其企业受益,反而受损,使公司收入锐减 1.05 亿美元,利润减少了 7000 万美元。信息系统的供应商反驳说,我们的信息系统软件是世界首屈一指的,我们的系统也使与你同类的企业 A 在管理及营销上双丰收,足以证明我们的系统没有问题,而是你企业本身的管理与使用信息系统有问题,并非是我们作为信息系统开发的技术人员所能帮助你解决的问题。

后来企业 B 又找到一名知名的研究管理学的教授,希望教授能从管理层面来帮企业解决遇到的问题,可是该教授称,我们或许可以从公司组织结构、行为及文化等方面作一点研究并给予一些参考意见,但此问题涉及的主角是信息系统应用带来的管理方面的问题,并非传统管理学所能解决的问题,我们也无能为力。

这样,这个现实存在的问题,既非技术人员的问题,也非传统管理学的问题,到底应该找谁去解决这个问题呢?——这便是一个典型的 MIS 问题。

【思考题】

(1) 企业 B 在实施信息系统时遭受失败的主要原因有哪些?

(2) 谁能帮助企业 B 解决他们所遇到的问题?

第二章 信息与信息系统

学习目标

- 掌握信息的概念、特征和作用
- 了解信息如何成为资源
- 掌握信息资源的概念、特征和作用
- 理解信息资源管理的内涵和方法
- 掌握信息系统的概念、作用、类型
- 了解信息系统的战略意义
- 理解信息系统的组织、管理、技术三视角
- 了解技术革命带来的新的变化和挑战

2.1 信息是一种资源

现代组织和个人使用信息系统的目的是开发和管理信息资源。无论对于国家、社会还是对于企业或个人，信息已无可争辩地成为了一种竞争性资源。有人甚至提出信息可与能源、材料并列为现代社会发展的三大支柱。开发信息资源既需要良好的理念与管理，也需要有效的工具。信息系统就是帮助管理者开发与管理信息资源的最有效工具。只有充分理解了信息和信息资源的基本知识，才有可能开发出有效的信息系统。

2.1.1 什么是信息

1948 年，香农(Shannon)创立信息论并赋予信息以量的概念。他将信息理解为“传递的消息中使概率发生变化的东西”。这一定义中，“概率”指消息接受者对某一事物的了解程度。如果消息接受者对某一事物有了完全了解，则任何消息对他而言不再有信息量；事物的可能性越多，则有关该事物的信息量越大。

在信息技术领域，人们对“信息”这一概念的使用并不严格，存在“数据”、“信息”、“知识”交替使用的现象。如认为“数据挖掘”技术就是从数据中挖掘出信息，也有人认为数据挖掘是从信息中挖掘出知识。但总体上，都认为有“数据——信息——知识”这样的由低到高的层次。因此，在信息系统中区分信息和数据两个概念是比较重要的。可以将两者的关系比作产品和原料的关系。信息不随承载它的实体形式改变而变化，数据则不然，数据随着载体不同而发生变化。而在经济学、管理学中，往往从信息价值的角度来考察信息，甚至将信息量与信息价值相联系。自从 1994 年诺贝尔经济学奖授予研究信息经济学的纳什后，经济学界更愿意从信息经济学的角度理解信息的概念。

尽管信息的表现形式多样，但是一般情况下，信息具有如下属性：

(1) 时效性

信息的时效是指从信息源发送信息，经过接收、加工、传递、利用的时间间隔及其效率。对于信息使用者来说，信息的传输、加工和利用都必须考虑其时效性。优质信息的时效性强，且不盲目遵从实时性，而是讲究适时性，也就是将时间间隔控制在允许的范围内；劣质信息时效性较差。如天气预报信息，当你今天决定出门的时候，今天的天气预报对你来说是有意义的，而昨天的天气预报对你今天的出行是没有意义的。

(2) 真实性

真实的信息才是有价值的信息，即准确、客观的信息。在信息系统中，保证信息的真实性尤为重要，可以帮助管理者做出好的决策。一方面，要注重收集准确、客观的信息；另一方面，在信息的传递、存储和加工过程中要确保信息不失真。

(3) 共享性

一个信息源的信息可被多个信息接收者接收并多次使用，还可以由接收者继续传递。一般情况下，信息的共享不会导致信息源信息丢失，也不会改变信息内容。信息的共享性有两面性，一方面它利于信息资源的充分利用，另一方面也造成了贬值和不易保密。

在一个组织内部，信息的共享性使信息成为一个组织的资源。作为组织中重要的信息资源，信息只有实现共享，才能实现组织各部门的协调一致和企业内部的集成。

(4) 层次性

信息与管理一样，也具有层次性。支持高层决策的信息是笼统的、抽象的、全面的，所提供的信息关系到企业的长远利益和全局利益，这类信息通常定义为战略级信息。支持日常运作所需的信息是具体的、详尽的，反映业务活动的具体内容和需求，这类信息叫做作业级信息。由于不同级别管理者有不同的职责，处理的决策类型不同，因而需要信息也不同。

信息在科学研究和社会生活中发挥着重要的作用。在决策中，信息的作用是消除决策的不确定性。任何形式的决策都意味着对具有不确定性结果的未来作出判断，对各种可能的方案作出选择。在一般情况下，决策者需要各种决策信息，以便更加准确地作出判断。在决策活动中，信息能降低决策风险，并随着决策的价值而产生重大价值。

2.1.2 作为资源存在着的信息

当信息对于社会、组织或个人的价值大到人们无法忽视的阶段，便产生了一个新的名称——信息资源。联合国环境署对资源的定义是：自然资源是指在一定时间、地点条件下能够产生经济价值，以提高人类当前和将来福利的自然环境因素和条件，如阳光、空气、水、土地、森林、草原、动物、矿藏等；社会资源指一切能用来创造财富的社会因素和条件，如人力资源、信息资源以及劳动创造的物质财富。《大英百科全书》对资源的定义为：人类可以利用的自然生成物及生成这些成分的环境。

对信息作用的认识逐渐形成了信息资源论。管理、决策、预测、设计、研发、计划、调度、人际沟通、教育培训等，都离不开对信息资源的开发与利用。当然，不是任何信息都是有用的。信息成为资源的条件，有充分和必要两个方面，见表 2-1。不能成为资源的信息主要有以下两种情况：①过时的信息、不真实的信息或者垃圾信息；②针对特定用户的信息需求、不具有有用性和价值的信息。

表 2-1 信息成为资源的条件

充分条件	经过有序化处理，真实、准确的信息
	从资源开发利用角度来说，信息须具备一定的富集度
必要条件	信息可以为人类创造财富和提供福利
	通过人类活动信息可以被识别或检测到

此外，不同的用户、不同的时间和地点、不同的问题和任务，对信息的需求也不相同，同样的信息其有用性和价值也可能不同。所以，信息能否成为资源也受上述因素的影响。因此，要对信息进行采集、识别、挑选、分类、编码、组织、存储、传递、分析、理解、积累、维护，才能使之成为可利用的资源。信息开发过程中投入的材料、能源和人力越多，开发出的信息资源价值就越多。

2.1.3 信息资源的战略价值

信息资源是指在人类活动各个领域中所产生的有使用价值的信息集合。包括信息的各种来源、载体、表示方式、渠道、场合和用途等。

(1) 信息资源的分类

信息资源的类型是多种多样的。不同类型的信息资源有不同的特点、价值和用途。信息资源分类是识别和开发利用各类信息资源的基础性工作之一。

按信息资源的运营机制和政策机制划分,可分为①政府信息资源。政府产生的信息,即政府业务流程中的记录、数据、文件;政府收集的信息,即政府根据需要从外部采集来的信息。②商业性信息资源。由商业机构和其他机构以市场化方式收集和生产的,以营利为目的的各种信息资源。③公益性信息资源。进入公共流通领域的,由公益性机构管理和向公众提供的,如教育、科研、文化、娱乐、生活等领域的信息资源。

按信息资源的所有权划分,可分为①公共信息。属于公众的信息,为公众所信赖的政府所拥有,并在法律范围内为公众享有。公共信息不等同于公开信息。公开信息包括那些由某个政府机构挑选出来作为自己主动公开的信息,或被法律强制公开的信息。②私有信息。与公共信息相对的概念,属于某个组织机构所专有,并打算自己单独使用的信息,又称专有信息。包括财务、销售、人事、市场研究资料、商业秘密、内部会议等方面的数据和记录。介于公共信息与私有信息之间还有一个灰色区域,属于受控使用的信息,只限合法用户使用,如商会提供给会员的数据。③个人信息。以任何形式记载的、有关某个可识别个人的信息,包括民族、性别、年龄、婚姻状况、住址、职业经历、财产状况、血型、立场观点、受教育状况等。

除上述两种划分方式之外,信息资源还可以按记录介质、记录状态、增值状况等多个维度划分。

(2) 信息资源在管理中的作用

① 提高决策有效性。信息在管理中的作用首先是消除决策的不确定性。决策的不确定性越大,信息消除决策不确定性的能力越强,信息对管理的帮助就越大。

② 捕捉商机。商战中各种商机转瞬即逝,只有掌握了有价值的信息,或掌握了利用信息的技能,才能捕捉到这些商机。

③ 提高管理水平。组织的有效管理依赖于信息的有效管理,只有消除了管理信息流动的断点,减少信息在传递过程中的失真,才能保证管理者的智慧化为组织的绩效。

④ 提高生产效率。在生产活动中,信息对有效组织生产,节约生产资源,提高产品质量,降低劳动强度,提高产品价值等,都有重要的作用。

案例 2-1

信息对捕鱼的影响

阿拉斯加州的渔业部门为了管理国家自然资源,尤其是增加捕鱼量,需要利用优质信息。由于阿拉斯加州的渔业规模庞大，该州渔业部门的决策影响到全球市场。渔民、世界上生产和营销海洋产品的公司、研究人员和立法人员都需要知道在哪里捕鱼最好。州渔业部门利用一个系统来专门收集和分析全州各地的信息，从而决定日产量。

最初，用电子表来获取信息，但是质量低下且非实时。启用 Oracle 数据库后，该部门的信息质量和实时性明显提高。在阿拉斯加州辖区内的每艘商业渔船每次都要按程序卸货，并详细记录捕捞的种类、数量等。将这些信息输入到新系统，工作人员便可以指出每条河流鱼的数量，第二天上午十点之前，管理人员便可以收到那些可以辅助他们正确决策的信息，然后在网站发布，点击率达每天 3000 多次。

由于鱼类捕捞量巨大，全世界的鲑鱼捕捞者根据 Bristol 海湾每年捕鱼季节的产量，调整他们的产量水平。这也是为什么获得快速、优质的信息对阿拉斯加州自然资源管理起着重要作用的原因之一。

2.2 信息资源管理

从广义角度可以认为信息资源管理就是综合运用各种方法和手段进行信息资源的规划、组织、利用和控制的过程。信息资源管理的总目标是开发和运行一个集成的信息基础结构，使组织的沟通、合作、业务和服务达到新的水平，使信息资源的质量、可用性和价值达到最大化，并实现信息共享。

2.2.1 什么是信息资源管理

对信息资源管理的理解可以分为以下几个维度：

① 信息资源管理作为一种新的管理理念和管理哲学，是一种对改进组织的生产效率有独特认识的管理哲学。它视信息为重要的战略资源，把信息资源管理视为和人力资源、市场营销和财务管理等一样重要的管理职能。

② 信息资源管理作为一门学科，管理各种相互联系的技术，使信息资源得到最大利用的艺术和科学。它是信息管理中各种有效方法的综合，将一般的管理、资源、控制、计算机系统管理、图书馆管理等结合起来，实现有效利用信息资源以实施规划、组织、用人、控制的系统方法。

③ 信息资源管理作为一种管理活动和过程，包含了所有能够确保信息利用的管理活动。它是组织机构各层次管理人员为识别、获取和管理信息资源，以满足各类信息需求而开展的一种活动。

信息资源管理的内容包括三个方面：数据和信息、管理功能、整合。

① 数据和信息是指对组织的数据应当持有一种全局性观点，包含了数据库和文献。这种数据的管理应当首先面向组织的目标，然后才是个人和操作层的需求。

② 管理功能是指应当设置在组织管理结构的高层，将 CIO(Chief Information Officer，首席信息官)职能定位于组织高层规划者，这种人应当将技术和管理结合，以一种现实的方式来平衡两者间关系，实现协调和平衡。

③ 整合是指将信息处理技术、管理功能和数据整合在一起，以协调各方需求。

2.2.2 信息资源管理者与管理方法

对信息资源的管理涉及到人、方法等诸多问题。我们首先关注信息资源管理者。人们比较多地把信息资源管理领导人描述为一名企业主管(经理)，他位于企业的核心，负责有效地管理企业的信息系统和记录。理想的信息资源管理者是具有信息意识、懂得行政管理、精通技术和预算的多面手，并且要在规划、协调和组织业务方面有着一定经验。

CIO 是指负责制定公司信息政策、标准，并对全公司的信息资源进行管理和控制的高级行政管理人员。随着时代的进步和公司的作用的发展，信息主管的地位、职责和作用也在逐步加强。现代 CIO 在公司中的职责主要有以下 4 项：

① 作为高层管理者，CIO 运用信息优势，有效参与公司的重大决策，帮助公司制定发展战略。

② 作为统管全公司的信息资源或信息资产的最高负责人，有效地管理和开发利用这些信息资源，使这些资源和公司的目标、计划相衔接。

③ 作为分管信息技术部门和信息服务部门的最高负责人，正确规划公司信息化和信息基础建设策略，同时负责信息费用的预算，以及信息资产资本化。

④ 作为资源管理专家，指导公司中高级管理人员更有效利用信息资源，为各部门信息管理人员提供咨询服务。

在 CIO 的领导下，信息资源管理部门通常肩负以下责任：信息政策、信息战略和规划的制定、资源配置以及组织的报告制度和沟通机制的设计。他们的具体任务包括：

- 信息化规划和建设、信息标准的制定和实施；
- 信息系统规划、设计和协调；
- 信息资源的采集和分析，表格、记录和报告等的管理；
- 数据处理，数据库管理，内容管理；
- 为组织成员提供有关信息技术和信息资源方面的指导和咨询。

其次，我们聚焦信息资源管理的基本方法，有资源目录技术、信息流分析、信息环境分析、战略数据规划、信息资源规划和信息化规划等。

(1) 资源目录技术

信息资源的核心技术基本上都与信息资源目录创建、管理和服务有关。他们的最终形式可能是定位系统、目录和数据字典。美国国家标准协会负责制定信息资源目录创建的相关标准。IRDS 就是一种专用的数据库管理系统，具有描述企业信息环境、维护全部信息实体目录、对信息运行提供实时支持等作用。

(2) 信息流分析

信息流分析法可用来跟踪流程之间的、文档之中和之外的，或者其他可识别的任何来源和目标之间的信息流。信息流的一般过程有以下步骤构成：

第一步，编写信息源定义和实例；

第二步，将这些信息源组织到某个信息库中；

第三步，表格和报告的设计标准化；

第四步，对信息源在组织中的使用和业务功能进行分析和分类；

第五步，记录上述成果以备用。

(3) 信息环境分析

Kettinger 在 1980 年将信息资源的环境定义为组织的“气候”，并指出 8 个变量：组织的结构和目标、管理哲学和沟通风格、决策流程的类型、激励机制、评价方法、外部环境压力和需要、参与人的影响、工作环境的物理布局。

(4) 战略数据规划

战略数据规划(Strategic Data Planning，SPD)是一种形式化的、自上而下、以数据为中心的对企业功能、流程、基础数据进行建模的规划方法。

(5) 信息资源规划和信息化规划

信息化规划的本质是从业务战略到信息战略的实现，是指在理解企业发展战略和评估企业 IT 现状的基础上，结合所属行业信息化方面的实践和对最新信息技术发展情况的认识，提出企业信息化建设的远景、目标和战略，以及具体信息系统的架构设计、选型和策略，全面指导企业信息化建设的进行。

2.2.3 如何开发利用信息资源

信息资源需要开发才能发挥其效用。信息资源的开发不同于森林、矿产等物质资源的开发，不会因过度开发而导致资源枯竭。因此，加大信息资源开发力度，是提升国家、组织和个人竞争力的有效途径。开发信息资源可以从以下四个方面着手：

① 强化信息意识。信息意识是开发信息资源的重要环节，也是十分容易被忽视的环节。信息意识是人们自觉利用信息解决各种问题的心理准备与心理冲动。现代社会是一个科技与经济高度发达的社会，又是一个高度开放的社会，社会的信息服务水平很高。信息市场也是一个“买方市场”。因此，决策中所需要的信息，常常可以通过社会信息服务解决。很多时候，即使管理者本身的信息搜集、处理、分析的能力不强，只要有利用信息解决问题的意识，就可以通过信息机构获取信息，达到自己的管理目的。具有良好信息意识的人知道，什么问题是应该通过信息的方法去解决的，面对问题自己有多少可用信息，有多少可从别处获取的信息，以及从什么地方、用什么方法获取，如何处理、如何分析。进一步，他还应该判断各种信息方法之间，谁的成本更低。

② 有效搜集信息。获取决策中所需的信息资源，最常见的方法是信息搜集。信息搜集可分为公开信息的搜集和非公开信息的搜集。一般而言，通过搜集公开信息解决决策问题是一种经济且安全的方式。掌握信息搜集的技能包括：尽可能多地了解信息源，熟悉各种信

息搜集方法或技巧。

③ 加强信息处理。信息处理工作是信息系统最重要、也是最基本的工作。收集到的信息必须经过处理,才能够成为决策最需要的信息。作为机构,收集到的原始信息经过信息处理,能够成为计算机数据库或数据仓库中保存良好、结构合理、能满足特定决策需求的信息。作为个人,搜集到的信息只有经过处理,才能在自己需要时有效地获取。

④ 信息分析与挖掘。信息分析是发掘信息中隐性内容的过程。通俗地说,信息分析是通过一套科学的方法,从一些看来没有价值的原始信息中找到、发现或发掘出有价值的信息,或者使一些很难理解、不容易利用的原始信息变成为容易利用的信息产品。决策中所需的关于对手的信息,有时只能通过信息分析的方法获取。

2.3 用信息系统管理信息资源

2.3.1 商务环境中的信息系统

所谓系统,是指为实现某个目标而结合在一起的要素集合。它是由具有某种特定功能、相互联系与相互作用的部分组成的有机整体。信息系统较为通用的定义是为满足某种需要,由人和相关设备组成的以信息作为基本处理对象的的系统,可以提高组织对信息的获取、存贮、处理、分析和利用能力。具体到企业应用,从经营管理的角度看,信息系统是组织和管理上针对环境带来的挑战而做出的基于信息技术的解决方案。

信息系统可以是正式的系统,也可以是非正式的系统。在没有限定的情况下,人们所说的信息系统,总是指正式的计算机信息系统(Computer-Based Information System, CBIS)。在管理领域,信息系统的概念有以下基本含义:

- 能够收集、处理信息,为用户提供信息;
- 使用以计算机技术为核心的信息技术,包括数据库、网络技术;
- 不仅是机器的系统,也包括人与环境。

商务系统中的信息系统模型如图 2-1 所示,其包含着三个层次的内容,首先是抽象的信息系统,主要是基于信息的输入、处理和输出的一套流程;其次是组织中的信息系统,其嵌入组织中,是管理、组织、技术的有机结合;而环境中的信息系统要突破组织界限,是企业内部商业环境的延伸,涉及各类的利益相关者,产生了消费者、供应商、股东、中介或经销商、竞争者等诸多视角,也随之产生了各类具有鲜明特征的信息系统典型应用。

(1) 抽象的信息系统

任何一个信息系统,都必须具备信息的输入、处理和输出的功能,同时信息的存贮和传递也是信息系统的基础。信息输入功能是信息系统各功能的基础。信息处理要将收集到的原始信息处理成为对企业有用的信息。信息处理一般需要经过的环节有真伪鉴别、排错校验、分类整理和加工分析。信息处理的方式包括:排序、分类、归并、查询、统计、结算、预测、

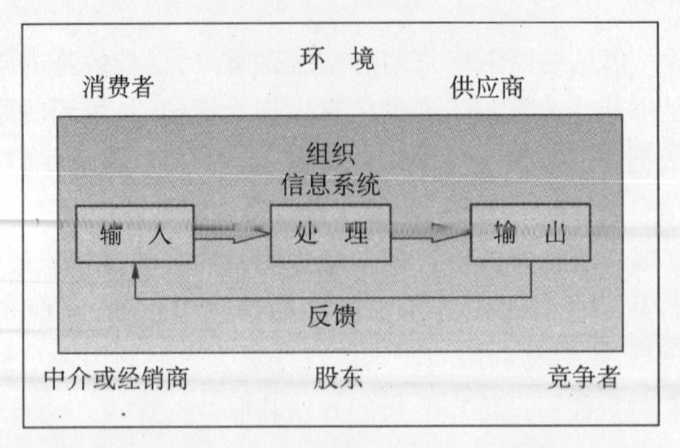

图 2-1 商务环境中的信息系统模型

模拟和各种数字运算。信息输出将采集的信息送达处理中心,再将处理后的信息送达使用者处。企业信息传输既有不同管理层之间的垂直信息传输,也有同一层级不同部门间的横向信息传输。企业通过明确规定信息传输的级别、流程、时限,可以提高传输的速度和效率。数据进入信息系统后,经加工处理形成对管理有用的信息。有些信息并不是立即使用,还有些信息有多次、长期利用的价值,因此必须妥善保管,按需调取。这就需要依靠先进的信息存储技术。信息输出是利用信息的过程,要按需取用信息。其有效与否主要体现在信息输出的实效、精度和数量是否满足管理要求。信息输出还应选择好输出媒体、格式、方式,以确保传递和使用的便捷,又要兼顾保密需要。

(2) 嵌入组织的信息系统

抽象的信息系统是不存在的,或者说是不能够正常运行的。信息系统必须很好地嵌入组织,成为组织的有机组成部分,才可能成为组织开发信息资源的有效工具。组织中的信息系统除了必须具备抽象的信息系统的全部功能外,同时还必须与组织成员、组织文化、组织结构和流程相结合。其中,组织成员是信息系统的管理者、操作者和使用者,训练有素的组织成员能够保证信息系统各项功能的正常实现。同时组织成员的学习能力还是信息系统发展的最积极的力量。组织文化、组织结构和组织流程也是影响信息系统运作的重要因素,任何一个信息系统的开发者,都必须认真地考虑这些因素,才能开发出有效的系统。

(3) 与组织的环境相结合的信息系统

组织环境中两个最重要的因素是处于组织价值链两端的供应商和客户。现代信息系统已经将价值链两端的供应商和客户纳入了系统,优秀的企业可以通过信息系统绑定供应商和客户,利用信息系统良好的信息处理和传递能力,实现企业与供应商或企业与客户的双赢。

组织的环境中还有一些重要的因素,现在也常常被纳入信息系统建设者的考虑范围中。这些因素包括中介、股东和竞争者。对于中介,由于信息系统具有良好的信息传递能力,企业信息化的基本趋势就是"去中介化",即通过信息系统的功能替代原来必须由中介来实现的功能,以降低企业的销售成本。另一方面,对于某些必须仍然通过中介来完成的商业过程,现代企业则致力于通过信息系统整合中介,通过与中介共享企业信息而实现与中介之间的双赢。对于股东,现代企业一般具有大量分散的小股东,传统信息系统很难顾及这些远离企业的小股东们获取企业信息的需求。但现代信息系统为股东们获取企业信息提供了方便。信息系统甚至用于股东们参与企业决策，如惠普公司收购康柏公司一案中，当时惠普大股东们大部分反对收购，经理人通过动员小股东投票表决才勉强通过了这一 PC 史上最大的企业并购案。没有信息系统的支持，如此大规模地动员小股东投票是不可想象的。

组织环境中最难于理解的因素是竞争者。一般人认为，企业信息系统是不可能与竞争对手分享的。但是，企业管理中也的确有企业因为与竞争对手分享信息系统而获得竞争优势的案例。例如美国航空公司开发的 SABRE 系统允许小型航空公司将自己的信息加入，旅客能够在机票销售点上使用该系统订购美国航空公司对手们的机票。但是美航公司并不因此而吃亏。相反，由于拥有大量航运信息，美航公司将 SABRE 逐渐从一个仅仅具有订票功能的系统，发展成为一个能够通过对大量航运信息进行分析，以支持航运决策和票价策略的系统，大大提升了企业的竞争能力。

案例 2-2

SABRE 预约订票系统

美国航空公司 20 世纪 50 年代建立了 SABRE 预约订票系统，是由一个计算机订票系统发展起来的航空业综合信息服务系统，对航空客运服务产生了很大的影响，在一定程度上改变了该行业的竞争环境。在系统建立前，各订票点按一定比例分配座位，由于各订票点彼此不联系，航班载客率很低，为了改变这种状况，公司利用计算机和已有的通信设备建立了此系统。

SABRE 最初只想被设计成为库存控制系统，能够跟踪空闲座位并使每位乘客都能对号入座。到了 20 世纪 70 年代中期，SABRE 已经可以制定飞行计划、搜索空闲部件、安排机组人员的飞行时间表、实现数据的自动更新、自动调节、分配各预约点之间票的余额，并为方便管理开发出了一系列的决策支持系统。

在 SABRE 系统的支持下，美国航空公司开展了一系列的营销活动，其著名的“飞行里程奖励计划”更是为公司带来了空前的“顾客忠诚”，按照“飞行里程奖励计划”，每个旅客一旦乘坐美国航空公司的航班飞行达 6 万英里，便可免费获得两张经济舱机票，在淡季从美国任何城市往返欧洲。

20 世纪 70 年代和 80 年代后期，SABRE 已成为包括宾馆预订和出租车预订等服务在内的信息系统。今天，SABRE 已经成为连接众多旅行服务(百老汇表演、出租机车、包车旅游、宾馆预订)的供应商和旅行社或用户的电子旅行超市。从网上交易的持续增长看，美国航空公司的网站获得了巨大的成功。美国航空公司的 SABRE 订票系统是一个很典型的跨机构系统，从这个系统我们可以看到它是一个庞大复杂的电子交易平台。

2.3.2 信息系统的战略作用

在现在的商业环境下，企业对信息系统的应用是企业战略的必然选择。

(1) 运用信息系统提高企业的敏捷性

企业的敏捷性是指在迅速变化的全球市场环境中，企业具备抓住稍纵即逝的机会及时向客户提供高质量、个性化的产品和服务的能力，从而使企业获得不断发展。敏捷企业以拓展产品范围、缩短生产周期、按任意批量安排订单的生产、维持高产量的同时提供个性化产品。敏捷企业需要依赖 IT 所具有的强大信息处理能力来整合、管理企业的业务流程和处理客户的大规模定制。例如，通过协作平台以及基于 Web 的供应链系统，使企业与供应商、分销商等结成合作伙伴，实时获取供应和销售数据，以最快的速度响应市场需求，从而抓住商业机会。

(2) 利用信息系统创建虚拟企业

虚拟企业可以整合企业内外部资源，强化外部协作，最大限度地使用各联盟企业的资源。构建虚拟企业的原因是企业可以与联盟伙伴共享资源和分担风险、互补企业的竞争优势、增加市场覆盖面等。例如，世界著名飞机制造公司波音公司，其本身只生产座舱和翼尖，其他都是靠虚拟经营来完成的。虚拟企业的运作需要跨企业信息系统的支持。在变幻莫测的全球商业环境中，建立虚拟企业是 IT 的一项重要战略性应用。

(3) 利用信息系统建立知识创造型企业

知识创造型企业是指不断创造新知识，在整个公司中广泛传播新知识，并将新知识迅速用于新产品和新服务的企业。而知识管理是 IT 的一项重要战略性应用。企业可以通过知识管理系统来管理组织的知识创造和学习活动。随着组织不断学习，知识库不断扩展，学习型企业可以整合其知识、业务流程、产品、服务，加强创新性，使企业具有更强竞争力。

2.3.3 技术革命带来新的变化和挑战

如今，半导体技术日新月异，计算机拥有者人数剧增，无线技术使用人群快速膨胀，网站能够提供的信息也爆炸性增长。同时，精确控制有机体的生物技术迅猛发展促进了农业、制药业和工业领域的革新，纳米技术的突破使得纳米机械将拥有更新整个物理领域的强大能力，卫星通信技术使得人们在世界各个角落都能方便地接收和发送声音、数据和图像，自动翻译电话机技术促进不同母语人群之间的高效沟通，人工智能和内嵌式学习技术的应用促进了智能机械具有类似于人类的思考能力，超级计算机的发明和应用为人类提供了前所未有的模拟能力，计算机辅助设计和制造技术使得柔性化生产成为可能，等等。不仅如此，源于市场需求、竞争压力和各国政府的诱导，即使是最尖端的技术也会在全球范围内迅速扩散，从而产生更加广泛而持久的影响。

如果说这些一般性的技术和变革只对信息资源管理产生重要而间接的影响，那么更加专门的技术及其变革则会产生更加直接的影响。例如商业模式方面，电子商务技术的发展不仅改变了客户的消费模式，而且改变了厂商的生产、经营与营销方式，尤其是为“一对一式的营销”提供前所未有的便利。又如在生产方式方面。日本丰田公司首创的即时生产(Just-In-Time, JIT)是一种为适应市场需求多样化发展趋势而创造出来的有效组织多品种、小批量混合生产的高质量、低成本、富有弹性的生产方式。

随后，美国在全面研究准时生产制度全球应用的基础上，提出精益生产方式（Lean Production，LP）。该模式力求精益求精，不断改进完善，消除浪费，实现零库存和零缺陷。该模式的应用领域超出了生产领域，在市场预测、产品开发、生产制造管理、零部件供应管理、产品销售等领域都有广泛的应用。

再后，美国借助信息技术的发展，在即时生产制度和精益生产方式的基础上提出了面向21世纪的敏捷制造（Agile Manufacturing，AM）新型生产方式。该方式将先进的柔性生产技术、动态的组织机构和高素质人员集成为一个协调的相互关联的系统，用全新的产品设计和产品生产方式回应市场需求的快速变化。该模式要求以最快速度将企业内部优势和外部不同公司的优势集合在一起满足市场和用户的需求，要求采用模块化的制造技术、实行数字化并行工程的产品研发、精确高效实时流畅的信息系统，还要求促进不断学习和提高成员的综合素质，充分重视并且发挥成员的主动性和创造性，促进创造性的响应内外部信息。

认识到信息和信息技术真正价值的企业正利用这种价值迅速取得竞争优势乃至成功，未认识到的企业则逐渐丧失竞争力，更无法奢谈繁荣或成功。信息技术的广泛应用已深入到企业组织的基本活动中，信息系统的作用也日益显著，它已成为企业经营必不可少的技术支持和管理理念。信息技术也为企业营造了一种全新的商务环境，它不仅使企业拥有更丰富的信息资源、更先进的技术、更多的商业机会和更广阔的市场空间，同时也给企业带来了更多的问题和挑战。

2.3.4 信息系统创建企业商业愿景

信息系统本身是组织、技术、管理的融合。如图2-2所示，管理与技术是信息系统发展的两大支柱，组织是信息系统存在的环境。管理的不断创新对信息系统提出了越来越多的要求，而组织的这一土壤，为信息技术的创新提供了广大的实践舞台。技术的革新、组织的发展以及管理思想的变化不断推动着信息系统向前发展。

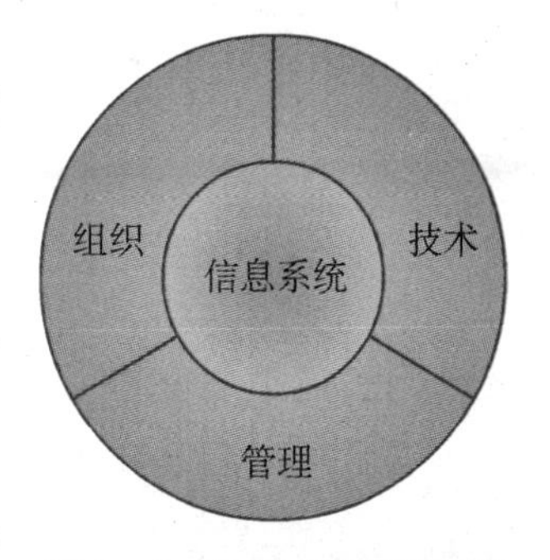

图2-2 信息系统三视角图

(1) 信息系统与组织

信息系统对当代企业的组织形态和组织文化产生重大影响，成为左右组织变革的主要因素。从宏观角度来看，信息系统使组织的结构发生变化，由原来的比较陡峭的金字塔型结构趋向于扁平化结构。从微观角度来看，信息系统使组织的业务流程发生变化，某些部门被重组、撤销和合并，某些流程被不断优化、不断重组。信息系统的战略往往与组织的战略相连，信息系统既可以帮助组织快速应对环境变化带给组织的挑战，而信息系统的工作方式也由组织的结构和工作流程决定，反过来信息系统又会使组织采用新的工作方式，甚至改变现存的组织结构，导致新的组织文化的诞生。

(2) 信息系统与管理

信息系统对管理理念和管理手段产生全面影响，帮助管理者创新管理理念与手段，延伸或强化原有管理理念与手段、实现以往难以实现的管理理念。企业中各类与管理相关的信息资源有着不同的层次，面向战略层的信息资源支撑着企业的决策，并通过各类信息技术手段向企业管理各个层面渗透；面向管理层和作业层的企业信息则可以优化决策信息的流动，优化企业的业务流程，有效提高执行力，进而提高企业效率和效益。

(3) 信息系统与技术

虽然从信息系统原本含义出发，它可以不涉及计算机等现代技术，甚至可以是纯人工的，但是随着现代通信与计算机技术的发展，信息系统已经离不开信息技术。信息技术是管理和处理信息所采用的各种技术的总称，主要是应用计算机科学和通信技术来设计、开发、安装和实施信息系统及应用软件。组织中，信息技术体系结构是一个为达成战略目标而采用和发展信息技术的综合结构，其既包括管理的成分，又包括技术的成分，前者包含使命、职能与信息需求、系统配置和信息流程等，后者则包括用于实现管理体系结构的信息技术标准、规则等。

★★★★★ 本章知识点 ★★★★★

信息	CIO 及 CIO 职责	即时生产
信息资源	战略数据规划	精益生产
信息资源战略价值	信息资源规划	敏捷制造
信息资源的分类	商务环境中的信息系统	信息系统三视角
信息资源管理	信息系统的战略作用	

案例分析

飞机结构公司 Aerostructures 的供应链管理系统

飞机结构公司 Aerostructures 是一家商用及军用飞机机翼和机翼零部件的制造公司。该公司的机械工厂需要面向订单进行部件装配，而在这个过程中面临着许多因需求的波动产生的问题。幸运的是该公司采用了位于得克萨斯州的 i2 技术公司 RHTHYM 开发的供应链管理系统。该系统理顺了飞机结构公司的工作流程，并且降低了约 500 000 美元的库存成本。

过去，公司的制造资源计划 MRP 系统无法按照设计制造设备的时间安排计划。当位于纳什维尔的公司承接一张制造 50 个加强索的大定单时，它需要一天的时间来准备这些加强索的物料，接着将这些物料闲置几天，然后在一个炉子上进行加热并制造成加强索的形状。加强索由一些成形的金属片组成，有 50 英尺长，它同一个支持结构一起共同连接到机翼的顶部。这种方式非常浪费时间，使得飞机结构公司不能够有效地利用加强索的炉子以及其他制造设备。因为飞机结构公司所生产的定做产品在完工之前通常要经历 220 道操作工序，所以公司不能让在制品闲置太长的时间。主管制造和信息系统的副总裁朱丽·皮勒(Julie Peeler)说:"系统会自动识别明天就要到期的定单,但是它不能够告诉你在同样的时间内你是否可以同时运行两个较小的工作任务。"

后来,飞机结构公司正在使用一个由麦克柯与多奇公司(McComack & Dodge)十年前开发的MRPⅡ系统,该系统又称之为生产库存优化系统(Production Inventory Optimization System, PIOS),在一台IBM S/390 MVS的主机上运行。飞机结构公司的遗留配置使它的订货生产的库存管理失灵,因为MRP系统是根据公司生产运营的提前期倒排计划,这使飞机结构公司很难对铝、钛等物料下定单。

自去年中期开始,飞机结构公司安装并运行了RHTHYM系统,从那时起,RHTHYM系统帮助飞机结构公司制订了更为有效的工作计划。皮勒说,PIOS系统在晚上利用国际计算机联合公司(Computer Associates International Inc.)生产的CA-IDMS数据库作为网间连接器,将计划信息输入到在IBM RS/600上运行的RHTHYM系统中并计算工作定单的优先等级,然后赶在第二天早上MRP运行之前就将信息反向装载到PIOS系统。

丹尼斯·巴容(Dennis Byron)是国际数据公司(International Data Corp.)的一位分析家,他认为,像飞机结构公司这样的企业之所以能够取得成功是因为它们具备使企业间供应链通畅运行的能力。

然而,梅特集团公司(Meta Group, Inc.)的分析家华尔德门(Barry Wilderman)说,安装这样的系统仅仅是事情的一半,因为这些系统太复杂了。皮勒认同他的观点。她说,几乎整个夏季他们都在修改RHTHYM系统来满足飞机结构公司的规范,如果优化很容易的话,那么就会有许多人去采用它。飞机结构公司正在利用巴纳公司的ERP系统进行接口,但还没能够将两者集成在一起。

(资料来源:供应链管理通畅生产线- ChinaTex2004年度推荐国家精品课程运筹学[EB/OL].[2010-6-10]http://219.221.200.61/2004/ycx/OR/gyl/gyla.htm)

【思考题】

(1) 该案例中提到了哪些类型的系统?它们分别有什么特点?

(2) 飞机结构公司的系统和RHYTHM供应链优化软件之间的关系是什么?

(3) 当今信息技术领域的发展趋势会对飞机结构公司的系统实施产生怎样的影响?

第三章
组织与信息系统

学习目标

- 了解组织的概念和特征
- 掌握组织和信息系统的关系
- 了解实施业务流程再造的概念、步骤和方法
- 了解扁平化组织的概念、特点及模式类型
- 了解虚拟企业的概念、特点与形式，以及信息系统在虚拟企业中的应用

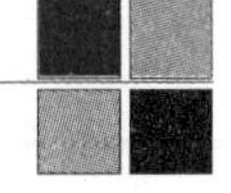

3.1 信息时代的组织

21世纪,新的信息技术和网络环境改变了社会经济的运行模式和企业组织的生产管理模式。值得注意的是,全球范围内发生了三大剧变——全球经济联系日益密切、信息和知识服务成为经济发展关键、竞争环境的改变导致企业重大变革,这三大剧变改变了企业经营环境。面对这三大挑战,管理过程不再仅仅是面对面的个人艺术,而是要在全球范围内协调整个组织的运行。目前大多数组织的生存和发展已经离不开信息系统的支持,信息系统将会成为未来信息社会中组织生存的必备工具。为此,管理人员必须了解信息系统与组织间的相互作用,掌握组织发展与信息系统实施之间的联系,清楚信息系统的影响并且坦诚待之,以从新技术中获益。

信息技术和组织之间的相互关系非常复杂,受许多中间因素的影响,包括组织的结构、标准操作程序、政策、文化、周围环境和管理决策。管理者必须清楚的是,信息系统可以显著地改变组织的生命,不了解组织,就不可能成功地设计新的系统或者理解现存系统,而信息系统也必须符合组织要求,为组织中重要的群体提供所需信息。

3.1.1 组织的定义

组织的技术性定义认为,组织(organization)是一种正式而稳定的结构形态,它从周围的环境中获取资源,如资金、劳动力等,经过处理生产产品或服务,输出到环境中,经过消费者消费后又成为组织的输入。

行为学派关于组织的概念是这样描述的:在组织中工作的人们建立了习惯性的工作方式;人们依附于现有的关系;人们同下属和上司商定和安排工作方式、工作量、工作条件,大多数这些安排和感受在正式书面规定中是找不到的。根据行为学派的相关描述,我们可以认为组织是权力、特权、义务和责任的集合,是通过冲突和冲突的解决而在一段时期形成的微妙的平衡状态。

组织的技术性定义给了我们重要的启示,引进新技术会改变输入与输出之间的结合方式或处理过程。通过资本和劳力之间的简单互换,企业是永远可塑的,新技术可以不受限制地得到应用。但若单纯按照技术性定义理解组织,则在信息系统应用的设计中就会遗漏适合组织的信息系统所必需的重要因素,如组织文化和组织权力。

行为学派组织定义认为,建立新信息系统或改建旧系统决不是对机器或人工的技术性再安排。技术变化需要在信息的所有权和控制权、谁有权使用和修改信息、谁做决策等方面做出改变。例如,加拿大的泛加(Pan Canadian)石油公司中,地质专家和工程师得到了组织体制赋予其在野外决定钻井位置的决策权后,他们才可以在勘探现场利用公司信息系统提供的信息进行钻井选址,而以前选址是由公司总部决策的。

组织的技术性定义和行为学定义是互相补充的。技术性定义告诉我们竞争的市场中众多的公司是如何将资本、劳力以及信息技术结合在一起,而行为学模型让我们深入到个别的公司中去审视特定的公司实际上是如何使用资本和劳力去提供产品的。

3.1.2 组织的共同特征

任何组织都有标准化的运作程序、自身的政治和文化等共同特征。这些组织特征是影响组织与信息技术之间关系的中介因素。

(1) 标准化运作程序

标准化运作程序(Standard Operating Procedures, SOPs)是组织长期形成的完成某项任务的特定规则和程序,这些规则和程序使得组织能应对所有或绝大多数预期的情形,它们指出了在什么情形下应该怎么做,从而消除了人们做事之前进行思考的必要,即人们对这事该不该做,怎样做和使用什么工具的思考。大多数现代企业的效率是来自于这些标准化运作程序,而不是来自于计算机。例如福特的大规模生产认为让工人重复完成一项简单的工作可以提高效率,而日本的精益生产却让较少的工人每人完成几个任务以减少库存、投资以及工作错误等。标准化运作程序的改变,往往需要组织做出很大的改变。

(2) 组织政治

任何一个组织内都存在政治斗争、竞争和冲突。组织变革的困难之一就是政治上的抵制,特别是信息系统技术的引进往往要求组织在目标、程序、生产效率以及人力资源等方面做出重大的改变,并且信息系统对组织中的某些利益群体或个人可能是有利的,而对另一些利益个人或群体则是不利的,这样就必然导致组织内部对信息系统应用的抵制,激发组织内部的政治斗争。组织权力和政治影响信息系统目标、资源分配、系统的使用和管理。管理者不能指望开发一个对谁都有利的系统,但要事先估计到对谁不利。

(3) 组织文化

组织文化(organizational culture)是已经为组织内部的成员所公认的组织在生产什么、怎样生产、在哪里生产以及为谁生产等方面的一系列基本假设。组织文化一方面是组织团结的力量,阻止组织内部冲突,促进组织在一些程序或事务上形成共识。另一方面组织文化又是组织改变特别是技术改变的强大阻力,一旦技术改变给现有的组织文化带来威胁时,就会遭到组织的强烈抵制。如美国汽车行业在精益制造的引进上,由于他们长期以来一直认为管理必须专制,没有必要听取工人的意见,为了引进新技术,美国公司不仅需要改变业务过程及装配线上的标准化运作程序,而且他们不得不寻求让工人参与管理的方法,这些改变对等级观念及专制管理文化的美国公司来说是非常困难的。

有些新技术可在支持现有组织文化的情况下引进,但有些新技术,如信息系统,必然会与现有的组织文化相抵触,这时,技术往往会被组织束之高阁,或组织文化缓慢变化以适应新技术。

3.1.3 组织的个体特征

除了以上的共有特征外,不同的组织有不同的类型、结构、目标、人员、领导风格、服务对象及环境,这些构成了某组织区别于其他组织的个体特征。

(1) 组织结构

组织是其组织成员的有机组合,通过整体的生产能力将原材料转化为产品或者服务,整个过程中,成员在组织内扮演着不同的角色。组织结构(organization structure)是指表现组织各部分的排列顺序、空间位置、集聚状态、联系方式和各要素之间相互关系的一种模式,它是执行管理和经营任务的体制,是管理者有意识创造出的一种结构。组织利用特定的结构和规则组合其成员,形成有效的组织结构。明茨伯格(Mintzburg)从组织结构出发将组织分为五类,如表 3-1 所示。

表 3-1 组织结构分类

类型	特征描述	举例
企业主式的结构	快速变化环境中的年轻的、小型公司,结构简单,业主管理控制	小型的刚创建的企业
机械官僚结构	缓慢变化环境中大型官僚机构,生产标准化的产品,由中心管理小组主管,集中决策	中等规模的制造企业
事业部官僚结构	由多个机械官僚组织组成,各自生产不同的产品/服务,由中心总部控制	像 GM 之类的财富 500 强企业
职业官僚结构	基于知识的组织,所提供的产品/服务依赖于专家的知识和经验,部门领导起主导作用,集权程度低	法律机构、学校、会计事务所、医院等
任务中心结构	"任务中心"组织必须适应快速变化的环境,由大量的专业人员根据项目要求组成跨领域跨职能的小组,很弱的中心管理	咨询公司

(2) 组织环境

组织存在于环境之中,组织要从环境中获取资源,同时又向环境提供产品和服务。组织所面临的环境可以分为微观环境与宏观环境。微观环境主要包括供应商、顾客、竞争者、有关政府机构和社会组织等。不同的组织由于自身性质存在差异,其所处的微观环境也有很大的差异。宏观环境一般是不可控的,它为企业的生存提供条件,也限制企业的生存和发展,通常包括政治和法律环境、经济环境、社会文化环境、技术环境和自然环境。自然环境是指一个企业所在地区或市场的地理位置、气候、资源分布、生态等环境因素,它在企业生命周期中变化较小或较慢。政治法律环境、经济环境、社会文化环境和技术环境的变动相对较大,对于企业战略的影响比较显著,它们相互间的关系可以表述为下图 3-1 所示。

组织和环境之间存在互动关系。一方面,组织开放并依赖于其周围的社会和自然环境。如果没有财务和人力资源的支持,组织将不复存在;组织必须遵守政府的法律或其他要求,此外,也需关注顾客和竞争者的行动。另一方面,组织可能又会影响环境。例如,商业企业和其他企业组成联盟来影响政治活动,或者它们利用广告影响消费者接受它们的产品。

从一定程度上来说,组织对信息系统的使用是组织环境变化的结果,可以使组织更好地获取环境信息,以便快速适应环境的变化。信息系统犹如在组织和它们的环境之间的一个过滤设置,它们没有必要反映现实,而是通过许多固有的倾向来折射环境的变化。

据统计,1918 年的 500 强中只有不到 10%生存了 50 年,有 50%的新企业经营不到 5 年就倒闭。他们失败的一个主要原因就是管理变革与环境的不适应,新企业往往缺乏适应环

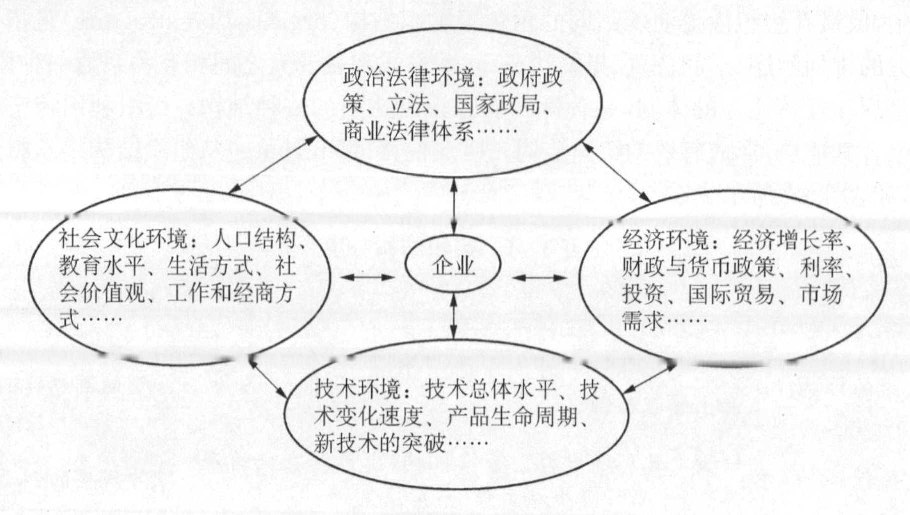

图 3-1 企业宏观环境分析框架

境动荡所需要的资源。新技术、新产品、大众消费新取向、新的政府法规等都会对管理变革提出要求，但组织中复杂的层级结构、标准作业程序惯性、改变现状管理的政治矛盾以及原有的企业文化都会妨碍组织做出重大变革。在一个快速激烈变化的环境中.组织唯一能够持久的竞争优势是拥有快速学习及运用知识的能力，能比竞争对手更有效和更快速地获取、积累、整理和传播知识。信息系统是环境的扫描器，信息系统特别是业务层系统，可以帮助组织觉察环境变化，帮助组织管理者或者其他成员根据组织文化的规律采取行动。

(3) 业务流程

业务流程(business processes)指工作被组织、协调和集中，生产出有价值的产品或者服务的方式，是具体的物质流、信息流和知识流活动的集合。业务流程也指组织协调工作、信息和知识的独特方式，以及管理层选择用来协调工作的方式。信息系统可通过将业务流程的某些部分自动化或通过帮助组织重新思考业务流程，并开发出工作流软件使业务过程流线化而提高组织的效率。

在利用信息系统实现业务流程自动化时，组织必须进行认真的分析和规划，将系统应用于恰当的业务过程中，否则系统的应用反而会给企业带来损失。管理人员在信息系统的应用上，首先应该做的并不是决定如何使用计算机去改进业务过程，而是去分析企业中哪些过程需要改进，然后再考虑怎样用计算机支持这些过程的改进。

3.2 信息系统与组织的相互作用

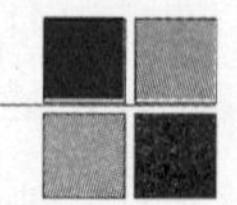

信息系统与组织之间的关系是互动的。一方面，信息系统的应用带来了组织结构和行为上的变化，使得组织的金字塔结构趋于扁平，促使领导职能和管理职能发生转变，并改变员工完成日常工作的基本手段，形成了更高程度的流程化和规范化。同时，信息系统带来了劳动生产率的提高，这也会导致组织中人力资源结构的变化和调整。另一方面，组织及其管理模式也影响着信息技术和信息系统的应用。组织重组、人员调整、业务转型、协调关系和机制变化等无疑将对系统结构和系统功能等诸方面产生影响。这就要求信息技术和信息系统在理论和应用上不断创新,同时也要求信息技术和相应的信息系统具有适应组织变化的特性。

3.2.1 组织对信息系统的影响

(1) 组织对信息系统采纳的影响

组织的经济类型、规模、现有的信息系统基础设施、组织环境等对组织信息系统采纳会有不同程度的影响。信息系统的引入过程是一个技术与组织项目互相调整的变革过程,在研究信息系统引入和采纳时应将组织以及环境的考察作为重点因素。

一般来说,政府部门比非政府部门更倾向于采纳信息技术;大规模企业比相对小规模的企业更倾向于采纳信息技术;组织跨越的地域范围越大,越倾向于采纳信息技术。另外,组织高层人员的态度对于信息系统的采纳也有重要影响。

不同的领导类型对信息和信息系统的需求、控制和使用是不一样的。相对集权的领导,民主的领导更希望信息和信息系统能支持下级的决策,愿意使数据和计算能力贴近下属单位。

(2) 组织采用信息系统的动因的影响

对于多数组织来说,信息系统已不仅是提高效率和增加效益的工具,而且是获取竞争优势的战略武器。组织应用信息系统并不是单方面的原因,改善决策、提高客户期望值、响应环境变化、进行组织创新、控制人事和费用等都可能影响信息系统的选择、开发和运行。

(3) 组织结构影响信息系统的设计

不同组织结构对信息技术和信息系统的要求不同。从管理幅度角度来说,幅度较窄、层次较多的组织更依赖于正式的管理控制,更多地要求正式的信息。从分权角度来说,具有严格层次关系、高度规范程序化、正式沟通渠道和集权决策特点的组织宜采用集中式管理,如集中式主机、集中式数据库和刚性数据库等。

信息系统的建立往往使组织采用新的工作方式,现存的组织结构对信息系统的采用成功与否会产生直接影响,而且 IT 的使用往往改变着组织的结构。例如虚拟企业的出现,使企业间界限变得愈加模糊。

3.2.2 信息系统对组织的影响

(1) 信息系统影响传统的组织结构

对于简单直线结构而言,信息技术在一定程度上有助于消除信息淤积现象,避免由于组织的扩大所带来的决策延滞问题。

对于常见的直线职能结构而言,信息技术扩大了控制跨度。在信息技术条件下,由于通信、监控、分析手段的加强,这一控制跨度可以得到显著的扩大。跨度的扩大可以相应地减少管理层级,使得组织结构趋于扁平化。

对于事业部结构，信息系统和信息技术有助于消除总部与事业部之间的信息不对称，使得总部可以更为及时、全面地获取事业部的运营信息，并进行深入的分析，从而使战略决策更具合理性。同时，事业部之间的横向沟通与联系也可以得到加强，从而有可能提高事业部的协同性。此外，在信息技术的支持下，总部有可能将一些职能性分工从事业部中抽取出来，合并到总部，向着矩阵式的结构转换，从而在一定程度上消除机构重叠的问题。

在信息技术条件下，矩阵式结构变得更具可行性，因为电子化、系统化的沟通和控制手段有助于克服由于双重监督而带来的混乱情况，项目经理和职能经理之间可以实现更为有效的沟通，从而更大限度地发挥职能部门化和产品部门化两种形式的优势互补。目前，在信息系统应用较为深入的组织中，例如软件企业和管理咨询企业，矩阵式结构应用的比较广泛而成熟。

(2) 信息系统影响新型的组织结构

从20世纪80年代开始，在信息技术的支持下，一些组织设计并应用了一些新型的组织结构以增强组织的竞争力，其中最为重要的包括团队结构、虚拟组织和无边界组织。

无边界组织(boundaryless organization)是通用电气公司的总裁杰克·韦尔奇(Jack Welch)所提出的概念，用来描述他理想中的通用电气公司的形象。无边界组织的核心思想是尽可能消除组织内部垂直的边界和水平界限，减少命令链，对控制跨度不加限制，取消各种职能部门，代之以授权的团队。在理想的状况下，这种组织主要通过互助协调机制来实现运作，就像赛场上的足球队一样，整体战略的执行依靠员工之间的互助协调(而不是层级指挥)来实现。计算机网络是无边界组织得以正常运行的基础。在新技术的支持下，人们能够超越组织的界限进行交流。例如电子邮件使得成百上千的员工可以同时分享信息，并使公司的普通员工可以直线与高层主管交流。团队结构(team structure)和虚拟组织(virtual organization)的有关内容将在本章第4、5节详细介绍。

(3) 增加了企业业务再造的成功率

由于企业外部环境的众多因素在快速地变化，企业若要能够适应其动态变化，就必须考虑工作方式及管理过程等方面的彻底重新设计，其中最重要的就是对组织结构的重新设计，也就是现在比较熟知的企业业务流程再造(Business Process Reengineering, BPR)的概念。信息系统除了对企业管理效率的提高和成本的降低具有显著作用外，还有更深层次的促进企业运作方式和管理过程的变革等作用。信息系统的实施对BPR起到了关键作用，它是BPR的技术基础，也是BPR成功的保证。信息系统的建设与BPR是同步交错的，信息系统可以明显地提高BPR的成功率。

(4) 促进了新型专业人才的培养

信息系统建设是一个系统工程，信息系统应用以及工作流程、企业结构的变化使企业对新型员工的需求越来越大，它需要信息人员不仅懂得计算机知识，同时也应该具备管理、数学等知识。因此，企业必须培养或吸收技术支持人员、应用操作人员和新型的各层管理人员，以消化、吸收、处理信息知识，参与新型管理，适应管理信息系统带给企业的一系列变化。

3.2.3 信息系统实施与组织再设计

从组织与信息系统的关系可以总结出，不论做什么业务，技术并不能替代所有的工作。要想恰当地使用信息系统，必须主动地管理业务过程，让技术适合于组织。

实践也证明引入信息系统的企业不一定能实现理论上的成效，并且实施过程也并不是一帆风顺的，以 EPR 为例，投入巨大而未能实现预期效果的实施信息系统失败的企业比例高达 60%。这是因为信息系统是一个社会技术的实体，是技术和社会组件的结合。新的信息系统导入会引起一个企业的工作、技术、管理及组织的改变。在实施过程中，即使系统是优秀的，这些改变引起的阻力和反对常常导致系统的死亡。

所以，当建立新系统时，必须分析这个公司现有信息系统的问题，评估人员的信息需要，选择合适的技术，重新设计流程及工作，监控系统的建立的工作及评价系统的效益及成本。

(1) 信息系统实施阻力

影响系统实施的组织因素非常复杂，且每个组织各有不同，没有公式能概括所有的组织因素。在系统的规划中，可以列出要考虑的因素。根据以往的经验，主要的组织因素按其重要度可排列如下：

- 组织从事其功能的环境；
- 组织结构：等级体制、专业分工、标准工作程序；
- 组织文化和组织政治；
- 组织类型；
- 最高管理层的理解与支持；
- 系统所处的组织层次；
- 系统影响的主要利益群体；
- 信息系统所辅助的任务和决策类型；
- 组织中将使用信息系统的员工的情感和态度；
- 组织的历史：以往对信息技术的投资、现有的技能、重要的计划/项目、人力资源。

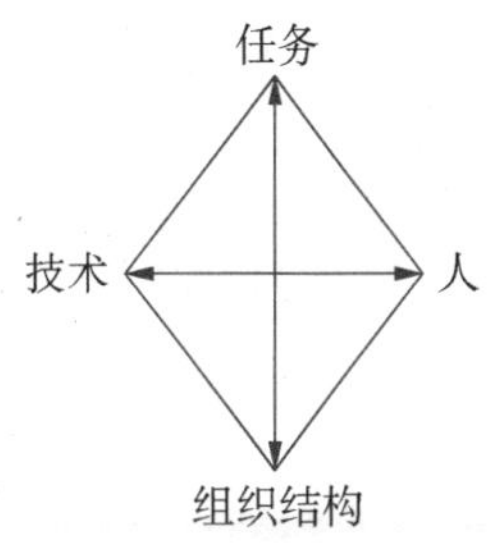

图 3-2 变革模型

在图 3-2 中，李维特用菱形来描绘技术和组织之间的相互关联、相互调整的特点。技术上的变化被组织的任务构成、组织结构和人所吸收、折射和反射(拒绝)。从这个模型可以得知，唯一能使变革成功的方法是让技术、任务、结构和人同时变化。

(2) 组织变革对信息系统实施的保障

企业组织变革是一个由战略驱使的系统工程，下面将依据企业组织变革的 3 大要素来分析组织变革对信息系统实施的影响。

① 业务流程变革。业务流程变革是企业实施信息系统的重要内容与重要保障，也是实施信息系统的基础和前提条件。没有业务流程的变革，贸然实施信息系统只会导致失败。首先，流程的规范化变革是信息系统得以成功实施的一个重要前提。信息系统的正常运转依赖事先设定的没有弹性的程序，没有哪个企业能在混乱不堪的流程上成功应用信息系统。这就要求企业有规范的流程设计、规范的岗位和部门职责描述、规范的制度设计。其次，流

程的一体化设计也是信息系统得以实施的一个重要前提。流程的一体化改造,使得企业的产供销各系统成为一个相互配合、相互协调、相互支撑的价值创造体系。在这样的情况下建设信息系统,能够有效避免“信息孤岛”现象的发生,避免不同流程之间的相互分割,充分发挥信息系统的整体效益。当然,企业业务流程变革的实现需要信息化工具的支撑。企业管理信息系统实施必须以流程变革的需求为导向,满足流程变革的要求。

② 组织结构变革。企业信息系统实施是促使组织结构变革的催化剂,同时,组织结构变革又是充分发挥企业信息系统优势的前提。传统的企业组织在向现代企业组织变革的过程中,一方面打破了职能分工的界限,组织面向流程设计,为业务流程服务;另一方面,企业中间管理层次减少,分权到基层,给员工最大的自主权,员工参与企业管理,更能激发员工的潜力和创造力;企业领导更贴近顾客和员工,能详细了解顾客需求和基层情况,从而做出正确的决策。这种变革提高了信息的传递速度,改变了信息的交流方式,使企业能适应信息社会的高效率和快节奏,为信息系统实施提供了条件。另外,企业组织的扁平化、合作化、弹性化、网络化和虚拟化变革对信息系统提出了实现手段上的需求,为企业管理信息化的发展提供了广阔的应用空间。

③ 企业文化与制度创新。人们的观念、行为方式和工作方式等决定了对新事物的适应程度。因此,信息系统的成功实施需要良好的企业文化和完善的制度体系保障。企业文化与制度创新,不仅是企业管理信息化的重要内容,也是保障企业信息系统顺利、有效实施最重要的因素之一。企业文化与制度创新对信息系统实施的保障作用主要表现在:现代企业文化具有人文性、创新性、学习性、团队合作性和快速反应等特征。这样的企业文化适应了信息化建设后信息量倍增、信息高效传播、信息高效利用的要求;适应了企业管理信息化建设后的组织网络化、虚拟化、合作化、团队化经营和运作的需要。

制度创新对信息系统实施的保障作用表现在:企业制度,如监控制度、考评制度、约束制度、合作制度、交流制度等的创新满足了信息系统建设后的现代流程和现代组织运行的要求,从而保证了信息系统的正常运转。随着企业员工观念和行为方式的转变,企业可以在信息系统建设方面和员工达成一致,避免产生抵触情绪和恐慌,充分调动员工的积极性。观念转变必然导致职工行为方式的转变,这样可以推动员工放弃陈旧的习惯,以促进信息系统成功运转。

(3) 信息化与组织变革

由于企业成长不同发展阶段的组织惯例和管理重点不同,因此不同发展阶段的信息技术应用程度也不相同。

在创业阶段的信息化目标主要是应创业者的需求,使管理人员之间开始通过电子邮件系统进行沟通,核心的重要部门开始使用财务软件,部门之间开始实行办公自动化系统,从而实现简单的关键性事务的处理。

在集体化阶段,随着企业的人员增多、部门增多,组织变得庞大,就需要对这些资源进行更加有效的计划和利用,因此该阶段的信息化目标是在财务软件的基础上构建一套面向基础管理的 ERP 系统,包括进销存物料管理,计划、车间、质量、设备的资源计划管理等。

在规范化阶段,因为需要更多的商业资源,组织变得越来越大,因此就需要一套更为完整的 ERP,包括人事、酬薪、绩效、培训的人力资源管理和商业智能分析系统。

在精细化阶段，企业需要把分散的组织更为有效地连接起来，真正形成一个供应链，因此就需要采用电子商务系统，包括协同销售、协同市场、协同服务的客户关系管理系统和协同设计、协同供应、协同计划、分销资源计划的供应链管理 SCM 系统，从而有助于实现敏捷制造和敏捷经营，为全球发展做好准备。

在合作阶段，企业变得越来越大，反应也越来越迟缓，此时企业需要组织扁平化以恢复活力，需要有小公司的思维，通过适当拆分和多元化运作，努力恢复创业阶段的创业意识和激情作风。该阶段的信息化目标是搭建知识管理系统，以满足企业成长不断创新的需要。

相应的，企业也应该在信息技术应用的不同程度上进行组织变革。以下五种变革形式反映了信息技术应用程度。不过，需要注意的是，这五种变革形式并不是信息化的发展阶段和顺序。

① 局部开发。局部开发指在各个职能部门独立开发的某一种信息技术的应用，它的作用范围是局部的。这部分应用作为信息化的基本单元在某一功能上发挥作用，但是对业务流程影响不大，不会影响到企业的战略优势，因为竞争对手也会很容易的采用这类通用的工具。

② 内部集成。内部集成有两种含义：一是技术上的互联，一种是业务过程的相互关联。过去一段时间，人们十分重视技术上的互联，有关技术也有很大的进步，但很少注意业务过程的相互关联问题。因为外部的设备供应商和系统集成商只能提供技术上的互联，生产所谓无缝的可以互相操作的平台，无法解决企业本身的业务过程关联问题。如果企业不解决这一问题，无缝的互操作也无从谈起。倘若不对流程进行大变动，同时考虑以上两方面的变革也会是有成效的。

上述两种方式都是属于渐进改良型的，同后面三种方式相比，流程变动较小。只要使用的场所选择正确，尽管有一定的局限性，信息技术的作用还是能明显察觉到。但当企业的内外环境要求进行流程改造时，上述改良方式就显得不足了（因为以上改进是为原流程服务的），而需要考虑第三种形式。

③ 企业流程再设计。业务流程和信息流程通常是不可分割的，业务流程的改造应该与新信息系统的设计实施契合。业务流程合理有效要满足 4 个条件：完成一定的目标和任务；有利于分工的一体化；有利于鉴定执行者的责任；有明确的时间性和阶段性。当企业的环境发生变化，导致企业战略目标发生变化，发现流程无法实现上述 4 个要求时，就要进行流程再造。

上述三种形式都是局限在一个组织之内的，如果有待再造的流程延伸到组织之外，这就要着眼于第四种形式。

④ 企业网络再设计。这需要从流程跨越的多个组织形成的网络整体来考虑信息技术的应用。虚拟组织就是这种情况，在这种情况下，要从业务的深层次考虑信息技术的各种用途，挖掘企业所存储的海量数据的价值，而不是仅限于信息的沟通和文件的传递，只有这样才能获得竞争优势。

如果企业的经营范围有所扩大或者调整，就需要考虑第五种形式。

⑤ 企业范围再设计。当前由于市场需求的不断多样化，许多企业利用它在多方面的优

势扩大经营范围。例如经营化肥和农药的企业，由于掌握了大量的农业技术信息，便也兼营出售农业信息的业务。一家制造阀门的公司由于在计算机辅助设计方面的成功，同时出售计算机辅助设计和进行设计服务。这时需要进行企业的经营范围的重新确定。

在第四、五种形式中，企业常常要考虑怎样发挥其核心竞争力，重组它的核心流程，而把另外一些流程外包给其他企业，此外，自己的某些核心流程又承担了对外企业的加工任务。这时，信息系统的设计实施需要着重于这种跨组织的战略经营策略。企业可能从大处着眼，准备采取第三、四或者第五种形式，也可能在先采取第一、二种形式时酝酿准备更高层次的变革。但是不论采取哪一种形式，流程再造总是最基本的，所以，企业不论采用何种变革形式，都应该关注流程再设计(流程再造)工作。

我们要切实关注信息系统实施过程中的变革管理。变革管理指对信息技术、商务流程、组织结构以及工作分配方面的重要变革过程的管理，目的是减少变革的风险以及耗费，最大化变革的利益。在实施新的信息系统过程中，系统分析师不仅要建立技术解决方案，而且要重新定义不同组织团体的形态、互动与权力关系。他是整个变革过程的催化剂，负责确保所有相关方接受新系统带来的变革。系统分析师与使用者沟通、调解利益冲突团体，以此确保组织调整的准确性。

图 3-3 说明了变革管理的一些关键要素、难度及其对企业的影响。在变革管理的各个要素中，人员要素的难度最大，解决这一问题所需要的时间也最长。因此需要创建衡量、激励以及奖励员工业绩的新方法，设计员工招聘和培训计划，使之具备变动工作环境所需要的核心工作能力。变革管理还包括对组织面临的所有变动进行分析和定义，制定相应的计划来降低风险和成本，并实现变动利益的最大化。

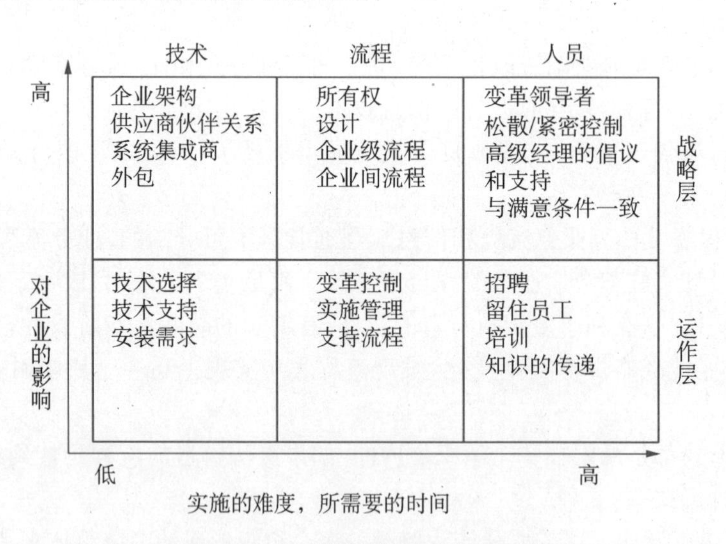

图 3-3 变革管理的一些关键要素

在变革的过程中，有多种模式可用于管理此类变革。图 3-4 给出了变革管理的模型，它建议在战略规划阶段制定的企业构想应该以容易接受、令人信服的变革描述形式传达给组织内部的员工。接下来的工作是评价组织是否做好了变革准备、制定变革策略、根据评估结果选择并培训变革领袖和主力军。

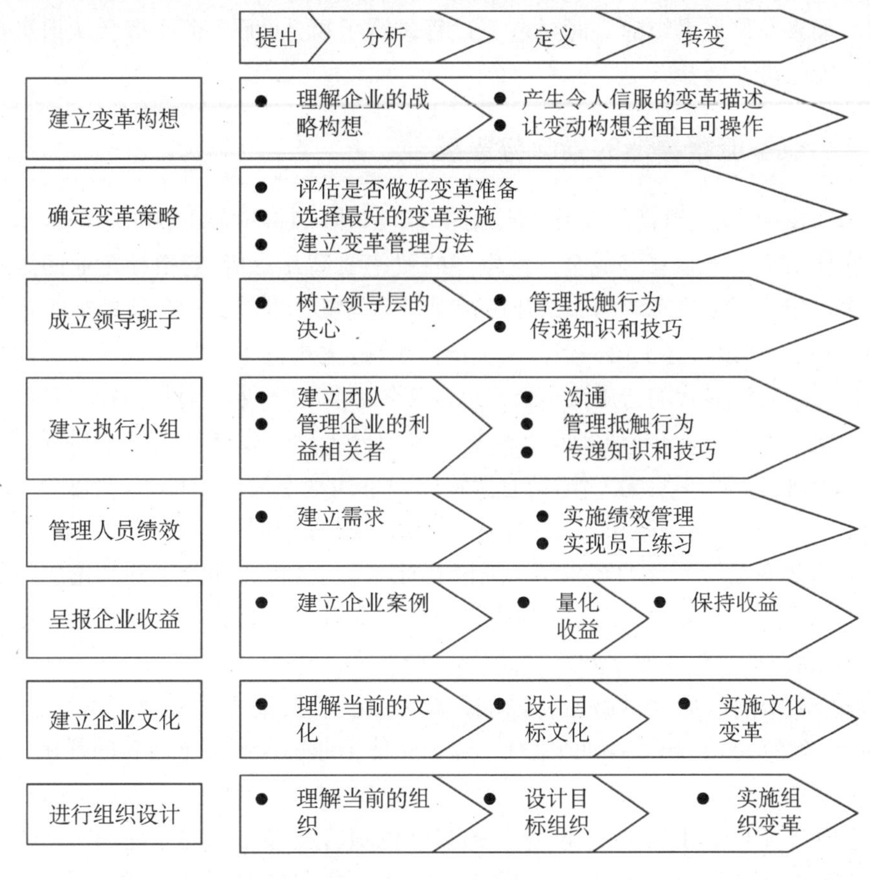

图 3-4 变革管理模型

变革领袖是能够领导变革团队实现技术变革、业务流程变革、工作内容和组织结构变革的变革负责人。其中，变革团队由企业员工和企业风险共担者组成。变革领袖还应该能够向大家宣传变革的益处，能够领导企业应用新全面培训计划的实施。有很多变革管理模型设计了衡量员工业绩的方法，通过物质激励员工及风险承担者在变革工作中进行必要的协作。或者通过建立互联网、内部网和外联网的讨论组，为员工和企业利益相关者构建兴趣社区，鼓励在组织内形成新的电子化企业文化，这种兴趣社区可以使企业的利益相关者参与变革中来，而且更易于接受由于实施新的信息系统而引发的企业变革。

3.3 信息系统与流程再造

企业的业务流程一旦形成，就成为组织的一个部分，因而通常企业业务流程具有稳定性。但进入信息时代后，管理信息化却逼迫企业主动对自己的业务流程进行变革。而今，组织变革成为一种急剧的、持续的企业行为。在今天的经济中，很多企业已经非常熟悉“创造性破坏”这些管理术语了。创造性破坏对于企业的业务流程来讲就是企业业务流程重构、再造或重组。如果在信息系统建立时对业务过程进行了再造,那么企业将会从信息技术的投资中获得很大的潜在效益。

3.3.1 业务流程再造的概念与背景

亚当·斯密在《国民财富的性质和原因的分析》(即《国富论》)中首次明确提出工人各负责一个工序比每个工人独立完成全过程生产的效率要高几百倍,它指导企业的运行与发展长达两个多世纪。后来汽车业的先锋开拓者亨利·福特一世将劳动分工的概念应用到汽车制造上,并由此设计出世界上第一条汽车生产流水线,大规模生产从此成为人类历史上的现实。而几乎与福特同时代的通用汽车公司总裁艾尔弗雷德·斯隆则在福特的基础上将劳动分工理论再次向前推进一步,他实际上树起了劳动分工理论发展的第三个里程碑。福特根据劳动分工原理分解汽车装配工作,把它拆解成一系列毫不复杂的任务,使每个工人的工作都简单易学。然而,人员协调和工人工作成果的组合过程却因此而变得复杂非常,管理方面显然跟不上高效率工厂系统的需求了。斯隆在此基础上,将劳动分工的理论应用到管理部门的专业人员之中,并使之与工人的劳动分工呈现平行发展之势。有了这样完整的工人及管理人员的系统分工,汽车业才开始"大规模生产"。

20世纪80年代以后,国际经济大循环和世界市场发生急剧变化,"3C"力量,即顾客(customer)、竞争(competition)和改变(change)驱使企业进入了一个崭新的领域。首先是顾客至上,"大众市场"(mass market)早已烟消云散,需求日趋个性化、多样化。其次是竞争白热化。竞争改变了所有市场的全貌,竞争的基础也随着顾客需求的差异而有所不同。在某些市场上,竞争的重点是价格;在另一些市场上,则可能是质量、售前或售后服务,也可能是多样化和选择性。再次是不断的变化。顾客和竞争对手已有所变化,最重要的是变化已成为常态,普遍且连续不断,变化的速度也越来越快。

过去30多年来,从目标管理、分散投资、Z理论、追求"卓越"、一分钟经理、走动管理、价值链分析、质量环到矩阵管理,各类学说百家争鸣,但却没有一种理论足以提高企业的竞争力,扭转企业的命运。众多企业应用了信息技术,但只是作为提高工作效率和自动化程度的手段,而对作业过程则不作任何适应性改变,限制了提高企业整体绩效的空间。所有这些都要求在管理理论和方法上作出深刻的变革,使企业适应新的市场环境,"企业流程再造"便应运而生。

企业业务流程重组/再造是20世纪90年代初由美国学者迈克尔·哈默(Michael Hammer)和詹姆斯·钱皮(James Champy)等提出的一种观念。企业流程再造就是对企业的业务流程进行根本性的再思考和再设计,以求获得企业经营方面的巨大业绩。业务流程再造的定义包括四个重要方面:

① 再造的内容是业务流程。现在企业的业务活动一般被组织机构分割,而流程的界限划分不甚清晰,通常不被人所熟悉,下面给出识别流程的五个方面的标准:

➢ 一个流程应该有特定的工作人员或多个部门;
➢ 每个流程的执行都要跨越多个工作人员或多个部门;
➢ 流程专注于目标和结果,而不是行动和手段;

➢ 流程的输入输出都能被组织内部每一个人轻而易举地了解；

➢ 流程之间是相互关联的，与顾客的需求也是相互关联的。

流程的再造可能会导致企业组织的变化，再造过程会使得企业完成工作所真正需要的组织机构将变得明确、清晰，企业原有部门、科室的分工将会改变。

② 根本性的思考。在企业实施流程再造的最初阶段，不需要任何条条框框的限制，同时抛弃一般认可的习惯和假设，需要关注的是“为什么要做现在的事？为什么以现在的方式做事？现在的工作方式有什么不足？有没有别的工作方式？”而不是“如何把现在的事情做得更好？”

③ 彻底的重新设计。企业流程与企业的运行方式、协调合作、组织管理、新技术的应用与融合密切相关，企业流程再造是彻底的全方位的再造，包括观念的再造、流程的再造和组织的再造、以新型企业文化代替旧的企业文化、以新的企业流程代替旧的企业流程、以扁平化的企业组织代替金字塔型的企业组织等。其中的信息技术应用是流程再造的核心，它既是流程再造的出发点，同时也是流程再造最终目标的体现。

④ 巨大业绩。进行企业流程再造的目标不是为了获得小的改善，而是取得业绩的巨大进步。当企业需要彻底改变时，才可以实行企业流程再造。

3.3.2 业务流程再造的步骤与方法

(1) 业务流程再造的步骤

业务流程再造的主要步骤如下：

① 确定基本方向。确定业务流程再造的总目标、总方向、总思路。这需要明确企业的战略目标，并将目标分解，确定业务流程再造的基本方针，并进行初步的可行性分析。

② 启动再造工作。先建立工作队伍，再确认具体目标。一般而言，有五种角色直接从事业务流程再造的工作：领导者、工程总监、项目主任、团队成员、指导委员会成员。队伍组织就续后，就应该确认具体目标，以便将来能评价再造工程项目的成效，使再造后新过程的绩效能够度量，并且能够与将来的过程进行对比。再造过程的效果可以从时间、成本、差错三个方面来度量。

③ 选择有待再造的过程。这一步要决定新系统和企业流程在哪里才能产生最大的战略影响力，了解企业哪部分的流程需要改进是公司最重要的战略决策之一。当系统用于加强错误的企业模式或者企业流程，就会花去企业一笔可观的开销和时间，但是对公司的绩效和收入几乎没有影响。选择需要再设计的流程时，一般从三个方面考虑：迫切性，即哪些流程遇到了最大的困难；重要性，即哪些流程对客户的影响最大；可行性，即哪些流程可以成功地进行再设计。

④ 对需要重新设计的流程进行诊断。可以采取与流程中的工作人员交谈的方式来了解情况，了解信息是怎么流通和连接的，采用一些可视化工具来描述流程，以此来评价现有过程，发现潜在的病症。而对于潜在病症的发现，要着眼于是否有重复、无用、形式与格式上不一致的相互矛盾的处理过程或者重复多余的上下不一致的报表文件，不合理的规章制度等。一种有效的方法是对全过程的活动进行逐项考察，看它在成本、时间上逐步增加多少，有无

瓶颈式的阻塞延迟,在它上面使用的人力资源情况,并把情况制成图表,然后进行分析评判,这种记录还可以保存用于与已进行再造后的流程对比。同时,还应该注意到问题是存在于某个流程之内还是在流程之间的关系上。由于企业的各种流程实际上都存在相互制约、相互影响的关系,所以应该特别注意相互之间的作用与匹配,使他们彼此协调,保证管理流程与经营流程相互协同。

⑤ 进行再设计。由于上一步已经发现许多可以改造、置换或改进的地方,任务组的成员要打破过去对组织机构和工作过程的传统理解,通过广泛的讨论,集思广益,构想出一些新的思路,使过程在生产率、质量、成本、时间诸方面均有很大改进。

⑥ 进行再造的构筑工作。这一步包括业务过程的变更、信息技术设施的建设。由于流程再造影响到组织的改组工作,要注意实现从现有组织到新建组织的平稳过渡,可能涉及人员的精简、调动,留用人员也会有职权的改变,这种情况下,需要对人员进行业务以及信息技术方面的训练。

⑦ 对新建的过程进行检测。验证原定目标的各项指标方面是否真的有改进,有没有达到预定水平。

(2) 业务流程再造的方法

流程再造主要方法有:

① 合并相关工作或工作组。如果一项工作被分成几个部分,而每一部分再细分,分别由不同的人来完成,那么每一个人都会出现责任心不强,效率低下等现象。而且,一旦某一环节出现问题,不但不易于查明原因,更不利整体工作的进展。在这种情况下,企业可以把相关工作合并或把整项工作都由一个人来完成,这样既提高了效率,又使工人有了工作成就感,从而鼓舞了士气。如果合并后的工作仍需几个人共同担当或工作比较复杂,就成立团队,由团队成员共同负责一项从头到尾的工作,还可以建立数据库,信息交换中心,来对工作进行指导。

② 按自然顺序允许交叉作业。在传统的组织中,工作在细分化的组织单位间流动,一个步骤未完成下一步骤便开始不了,这种直线化的工作流程使得工作时间大为加长。如果按照工作本身的自然顺序,是可以同时进行或交叉进行的。这种非直线化工作方式可大大加快工作速度。

③ 根据不同工作设置不同处理方式。传统的做法是,对某一业务按同一种工作方式处理,即对这项业务设计出在最困难最复杂的工作中所运用的处理方法,然后把这种工作方法运用到所有适用于这一业务的工作过程中。这样的做法存在很大的浪费。因此,应该根据不同的工作设置若干处理方式,这样就可以提高效率,使工作变得简捷。

④ 模糊组织界限。在传统的组织中,工作完全按部门划分。为了使各部门工作不发生摩擦,又增加了许多协调工作。因此 BPR 可以使严格划分的组织界限模糊甚至超越组织界限。

3.3.3 业务流程再造与企业信息化

早期企业的信息化进程中,大部分为人工经验型管理。职能部门的流程或其他组织的需求决定了传统的信息技术的实施,这导致组织缺乏集成的信息,难以共享,容易产生信息孤岛,所搜集的信息不能快速反应需求变化,也不能提供理想的分析结果和决策支持。而且由于各个部门使用不同软件平台、不同的数据结构，流程内部的各个部门都要使自己信息技术的使用达到最优，而忽视了整个组织的效率。这样的信息技术体系必然导致整个企业的协调能力下降，无法对顾客需求的变化做出迅速的反应。另一方面企业信息化的初级阶段只强调了计算机、网络和数据库等技术因素，将这些信息技术应用在陈旧的、现有的管理流程上，只是在原来的基础上用计算机代替已有的手工操作，使现行的业务处理信息化，而业务流程本身和相应的组织结构并未发生变化。

企业信息化的内容主要包括以定单为导向的物流管理信息化、以资金流为重点的全面财务管理信息化、以人为本的人力资源管理信息化、以计划为主线的生产管理信息化、以客户为中心的客户关系管理信息化、以决策分析为目标的管理信息智能化。从中可以看出，信息化的对象实际上就是一个个的流程。

所以信息化建设应该以业务流程为出发点，而不是以技术；以管理变革为出发点，而不是以数据。信息化建设成败的关键就在于信息技术能否与业务流程高效融合。现代的企业信息化应当是企业应用现代工业工程的理论、技术与方法，在对业务流程进行改造、重组、优化或再设计的基础上，利用计算机技术、通信技术、网络技术与数据库技术，控制和集成化管理企业的所有资源和生产经营活动中的所有信息，实现企业内外部信息共享和有效利用，提高企业的管理水平、市场应变能力和整体竞争能力的工程化过程。

3.4 信息系统与组织结构扁平化

组织扁平化趋势是指组织充分利用信息技术的发展，通过减少管理层、增大管理幅度，实现从金字塔式组织结构向圆筒形组织结构的转变。扁平化组织(horizontal organization)是让员工打破现有的部门界限，绕过原来的中间管理层次，直接面对顾客，并向公司总体目标负责，从而以群体和协作的优势赢得市场主导地位的组织。

3.4.1 扁平化组织的概念与特点

20世纪七八十年代，管理人员比率和专业人员比率极度膨胀，几乎要把许多组织给压垮，组织变得管理控制过度，十分令人担忧。例如，施乐公司发现，公司的每个直接生产工人负担1.3个管理人员费用，而日本的相关企业仅需负担0.6个。20世纪80年代末开始，北美的一些企业率先开始进行结构重组，例如美国电话电报公司(AT&T)在80年代削减了30 000名管理人员；雪佛龙公司(Chevron)和海湾石油公司(Gulf)的合并导致了18 000名员工被解雇，其中许多是管理者。IBM、微软、GE、花王和夏普等许多知名的欧美日的公司都明确推崇扁平式组织结构。如通用电气公司(GE)，在杰克・韦尔奇上任后的十多年里，组织等级层次平均减少了4个，是将近上任初期的一半。削减规模、裁员、中间管理层革命逐步成为90年代的热门词语，并波及全世界，从而也形成了企业组织扁平化的这一新趋势。

扁平型组织结构的特征主要表现在以下几个方面。

① 竞争与效率。在组织结构上每一个层次必须巩固和提高自己现有的竞争能力，这是因为组织结构上层次的减少，意味着每一个分支更加具备独立性，具备操作性，只有不断地提高自己的竞争能力，才可能使工作效率进一步提高。当然，在减少环节，也就是减少工作层次这部分的时候，不是意味着什么都可以减少，必须以利润最大化为原则。

② 经济与合理。增加或是减少层次，都要经过反复考察规划，每设置一个层次都要具有合理性，都是为企业的最终目标服务的；同时也要表现其经济性一面，在降低成本的基础上获取最大收益。

③ 层次简单和幅度适当。权力的层级划分应尽可能少些，即从最高决策者到最基层执行者中间应尽可能减少环节，每一层级的管理幅度要控制得当，使其与组织体系的性质、规模，尤其是管理者的能力相适应。

④ 信息畅达。必须保证上下左右之间、体系内外之间的信息畅通，这是保证组织体系正常、高效运行的基本条件。同时扁平化组织形式为成员的工作提供了最大限度的自由，增长士气并提高效率，为顾客更好的服务，当然信息技术和电子技术发展又为这种扁平化的组织结构提供了物质保证，使信息的上传下达更为通畅。

3.4.2 扁平化组织的模式类型

(1) 矩阵式结构

由于组织中职能部门的权力过大和直线组织的分段引起任务的分割，每个功能似乎均有人负责，但无人对整个任务或整个任务的过程负责。为了加强任务过程的负责制，许多组织采取了矩阵式组织。矩阵式结构由二维组成，一维是直线组织，另一维是任务，这个任务可以是产品或者项目，其形式可以从图 3－5 看出：

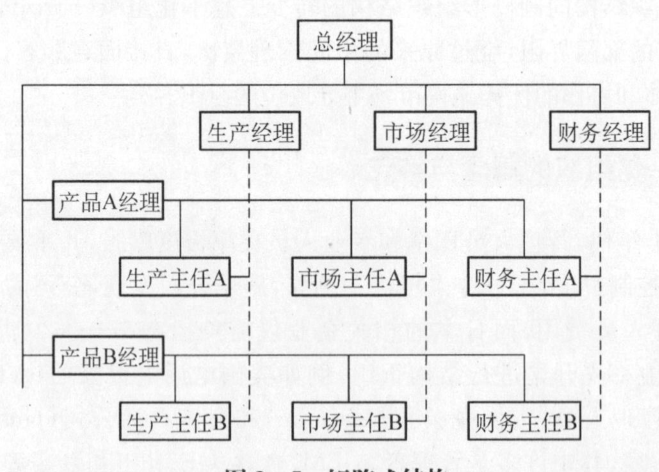

图 3－5　矩阵式结构

矩阵式结构实现了多元化的领导，一些上下级之间的直接领导关系变成了指导关系；而同级之间由过去的统一领导下的配合关系变成了相互协调关系。多元化的领导必然意味着权力的下放、决策的下放，这样下级才能主动地工作。随着信息技术的发展，管理的幅度可以扩大，过去一个领导所能直接领导的下属数量是七至八个，否则很难深入领导，现在幅度可以扩大到 30 个左右，因而组织呈现了扁平化的趋势。

事业部制结构是矩阵式组织在更大范围即大公司范围的实现。其组织结构如图 3－6 所示。

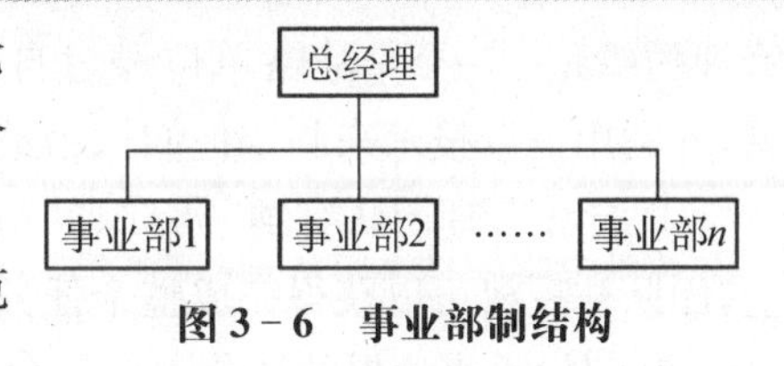

图 3－6 事业部制结构

事业部制结构一般是按产品来划分，如某大型通信设备公司分为程控交换机部，无线寻呼台部等。事业部有较大的自主权，自己下设市场部、生产部等，但下设各事业部不是完全独立于公司，主要表现在两方面：一方面是有些事务还是全公司统一管理，如有的大公司实行后勤的统一支持，有的实行财务系统的统一处理，当然信息基础的统一更是其特点；其二是它有为全公司服务或管理的义务。如交换机公司有为全公司作通信规划和指导实现的义务，有为全公司通信设备提供维修服务的义务。但它在发展自身产品方面有绝对的决策权，当然它又不能重复生产别的事业部的产品。

(2) 团队组织

团队组织是一种为了某一目标而由相互协作的个体所组成的正式群体。要想理解团队组织的实质，首先需要弄清楚团队与一般群体的区别。

根据组织行为学专家罗宾斯的定义，群体是为了实现某个特定目标，两个或两个以上相互依赖和相互作用的个体的组合。就工作群体而言，按照群体成员之间的相互依存关系可以分为三种类型；独立型、依存型、相互依存型。相互依存型群体中，所有成员同心同德，互相合作，为出色地完成任务，他们都会彼此密切配合，信息共享，能力互补、相互信任和支持，每个人的能力能够得到淋漓尽致的发挥，同时也就创造了卓越的整体绩效。这种群体就是我们所说的团队。因此，团队一定是一个群体，但并非所有的群体都能成为团队。罗宾斯用一个图形简明地比较了工作群体与工作团队的区别(见图 3－7)。

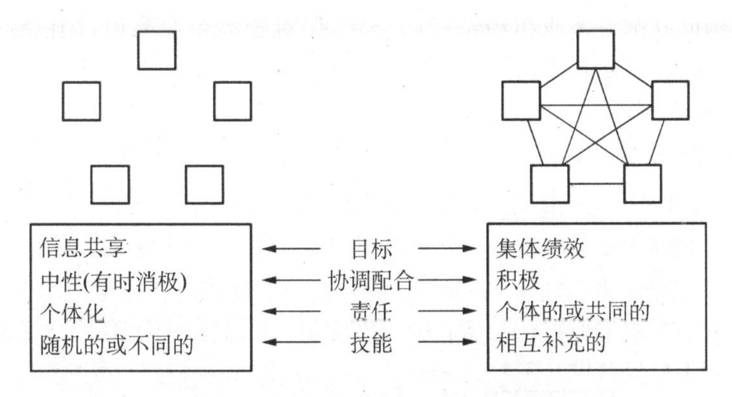

图 3－7 工作群体与工作团队的比较

之所以团队能够达到较高的整体绩效水平，主要是因为这些团队成员之间产生了一种特殊的情感并共同创造了特殊的工作流程。这种特殊的情感与他们维护关系的流程有关，而这种情感又促进了团队履行任务流程的改进，因而，团队实现了集体绩效。

团队型组织中以自我管理团队(self-managed team)为基本的构成单位。自我管理团队是以响应特定的顾客需求为目的，掌握必要的资源和能力，在组织平台的支持下，实施自主管理的单元。一个个战略单位经过自由组合，挑选自己的成员、领导，确定其操作系统和工具，并利用信息技术来制定他们认为最好的工作方法。团队组织有如下特点：

① 自我管理团队容纳了组织的基本资源和能力。在柔性生产技术和信息技术的基础上，团队被授权可以获得完成整个任务所需的资源，比如原材料、信息、设备、机器等。

② 部门垂直边界的淡化。在充分重视员工积极性、主动性和能力的前提下，团队消除了部门之间、职能之间、科目之间、专业之间的障碍，其成员经过交叉培训可以获得综合技能，相互协作完成组织任务。

③ "一站式"服务与团队的自主决策。在简洁、高效的组织平台(整体战略、信息技术、资金等)支援下，团队被赋予极大的决策权。团队成员可以自主进行计划、解决问题、决定优先次序、支配资金、监督结果、协调与其他部门或团队的有关活动。自我管理团队具有动态和集成的特点，能针对变化的顾客需求进行"一站式"服务，从价值提供的角度看，自我管理团队独立承担了价值增值中一个或多个环节的全部工作。

④ 高层管理者驱动转向为市场驱动。在扁平化组织中，自我管理团队对本单位的经营绩效负责，其管理人员从传统的执行者角色转变为创新活动的主要发起人，为公司创造和追求新的发展机会。中层管理者大为简化并不再完全扮演控制角色，相反转变为对基层管理人员提供顾客和供应商信息、人员培训方案、绩效与薪酬系统设计等关键的资源，协助团队间知识、技能和资源的横向整合。由于急剧的资源分散化和职责的下放，最高管理层的精力主要集中在制定整体战略、驱动创新过程，扮演设计师和教练的角色。

为满足顾客渴求，有效的减少成本、降低风险、缩短开发时间，自我管理团队必须大量依赖与其他团队或外部组织广泛的横向合作；自我管理团队能够独立完成价值增值的一个或多个环节，更为其在组织内部或组织间与其他团队实现多方合作奠定了基础。在市场需求驱动的新型组织中，自我管理团队是其基本构成单位，这种组织的形态必将是扁平的。在小公司中，团队结构可以作为企业组织结构的形式，但对于大企业来说，团队结构主要是作为职能结构的补充，以提高企业的灵活性和员工的工作效率。

(3) 网状组织

无论是矩阵型结构或职能制结构，对组织顶层来说均是只有一个"头"的组织，"多头"只表现在中间层，如多个事业部，多个项目组等。如果在组织中引入外部的"头"，组织就发展成为含有"多头"的结构。网状组织就是以某一个核心组织为主体，通过一定的目标，利用一定的手段，把一些相关的组织联结起来，形成一个合作性的企业组织群体。在这个组织群体中，每个组织都是独立的，通过长期契约和信任，与核心组织连结在一起，其结构如图 3－8 所示。

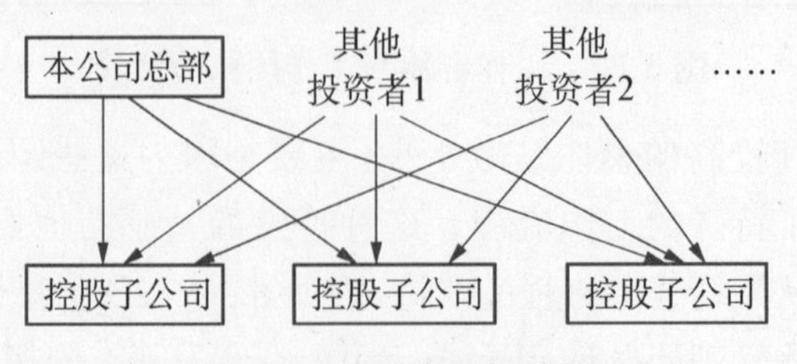

图 3－8　网状组织结构

控股子公司实际上只是个利润中心。“本公司总部”对控股子公司的主要目标就是投资获利。控股子公司本身又有董事会,一切事务包括产品或服务方向、市场、财务等均由自己决定。“本公司总部”只能通过董事会施加影响,不能直接干预。“本公司投资”的多少决定了其对控股子公司的影响力。根据影响力不同,下属子公司又可分为全资子公司、控股子公司和参股子公司。

网状组织按照稳定性可以分为以下三种:

① 稳定的网络。它是传统职能型企业组织的拓展,它以成品企业组织为核心企业,把沿着该产品和服务的价值链上下游的专业性企业组织联合起来,以更好地实现某一特定目标。其中每一个企业都是独立的,通过契约与核心企业组织和上下游企业联结。

② 内部网络。它是在企业组织之间建立一种内部市场,以经纪人组织为核心组织,把某一种产品或服务的价值链上的有关企业组织联结起来,实现这种产品或服务的价值创造。网络成员间以市场公开价格彼此购买产品和服务,通过市场机制与经纪人组织进行协调。网络成员之间与经纪人组织之间的关系比较稳定。它的优越性表现在稀缺资源与知识的共享与发展。整个网络像一个企业组织实体。

③ 动态网络。它也是以经纪人组织为中心,把某一种产品或服务的价值链上的有关企业组织联结起来,实现这种产品或服务的价值创造。不同的是经纪人组织与上下游各类组织都不止一个。经纪人组织根据实际需要,不断的组合相关的企业组织,可以同时组织多个网络,每次组合的时间相对比较短,完成一定使命后就解体。

上面的三种网络组织中,第一种网络是企业内部结构变革形成的网络,后两种是企业之间组建的网络。建立在因特网、内联网、外联网上的信息系统可以帮助企业加快运转速度、及时捕捉市场机会,以较低的成本将活动扩展到全球各地。企业在形成网络后由于系统整体功能的涌现,整体效益加入大于联合前各成员企业的个别效益的总和。值得注意的是,网状组织的极端形式就是虚拟组织,有关虚拟组织的知识将在本章第 5 节详细论述。

不同结构的组织在信息系统应用上存在着很大的区别。金字塔结构组织往往会在信息系统应用上作出全面的规划,逐步进行信息系统的应用,但一般在财务、会计、计划和行政管理等方面应用得比较多。事业部制组织的各个分部通常生存在不同环境下,这使得此类组织中信息系统应用比较复杂,一方面必须支持中心总部的财务计划和报表生成,另一方面又必须能支持各分部的运行。网状结构的组织中多根据项目的需要采用一些非常先进的、功能很强的信息系统。

3.4.3 信息系统与组织扁平化

企业组织的运作过程实质上是信息的传递、处理过程。在工业经济时代,由于信息传递技术及信息处理能力的限制,需要设置更多的职能部门及管理层次传递信息,并分担信息的处理任务。在信息时代,由于信息技术的应用,企业组织的信息传递和信息处理的能力大大提高,其结构呈现出扁平化的特征,管理层次比等级制组织要少得多。这是因为:在等级制组织内,有关竞争者、顾客和业务运作的详细信息即业务信息主要存在于组织的底层,即“活动发生的地方”。底层管理者和员工了解他们的那部分具体业务的动态特征,他们在决策中

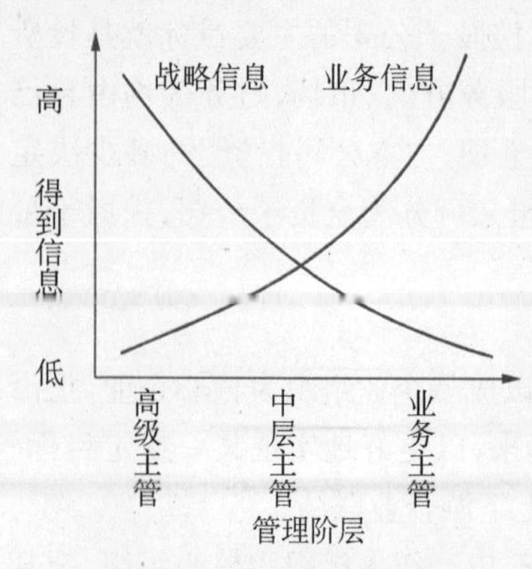

图 3-9 信息在组织各层级的分布状况

总是更多考虑这些业务信息，并在此基础上制定局部最优的决策。相反，有关整体战略方向和前景的信息以及企业整体的动态特性即企业的战略信息，主要存在于组织的顶层。因此。高层制定的决策虽然考虑整体的动机和战略方向，但可能由于对经营业务了解不够深入而使决策出现偏差。业务信息与战略信息在企业组织各层级的分布状况如图 3-9。

为此，在传统的等级制组织里，为了能够充分地使决策者获取两方面的信息，根据信息均衡原理，许多大企业将决策制定和管理职责授权给中层管理者，他们所处的位置使他们既能得到具体业务信息，又能获得整体的战略信息(见图 3-10)。由此可见，在工业经济时代的等级制中，从有利于企业作出正确决策的角度来看，大量的中层管理者有存在的必要性。另外，在工业经济时代的等级制企业组织中，随着企业规模的扩张，由于信息传递技术的限制，每个管理者的管理幅度受到限制，这样不得不设置相应地主要用于传递上下各层信息的中间层级。但是，这样一种组织安排本质上是存在缺陷的。因为这样一来，来自于组织高层和底层的关键信息可能会丢失或失真。而且，通过中级管理层来交换信息所浪费的时间严重影响了企业运作的速度。在信息经济时代，网络信息技术使得信息传递具有全通道的特性，信息化后的企业，信息传递的阻碍已经不存在。因此，一方面无论是企业的业务信息还是战略信息都可以很迅速地传递到需要者手中，这意味着所有的决策者，不管他们处在哪个组织层次，都能得到有利于作出灵敏、及时决策的信息，信息化后企业各层级组织获取信息及处理信息的能力大大提高。

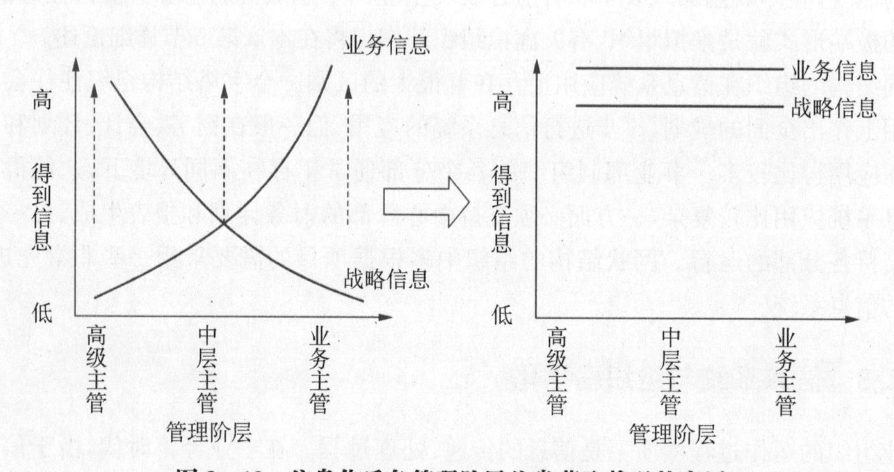

图 3-10 信息化后各管理阶层信息获取状况的变迁

网络信息技术的发展，使企业组织结构的扁平化成为可能，因此，企业实施组织结构扁平化的关键就是进行企业的信息化建设，构建企业内部及企业内部与外部相连接的网络信息系统，实现信息的集成与共享。

这样组织决策的权力就可以有两种安排：一种是直接由高层决策，从而降低由授权所带来的代理费用;另一种是由"活动发生的地方"即组织底层直接进行决策,从而降低信息成本。这两种安排都能使企业内部的交易费用降低。由此可见,在信息时代,从决策权力的分配角度即信息处理的角度来看,信息技术应用的结果将使企业组织的中层显得多余。另一方面,由于企业计算机技术及互联网技术的应用,使企业内外的信息传递更为方便、直接,大量原有组织内采取分析、评价和传递上下各层次信息的中间组织可以删除。可见,由于信息技术的特性,使企业组织信息传递和信息处理的能力大大加强,使企业组织内大量中间组织(如信息传递、中继、监督等)的职能萎缩甚至消亡,这样就减少了管理层次,使组织扁平化成为可能。当然,信息技术仅仅为企业组织扁平化提供了技术保证,企业要真正实现扁平化,还必须设计相应的企业组织制度。

3.5 信息系统支持虚拟企业运营

案例 3-1

美特斯邦威公司的虚拟经营

温州的美特斯邦威集团运用"虚拟经营"之道,成功地打破了温州家族式民营企业通常发展至5亿元左右年营业规模就徘徊不前的"温州宿命"。服装行业作为时尚行业,需求变化很快,美特斯邦威利用外部资源建立起自己的销售网络,这样容易导致企业离最终端的消费者市场越来越远,反馈渠道不畅通,难以把握不断变化的市场需求,降低市场反应速度。同时,美特斯邦威上游有300多家供应商,在下游有2700多家专卖店。如此庞大的网络难以纯粹用人工去管理。

从2001年起,美特斯邦威开始了信息化的全面改造,开发出了一套契合自身业务流程和管理需要的适用型企业资源管理系统。通过美特斯邦威铺设的信息系统网络,可以在总部直接观察到每一家专卖店的销售情形,专卖店的各种信息数据可以即时传到总部,以便根据市场信息及时做出决策,并且可以通过网络对每一家专卖店作现场的指导,改善了对连锁专卖店的管理。美特斯邦威通过虚拟经营而节省下来的大量资金投在了品牌建设和服装设计上,使美特斯邦威在虚拟链条中处于核心地位。

(资料来源:改编自张占坤,唐立新. 论美特斯邦威的虚拟经营[J]. 中国外资,2009(8).)

3.5.1 虚拟企业的概念

虚拟企业(virtual organization)不是法律意义上完整的经济实体,不具备独立的法人资格，它是在企业之间出现的、以信息技术为连接和协调手段的临时性的动态联盟形式的虚拟组织。它可以把不同地区的现有资源迅速组合成一种没有围墙、超越时空约束、靠信息网络手段联系和统一指挥的经营实体，以最快的速度推出高质量、低成本的产品或服务。

虚拟企业组织的“虚拟”是相对于实体企业组织而言的。在一个虚拟企业中，传统企业所具有的主要功能及为完成功能而设置的职能部门都通过利用外部资源而“虚拟化”了。虚拟企业以信息技术和通讯技术为基础，依靠高度发达的网络将供应商、生产企业、消费者甚至竞争对手等独立的企业连接而成的临时网络，目的是共享技术，共担费用，联合开发。

3.5.2 虚拟企业的特点与形式

虚拟企业是网状组织的一种极端形式，它和网络组织的结构类似，但虚拟企业连接的企业的范围更广，甚至将竞争者也连接进来。网状企业的成员间的合作关系维持的比较长久，成员之间有着长期的共同目标，而虚拟组织所建立的成员之间的合作关系是短期的，很难说有共同的目标。概括起来，虚拟企业包括如下特点：

① 专长化。虚拟企业只保留自己的核心专长及相应的功能，将其他非专长能力及相应功能舍弃。旧的实体组织有完整的功能和资源能力，但会造成某些情况之下资源的闲置和浪费，而虚拟企业的专长可以避免这一点。

② 合作化。虚拟企业由于不具备完整的功能与资源，在完成一个项目时，必须利用外部市场资源或与其他人形成互补关系的企业合作。而且这种合作网络并不是固定不变，而是要根据所需要的资源状况选择合适的合作企业。

③ 离散化。虚拟企业本身在空间上不是集中、连续的，它的功能和资源是以离散状态分布在世界不同的地方，彼此间通过信息网络连接在一起，由于信息的高速传递，超越了时间和空间的障碍。

④ 中介网络化。虚拟企业通过网络代替市场的中介功能，工作效率更高，交易成本更低，流程运作时间更短。

⑤ 产销对称化。虚拟企业根据信息网络中的消费者需求来生产和供给产品，生产的产品结构、数量、价格、质量、外观较符合消费者的需求。

⑥ 反应及时化。虚拟企业将一项经济活动的各部分分解给具备这方面核心专长的企业去完成，企业间再合作，这样可以使各企业能力组合最优，缩短时间。

虚拟企业有组织虚拟化、功能虚拟化、地域虚拟化等形式，具体而言：

① 组织虚拟化。即组织没有成形的组织层次结构、没有固定办公地点，通过信息网络将不同位置的资源连接起来，任务完成时组织解散，有新项目时再根据新要求重新组合。网上的销售公司、旅游公司等就是组织虚拟化的例子。

② 功能虚拟化。企业本身只有核心功能的组织，运作需要的完整功能，如生产、设计、财务等则借助外部的企业来实现。如耐克公司只生产气垫系统，并将大部分精力专注于附加值最高的设计与行销，生产则由亚太地区的制造商完成。

③ 地域虚拟化。指企业将功能分布在不同地点，产品的研究、开发、设计、制造、服务可以分别在不同的地方，形成位于世界各地的产品设计中心、制造中心、顾客服务中心等。

3.5.3 信息系统在虚拟企业中的作用

虚拟企业与传统企业在组织特点与管理模式上存在显著差别，使得它的管理信息系统具有很大特殊和复杂性，例如它需要考虑多个企业的信息系统的集成与资源共享等问题。总的来说，虚拟企业信息系统的功能除了具有传统企业的信息系统所具有的信息处理功能外，还应当具备以下特有的功能才能实现虚拟企业的管理目标：

① 组织风险管理。对组织面临的风险进行检测和控制，尽可能减少意外事故造成的损失，重点要对管理风险、合作伙伴的不稳定性、核心能力及商业机密泄露的风险、违约风险进行控制。

② 组织合作收益的分配。与传统企业信息系统中的财务管理相比，虚拟企业的合作收益分配是否公平直接关系到合作的稳定性和持久性。合作收益分配不仅包括有形收益的分配，而且包括无形收益的分配。

③ 成员分类评价。对潜在的合作伙伴进行分类评价，根据不同的市场机遇类别建立稳定的合作伙伴，对市场机遇所需资源进行分析，构建基于供应链的虚拟企业，对供应链进行有效的控制与管理。

④ 成员企业核心竞争力的形成。对虚拟企业成员核心竞争力进行评价，确定各个成员在组织中的地位，并对合成后的组织竞争能力进行评价分析。对构成核心竞争力的主要决定因素进行分析，给出合作伙伴的选择标准。

⑤ 成员企业敏捷性评价。对成员企业的敏捷性及虚拟企业组织整体敏捷性进行评价，通过对敏捷性评价的反馈，总结经验不足，找出改进的办法。

★★★★★ 本章知识点 ★★★★★

组织	组织对信息系统的影响	流程再造步骤与方法
标准化运作程序	信息系统对组织的影响	扁平化组织
组织文化	无边界组织	扁平化组织的模式类型
组织结构	信息系统实施与组织再设计	虚拟企业
组织环境	流程再造	虚拟企业的特点与形式

案例分析

海切人造丝公司艰难的再造工程

新泽西的海切人造丝公司迫切需要一个新的订货系统。它在德国的母公司 1993 年遭受了重大的损失，为在竞争日益激烈的全球市场上降低成本、提高竞争能力而广泛开展的公司重组和整顿也波及到海切公司，管理者们希望能设法增加订单，减少失误，降低预测失败率高达40%而造成的大量库存积压。1994年12月，海切公司骄傲地推出了一套新的订货处理系统，用来更快更准确地为他们设在美国、加拿大和墨西哥的工厂提供大批的原材料。该系统利用客户/服务器技术，集成了所有顾客的信息，能完成订货分配，库存管理和运输管理等工作，还能实时地监控按准时制生产方式排定的生产计划，并且自动为用户补充库存。这些受到一致好评的成就是经过了历时两年的再造工程才得以实现的，其间几经挫折，几乎失败。

1994年初，海切公司聚酯厂的执行经理简·海克被委派去制定南加州工厂的订货业务流程，因而她必须参与到再造工程项目中去。当她到达时，系统已进入最后调试阶段。为了解情况，她不得不向再造工程小组成员不断地询问各种问题。那些人都显得十分忙碌，没有兴趣向她介绍，以至于就连“某个屏幕为什么要设计成现在这个样子”这样的简单问题，她也得不到答案。她的工作严重受阻。

再造工程小组组长后来解释说：“高层领导当初把精力都用在如何建立再造工程小组上了，他们也许忘了考虑新的成员应如何加入到这个小组的问题”。小组的任务是负责订货工作的再设计，完成以后该小组就解散。小组成员是公司副总裁以及其他高级主管们在1992年7月精心挑选出来的，包括一名荷兰出生的生产管理人员，一名化学工程师出身的销售人员，一名女性的财务分析人员，一名来自少数民族具有生物学学历的质量管理人员，还有一个总爱说自己是个“神经过敏的急先锋”的工程部的经理。后来还有一位信息系统的管理人员参加进来，但是却没有客户服务部门的代表参加。因为高层领导们担心，这么多不同种类的人合在一起是否能够很好地合作。

小组建立后，首先需要经过一段磨合，达到相互的支持与默契。这是再造工程项目所必不可少的人员素质要求。为了增强这种团队精神，他们一起到野外用绳子串在一起共同爬山，一起讨论不同人种之间的差异，宗教的教义以及思考问题的方式和风格。后来他们对从事订单处理、生产制造、信贷处理、仓库管理和销售工作的一百多名工作人员分别进行了面谈，直到1993年1月，终于形成了新系统的系统框架的总思路，并且决定开始实施。他们请麻省的剑桥技术公司为他们开发了主机、工作站以及微机上的软件，到开始测试的时候，海克来了，并加入他们的小组。令海克不解的是工作小组竟然在没有建立文档的情况下做了各种决策，现在连他们自己也很难回过头去修改他们已经做过的事。海克还发现，用户们对这个系统缺少拥有感，他们总是觉得这是一个没有经过他们介入而硬塞给他们的系统。负责订单处理的人员要学习新系统的操作与使用，学习的困难使他们感到很大的压力，他们对再造工程充满了怨气。

为了避免抵制的加剧，工作组又找到了曾经帮助他们建立工作小组的咨询顾问欧文先生。在欧文顾问的参与下，1994年2月召开了一次长达半天的恳谈会，负责订单处理和客户服务的员工代表、海克以及工作组全体成员进行了交流。当各种问题摊在桌上的时候，有的只是眼泪、指责、愤怒和不信任。客户服务部的代表甚至尖锐地斥责海克说："你为什么要他们这么干？"

最后会议终于订出了一个大家都能接受的计划。3月份，日益增多的订单开始源源不断地被输入新系统，4月初，转换工作也被完成。再造工程工作组的人会同信息系统人员以及各级业务部门人员一起在年底以前对于新系统不断地进行了调整，排除了数据通信中的错误，加快了数据库的存取速度。到年底海切公司宣布新系统成功时，系统已经运转得很平滑了，但是人际关系之间的冲突却依然存在。

（资料来源：仲秋雁，刘友德主编. 管理信息系统（第五版）[M]. 大连：大连理工大学出版社，1998，pp. 298－300.）

【思考题】

(1) 海切人造丝公司在再造工程的实施中发生了哪些问题？原因是什么？

(2) 可以用哪些策略解决这些问题？他们是怎样获得成功的？

第四章
管理与信息系统

学习目标

- 了解管理行为学理论
- 掌握决策制定的不同程序及阶段
- 了解信息系统对战略转变和管理者的影响
- 了解如何利用信息系统获得竞争优势
- 掌握竞争力模型及信息系统实现竞争优势的战略
- 了解信息系统不同的分类方法
- 了解不同分类情况下各种信息系统的功能及流程
- 了解信息系统的商业价值

4.1 管理者、决策与信息系统

制定决策是大小组织中各个层次经理们的主要任务。目前存在的许多信息系统都改善和增强了管理决策，信息系统也深刻地影响了经理们的决策。

4.1.1 管理的行为学理论概述

(1) 管理的古典论述

古典管理模式(classical model of management)描述管理者的所作所为，自20世纪20年代后的70年中该模式很少受到质疑。亨利·法约尔(Henri Fayol)和其他早期的研究者最早描述了经理人的五个传统功能：规划、组织、协调、决策与控制。对管理活动的这一描述主宰了管理思想相当长的一段时间，一直到今天仍相当流行。

但这些实际描述管理功能的观点，并不能令人满意地描述管理者的实际工作，这个说法并未说明当管理者在规划、决策与控制其他人的工作时，管理者是如何做的。

(2) 管理的行为学模型

现代行为学专家从观察中发现，经理人并不是以我们相信的古典管理模式来行事。例如，科特(Kotter, 1982)描述了一个投资管理公司总经理早上的活动。

案例 4-1

一位投资管理公司总经理早上的活动

早上7:35分　瑞德到达办公室，打开公文包，要了一杯咖啡，然后开始制定一天的日程表。

早上7:45分　瑞德及其下属怀特开始聊了几个话题，并且交换不久前在夏天度假时拍的照片。

早上8:00分　他们讨论了当天日程的先后顺序。

早上8:20分　瑞德和另一个下属威尔逊讨论一些人事问题，过程中还聊了一些笑话。

早上8:45分　瑞德的秘书到办公室，他们谈到她的新公寓，并安排今早稍后的一个会议。

早上8:55分　瑞德参加了一个下属所主持的晨报，有30个人出席，瑞德在会议中看了一些资料。

早上11:05分　瑞德及其下属回到办公室讨论一个棘手的问题，他们试图明确地界定问题，并且列出可能的方案。他引导这个讨论围绕在一个主题上，最后才能达成共识，决定下一步如何做。

在这个例子,从瑞德的日程中很难去认定哪些活动归类为规划、协调和决策制定工作。在行为学模式(behavioral model)中,经理人的实际行为似乎不那么有系统,不那么正式,少了些深思熟虑,也不那么有条理,更多的是对他人的回应。这些超出了古典管理模式所能论证的范围。

观察者发现管理者行为与古典管理模式的描述有很大的不同:第一,现代研究人员发现经理人以相当快的速度完成大量的工作。有些研究发现经理人以不间断的速度每天处理超过600件事情。经理人没有空暇时间。第二,管理上的工作是片段的,对于大部分的工作,经理人通常只花费不到9分钟的时间处理,只在大约一成左右的活动上花了超过一个小时的时间。第三,经理人较喜欢深思、传闻和闲聊。经理人通常喜好口头形式的沟通胜于书面形式,因为口头更有弹性,而且需要较少的努力,同时带来更快的响应。第四,经理人通常和一个多元化且复杂的人际网络保持联系,把它当成是非正式的信息系统,并使用它来执行个人事务与长期和短期目标。

(3) 管理角色

分析经理人每天的行为,明茨伯格发现它可以分成十种管理角色(managerial role)并归纳为三类:人际性质、信息性质和决策性质。

① 人际性质的角色(interpersonal role)。经理人扮演组织中的领袖,因为他们对外代表整个公司,也做颁发员工奖励这种象征性的工作。经理人扮演了领导人的角色,他们尽力激发、劝告及支持他们的部属。经理人也担任组织内不同阶层沟通的联络站。在每一个不同的阶层内他们又是管理小组成员间的联络站。经理人提供时间及帮助,并且希望将来有所回收。

② 信息性质的角色(informational role)。经理人也担任他们组织内神经中枢的工作,他们接受最具体、最新的信息后,再把这些信息重新传送给需要的人。所以经理人是整个组织的内部信息传送者和外部发言人。

③ 决策性质的角色(decisional role)。经理人必须做决策。他们扮演企业家的角色,首先发动新的活动;处理组织中发生的各种纷扰;分配员工所需的资源;他们交涉冲突,协调组织内冲突的群体。

4.1.2 IT对管理决策的影响

虽然几乎每一个人均相信IT已经在更好的管理决策上作出了贡献,但在此课题上很少有大规模的量化研究。IT对管理决策的正面影响通常是通过生产率的测量和公司总体性能(获利性)以及对股票的市场分享价值推断来实现。以后我们还要讲述决策、决策的类型、决策的过程等等,了解了这些以后会更好地了解IT如何影响管理决策。

制定决策是管理者最具挑战性的角色。信息系统帮助管理者沟通与分配信息。然而,它们在管理决策上只提供有限帮助。因为决策是系统设计者最想影响的一个领域(成败参半),我们将注意力转移到这个议题。

(1) 决策制定的程序

决策制定可依组织层次来划分,即战略层、管理层、知识层及作业层。战略决策制定

(strategic decision making)决定组织的长期目标、资源与政策。管理控制(management control)的决策主要涉及如何有效地使用资源,以及作业单位如何顺利运作。作业控制(operational control)的决策制定决定如何完成战略与中央决策者所分配的特定工作。知识层决策制定(knowledge-level decision making)主要是评估产品与服务的新构想,沟通新知识的方法,以及分配信息到组织各单位的方法。

在各个阶层的决策制定中,研究者将决策分为结构化与非结构化两类。非结构化决策(unstructured decision)需要决策者对于问题的定义提出自己的判断、评估或见解。这些决策常是新的、重要的与非例行的,而且没有建构清楚或一致的程序去制定这种决策。相反的,结构化决策(structured decision)为重复的、例行的,并且有定义清楚的、可接受的程序与答案。

(2) 决策制定的阶段

制定决策包含几个不同的活动。西蒙(Simon, 1960)描述了决策制定的四阶段:情报、设计、选择与执行。

① 情报(intelligence)包括确认组织中发生的问题,了解问题为什么发生,在何处发生,导致了什么影响。传统的管理信息系统可提供详细的信息帮助管理者分辨问题,特别是当系统可以报告例外情况时。

② 在解决方案设计中,个人设计问题可能的解决方案。一些小型的决策支持系统很适合在这个阶段的决策制定中使用,因为它们使用一些简单的模型,可以很快的开发出来,而且可以在有限的数据下使用。

③ 选择包括挑选所有可能的方案。在此,决策制定者可能需要一个大型的决策支持系统来对各种方案及复杂的模型或数据分析工具发展更为广泛的数据,从而计算所有的成本、结果和机会。

④ 当决策落实后,就开始执行。管理者可以使用日常管理报表的报告系统来报告这个解决方案的执行程度。支持系统包括从大型的MIS系统到小系统,一直到在PC上运作的项目管理软件。

一般而言,决策制定阶段不一定要依据此线性的路径。在决策制定的过程中的任一点,你都可能会回到先前阶段。例如,某人可能提出数个可行方案,但不确定这些方案设计是否能满足某个特殊问题的需求。此情况需要再度回到情报阶段的工作。又如,某人可能正在执行一项决策,结果发现该决策无效。在此情况下,他被迫重复设计或选择阶段。

信息技术为管理者提供了工具去执行他们的传统角色与新角色,使得他们能够更精确快速地监控、规划与预测,并且加快他们对于营运环境改变的反应。管理者的主要责任是必须针对企业、公司和产业不同战略层次找出适合使用信息技术的方法以达成竞争优势。除了确认企业流程、核心竞争力以及和业界其他公司之间的关系可由信息技术来加强外,管理者必须监控社会技术变革以实现战略系统。

信息技术提供组织工作和使用信息的新方式,可以提升组织的生存能力与繁荣。信息系统对于管理者决策和企业来说都是相当有帮助的。科技可以用来使现有产品实现差异化、创新产品及服务、培养核心竞争力,以及降低营运成本等优势。当今所有的决策要考虑IT的应用,其实最主要的决策就是管理者应当选择适当的科技运用在公司的竞争战略中。

4.1.3 信息系统对战略转变和管理者的影响

(1) 对战略转变的影响

企业战略的这类系统一般需要经营目标变化、与客户及供应商关系上的变化、内部运作变化和信息体系变化。影响着组织的社会构成和技术构成的这些社会技术变化被认为是战略转变,即社会技术系统不同水平之间的过渡。

社会技术变化的程度取决于具体的时境。然而,组织的战略和其内部结构之间的确存在一种联系。当公司开始把信息系统作为公司总体战略的一部分时,公司的内部结构也必须变化以反映这些新的发展。为增强公司的竞争性而努力的经理们将需要重新设计各种组织运作过程,以有效地利用处于科技前沿的信息技术。

(2) 对管理者的影响

信息系统实在是太重要了,因此不能把它全权托付给公司中小小的技术部门,经理们必须主动地识别能为公司带来战略优势的系统。身为经理,应能回答如下问题:

➢ 在本行业中有哪些因素在起作用?行业中的龙头老大采用什么战略?

➢ 行业目前如何使用信息和通信技术?哪些组织在应用信息技术上是行业的先驱?

➢ 本行业中变化的方向和性质是什么?动力和变化源于何处?

➢ 本行业能靠引进信息技术得到战略机会吗?信息系统能改变竞争基础吗?能造成成本转移吗?能创造新产品吗?能增强与供应商打交道的实力吗?能建立针对竞争者的屏障吗?

➢ 什么样的系统能用于本行业?本行业是否需要用信息系统来创造新产品和服务?是否用信息系统来创建供应系统,来创建市场营销系统吗?

一旦经理们理解了本行业内供应系统的技术性质,就应该把视点转向他们的组织,关注如下问题:

➢ 在信息系统应用方面,本组织领先于行业水平还是落后于行业水平?

➢ 目前的经营战略计划是什么?这个计划是如何与信息服务战略相配合的?

➢ 目前采用的信息技术是否已为组织创造了显著效益?信息技术是大大地支持企业还是消耗企业资源?

➢ 新的信息系统在哪些领域为企业提供最大价值?

当这些问题考虑完之后,经理们就能够洞悉其公司采用战略信息系统的时机是否成熟。

对成功的战略信息系统的研究已经发现,这类系统很少出自于规划,它们是长期、逐步地演变而来的,而且这类系统的起源几乎总是伴随着实际的经营管理问题。例如,常被引为“战略系统”的美国航空公司的计算机订票系统——SABRE 系统源于一个并不复杂的库存管理和订票录入系统。战略系统不是降生于什么神奇的方法。像大多数新产品一样,战略系统来自于对企业现实情况的观察。这一研究的发现可能为如何寻找强大战略作用的系统提供要领。

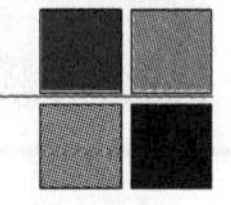

4.2 利用信息系统获得竞争优势

为了将信息系统用做竞争武器，必须了解在哪里可能为企业找到战略机会。描述企业和企业环境的两个模型已被用于识别信息系统所能够提供竞争优势的经营领域。这两个模型是波特竞争力模型（或又称竞争威胁模型）和价值链模型。

4.2.1 波特竞争力模型

在考虑组织竞争战略时，需要重点考虑外部竞争因素。根据波特（Porter）的理论，组织面临的竞争不仅有传统的行业内竞争，而且还包括四个外部竞争因素：包括市场新进入者的威胁、替代品或服务的压力、客户的议价能力、供货商的议价能力。

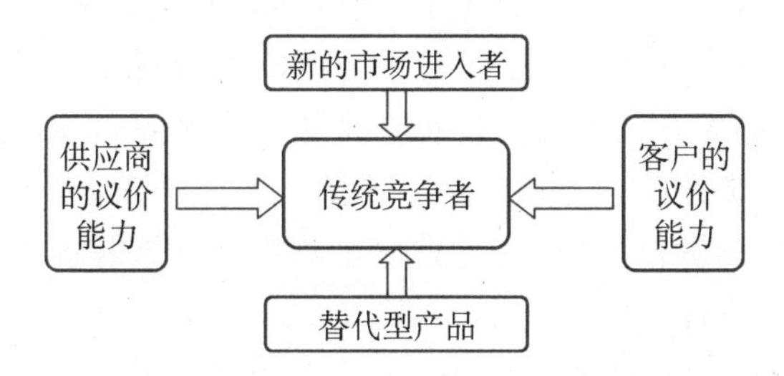

图 4－1 波特竞争力模型

4.2.2 信息系统实现竞争优势的战略

通过增强企业处理威胁和机会的能力，可以使企业获得竞争优势，并且可从企业利益出发来改变企业和行业中竞争者之间的势力平衡。如何设计信息系统或利用信息技术实现波特的竞争战略？劳顿（Laudon）将波特的三种基本竞争战略扩充为四种策略或对策。企业可以用信息系统的四种竞争战略对付这些外部竞争威胁：

（1）差异化（product differentiation）策略

产品差异化是指企业在所提供产品的质量、性能、式样、服务及信息提供等方面显示出足以引起消费者偏好的特殊性，使消费者能将它与其他同类产品相区别，以达到在市场竞争中占据有利地位的目的。

产品差异化的影响，一是需求价格弹性方面，由于消费者具有强烈偏好，所以该类产品的需求价格弹性大大降低。二是产品之间的替代关系方面，由于消费者对差异化产品的强烈偏好，使得他们在选择产品时很少会放弃差异化产品而选择其替代品，使得替代品的替代效应大大降低。

因此，企业可以通过产品差别化来建立品牌忠诚。新产品和服务应容易区别于竞争对手的产品的服务，且不能被当前的竞争者的潜在的新竞争者复制。信息技术能够有效地支持这种策略。产品差异化不仅是一种理念，它需要有效的成本控制才能实现。而信息技术的应用能够支持企业有效率地生产出更加与众不同的产品。

案例 4-2

各行业利用信息系统创新产品和服务

1977 年，花旗银行(Citibank)开发了自动柜员机(ATM)和银行信用卡。为了开拓美国个人存款市场，花旗银行把自动柜员机装遍了纽约的市区，存款人在任何地方都有机会用自动柜员机取款或存款。作为该领域的先驱，花旗银行曾一度成为美国最大的银行。花旗银行的自动柜员机如此成功，以至于他的竞争者们——大大小小的银行用其叫做纽约现金交换系统(NYCE)的技术成果奋起反击。

建立新颖的基于信息系统的产品和服务不一定需要最先进的信息系统技术。以色列贴现银行(Israel Discount Bank)就因用旧的技术设计出新的银行服务而建立了优势。

在 1978 年，美国最大的证券经纪公司，美林集团开发了叫做现金管理账户的金融产品，该账户允许客户的资金在股票市场基金和债券市场基金及货币市场基金之间自由流动，并且还允许客户从这些基金中取支票而勿需手续费。一个金融产品的如此灵活性把美林集团带进了银行业且拓展了它的大众市场吸引力。这一创造也迫使其他主要经纪公司提供类似的服务，也迫使像花旗银行这样的大银行机构用它们自己灵活的现金管理系统进行对抗。

在零售界里，制造商们开始用信息系统创造顾客定做的产品以满足顾客的细微的要求。利维公司(Levi Strauss)开始在它的零售店里装备个人裤型服务系统(personal pair)，该服务允许顾客按自己的规格设计牛仔裤。顾客将自己的身体尺寸输入到微型计算机内，微型计算机再将顾客的规格传输到利维公司的工厂，并在生产标准产品的生产线上生产特殊定制的牛仔裤。无独有偶，美国安德森制窗公司(Anderson Windows)创造了“智慧门窗”系统，该系统允许五金商店和零售门市的顾客设计门窗。微型计算机把顾客的窗户规格传输到明尼苏达州港湾市的安德森公司制造厂。该系统使安德森公司的生意猛增，以至于竞争者们争相仿制这个系统。

在上述公司中，信息系统技术创造着按顾客要求定制的产品和服务，同时也保持了规模生产技术的成本效率，此生产方式称为定做制造技术(custom manufacturing)，在以后的客户关系管理章节将做更为详细的探讨。

(2) 集中性差异化(focused differentiation)策略

集中性差异化策略来自于创造新的市场空间——为一种产品或服务识别一个能够占有优势的特定的目标市场，企业可以通过提供专门的产品或服务，比现有竞争对手和潜在的新竞争对手更好地为这一狭窄目标市场提供服务。在市场规模不大时，管理者可以凭借自己的智慧或经验，从不太复杂的市场活动中识别一个可以聚焦的市场，自觉地进行市场细分。

但是当市场规模变大变复杂时，管理者个人智慧就很难洞察可以获得的市场了。

信息系统可以利用业务活动产生的客户数据或交易数据，对它们进行数据挖掘(data mining)，以使企业识别能给企业带来利润的客户，并向其争取更多的业务以提高企业的销售和市场营销技术来创造竞争优势。信息系统能帮助企业准确地分析顾客的行为模式与偏好，将营销活动有效地投放到越来越小的市场目标。如Sears信息系统能够更全面地搜集客户信息，通过对其开采提高获利能力和市场洞察力。又如早年的TheBigAppleStore. com，利用信息技术发现潜在客户需求，为客户提供新的(或延伸的)产品与服务。

案例4-3

Sears之侧重市场定位的系统

美国零售业主要公司之一的Sears公司一直在开采、发掘它的计算机化的4000万零售顾客资料，为了能区分和瞄准各种消费群体，如家用电器购买者、工具购买者、园艺爱好者和孕妇。例如，当顾客用信用卡或现金从Sears商场买下一台洗衣机，Sears便掌握了是谁购买洗衣机的记录。每年Sears都将向顾客寄出年度维护合同的延续表格，或是给顾客打电话以保持公司的维护服务的生意兴隆。Sears同时还向购机顾客例行地寄出有关洗衣机的特价销售组合商品(如洗衣粉或备用零件等)的通知信函。

Sears还利用顾客信息数据库追踪使用信用卡的顾客购物记录。这一信息被用于填写附在信用卡收费账单上的邮寄标签。此外，来源于最初信用卡申请和信用卡购物历史的信息可以被Sears的市场部用来定位具体细分的消费群体，比如居住在富人区的、成家的和年龄在40岁—50岁的男性顾客。

据统计，争取一个新顾客的成本是保持一个顾客成本的五倍。面对竞争者，公司通过仔细的分析顾客购买过程和行为，便能识别出对利润贡献大的顾客们，赢得他们更多的消费，通过灵活地定价、灵活地提供商品和服务以捍卫公司的顾客基础。同样，公司还可以利用这些资料识别无利可图的顾客群。

(3) 与客户和供应商建立紧密联系

企业可以使顾客与企业的产品捆绑在一起，或将供应商纳入本企业决定的送货日程与价格结构，从而提高顾客与供应商的转换成本(switching costs)，并降低他们的砍价能力。

这种策略所涉及到的信息传递要求很高。因为供应链中信息的传递，不论有没有"系统"，也不论信息系统是否同构，总是要能使信息在不同系统(计算机化的系统或非计算机化的系统)中传递。一方面要使信息迅速传递，另一方面要使信息在传递中不失真，使被"捆绑"的客户或供应商真正与本企业"双赢"。

供应链管理(Supply Chain Management, SCM)和客户关系管理(Customer Relation

Management，CRM)是现代企业与供应商和顾客建立紧密联系的技术或方法。信息技术能在许多方面帮助企业与应用商和客户建立更加紧密的联系。

零售企业利用自己的渠道优势整合制造/供应商，通过系统将销售信息直接传递到制造商的生产线，帮助制造商实现"按需生产"，如沃尔玛的"连续供货系统"。

企业通过客户关系管理系统对用户提供更好的商品与服务，如酒店对 VIP 客户的管理。利用对用户开放企业自身的信息服务，使用户通过自己的信息系统获益，从而达到捆绑用户的目的，如联邦快递。详见案例 4-4。

案例 4-4

美国联邦快递公司如何"捆绑"用户

美国联邦快递公司为其两万名最佳客户免费提供连接着位于孟菲斯(Memphis)的公司总部的个人电脑。发件人利用联邦快递系统，能查询他们每日发出的包裹状态。那些由于业务规模小而不能得到免费电脑的客户也能收到免费的 FedEx Ship 软件，在他们自己的电脑上使用该软件来查询包裹状态。该软件把客户的电脑与联邦快递公司接通，产生发运标签并在客户的激光打印机上打出。该软件还能做车辆调度计划、追踪和确认包裹的运送。使用联邦快递公司的包裹跟踪系统所带来的方便打消了客户的投向对手(如联合包裹服务公司)的动机。

(4) 成为低成本的生产者

低成本曾是一种有效的战术手段，但现在降低生产与服务成本已经被提到战略高度。低成本能有效应对客户和供应商的"竞争"，能阻止新的市场进入者，延缓新的替代产品的研发。在国内外优秀企业中，不乏低成本战略成功的范例，如西南航空、沃尔玛、戴尔公司。

低成本的好处是最容易想到的，管理者也一直在为低成本进行探索。许多信息技术/信息系统可以帮助企业显著降低他们的成本。信息技术帮助企业在生产过程中更好地传递信息，从而改善业务流程，提高工作效率，外包非核心业务，降低原材料或产品库存，加速资金流转，达到降低成本的目的，如案例 4-5。

案例 4-5

沃尔玛创新信息系统，实现低成本

沃尔玛公司很早就意识到了应用信息技术对于改善服务的益处。1983 年，公司建设了一个精巧的卫星网络，将所有店铺的销售点终端连接起来。在短短的几年里，该系统成长为一个复杂的通信网络，它连接着沃尔玛的总部、分销中心、所有的店铺及主要供应商。该系统最具创新性的一面就是实现了库存控制的即时处理。这一改进的方法用起来极为方便，这在普通的零售业中是前所未有的。当某个店铺售出某项产品时，系统就会立即向该商品的供应商发出一条信息。这样，供应商在下次约定的时间(通常是当天)向沃尔玛最近的分销中心发货时就会自动补充该商品。这种紧密的连接使沃尔玛可以对库存需要做出即时反应，同时显著降低了库存量。这种创新并未止步。沃尔玛实现了系统的有效运作，并利用该系统降低成本、改进产品和服务质量，使公司在竞争中脱颖而出。

沃尔玛的竞争对手中，Sears 管理费(用于工资、广告、仓储、物业管理等)占销售额的近 30%，Kmart 管理费占销售额 21%。而沃尔玛的管理费仅占销售额的 15%。信息系统对降低管理费起到了极为重要的作用。

4.2.3 技术在价值链上的杠杆作用

价值链模型(value chain model)凸显企业中某些能最好地应用竞争战略的具体活动(Porter，1985)，以及信息系统具有的战略影响力。价值链模型指出信息技术运用在哪些关键之处，可以最有效地加强竞争力。这个模型将公司视为由一串或“链”可以增加公司产品或服务边际价值的基本活动所组成。这些活动可以分为主要活动或支持活动。

主要活动(primary activities)最直接指的是公司产品和服务的产生与配送，能为客户产生价值。支持活动(support activities)由组织基础架构(行政及管理)、人力资源(员工的招募、雇佣及训练)、技术(改善产品及制造过程)与采购(购买材料)所组成，使主要活动能顺利进行。

企业价值链可以与其他伙伴的价值链相链接，包括供货商、批发商与客户。表 4-1 说明企业价值链及产业价值链中的活动，展示出战略性信息系统的发展能使价值活动更具有成本效益。公司不仅可通过内部的价值链流程来提供价值而达到战略优势，也可借此与有价值的伙伴建立强有力且紧密的关系。

表 4-1 企业价值链上的活动

<table>
<tr><td rowspan="4">支持活动</td><td colspan="5">行政管理：电子化日程安排和消息系统</td></tr>
<tr><td colspan="5">人力资源：人力规划系统</td></tr>
<tr><td colspan="5">技术：计算机辅助设计系统</td></tr>
<tr><td colspan="5">采购：计算机化订货系统</td></tr>
<tr><td rowspan="2">主要活动</td><td>进货物流</td><td>作业</td><td>销售与营销</td><td>服务</td><td>出货</td></tr>
<tr><td>自动仓储系统</td><td>计算机控制加工系统</td><td>计算机化订货系统</td><td>设备维修系统</td><td>自动送货调度系统</td></tr>
</table>

企业应努力为内部的价值链活动与外部的价值网发展战略信息系统，如此可获得最大的价值。例如，战略分析可以找出使信息系统发挥最大效益的销售与营销活动。价值链与价值网并非静态，通常需要在一段时间后重新设计，以确保能赶上竞争环境改变的步伐。公司也许需要重新组织、改造它们的结构、财务、与人力资产的设计并重新建置系统，从而开发新的价值来源。

因特网技术扩充了价值链的概念，将公司的供货商、商业伙伴与客户纳入同一价值网中。价值网(value web)是一群独立公司的集合，这些企业使用信息技术协调他们的行为来生产产品或服务并提供给市场。价值网比起传统价值链来说更近于客户导向且大多为非线性，这个价值网的功能有如一个动态的企业生态系统，使用同一产业或相关产业中分属不同公司的客户、供货商与贸易伙伴的企业流程实现同步化。价值网相当富有弹性，且会随着供给与需求的改变来调整，个体间的关系可以动态的整合或分离来响应改变中的市场环境。

因此，价值链的概念可以帮助你识别在哪里以及如何应用信息技术的战略能力。它告诉人们如何将不同类型的信息技术或信息系统应用于具体的业务流程，以帮助企业在市场竞争中获得优势。

4.2.4 战略联盟和信息伙伴关系

虽然很多战略分析强调竞争，不过与同行业或相关行业中的企业进行合作，可以产生很大的效益，例如制定行业标准，提高知名度，与供应商合作降低成本等。通过与其他公司构成战略联盟，公司越来越多地利用面向战略优势的信息系统，这种情况下的公司合作依靠共享资源和服务。这种联盟经常是信息伙伴关系，在一个信息伙伴关系中，两个或多个公司可以在互利的基础上通过共享信息达至联合，而无须实际上的合并。

组织信息伙伴关系能给伙伴双方带来很多好处，它包括：

- 资源、信息资产和固定资产、专门技术以及基金的共享；
- 获得访问成员组织的新顾客的途径；
- 利用新机遇的优势，如提供以前不能而现在有能力提供的新产品和服务。

信息伙伴关系直接影响到企业的基本经营战略，可能会打破组织的界限。通过对信息的共享，每个合作者都能比自己单干达到更快地创新，从而占领更大的市场。

美国航空公司和花旗银行之间的合作是在乘坐飞机时对用花旗银行信用卡的消费奖励航程。美国航空公司因提高了乘客的忠诚而获益，花旗银行则争取到新的信用卡顾客和因交叉市场营销带来了信用好的顾客群体。西北航空公司同明尼波利第一银行(First Bank of Minnepolis)也有类似的合作。

作为信息伙伴关系的企业战略联盟，他们不仅可以共同投资计算机硬件和软件，所共享的信息还可以帮助定位新客户、新机会。这样的伙伴关系使公司能接触到新的顾客群，创造交叉销售和产品定位的新机会，找出新商机及目标商品。合作各方可以共享计算机硬件和软件的投资。有时候，在传统上是竞争关系的公司会发现能从这类伙伴关系中收益。商场对用某种银行信用卡付费的客户进行奖励，商场提高了顾客忠实度，银行增加了客户，得到了内容丰富的客户资料库。这就是最直观的例子。

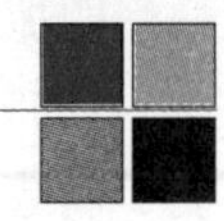

4.3 企业中信息系统的应用

在企业中,应用信息系统遍及整个企业,并由不同的职能和过程集成信息,从整体上提高组织的绩效。本节主要介绍的就是以不同的分类方式划分的信息系统的类型,如从职能方面、应用业务方面等,以及它们会如何改善企业的绩效,为企业做出贡献。

4.3.1 企业信息系统的发展历程

(1) 电子数据处理系统——面向业务的信息系统

电子数据处理系统产生于20世纪50年代中期,主要开始于用计算机代替手工劳动,进行的工作主要是简单的数据处理。发展到20世纪60年代,电子数据处理系统出现了较为综合的处理应用,逐渐实现了信息报告的生成系统。

电子数据处理系统(Electronic Data Processing System, EDPS)处理的问题位于管理工作的底层,所处理的业务主要是记录、汇总、综合与分类等,主要操作排序、列表、更新和生成等。其目的是迅速、及时、正确地处理大量数据,提高效率,实现数据处理的自动化。

(2) 管理信息系统——面向管理的信息系统

20世纪70年代初,随着数据库技术、网络技术和科学管理方法的发展,管理信息系统逐渐成熟起来。MIS将管理学的理论和管理方法融于计算机处理过程中,提供信息,支持组织的运行、管理和决策功能。

管理信息系统不仅是个计算机系统,而是包括设备、人、信息资源、管理方法等多方面因素的复杂系统。管理信息系统的最大特点是高度集中,能将组织中的数据和信息集中起来,进行快速处理,统一使用。管理信息系统的处理方式是在数据库和网络基础上的分布式处理,它可以克服地理界线,帮助实现各层级管理的沟通和跨地区的信息处理。

(3) 决策支持系统——面向决策的信息系统

决策支持系统产生于20世纪70年代初,源于管理信息系统应用中的问题而产生。由于在应用过程中缺乏对企业组织机构和不同层次管理人员决策行为的深入研究,忽视了人在管理决策过程中不可替代的作用,管理信息系统往往不能达到预定的决策效果。人们针对这些问题,提出决策支持系统的概念。

决策支持系统(Decision Support System, DSS)是将数据库处理和经济管理数学模型的优化计算结合在一起,具有管理、辅助决策和预测功能的管理信息系统。

DSS面向组织的高层人员,以解决半结构化问题为主;它强调人的作用,同时重视应用模型。在架构上,决策支持系统由数据库、模型库、方法库和相关的部分组成。DSS在组织中可能是一个独立的系统,也可能作为MIS的一个高层子系统而存在。

4.3.2 企业信息系统的层次模型

一种常见的信息系统分类方法是按信息系统在企业中所服务的层次来分类,安东尼模型简明扼要地描述了企业的管理流程和信息系统架构。

1965年，安东尼(Anthony)通过对欧美制造型企业长达15年的大量实践观察和验证，创立了制造业经营管理业务流程及其信息系统构架理论，即著名的"安东尼模型"(见图4-2)。该模型将管理活动分为三个层次：作业活动、战术管理活动、战略计划活动。企业中的信息系统可对应为三个子系统：

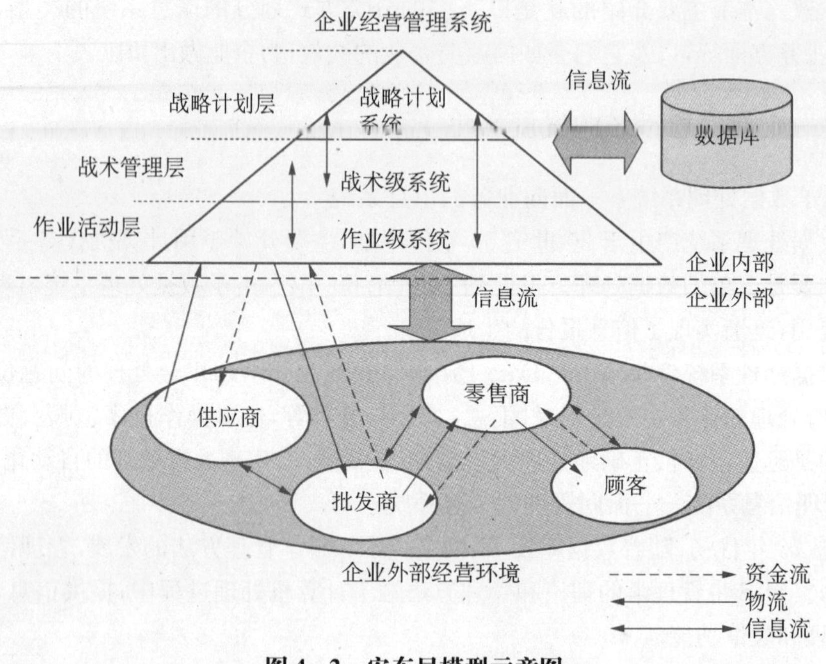

图4-2　安东尼模型示意图

① 作业级系统：作业活动是组织内的日常活动，包括获取与消费资源。作业级系统从作业活动中生产和获取数据，辅助作业管理，它是整个信息系统的基础。

② 战术级系统：战术活动负责监督作业活动，保证组织实现目标，节约资源。战术级系统辅助战术管理。

③ 战略计划系统：战略计划活动包括制定战略计划，建立组织的长期目标，进行长期分析与预测。战略计划系统为战略活动提供决策支持。

随着管理理论与实践的进步，安东尼模型不断发展。例如，知识经济时代，组织中知识管理业务大量增加，办公人员与知识工作者成为上述三个层级之外的新的管理层——知识层，形成一个新的模型，如图4-3。

根据新的模型，可以把信息系统重新划分为四种主要类型，分别为不同的层级服务：作业层系统，知识层系统，管理层系统，战略层系统，均有显著不同的职能与特征：

① 作业层系统：掌握组织的基本活动和交易，如销售、收款凭证、存款、工资表、信用评定、工厂的物料流动，这类系统支持基层管理者的工作。这一系统的主要目的是回答常规问题和跟踪贯穿组织的事务流程，比如，库存零件是多少？对王先生的付款是怎样处理？当月的工资总额是多少？为了回答这类问题，信息通常必须是容易得到的、当前的和准确的。作业层系统的例子有记录自动柜员机的银行存款额的系统，和记录工厂车间里工人每天工作

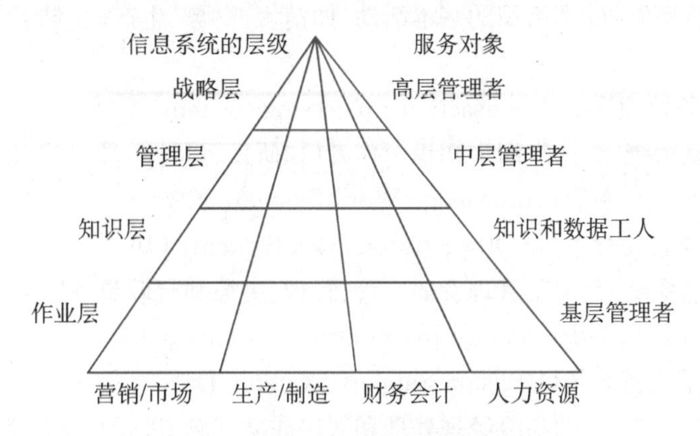

图 4-3 企业信息系统四层金字塔结构

小时的系统。

② 知识层系统:支持组织中的知识工人和数据工人。知识层系统的目的是帮助企业把知识用到经营中,帮助组织管理文案工作。知识层系统,特别是工作站应用和办公自动化系统,是当今在企业经营中迅速崛起的应用。

③ 管理层系统:为中层经理的监督、管理、决策和行政事务活动服务的。这类系统涉及的主要问题是:一切运营正常吗?这类系统把当今的系统输出结果同一个月和一年前的相比。管理层系统常常提供定期的报表而不是经营中某一时刻的信息。对某一时刻的信息的需求较少,而定期的报表总是需要的。

④ 战略层系统:帮助高级管理者处理和解决战略问题和长期趋势,包括企业内部的和外部的环境。这类系统主要关心的是把外部环境的变化同目前组织的能力配合起来。未来五年中就业水平如何?行业的长期成本趋势是怎样的?我们的公司在行业中的排名是多少?今后五年我们将制造什么产品?

4.3.3 六种主要的企业信息系统

对于不同层级,每一层都有相应的具体信息系统与之相对应,如图 4-4。

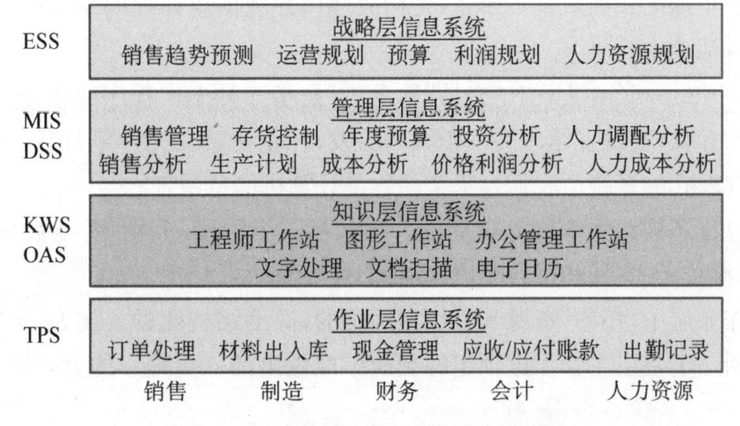

图 4-4 各组织层级对应的信息系统

➢ 作业层信息系统：处理组织的基本活动，如销售、财务、生产、仓储管理，支持作业层管理者的工作。

对应系统：事务处理系统（Transaction Processing System，TPS）

➢ 知识层信息系统：支持组织中知识工作者（如研发、设计人员）与办公人员。

对应系统：知识工作系统（Knowledge Work System，KWS）

办公自动化系统（Office Automation System，OAS）

➢ 管理层信息系统：为中层管理者的监管、管理、决策和行政事务服务。

对应系统：管理信息系统（Manage Information System，MIS）

决策支持系统（Decision Support System，DSS）

➢ 战略层信息系统：帮助高级经理处理和解决战略问题、进行长期趋势预测。

对应系统：高级经理支持系统（Executive Support System，ESS）

这六类系统之间的相互关系见图 4－5 所示。下面分别对这六类应用系统进行简单的介绍。

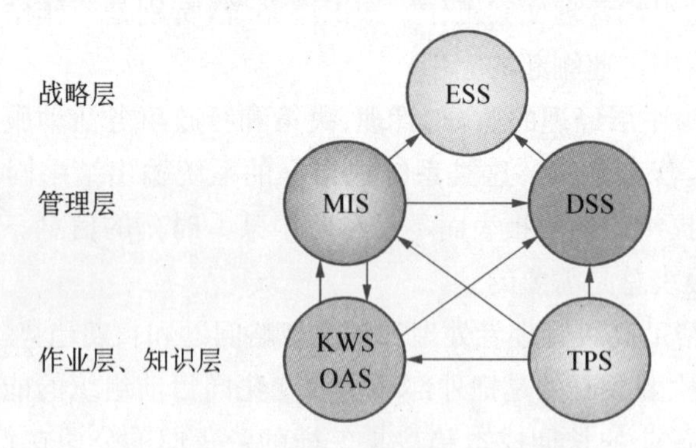

图 4－5 六类系统之间的相互关系图

(1) 事务处理系统

事务处理系统（TPS）是为组织作业层服务的基本经营系统，主要使用人员是基层管理人员和操作人员，主要任务是执行和记录从事经济活动所必需的日常交易。事务处理系统作为计算机应用的早期形式和最基本形式，是构成现代管理信息系统的基础，至今还广泛地应用于组织的业务活动中。

TPS 中的 Transaction，又具有“交易”的意思，是指某种工作程序的集合。例如，在银行进行一个客户的存款；在理发馆理完一个人的头发；在企业接受完一笔订货。事务处理系统就是处理这些“交易”的系统。我们这里指的均是计算机信息系统。

事务处理过程还被称为事物处理周期。它包括五个阶段，分别是：①数据输入；②业务处理；③数据库维护；④文件和报告生成；⑤查询处理活动。

在组织的作业层中，任务、资源和目标是预定的，高度结构化的。例如，给一个顾客信用优惠的决策是由一个基层主管根据预定的判断标准做出的。要确定的就是顾客是否满足这些判断标准。

图 4－7 描述了工资表事务处理系统，它是能在大多数企业中见到的典型的会计事务处

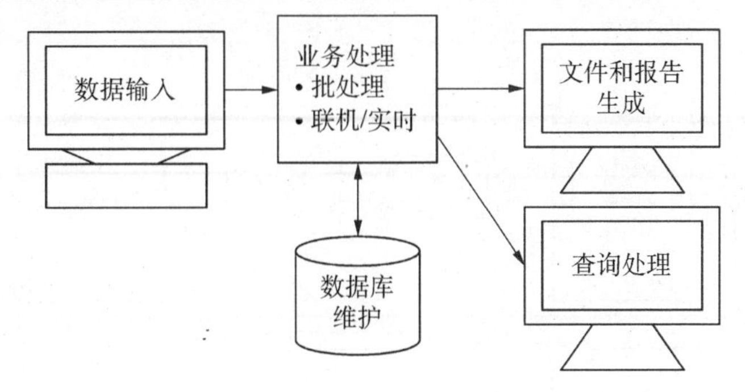

图 4-6 事务处理流程

理系统。工资表系统是一个跟踪支付给员工薪酬的轨迹的系统。主文件由称之为数据元素的离散信息(如姓名、住址或员工代码等)组成。将数据输入到系统中,便可更新主文件的数据元素。用不同的形式对主文件中的数据元素进行组合便可以做出管理层和政府机构需要的报表,以及发放给雇员的薪酬支票。这些事务处理系统利用现有数据能够组合出多种报表。

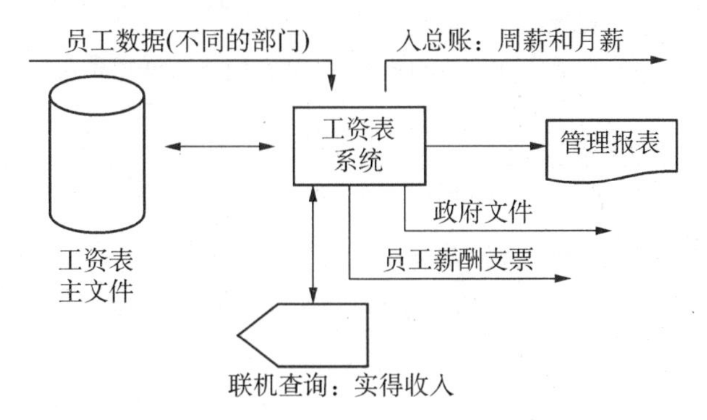

图 4-7 工资表事务处理系统的示意图

案例 4-6

Syntellet 的在线事务处理

图 4-8 对 Syntellet Interactive Service 公司开发的优先电视按次计费事务处理系统进行了说明。有线电视观众可以通过电话或万维网选择电缆公司提供的按次计费方式来收看节目。Syntellet 的交互式语音应答系统或 Web 服务器会捕获观众的按次计费订单,并将其传给 Syntellet 的数据库服务器,由该服务器对订单进行处理并更新客户数据库和销售数据库。批准后的订单将被转给电缆公司的视频服务器,由视频服务器向客户发送按次计费的视频信号。就这样,Syntellet 团队与 700 多家电缆公司一起为客户提供了一种非常流行且收益丰厚的服务。

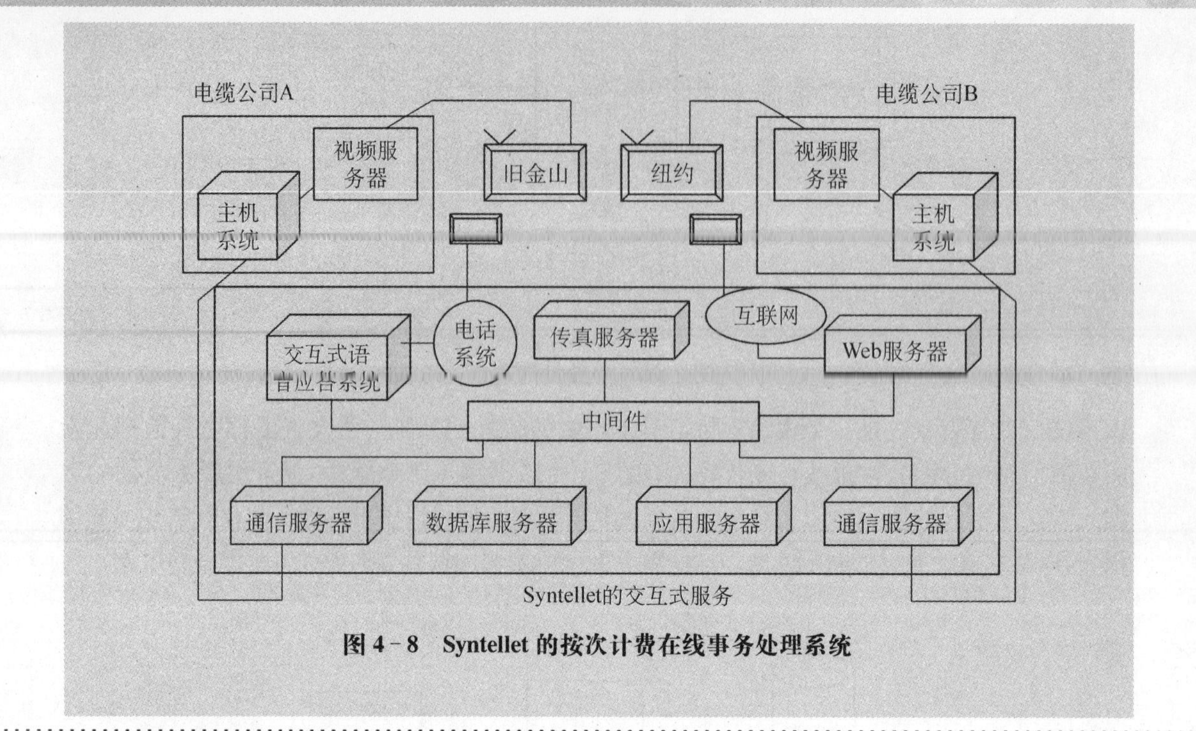

图 4-8 Syntellet 的按次计费在线事务处理系统

(2) 知识工作系统和办公自动化系统

知识工作系统(KWS)和办公自动化系统(OAS)为组织中知识层的信息需求服务。主要的使用者是知识和数据工人。

知识工作系统是一套辅助组织中知识工人(工程、设计人员)工作的计算机系统,还有自己的数据库,可以帮助知识工作人员进行思考、策划、计划、计算、模拟等思维活动。它还与局域网的服务器或主干机相连,使用其上面已安装的事务处理系统、管理信息系统以及决策支持系统等。

办公自动化系统则是一套辅助办公人员处理和管理文件资料、日程安排和通信工作的计算机系统。它是信息技术在办公室活动上的应用,它的作用是通过支持办公室的协调与交流来提高办公室知识和数据工人的生产率。办公自动化系统协调着各类信息人员、各地的部门和各种职能领域:该类系统与客户、供应厂商以及企业外部的其他组织通信,如同信息和知识流的交通中心。

知识工作系统和办公自动化系统在企业中的作用不可低估。当经济从对商品的依赖转向对服务、知识和信息提供的依赖时,各个公司的生产率和整个经济的生产率将越来越依靠知识层系统,这是知识层系统已成为近十几年来发展速度最快的应用的原因之一,可能还会继续增长。

(3) 管理信息系统

管理信息系统主要为管理层上的计划、控制和决策制定职能服务,典型的管理信息系统几乎只面向组织内部事件,而不针对外部环境。

管理信息系统是最先支持管理决策的信息系统类型。管理信息系统产生的信息可以满足业务人员和中层管理人员的很多日常决策需要。管理信息系统产生的报表、信息显示和响应为决策者提供了他们预先指定的、可以充分满足其需要的信息。一般而言,管理信息系统的数据来源于事务处理系统。

通过以上分析,管理信息系统特征可以归结为表4-2。

表4-2 管理信息系统特征描述

序号	特征描述
1	管理信息系统支持作业层和管理层的结构化和半结构化决策。然而它们对高级管理层的计划工作也是有用的
2	管理信息系统一般是面向报告和控制的。它们的设计针对现有工作上的报告,因此帮助提供对业务工作的日常控制
3	管理信息系统依赖于公司现有的数据和数据流
4	管理信息系统几乎没有分析能力
5	管理信息系统一般用过去的和当前的数据辅助决策
6	管理信息系统不灵活
7	管理信息系统是针对内部的而不是针对外部的信息
8	信息需求是已知和稳定的
9	管理信息系统需要较长的分析和设计过程

(4) 决策支持系统

决策支持系统(DSS)是管理信息系统应用概念的深化,是在管理信息系统上发展起来的系统,同管理信息系统一样,决策支持系统也为组织的管理层服务。狭义地讲,决策支持系统是一种高度灵活且具有良好交互性的、用于对非结构化问题的决策提供辅助的信息技术系统。或者说,决策支持系统是一种辅助管理者制定半结构化、独特的或者是快速变化的及事先不易规定的决策,为管理层的决策提供支持的计算机系统。它具有更强的数据分析能力。

以下是现代决策支持系统与管理信息系统和事务处理系统之间的不同之处。

- 决策支持系统给用户灵活性和快速响应;
- 决策支持系统让用户设置和控制系统的输入和输出;
- 决策支持系统的操作基本不需要专业程序员的帮助;
- 决策支持系统使用复杂的分析和建模工具。

决策支持系统辅助管理者们制定半结构化、独特的或者是快速变化的及事先不易规定的决策。决策支持系统必须能在一天内多次地运行以响应变化的条件。虽然使用来自事务处理系统和管理信息系统的内部信息,它们仍然经常从外部来源汲取信息,如当前的股票价格或竞争对手的产品价格。

从设计上看很明显,决策支持系统比其他系统具有更多的分析能力;决策支持系统的建立显然采用了各种分析数据的模型；再之，决策支持系统的设计是让用户能够直接使用的，这类系统明显包含用户易学易用的软件；另外，这类系统是交互性的，用户可以改变假设和添加新数据。

典型的决策支持系统由三个部件组成：模型管理、数据管理和用户界面管理。图 4－9 显示了决策支持系统的一般结构。

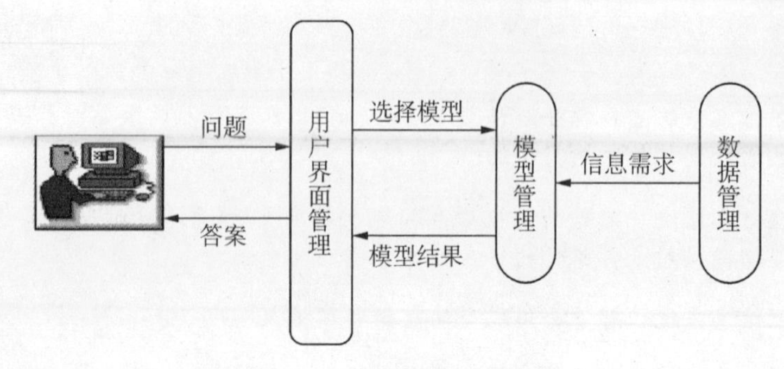

图 4－9 决策支持系统模型

案例 4－7

大不列颠哥伦比亚牛奶市场决策支持系统

大不列颠哥伦比亚牛奶市场营销部从农场主手中收集鲜牛奶运到加工厂，再将付款转交给农场主。过去使用纸质档案作记录，内容有采集牛奶的公升数、农场的记录，牛奶数量的收据等。输入和处理收据和记录，一台计算机每天要消耗很多时间，还会出现收据遗漏、输入失误等偏差。纸质档案的费用约十万美元/年，记录消耗的时间多，分析决策所需内容少。新的决策支持系统实时控制数据的输入。每个农场和加工厂都有唯一条形码供扫描，无线扫描装置将信息发送到中心系统。现在只要输入牛奶的容积，添加备注等。卡车的无线打印机可打印交易单据，数据通过网络传到市场营销部的因特网，再传入主计算机处理。该系统还能迅速识别生产不合格牛奶的农场，采取纠正措施。因此这套新系统帮助企业降低了成本，增加了收益。

(5) 高级经理支持系统

高级经理支持系统(ESS)为组织的战略层服务，对外部和内部的关键数据进行过滤、压缩和跟踪，以减少高级经理在获取所需信息时要付出的时间和精力。这类系统处理非结构化决策并建立一般化的计算和通讯环境，而不是提供任何固定的应用或具体能力。高级经理支持系统用于采编关于外部事件(如新税法或竞争者)的数据，但它们也从内部的管理信息系统和决策支持系统中提取汇总后的信息。

不同于其他信息系统，高级经理支持系统不是用来解决专门问题的，取而代之，ESS 提供一套通用的计算和通信的能力,可用于变化的组合的问题。决策支持系统具有很强的分析能力,而高级经理支持系统趋向于较少的应用分析模型。

高级经理支持系统帮助回答的问题包括:我们应当做什么?竞争者在做什么?什么可以使我们避开周期性的商业风暴?我们应当卖给谁以提高现金收入?图 4-10 是一个 ESS 模型示意图。它由具有菜单、交互式图形和通信能力的工作站组成,可以存取公司内部和外部数据库。由于 ESS 是高层经理使用的,他们一般与计算机信息系统的接触和经验较少,所以 ESS 使用了非常友好的图形界面。

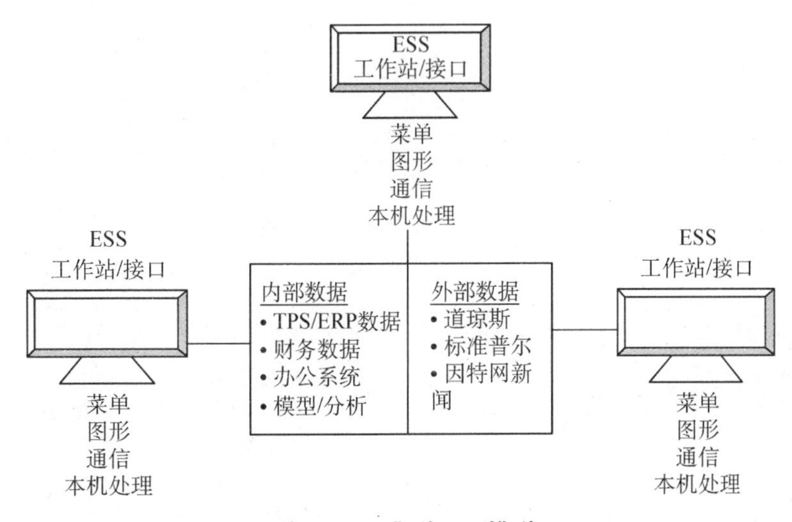

图 4-10 典型 ESS 模型

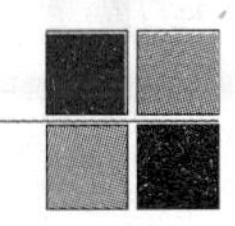

4.4 企业信息系统的商业价值

信息系统也可能因为职能专业的不同而有所不同,主要的一些组织职能,如销售和市场、生产制造、财务会计、人力资源等,各有其自己的信息系统服务。不同的组织在同一种职能上的信息系统也存在不同,能适用于一切组织的万能系统是不存在的。

4.4.1 基于职能划分的系统类型

管理信息系统从使用者的角度看,总有一个目标,且具有多种功能。各种功能之间又有各种信息联系,构成一个有机结合的整体。图 4-11 所示的企业管理信息系统职能/层次矩阵反映了支持整个组织在不同层次的各种功能应用。

在矩阵图中,每行代表着不同的管理层级,每列代表一种管理职能,职能的划分因组织规模的不同而不同,没有标准的分法,行列交叉则表示一种职能子系统。显然,管理信息系统是由各职能子系统组成的,每个职能子系统又可以从战略管理到事务处理分成若干信息处理部分。事务处理部分的各个职能系统及功能介绍如表 4-3 所示。

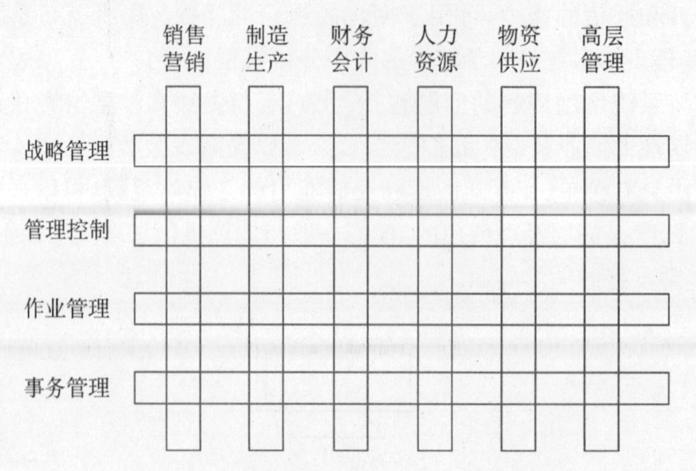

图 4-11 企业管理信息系统职能/层次矩阵

表 4-3 几种常见的事务处理系统及其功能

	销售/营销信息系统	制造/生产信息系统	财务/会计信息系统	人力资源信息系统	其他种类信息系统
系统主要功能	销售管理 市场研究 促销 定价 新产品	生产调度 采购 收/发货 工艺 生产	编制预算 总账 收费 成本会计	人员记录 劳保 福利 劳工关系 培训	信息发布 客户关怀 对手研究
主要应用系统	销售订单系统 市场研究系统 定价系统	原料资源计划 采购订单控制 工艺系统 质量控制系统	总账 应收/应付 预算编制 资金管理系统	工资表 雇员记录 福利系统 职业发展系统	内容管理系统 客户关系管理系统 竞争情报系统

4.4.2 销售/营销信息系统

销售的主要内容包括广告、促销、产品管理、定价、销售自动化以及销售业务管理等，相应地销售/营销信息系统包括战略层、策略层、控制层和业务处理层。我们可以用图 4-12 来表示其全面功能。

销售信息系统主要处理四个方面的信息，这就是产品(product)、促销(promotion)、渠道(place)和价格(price)，这被简称为 4P。4P 是销售营销的主要职能。

围绕产品的系统功能有预测、订货、新产品研发等。短期预测包括一周、一个月、最多一年的预测，也有短至一天的预测。长期预测则最短为一年，也可能为两三年、五年，甚至十几年。要进行预测，就应当利用模型。短期预测一般使用移动平均数法模型、指数平滑法模型，而中长期预测则要使用拟合模型、回归模型或系统动力学模型等。预测子系统一般应有如下功能：

➢ 收集和整理数据，滤除不合理的历史数据；

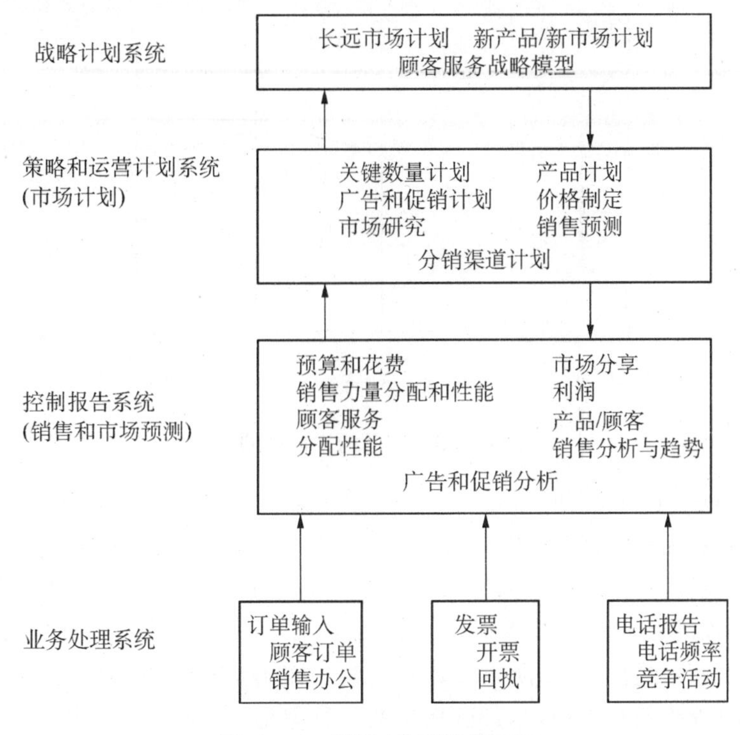

图 4 - 12 销售/营销信息系统

- 选择好的预测模型，以准确表达需求行为，从而改善预测精度；
- 用产品生命周期曲线修正长期预测，增加长期预测和新产品的预测精度；
- 管理人员可以根据预先知道的外界影响，调整模型；
- 使用模型维护技术，减少历史数据的存储量；
- 使用监控手段，保证现行预测模型延续使用，减少人工干预；
- 根据企业外部的经济因素不断发展预测模型。

产品管理包括产品的研发管理、生命周期管理。研发是孕育产品的诞生。产品的导入可以是自主研发，也可以是专利导入。自主研发需要做好论证，分析技术的可行性、经济上的可能性、环境上的可行性等。而上述这些均需依靠信息系统收集资料、分析资料、撰写可行性报告。此外，在进行产品的最后决策时，往往也要用到评价模型，如 O'Meara 模型等。同样地，专利导入也要依靠信息系统评价其经济效益。

产品是销售的第一部分，没有产品也就没有销售可言。产品是有生命周期的，从其进入市场到其推出市场的过程形成一个生命周期。一个生命周期可分为以下几个阶段：导入、成长、成熟和衰退等。不同阶段应有不同的策略，见图 4 - 13。

信息系统应当支持这些阶段的转移及其及其决策。信息系统要辅助分析，使整个产品的生命周期收益最大化，既不是产品价格高，也不是产品销量最大。

利用信息系统辅助广告促销包括：选择好的媒体和促销方法；分配财务资源；评价和控制各种广告语促销手段的结果。

由于广告是非结构化的决策，因而虽然过去也有人做过许多模型来辅助广告决策，但均

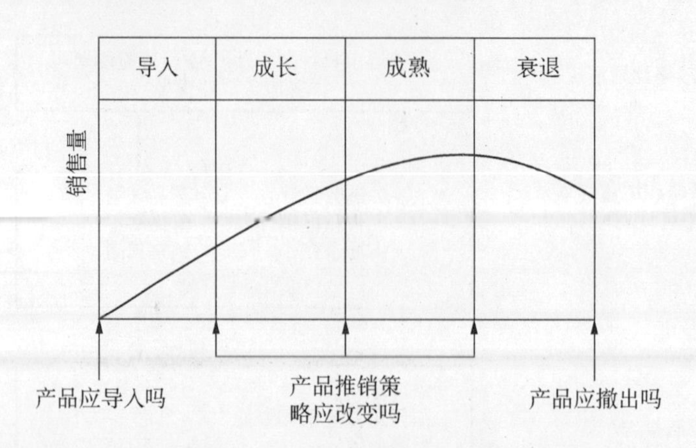

图 4-13　产品的生命周期

成效甚少。随着我国市场经济的发展，广告的重要性已为越来越多的企业所认识，对广告的投资也越来越多，甚至有的企业可以拿出其年盈利的 80%，用多达几亿元去中央电视台做广告。广告是一种投资，它把资金转化为无形资产，之后又把无形资产转化为价值。广告是一种重要的促销手段，但其效果也要看促销的结果怎样。广告也是非结构化的，因而它体现更多的是其艺术性，而不是科学性，所以计算机对其的作用是有限的，主要表现在利用计算机来制作广告上，计算机的 CAD 技术、3D 技术在广告中得到了很好的应用，这样既降低了广告的成本，又改善了广告的效果，而且还加快了广告的制作。计算机在广告上应用还表现为因特网成为广告的媒体，而且越来越受欢迎，它把广告和促销甚至销售集为一体，看完广告以后就可以直接进行网上的购买活动。

利用计算机支持促销比支持广告要强一些，但也不如其他职能系统。现在可以看出它在支持推销员的通信上会有很大的作为。推销员可以携带笔记本电脑，用它们来支持以下工作：

➢ 面对顾客查找产品的价格、运输成本和合用性等，以帮助顾客决定购买；

➢ 输入销售订货数据到订单输入系统；

➢ 呈交推销报告，总结每一次推销活动，指出与谁联系过，讨论了什么，下一个销售目标是什么等。

同时，这种系统还可以为推销员提供其他信息，例如，关于销售前景的信息；关于现存顾客的信息，如历史模型、以前购买信息等；获利能力最强的产品信息，以便考虑手续费率、奖金和竞争状况。

所有这些信息能使推销员工工作得更好，进而，推销员增加收入，公司增加销售量，顾客得到更好的服务，因而系统使相关的所有人都受益。

定价系统要协助决策者确定定价策略。定价策略有两种，一种是以成本为基础的定价策略，这种策略是以成本为基础加上一个要求的附加值，这可以是一个固定值或一个固定的百分比。另一种是以需求为基础的定价系统，这就要正确地估计需求。

4.4.3　制造/生产信息系统

一旦管理者确定了需求，而且决定要去实施它，后面的任务就是生产信息系统的内容了。我们这里说的生产是广义的生产。对生产产品的企业来说它就是制造,对于服务业来说它就是服务运营。麦当劳把大生产的管理技术运用到餐饮服务,得到了巨大的成功。这说明了生产和服务的相似性。由于生产管理中最困难最复杂的还在于制造业,所以我们就针对制造业来讲述,其他任何行业均会从其中受益。

制造信息系统可以分为两大类,一类是通过技术实现产品生产的系统;另一类是通过管理实现生产的系统。技术信息系统包括:CAD(Computer Aided Design,计算机辅助设计),CAM(Computer Aided Manufacturing,计算机辅助制造),计算机数字控制和机器人等。另一类管理系统是以 MRP(Material Requirement Planning,物料需求计划),MRP Ⅱ(Manufacturing Resources Planning,制造资源计划)为中心,还有 CAQ(Computer-aided Quality Control,计算机辅助质量控制)、最近比较热门的 ERP(Enterprises Resources Planning,企业资源计划)等。

MRP 的发展经历了三个阶段,20 世纪 60 年代初期为解决"订货点管理"的不足,主要用于控制物料的物料需求计划。此阶段的 MRP 可定义为:利用主生产调度(MPS)、物料清单(BOM)、库存(inventory)和未交订单(open order)等,经计算得到未来的物料需求,并进行订单的补充和修改。这叫初期的或传统的物料需求计划。见图 4-14:

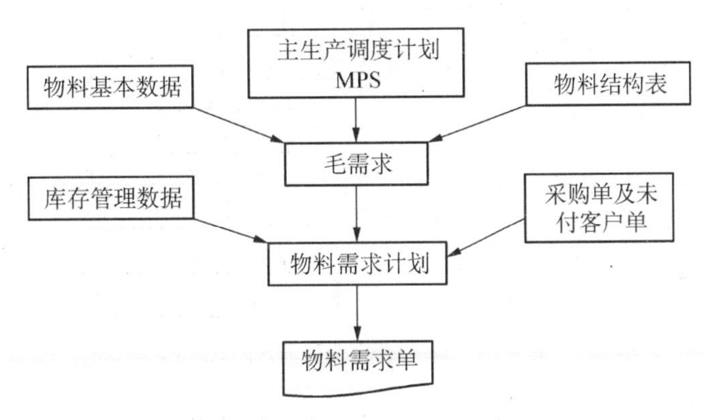

图 4-14 传统的物料需求计划

20 世纪 80 年代 MRP 逐渐为 MRP Ⅱ所代替,这时企业资源不仅是物料,人力、资金、设备、时间等也被看作是企业资源,并加以控制。它除了生产外,还包括销售、财务、会计及成本的处理。MRP Ⅱ的功能已满足制造业的所有经营和生产活动,这也是 MRP Ⅱ被称为"制造业全面资源计划与控制系统"的原因。但总的来说,MRP Ⅱ是对内管理的系统,在战略规划、市场以及高层决策方面的功能较弱。目前应用较多的 ERP 系统,就是在 MRP Ⅱ基础上扩充了市场、财务功能的系统。

一般 MRP Ⅱ最少由 10 个左右的子系统组成,子系统相对独立,但实现时必须有先有后,各子系统之间联系起来构成 MRP Ⅱ的系统结构图见图 4-15。各子系统按运行顺序连接起来就是系统的流程图,见图 4-16。MRP Ⅱ的结构和流程因企业不同可能很不相同。例如,有的企业在主生产计划前还有汇总计划,有的企业在财务上有较多的功能等。

目前国内外企业用得较多的 MRP 产品有:SSA 公司在 AS40 上开发的 BPICS;QAD 公司在 HP9000 上开发的 OPENMFG;ASC 公司在 DEC 机上开发的 MANMANX;SAP 公司

的 MRP 软件 R3。这些软件的一个子系统模块的价格大约是 1 万美元。通常，企业最少要用 6 个子系统模块，最多可达 18 个子系统模块。这样的系统一般在较大的企业中应用。四班公司(Fourth Shift)在微机上开发的 Fourth Shift，很适合中小企业使用。实施周期过长的 MRP 系统日趋成熟，主要有用友公司的 ERP - U8 和金蝶的 K/3 ERP 等。

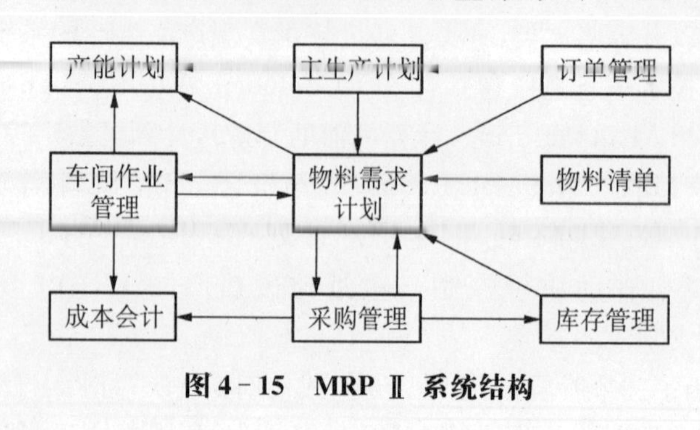

图 4 - 15 MRP Ⅱ 系统结构

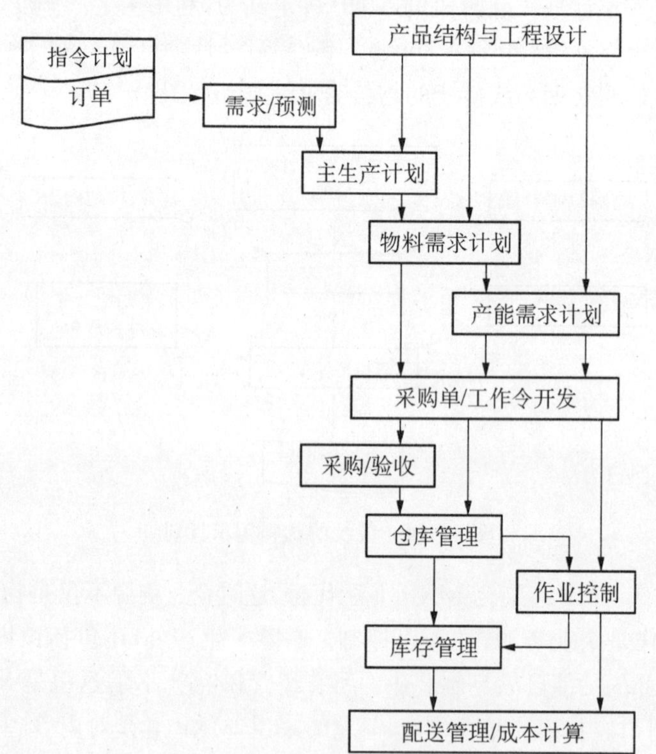

图 4 - 16 MRP Ⅱ 系统流程图

4.4.4 财务/会计信息系统

财会是企业的四大职能之一，它实际上包括了两大部分，一部分是会计，一部分是财务。会计的功能主要是维护企业的账务记录，如收入、支出、存款、现金等，即记账，使资金的运作不发生差错。而财务主要管理的是资金的运作，使其产生效益，如筹资、融资、投资以及资金分配等。

会计系统最成熟和最固定的部分是记账部分，这部分几乎已经定型，所有企业几乎相同，见图 4-17。

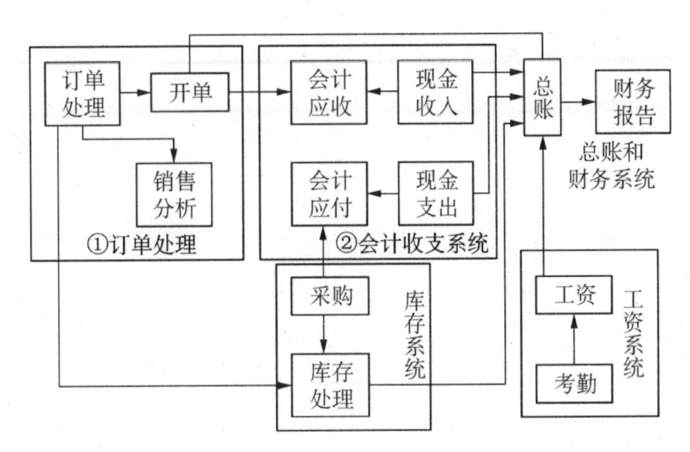

图 4-17 会计记账系统

这个系统包括订单处理、库存处理、会计应收、会计应付、工资、总账和财务报告系统等。总的来说，我们可以把它们划分为以下几种子系统：

(1) 订单处理

它接受和处理顾客的订单，并生产给顾客的发票和进行销售分析的数据。有些公司还保存顾客的订单，直到顾客收到货物为止。

(2) 会计应收应付系统

应收系统的功能是顾客在本企业订货且开了订单之后，本企业就可以给他发货。一般货到顾客处时顾客才付款。在此期间，本企业就把这笔款记在会计应收账上。当收到顾客货款后就把应收更新为已收应付，并向总账提供相关数据。会计应付系统设立会计应付记录使本企业向供应商购买了货物后，等货到后就应向供应商付款，未到之前的款项暂记在此账上。当寄出款项后，就将其更新为已付应付，并更新总账数据。由图 4-17 会计系统总体结构图我们可以看出，会计应收应付之间并没什么联系，它们均与订单、库存和总账系统发生联系。

财务系统有助于企业进行资金管理。它帮助企业实现两个目标：一是保证资金收入流大于消耗支出流；二是保证这个条件在全年是稳定的。

延迟付款可以缓解暂时的资金短缺的问题，但延迟付款也必然带来一定的损失，如罚款和利息支出。信息系统可以通过模拟来寻求平衡以使总的效益最佳。

现金和证券管理也是财务系统的重要内容，它应使现金较快地流动而不出现呆滞问题。计划日、周、月的现金存支，可以预防现金短缺。财务可以通过计算机模拟寻求最佳的现金来源，并处理多余现金的投资问题，来确定合理的证券组合、资金组合。

特别地，在上市企业中，财务系统每年都要向股东报告，说明投资效益包括股票的年增长率，与 500 家大公司平均指数比较，各种产品的盈利率等。它们还辅助公司进行财务决策，包括投资、筹资、融资等。

4.4.5 人力资源信息系统

人力资源管理的主要目的是有效且高效地利用公司的人力资源。一般人力资源部门除了有维护人事档案、考核人员晋升、调整薪酬的职能外，还要包括以下几点：

- 招聘、选择和雇佣；
- 岗位设置；
- 绩效评估；
- 员工薪资分析；
- 培训和发展；
- 保健、安全和保密。

实际上，这些流程贯穿了人员聘用的整个生命周期，可以用图 4－18 来表示。

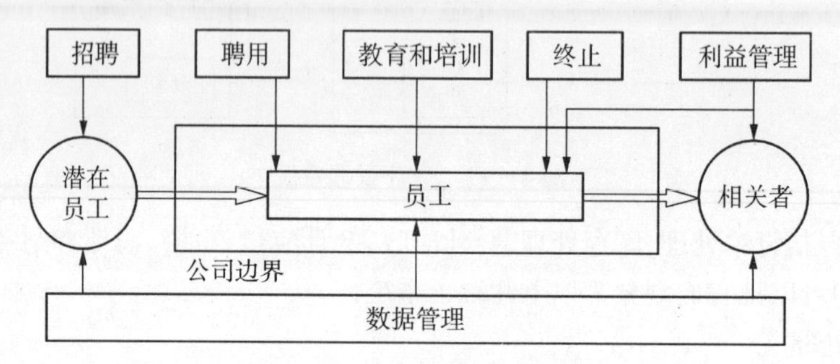

图 4－18　人力资源管理流程

相对应的，人力资源信息系统（Human Resource Information System，HRIS）应完全支持上述任务，此外还要能够支持：

- 制定满足企业人员需求的计划；
- 员工潜力的充分发挥；
- 公司人事政策和程序控制。

现在越来越多的企业开始注重人力资源信息系统。如图 4－19 所示，人力资源系统的结构也像其他系统一样，有输入系统和输出系统。输入系统包括记账子系统、人力资源

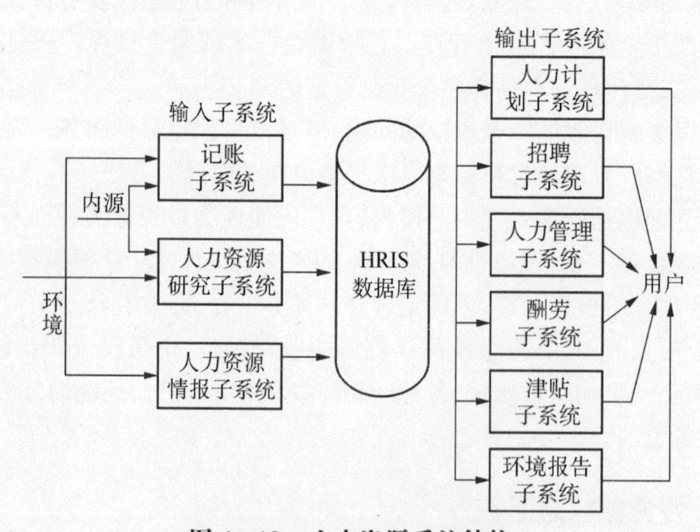

图 4－19　人力资源系统结构

研究子系统和人力资源情报子系统;输出系统包括人力计划子系统、招聘子系统、人力管理子系统、酬劳子系统、津贴子系统和环境报告子系统等,通过中间的数据库将它们联系起来。

案例 4-8

嘉信理财公司基于 Web 的人力资源系统

美国嘉信理财公司(Charles Schwab & Co.)创建的一个内部网,称作"Schweb",使公司所有的员工都可以访问详细的人力资源信息,包括福利、培训、计算机支持和大量的企业信息等。而企业的管理人员也可以在线访问准确的员工信息。

以前,个人信息,角色信息以及组织信息是由人力资源部提供的。现在 Schweb 就可以向员工提供这些信息,而且比以前更具个性化特征。它还可以帮助员工更快地找到自己需要的信息,可以更高效率地为客户服务。公司相继有 30 个人力资源应用连到了 Schweb 上,包括了员工培训应用、员工休假应用等等。

仅是提高工作效率这一项,Schweb 就为公司带来了巨大的收益。通过 Schweb 上的 eForms 应用,即员工在线填写福利表格,就可使公司每年节约数十万美元。

4.4.6 如何衡量信息系统商业价值

信息系统的商业价值首先体现在其对业务的支撑上,好的或者说合适的企业信息系统可以极大地提高员工的工作效率、提升企业的生产效益。

案例 4-9

基金公司专家系统的业务支持

位于加利福尼亚帕萨迪纳地区(Pasadena)的国家基金公司(Countrywide Funding Corp.)是一家在美国拥有 150 个办事处大约 400 位保险人的信贷保险公司。该公司在 1992 年开发了一个基于 PC 的专家系统以便对信贷请求做出初步的信贷价值决策。全国信贷保险专家系统(Countrywide's Loan Underwriting Expert System, CLUES)有大约 400 项规则。国家基金公司也通过发放由一位保险人所控制应用的每一笔贷款到 CLUES 中,以对这个系统进行了测试。该系统一直被精炼,直到 95% 的情况和该保险人一致。另外,传统上,一位保险人一天能够处理 6 笔或 7 笔贷款应用,应用 CLUES,同一保险人每天可以评价至少 16 笔贷款应用。国家基金公司还使用专家系统中的规则来回答其Web站点访问者的询问，这些访问者希望知道他们能否具备贷款资格。

信息系统能以增长企业战略优势的方式创造价值。例如，加强顾客和供应商的联系，产品和服务的差异化，增加长期的灵活性和适应性。但是一家企业的任何竞争优势都可以很容易地被其他公司模仿。在当今社会，几乎所有企业都可以为自己添加信息系统，走上企业信息化的道路。信息技术成为了一个标准化商品，而不再是一个组织的差异化因子。此外，企业有效使用信息系统的能力差异很大。高效运用信息系统可以使他们从对信息技术的投资中获得优厚的回报，而利用的较差的企业则没有。所以，要利用信息系统带来商业价值，技术的高低已不再是主要因素，有效的使用方法才是至关重要的。

要考量信息系统为企业带来的价值，从财务的角度来看，是相对直观的，本质上就是投资回收的问题，可以用传统的资金预算法测量。资金预算模型是用于长期资本投资项目的价值测量的几种技术之一。其分析和选择各种资金消耗的建议过程叫做资金预算。

以下六种预算模型被经常用于评价资金项目：

(1) 折旧法

折旧法是测量一个项目的初始投资所要求的回收时间。折旧周期计算如下：

折旧年数＝初始投资/年净现金流

这种测量方法的缺点：忽略了资金的时间价值，忽略了偿还周期后的现金流数量以及残值(计算机系统通常为零)和投资的获利率。

(2) 投资回报率(ROI)法

投资回报率法(ROI)计算由投资而产生的回收率，并考虑折旧调整投资产生的现金流。它给出了这个项目获得的会计收入的一个估计。为了计算ROI，首先计算平均净收益，公式如下：

平均净收益＝总净收益－总成本－折旧/有用生命期

ROI＝平均净收益/总初投资

ROI的缺点：忽略了资金的时间价值。将来的储蓄数不会等于今天的储蓄数。然而，ROI可以修改，将来的收益和成本可折算为今天的钱数。

(3) 净现值法

评价一个资金项目要求对投资成本(通常是第0年的现金流入)和发生于许多年后的净现金流入进行比较。但由于资金的时间价值，这两个净现金流不是直接可比的。一般要通过现行的利率，或者资金成本来折算。现值是一个支付的现在货币价值，或一系列将来收到的支付折算至今天的货币价值。可以用下列公式计算：

现值＝支付×[1－(1＋利率)$^{-n}$]/利率

净现值＝期望资金流的现值－初始投资成本

(4) 成本收益率法

计算资金消耗回收的一个简单方法是成本收益率法，它是收益对成本的比例。其公式为：

成本收益率=总收益/总成本

(5) 获利指数法

净现值的一个缺点是它没有对获利性进行测量。它也不能对此提供不同的可能投资方法的排序。一个简单的解决方式就是利用获利指数，其结果可用于比较不同投资的获利性。公式：

获利指数=资金流入的现值/投资

(6) 内部收益率法

内部收益率(IRR)被定义为一个投资期望获得的回报或利润，并考虑了资金的时间价值。IRR是使项目将来的现金流等于项目的初始成本时的折算率。

从信息技术对生产率的贡献角度来看，商业价值就很难来测量，尤其是在信息和知识领域。你如何测量一家法律事务所的输出？在信息和知识领域是否可用检验每个雇员完成报表数量来测量生产率(物理单位生产率测量)？或检验每个雇员所产生的收入(财务单位生产率测量)？

其他研究聚焦于输出的价值(本质收入)、利润、ROI和股票资本化作为公司销量的最终测量。一些研究者发现信息技术投资增加了生产率和提高了更好的财务业绩，包括较高的股票价值。

信息技术投资更像改善公司的业绩，如果伴随着新的企业过程、组织结构和组织学习的投资的话，那么新技术的潜力就会被释放出来。除了组织与管理资本，辅助的资源如现代的信息技术基础设施，用于电子商务投资时能更有效地改进企业业绩。已建立了合适的信息技术基础设施的公司，并视该基础设施为提供战略灵活性的服务集合，能更快地进入市场，实现更高的增长率和更多的新产品销售。

★★★★★ 本章知识点 ★★★★★

管理角色	信息系统功能层次矩阵	销售/营销信息系统
管理行为学模型	企业信息系统层次模型	制造/生产信息系统
管理决策	管理信息系统	财务/会计信息系统
安东尼模型	事务处理系统	人力资源信息系统
波特竞争力模型	知识工作系统	折旧法
差异化策略	办公自动化系统	投资回报率法
集中性差异化策略	决策支持系统	净现值法
供应链管理	高级经理支持系统	成本收益率法
客户关系管理	MRP	获利指数法
信息伙伴关系	MRP Ⅱ	内部收益率法

案例分析

UPS的最佳化运行

UPS是一个全球最大的空运和陆运包裹快递公司，年收入大约340亿美元。它还是一个特殊运输和物流服务的主要供应商。遵循近百年的承诺“最好的服务，最低的费率”。该公司每个工作日，在美国与世界其他200多个国家和地区，递送1.36千万个包裹和文件。

UPS主要的业务是限时的世界范围的包裹和文件递送。它已建立了一个全球的运输基础设施和保障递送服务的复杂的工具集，包括对大多数公司的集成供应链管理解决方案。UPS是通过因特网购买物品递送服务的领导者。

UPS拥有一个由88 000辆运输车辆组成的地面运输队，包括有名的褐色的运输卡车和大的拖拉机及拖车。在美国，UPS管理27个大型包裹运行设施和1000个小型包裹运行设施。较小的设施有运输车辆和司机，用来装卸包裹、整理、转换和递送包裹。UPS拥有或租赁了近600个设施以支持它的国际包裹递送和750多个设施以支持非包裹递送。

这个庞大的地面递送系统集成了快递航空服务，并应用了600架飞机。UPS成为美国第9大和世界第11大航空公司。UPS的飞机在美国以中心和辐射的模式运行，首要航空中心为肯塔基州的Louisville，6个分中心位于美国不同城市。这些中心装备了整理、转换和运送包裹的设备。

该公司面对了来自其他组织的无情的竞争，如FedEx、DHL、美国邮政服务、德国邮政和TNT等。虽然UPS是总的领先者，但不是在所有方面均为第一。FedEx年销售也有340亿美元，在隔夜递送市场上领先，而DHL在跨大陆(国际)递送上是领导者。

为了对付竞争对手，UPS很久以前就开始加大对先进信息系统的投资。技术强化了公司提供的每一种服务和它执行的每一个运作。UPS提供许多选择：夜间飞行和低成本地面递送，简单的运输或一个全副装备的供应链和仓储服务。顾客们可以根据他们的要求选择最有效、合适的运输方式与服务。

UPS利用自动包裹跟踪系统去监控所有通过递送过程的包裹，每天收集通过美国系统的93%的包裹的电子信息。它的顾客可以用Web网站去跟踪他自己的包裹和信件，许多顾客也可将UPS系统装入他们自己的网站中，用自己的计算机监控。

然而，UPS的竞争者现在用很相似的跟踪技术进入UPS主导的领域。例如，FedEx试着成为托盘货运和国际船运服务的供应商。它试图将它的所有运作中的包裹数据转入一个简单的供应商管理系统。竞争者仿效UPS提供的更加创新的顾客服务，同时也降低了自己的成本。

UPS管理层相信该公司仍是可靠包裹递送的领导者，它的空中和地面网络提高了服务质量的水平和实现了规模经济，这使其差异化于它的对手。该公司的战略强调通过交叉销售它的现存和新的服务给大的、多样化的顾客群体，以增加其国内的收入。它希望通过提供同步商业，帮助顾客管理他们供应链的货物、信件和资金服务以增加它的包裹业务。例如，UPS开发了Web基的软件，为DaimlerChryslerAG集中管理4500个中间商的所有零件的运入和运出。当扩展这些服务的时候，UPS希望限制费用的增长率。正在计划用信息技术驱动的效率去增加它的运行利润。

2003年，UPS公布计划投资6亿美元去简化与优化它的包裹分捡和递送系统。管理层相信这项系统投资在效率、可靠性和灵活性方面将产生显著的效益。一旦2007年1000多个UPS包裹分捡设施完全部署，该系统可望每年减少运行成本近6亿美元。2003年，因慢的收入增长和高的运行费用而使UPS国内运行利润降低了3.04亿美元。较高的燃料和租赁成本是费用增加的主要原因。较高效的派送和装载运输卡车将减少UPS司机的运输里程约为1亿英里，每年节省1400万加仑的燃料。

这个项目开始于20世纪90年代中期，时值公司识别了一个新的PLM软件需求，利用它去调度在美国的核心运行，包括它的装卸和运送、分捡设施、配送中心。过去，配送中心卡车装卸工需要记住哪辆车到哪里，然后从传送带上取下包裹时，要看包裹上的标签写的是去什么街道，再把它放到正确的车上。"这是非常混乱的"，一个Mount Olive的装卸工Bob Sylsbury说。

"过去，比较每一个装卸和运送方案以选出最优的方案被认为是不可能的，"UPS工业工程部的组合经理Jack Levis说。计算25个点的每一种可能的路线将有15.5亿多种。1995年，UPS估计，使用当时最快的计算机，完成这个计算将需要500 000年。所以这个项目转向开发最优软件，为选择最便宜的和最短的运送路线评估最可行的方案。

同时，这些年来硬件和OA软件也变得强大，必需的计算时间由年缩至月，然后到天，再到小时，现在还在下降。UPS现在针对空中和地面递送服务可以使用最优化软件。该系统使用UPS包裹跟踪系统所产生的实时信息，包括条形码标签等所有公司按时递送包裹所需要的数据。物流软件汇总了邮政编码信息和应用条码数据去计划包裹如何装上卡车以达到最优递送。

一个UPS部门经理Lou Rivieccio说，新电子商务系统改善了从新泽西州的Mount Olive配送中心的递送，使司机增加他们的递送站数，由130站增加到145站，平均减少8英里的路程。过去，装卸工只能装2.5辆车，用了新系统每个装卸工可装3—5辆车。更有甚者，过去的装卸混乱造成装卸工的年跳槽率为45%。现在95%的分配中心用上了新系统，年跳槽率减少到8%。

客户机/服务器系统被用于优化UPS地面网络配送中心的运行和机群的调度，又被称为中心和分支网络最优化(hub and feeder network optimization)。5个全职的计划员设置问题，使用数据包括包裹起点、终点和体积，有关分捡设施的数据包括位置、能力、时间和两站间距离，来自流程文件的定义包裹在两点间的路径的数据。问题一旦设置，就将其传送至一个Unix服务器，它就运行这个计算，并将结果以报告的形式传回 PC 机。

UPS 的中心和分支网络最优化的计算每年只做几次。它们提供的信息以帮助回答长期的问题，例如，现在的网络何时能力饱和、它应向哪里扩展和变化服务水平对地面服务的影响等。

2006 年，UPS 希望用无线手持软件使它的司机每人每天平均停 100 个站，可以最优化他们的路线。这个系统的早期版本正在先进的顾客手持设备上测试它与局域和广域网的无线连接，以及与外设、PC 和全球定位卫星的通信能力。在手持设备上的这个软件将和部署在 UPS 递送中心的派遣计划最优化系统保持同步。

在 UPS 世界出口枢纽 Louisville 的 UPS 空运运行最优化系统叫做 Volcano(代表容积、位置、航空网络系统)。该零售系统在几天或几小时内计算所有 UPS 空运路线，以最优化机群指派、路线和包裹位置。公司主管希望这个系统能在下一个 10 年改善空运递送计划和调度，节约 2000 多亿美元。该公司还利用这个系统调度飞行员和确定 UPS 是否要租或买更多的飞机，尤其在高峰时期，如在圣诞节期间要求的航班可跳升 45%。少租一架飞机可省 300 万美元。

UPS 利用 1500 个最优化系统来帮助它确定在扩展欧洲运作中站点应建在哪里和如何建。例如，它把一个分拣设施的地址设在德国，它还可以计算这个设施的规模应该多大。1999 年，它实际上已经选肯塔基州的 Louisvilie 为其空运枢纽，预计价格标签将为 10 亿美元。这个软件选择 Louisville 和其他站比较，因为扩展一个站比建一个新站将会快且便宜。1996 年，当 UPS 考虑把一个新设施设在芝加哥时，结果，4 个人用了 3 个月的时间才完成一个单一的优化计算。“今天你可以用更少的人作一个更完美的决策，”Levis 指出。

最优化软件还可以改进许多顾客服务，据 UPS 所说，该公司已能对一定的运输在所保证的运抵时间基础上至少缩短一天。例如，该公司现在可以保证纽约和洛杉矶之间的运送时间不多于 4 个工作日，而以前为 5 天。

(资料来源：肯尼斯 C. 劳顿，简 P. 劳顿. 薛华成编译. 管理信息系统(第九版)[M]. 北京：机械工业出版社，2007.)

【思考题】

(1) 利用竞争力和价值链模型分析 UPS。

(2) UPS 的企业战略是什么？信息系统如何支持这个战略？

(3) 为什么对 UPS 优化递送路线的 DSS 如此重要？它可以支持哪些决策？这些 DSS 帮助 UPS 达到竞争优势的效果如何？

第五章 信息技术基础设施

学习目标

- 了解信息技术基础设施的构成与发展
- 了解计算机硬件的组成与发展
- 了解计算机软件的分类及各类软件的基本功能
- 理解数据的概念与模型
- 了解数据库的发展及最新的数据库技术
- 了解计算机网络的类型、硬件组成、拓扑结构和发展趋势
- 了解各类企业计算模式

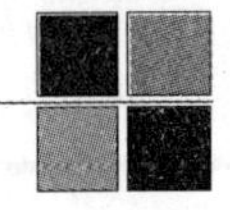

5.1 IT 基础设施及其管理

IT(Information Technology,信息技术)主要是指用于管理和处理信息所采用的各种技术的总称,它在企业中有着广泛应用。IT 基础设施作为企业信息系统的建设基础,正成为企业 IT 服务能力有效施展的重要平台。

IT 基础设施,从字面上来讲,很容易让人理解成一些看得见,摸得着的设备。然而这些只能反映 IT 基础设施的物质属性,或者说是固定资产的属性,无法代表 IT 基础设施的全部。IT 基础设施是为其他业务系统提供运作基础的共享的 IT 服务能力,这些能力包括提供可靠服务所需的内部技术(设施、软件和网络)和管理经验,IT 基础设施由 IT 技术设施和 IT 人员基础设施两个元素组成。上述定义深刻地指出了 IT 基础设施的几个最重要的方面:

- IT 基础设施从本质上来说是一种 IT 服务能力;
- IT 基础设施的作用是为其他业务系统提供运作基础;
- IT 基础设施能够通过技术与管理来提供可靠的服务;
- IT 基础设施的组成包括“技术”和“人”两个方面。

如今,IT 系统的分工已经进一步专业化,IT 基础设施的专业化水平得到了进一步的提升,业界对 IT 基础设施的特性也有了更为深刻的理解。具体地说:

① 强化了 IT 基础设施的资产属性。由于 IT 基础设施本身包含了大多数的 IT 设备,作为企业固定资本的一种,IT 基础设施需要体现其富有竞争力的投资价值。

② 进一步明确了 IT 基础设施的服务功能。很明显,比起某台服务器的具体技术指标,现代企业更为关心其在企业业务系统中所发挥的作用。这需要 IT 基础设施结合“技术”和“人”,以及相关的流程来提供高质量的服务。

③ 提高 IT 基础设施的安全要求。现在,IT 基础设施不仅关系到企业业务的正常运转,还往往与企业的商业机密、无形资产相联系,因此 IT 基础设施的安全性、稳定性显得尤为重要。

信息技术通过计算机科学和通信技术来设计、开发、安装和实施信息系统及应用软件;计算机硬件技术、软件技术、网络通信技术及信息存储技术是推动信息技术发展的动力源泉,正因为有这些技术的不断发展和积极融合,才成就如今信息技术的智能高效、灵活稳定。

从 1946 年第一台电子计算机 ENIAC(Electronic Numerical Integrator And Computer)诞生到信息技术的普及应用,计算机部分地代替了人的智能,网络提高了人们之间信息传递的速度,使信息资源共享、交流成为可能。计算机不再是孤立的机器个体,它成为连接整个信息社会的基础设施。

支撑信息社会的重要技术包括计算机硬件技术、计算机软件技术、信息存储与处理技术以及网络与通信技术及这四种技术的汇合。计算机硬件技术包括更快的运算速度、大容量存储设备、各种输入输出设备以及相应的服务;计算机软件技术包括满足不同需要的各种操作系统与应用软件、软件工程方法、程序设计语言、程序开发环境等;信息存储与处理技术包括信息提供、组织、存储、检索、展示等;网络与通信技术则包括传输电缆、光缆、通信传输、通信处理、通信卫星和无线通信等。这些技术逐步形成了信息社会的四大产业圈——计算机制造业、计算机软件业、通信与网络设备业和信息服务业。

信息技术的显著发展表现在以下几方面：

① 微电子技术和器件工艺、半导体超大规模集成电路的集成数量日新月异，著名的摩尔定律指出芯片的处理速度每18个月提高一倍；

② 存储介质的存储容量和质量有很大提高，光存储技术发展迅速，使得大容量信息的存储和访问成为可能；

③ 计算机软件技术的发展，操作系统和网络操作系统、开发平台软件及工具软件的与时俱进；

④ 数据库管理系统及大型数据库的研制，超媒体数据库、多维数据库、面向对象数据库的研发；

⑤ 多媒体技术和用户界面技术，确立使用者第一的服务思想；

⑥ 计算机网络技术的成长，尤其是在数字传输、交换技术、高数据传输率、光纤传输等领域。

案例 5－1

JP 摩根斯坦利的数据中心虚拟化

作为金融服务领域的巨头，JP摩根斯坦利是追求自动化、虚拟化新数据中心技术的先锋，这家公司积极参与多个新技术项目，其目的只有一个：最大化IT资源、减少成本和提高性能。该公司参与的项目有网格计算、基于策略管理虚拟化资源和自动化应用程序地图以及变化控制。该公司副总裁Shawn Findlan负责全球信用交易基础架构的建设，他想要应用程序能够在根据需求创建的、完全虚拟化的环境中选择服务器、数据库和其他组件，而不是使用VMware或Sun的虚拟化工具跨资源运行规定的工作。当一个交易应用程序需要更多的服务器或者数据库资源时，这种灵活的基础架构将会迅速创建端对端的应用程序环境，来支持该应用程序的最新需求。

Findlan找到了Enigmatec公司，该公司提供的管理软件可以基于预先设置的政策自动分配资源。这个软件叫做Execution Management System (EMS)。据介绍，它可以发现系统故障，将变化加载到服务器上，并能利用预先设置的策略来修复出现的问题。该软件还可以把应用程序从专用服务器资源中分离出来，并将其他可用的资源分配给该应用程序。EMS用分配的代理服务器来监控系统性能，比较实际性能与预先设置的性能指标有何不同，并且在性能下降时采取相应措施。当需要采取措施时，Enigmatec软件会自动将CPU资源分配到一个应用程序环境中，以适应更多容量的需要。

对于数据中心实现整体自动化来说，基于策略的管理和虚拟化还只是完成了目标的一部分，而Enigmatec所具备的灾难或故障恢复方法则解决了目标的另一部分。有了为应用程序按需调整配置的平台，JP摩根斯坦利公司获得了300%的业绩增长。

5.2 硬件平台及发展趋势

计算机硬件技术是一切信息技术的基础与支撑，计算机硬件平台是任何通信网络的最终连接对象，也是任何软件的最终操作对象。应此，对信息技术的深入学习首先应从计算机硬件开始，也只有掌握计算机的硬件平台，才能进一步学习信息技术。

5.2.1 计算机硬件的发展

虽然近代科学家发明了各种机械运算工具提高运算数度，但始终不尽如人意，直至1936年计算机科学之父图灵(Alan Mathison Turing)提出"图灵机"的概念模型，才为电子计算机的发明奠定了理论基础。1945年电子计算机之父冯·诺依曼(John Von Neumann)提出了"存储程序"的概念和二进制原理，确立了现代电子计算机的物理结构与运算方式；1946年2月第一台电子计算机ENIAC在美国加州问世，耗资上百万美元的ENIAC用了18 000个电子管和86 000个其他电子元件，运算速度却只有每秒300次各种运算或5000次加法，尽管ENIAC有许多不足之处，但它揭开了电子计算机时代的序幕，也为人类进入信息时代奠定了基础。

电子计算机经过几十年的发展已今非昔比，纵观它的发展历程，大致经历了四次重要的更新换代。早期的第一代计算机使用电子管作为运算器件，这种计算机体积巨大，发热量惊人，由于电子管使用寿命短，使用过程中常因电子管烧坏而出现死机。1960年后第二代计算机出现，使用寿命更长、稳定性更好的晶体管器件被使用在计算机上，晶体管比电子管小得多，消耗能量较少，处理更迅速、更可靠。到1965年，集成电路被应用到计算机中来，进而产生了第三代计算机，这段时期被称为"中小规模集成电路计算机时代"。集成电路(Integrated Circuit)是做在晶片上的一个完整的电子电路，包含了几千个晶体管元件。第三代计算机的特点是体积更小、价格更低、可靠性更高、计算速度更快。从1971年到现在，被称之为"大规模集成电路计算机时代"，即第四代计算机技术。随着制造工艺的改进，大规模集成电路(Large Scale Integrated Circuit, LSI)和超大规模集成电路(Very Large Scale Integrated Circuit, VLSI)研制成功并应用于计算机处理器、存储器、总线控制芯片等元件的制造，使得计算机的体积大为减小，个人计算机开始出现，并成为我们生活中不可缺少的一部分。

近年来，各国纷纷开始研发具有智能处理能力的第五代计算机。第五代计算机是把信息采集、存储、处理、通信同人工智能结合在一起的智能计算机系统，它能进行数值计算或处理一般的信息，主要能面向知识处理，具有形式化推理、联想、学习和解释的能力，能够帮助人们进行判断、决策、开拓未知领域和获得新的知识，人机之间可以直接通过自然语言(声音、文字)或图形图像交换信息。

随着计算机技术的进一步发展以及运算能力需求的不断提高，各种新型电子计算机和非电子计算机相继研制成功，包括神经网络计算机、生物计算机、光子计算机、量子计算机、超导计算机等，这些新技术的出现为第五代计算机的出现奠定了基础。下面我们就来简单了解一下这些神奇的计算机系统:神经网络计算机是利用数据处理单元模拟人脑神经元,从而模拟人脑思维实现人工智能的计算机系统,它已能作出一些简单的判断和预测,并在语音识别、音乐片断的学习创作、英语智能读音系统等方面都取得了令人鼓舞的成果。生物计算机又称仿生计算机,它使用以蛋白分子为主要原料的生物芯片取代晶体管集成电路芯片,生物芯片体积小、功效高,在一平方毫米的面积上,可容纳几亿个分子电路,并具有一定的自我修复能力。光子计算机是一种由光信号进行数字运算、逻辑操作、信息存贮和处理的新型计算机。由于光子在光介质中传输所造成的信息畸变和失真极小,光传输、转换时能量消耗和散发热量极低,因此光子计算机对运行环境的要求比电子计算机低得多,可以在环境条件极端恶劣的情况下运行。

5.2.2 计算机的硬件组成

尽管计算机技术有着令人目眩的发展速度,但至今大多数的计算机的硬件系统仍然继承于几十年前就已开始采用的存储程序结构,即冯·诺伊曼结构。这个结构实现了实用化的通用计算机,符合这一结构的计算机由中央处理器(包含运算器和控制器)、主存储器(内存)、辅助存储器(外存)、输入设备、输出设备以及通信设备构成(如图 5-1),并通过总线(主板)将各部分连接在一起。下面我们通过介绍组成现代计算机的各种零配件来了解它的结构。

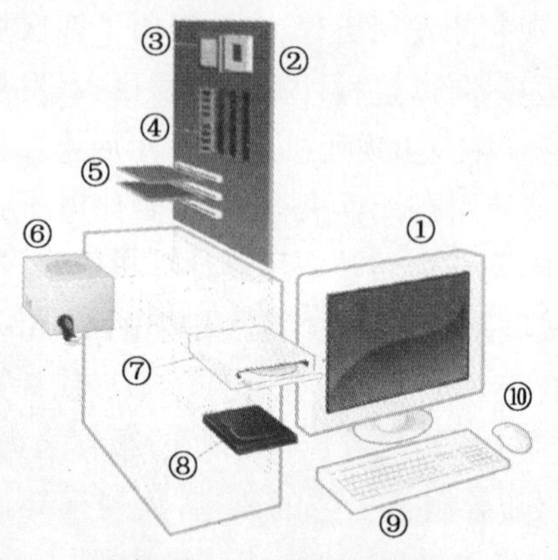

图 5-1 计算机构造图

(①显示器②主板③CPU④内存⑤扩展卡⑥电源⑦光驱⑧硬盘⑨键盘⑩鼠标)

图 5-2 Intel CPU 正面与背面

(1) 中央处理器

CPU(Central Processing Unit,中央处理器),它是计算机的核心(如图 5-2),主要由运算器、控制器、寄存器组和内部总线等构成,其重要性好比大脑对于人一样,因为它负责处理、运算计算机内部的所有数据,而主板芯片组则更像是心脏,它控制着数据的交换。

运算器是计算机对数据进行加工处理的中心,它主要由算术逻辑部件(ALU)、寄存器组和状态寄存器组成。算术逻辑部件用来完成对二进制信息的定点算术运算、逻辑运算和各种移位操作;通用寄存器组则用来保存参加运算的操作数和运算的中间结果;控制器是计算机的控制中心,它决定了计算机运行过程的自动化。它不仅要保证程序的正确执行,而且要能够处理异常事件。控制器一般包括指令控制逻辑、时序控制逻辑、总线控制逻辑、中断控制逻辑等几个部分。

(2) 主板

主板(main board)安装在机箱内,是计算机最基本的也是最重要的部件之一,一般为矩形电路板,上面安装了组成计算机的主要电路系统,包括 BIOS 芯片、I/O 控制芯片、键盘和面板控制开关接口、指示灯插接件、扩充插槽、主板及插卡的直流电源供电接插件等元件。

主板是计算机各种组件的连接与控制中心,其内部的芯片与总线为计算机硬件系统中各种设备间的调度与数据传输提供平台,它提供一系列接入插口,供处理器、显卡、声效卡、硬盘、存储器、外部设备等的接入。它们通常直接插入有关插槽,或用线路连接。主板上最重要的构成组件是芯片组(chipset),而芯片组通常由北桥芯片和南桥芯片组成,少数主板通过单芯片设计以增强其效能。这些芯片组为主板提供一个通用平台供不同设备连接,控制不同设备的通信。芯片组也为主板提供额外功能,例如集成显示芯片(内置显卡)、声效卡(内置声卡)、网卡(内置网卡)等,一些高端主板也集成红外通讯端口、蓝牙和 802.11(Wi-Fi)等功能。

(3) 主存储器

主存储器(main memory),又称主存、内存(如图 5-3),其作用是存放正在执行的指令和正在处理的数据,并能由中央处理器(CPU)直接随机存取。现代计算机为了提高性能,又能兼顾合理的造价,往往采用多级存储体系,即存储容量小、存取速度高的高速缓冲存储器被置于 CPU 内部,而存储容量和存取速度适中的主存储器则作为联系 CPU 与辅助存储器的纽带。

图 5-3 计算机内存条

主存储器分为 RAM(Random Access Memory,随机存取存储器)和 ROM(Read Only Memory,只读存储器)两种,RAM 可读可写,而 ROM 只能读不能写。RAM 在断电时将丢失其存储内容,主要用于存储短时间使用的程序。这种存储器存储单元的内容可按需随意取出或存入,且存取的速度与存储单元的位置无关。RAM 又分为静态 RAM 和动态 RAM,静态 RAM(Static RAM/SRAM)速度非常快,是目前读写最快的存储设备了,但是它也非常昂贵,所以只在要求很苛刻的地方使用,如 CPU 的一级缓冲、二级缓冲。动态 RAM(Dynamic RAM/DRAM)保留数据的时间很短,速度也比 SRAM 慢,不过它还是比 ROM 存储速度要快,但从价格上来说 DRAM 相比 SRAM 要便宜很多,计算机内存就是 DRAM 的。ROM 所存数据,一般是装入整机前事先写好的,整机工作过程中只能读出,而不像随机存储器那样能快速地、方便地加以改写。ROM 所存数据稳定,断电后所存数据也不会改变;其结构较简单,读出较方便,因而常用于存储各种固定程序和数据。除少数品种的只读存储器(如字符发生器)可以通用之外,不同用户所需只读存储器的内容不同。

(4) 辅助存储器

辅助存储器(secondary storage)又称为外存储器,即主存以外的存储装置,目前常见的辅助存储器有硬盘存储器、光盘存储器、闪存盘存储器等。外存储器由于存储容量大、成本低、记录信息可以长期保存而不丢失,用以存放系统软件、应用软件、用户文件、数据库等大量程序与数据信息,以供内存调用。

图 5-4 计算机硬盘内部结构

普通硬盘存储器(如图 5-4)是用某些磁性材料薄薄地涂在硬质圆形铝合金盘片或聚酯薄膜材料盘片表面上作为载体来存储信息,硬盘磁头通过稳定悬浮在高速旋转的磁盘上来读取或写入数据,由于磁头与盘面的距离不足 1 微米,任何落入磁头与盘面间的灰尘都会造成盘面的划伤。而固态硬盘则使用闪存芯片或 DRAM 作为存储芯片,提高了硬盘的稳定性和读写速度,并且重量更轻、没有噪音。

光盘是指利用光学方式进行读写信息的圆形塑料盘,常见的有 CD、DVD 等(见表 5-1)。光盘驱动器简称光驱,是多媒体计算机不可缺少的设备,它采用聚焦激光束在光盘上非接触地读取或记录高密度信息,不同类型的光盘需要使用兼容该类光盘的光驱才能对其读出或写入数据。

表 5-1 常见的光盘类型

名称	特　　点
CD	存储数字音频信息的不可擦光盘。标准系统采用 12 cm 大小,能记录连续播放 60 分钟以上的信息
CD-ROM	用于存储计算机数据的不可擦只读光盘。标准系统采用 5 cm、12 cm 大小,能存储约 650 M 字节的信息
CD-I	基于使用 CD-ROM 规范的交互光盘,规范描述了在 CD-ROM 上提供音频、视频、图像、文本和可执行机器代码的方法
DVI	交互的数字音频,一种产生数字压缩视频信息的技术,这种表示能存储在 CD 或其他磁盘媒介上,当前系统使用 CD,能存储约 20 分钟的视频信息
WORM	一写多读光盘,比 CD-ROM 容易写,使用单复制盘。和 CD-ROM 一样,在写操作执行后,光盘是只读的。最常用的尺寸是 5.25 英寸,能存储 200～800 M 字节的数据
CD-RW	使用光技术,但容易擦除和重复写入的光盘,有 3.5、5.25 英寸的,典型的容量是 650 M 字节
DVD	以 MPEG-2 为标准,拥有 4.7 G 的大容量,可储存 133 分钟的高分辨率全动态影视节目,包括杜比数字环绕声音轨道,图像和声音质量,是 VCD 所不及的。
蓝光 DVD	Blu-ray 的得名是来自其采用的雷射波长 405 纳米(nm),刚好是光谱之中的蓝光,一个单层的蓝光光碟的容量为 25 或是 27 GB,足够烧录一个长达 4 小时的高解析影片。双层可达到 46 或 54 GB。
HD DVD	HD DVD(或称:High Definition DVD)是一种数字光储存格式的蓝色光束光碟产品,一度发展成为高清 DVD 标准之一,HD DVD 的容量与蓝光 DVD 基本相当。但该标准的主要推广方东芝公司已宣布放弃对这类 DVD 产品的继续推广。

闪存盘的存储介质是半导体电介质,与 RAM 不同的是即使断电也能长久保存。闪存

盘具有体积小、重量轻、寿命长、容量大、可靠性高等优点，适合作为便携存储器、手机存储器、数码相机存储器使用。闪存盘可以通过读卡器与计算机USB接口相连，快速传输数据。

(5) 输入设备与输出设备

输入设备(input device)是人或外部与计算机进行交互的一种装置，用于把原始数据和处理这些数据的程序输入到计算机中。计算机能够接收各种各样的数据，既可以是数值型的数据，也可以是各种非数值型的数据，如图形、图像、声音等都可以通过不同类型的输入设备输入到计算机中，进行存储、处理和输出。如扫描仪、键盘、鼠标、摄像头、光笔、手写板、麦克风等都属于输入设备。

输出设备(output device)是人与计算机交互的一种部件，它能把各种计算结果数据或信息以数字、字符、图像、声音等形式表示出来。常见的输出设备有显示器、打印机、绘图仪、影像输出系统、语音输出系统、磁记录设备等。

为了更好地与用户交互，现在出现了不少输入输出一体化设备，比如耳麦、触摸屏、一体速印机等，方便了我们的生活。

(6) 接口

为了根据用户需要方便地为计算机添加各种内部或外部设备，计算机主机内外设置了各种各样的标准接口(如图5-5)，使用不同的接口可以将计算机系统直接或通过连接线与某一种或一类设备相连接。根据接口的位置，可以将其简单的分为内部接口与外部接口两类；接口插槽或插口隐藏在机箱里面的称为内部接口，主要的内部接口有：CPU插槽、内存插槽(DIMM、RIMM)、显卡插槽(AGP)、局部总线插槽(PCI)、硬盘接口(IDE、SATA)、电源接口等；而接口插槽或插口暴露在机箱外部，可以连接外部设备的称为外部接口，主要的外部接口有：USB接口、PS/2接口、LPT接口、COM接口、音频接口(包括line out接口、line in接口、Mic接口)、显示器接口、MIDI音乐/游戏接口、IEEE 1394、PCMCIA等。

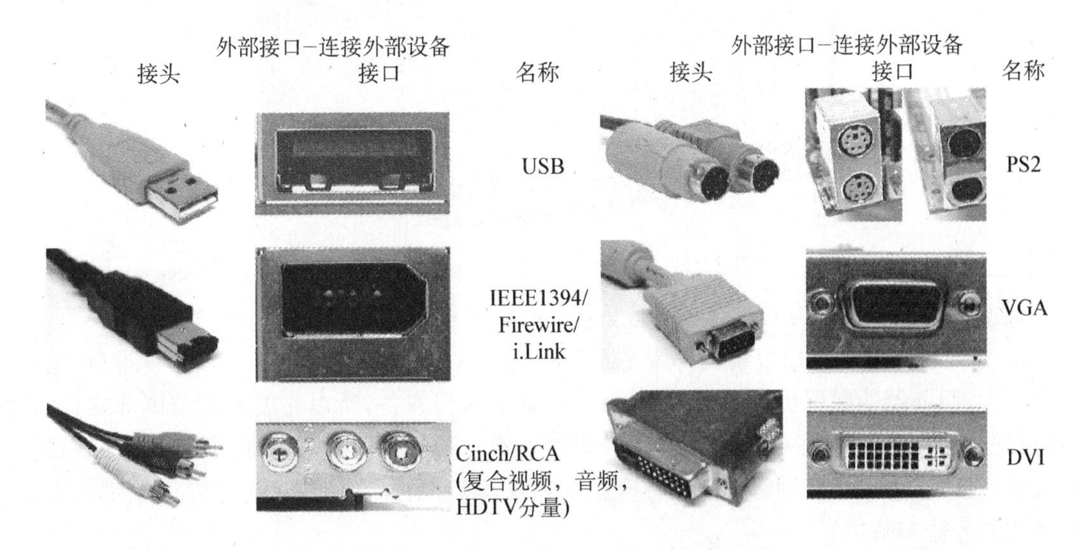

图5-5 部分计算机外部接口及接头

5.2.3 信息系统的硬件平台

(1) 服务器

服务器(server),专指某些能通过网络、对外提供服务的高性能计算机。相对于普通电脑来说,稳定性、安全性、性能等方面都要求更高,因此在CPU、芯片组、内存、磁盘系统、网络等硬件和普通电脑有所不同。服务器是网络的节点,负责网络中主要数据、程序的存储和处理,为客户端计算机提供各种服务的高性能的计算机,其高性能主要表现在高速度的运算能力、长时间的可靠运行、强大的外部数据吞吐能力等方面。服务器的构成与普通电脑类似,也有处理器、硬盘、内存、系统总线等,但因为它是针对具体的网络应用特别制定的,因而服务器与微机在处理能力、稳定性、可靠性、安全性、可扩展性、可管理性等方面存在差异很大。

根据计算机的性能,服务器可分为巨型机、大型机、小型机三类。其中巨型机(超级计算机,如图5-6)和大型机运算速度快、存储容量大、结构复杂、价格昂贵,主要用于尖端科学研究领域或银行、电信等商业领域。小型机是指采用8至32颗处理器、性能和价格介于微型机服务器和大型主机之间的高性能计算机,其具有高运算处理能力、高可靠性、高服务性、高可用性四大特点。随着计算机CPU处理能力的提高,微型机也开始充当服务器,企业为了节约成本且达到较高的计算或存储性能,往往将微型机服务器(PC Server)集群部署、动态随需增减。

图5-6 IBM Bluefire超级计算机系统

根据服务器内部结构的差异,可将其划分为塔式、机架式和刀片式三种类型。

① 塔式服务器外形以及结构都跟平时使用的立式PC差不多,主机机箱比标准的ATX机箱要大,服务器的配置也可以很高,冗余扩展更可以很齐备,所以它的应用范围非常广,应该说目前使用率最高的一种服务器就是塔式服务器。我们平时常说的通用服务器一般都是塔式服务器,它可以集多种常见的服务应用于一身,不管是速度应用还是存储应用都可以使用塔式服务器来解决。

② 机架服务器(如图5-7)是一种外观按照统一标准设计的服务器,它是专为互联网设计的服务器模式,配合机柜统一使用。可以说机架式是一种优化结构的塔式服务器,它的设

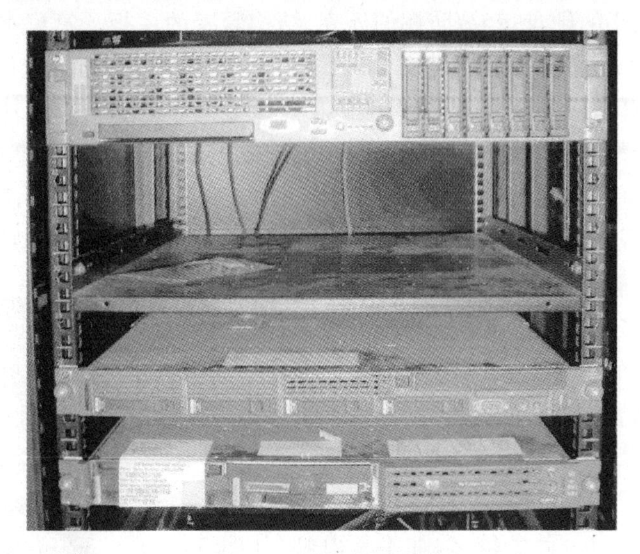

图 5-7 机架式服务器

计宗旨主要是为了尽可能减少服务器空间的占用，而减少空间的直接好处就是在机房托管的时候价格会便宜很多。

③ 刀片服务器是一种高可用、高密度、低成本的服务器平台，是专门为特殊应用行业和高密度计算机环境设计的。服务器机架中每一块"刀片"实际上就是一块系统主板，它们可以通过本地硬盘启动自己的操作系统，如 Windows Server 2008、Linux、Solaris 等等，类似于一个个独立的服务器。在这种模式下，每一个主板运行自己的系统，服务于指定的不同用户群，相互之间没有关联。不过可以用系统软件将这些主板集合成一个服务器集群。

(2) 工作站

工作站(workstation)以个人计算机和分布式网络计算为基础，主要面向专业应用领域，一般拥有较大屏幕显示器和大容量的内存和硬盘，也拥有较强的信息处理功能和高性能的图形、图像处理功能以及联网功能，为满足工程设计、动画制作、科学研究、软件开发、金融管理、信息服务、模拟仿真等专业领域而设计开发的高性能计算机，如联想 ThinkStation 工作站。随着信息技术的发展，对于普通的企业管理信息系统，工作站逐步个人化，使用适合个人使用的台式机来充当。

(3) 台式机

台式机(desktop)即微型计算机，多数人家里和公司用的计算机都是台式机。台式机的性能相对较笔记本电脑要强。在系统上台式机有了有两套平行架构，分别是国际商用机器公司(IBM)集成制定的 IBM PC/AT 系统标准，以及苹果电脑所开发的麦金塔(Macintosh)系统。狭义来说，个人电脑是指前者(IBM 集成制定的 PC/AT)，IBM PC/AT 标准由于采用 x86 开放式架构而获得大部分厂商所支持，成为市场上主流，因此一般所说的 PC 意指 IBM PC/AT 兼容机种，此架构中的中央处理器采用 Intel 或 AMD 等厂商所生产的中央处理器。

(4) 笔记本电脑

笔记本电脑(notebook computer 或 laptop)，即手提电脑，是一种小型、可携带的个人电脑，通常重量在 1 到 3 千克之间。它和台式机架构类似，但是提供了更好的便携性——包括液晶显示器、体积较小的硬盘、轻盈防摔的外壳、结构紧凑的主板。笔记本电脑除了键盘外，还提供了触控板(TouchPad)或触控点(Pointing Stick)，提供了更好的定位和输入功能，有些高端笔记本电脑还具备触屏输入、指纹识别等功能。笔记本电脑可以大体可分为四类：商务型笔记本电脑、时尚型笔记本电脑、多媒体应用笔记本电脑和特殊用途笔记本电脑。商务型笔记本电脑的特点可以概括为移动性强、电池续航时间长、商务软件多；时尚型笔记本电脑采用了个性化的外观设计，主要针对时尚人士或青年学生；多媒体应用型笔记本电脑则有较强的图形、图像处理能力和多媒体的能力，尤其是播放能力，为享受型产品，而且，多媒体笔记本电脑多拥有较为强劲的独立显卡和声卡，并有较大的屏幕。特殊用途的笔记本电脑则服务于专业人士，可以在酷暑、严寒、低气压、战争等恶劣环境下使用的机型，有的较笨重。

(5) 手持设备

手持设备(handheld)种类较多，如平板电脑(如图 5-8)、PDA、Smart Phone、3G 手机、Netbook 等，它们的特点是体积小。随着 3G 时代的到来，手持设备将会获得更大的发展，其功能也会越来越强。

图 5-8 苹果 iPad 平板电脑

案例 5-2

德尔塔航空公司客户自助服务信息台的企业价值

对于旅客来说最佳的旅游是便捷而没有困扰的，在机场耗费的时间当然要短。这就是为什么亚特兰大的德尔塔航空公司(Delta Air Lines Inc.)要与其技术子公司(Delta Technology Inc.)合作的原因。他们在全国各地的机场安装了数百个客户自助服务信息台，用于旅客登记，其目的就是要将旅客快速送达目的地。

德尔塔技术公司从美国 Kinetics 公司(www. kineticsusa. com)购买了自助服务登记信息台，这是一家著名的航空领域自助服务信息台提供商，世界十大航空公司中有 6 家在使用 Kinetics 的自助服务技术。自助服务信息台实际上就是一种联网的、专用的微机终端，其用户界面主要采用触摸屏形式，内置高速热敏打印机可以打印飞行路线、登机牌，它还装有读卡机，可以读取旅客的机票和信用卡信息。

项目负责人奇尔德雷斯说："公司内部的应用开发小组，将信息台与德尔塔数字神经系统集成到了一起，该系统是一个网络，负责与德尔塔组织的各个部分进行沟通。去年我们在 81 个城市部署了 300 多个信息台，从开始到结束共用了 6 个月，我们每个月都要登记 50 万人。如果没有这个基础设施，我们不可能做到这一点。"奇尔德雷斯认为这正体现了应用团队与业务团队协作的重要性，如果业务团队能从战略视角、业务视角知道他们想要什么，那么技术团队就能尽快给出解释方案。

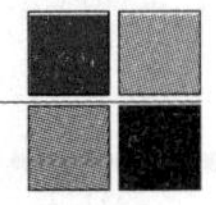

5.3 软件平台及发展趋势

软件(software)是操作、管理和使用计算机内部硬件和外部设备的各种程序、数据及相关文档的通称,是计算机系统的重要组成部分,可分为系统软件(system software)和应用软件(application software)两大类。

5.3.1 系统软件

系统软件是指控制和协调计算机及外部设备,支持应用的软件开发和运行,提高计算机性能,方便用户使用计算机资源的软件。系统软件主要功能是调度、监控和维护计算机系统;负责管理计算机系统中各种独立的硬件,使计算机硬件与软件成为一个相互协调的整体。

系统软件主要分为操作系统和系统工具。操作系统(Operating System, OS)是一种管理计算机硬件与计算机软件资源的程序,它能够帮助用户控制应用软件并管理硬件设备与软件间的协作。操作系统身负诸如管理与配置内存、决定系统资源供需的优先次序、控制输入与输出设备、操作网络连接、管理文件系统等基本事务。根据功能特征与应用范围的不同,操作系统可分为如下几大类别:

(1) 多道程序系统

多道程序系统(batch processing operation system)是在计算机内存中同时存放几道相互独立的程序,使它们在系统进程管理程序控制之下,相互穿插的运行,这样的做法极大提高了系统资源的利用效率。

(2) 分时操作系统

分时操作系统(time sharing operating system)将计算机处理器时间与内存空间按一定的时间间隔轮流地切换给各终端用户的程序使用,由于时间间隔很短,每个用户的感觉就像自己独占计算机一样。分时操作系统的特点是可有效增加资源的使用率,能同时为多个用户提供服务。

(3) 实时操作系统

实时操作系统(real time operating system)是指当外界事件或数据产生时,能够以足够快的速度予以处理,其处理的结果又能在规定的时间之内来控制生产过程或对处理系统作出快速响应,并控制所有实时任务协调一致运行的操作系统。因而,提供及时响应和提高可靠性是其主要特点。

(4) 通用操作系统

通用操作系统(general operating system)没有特定的应用方向,为了适应更广泛的应用,它同时兼有多道批处理、分时、实时处理功能,支持更多的硬件与软件,其系统设计满足大多数的用户体验。

(5) 网络操作系统

网络操作系统(network operating system)就是在原来各自计算机系统操作基础之上，按照网络体系结构的各个协议标准进行开发，使之包括网络管理、通行、资源共享、系统安全和多种网络应用服务的操作系统。

(6) 分布式操作系统

分布式操作系统(distributed operating system)通过通信网络将物理上分布的具有自治功能的数据处理系统或计算机系统互连起来，实现信息交换和资源共享，协作完成任务。分布式操作系统可以将一个大型程序分割为若干部分，分布到系统中的各台计算机上同时执行，而在逻辑上保证程序执行的完整性。

目前操作系统种类繁多，但常用的操作系统集中在少数几个系列之中，根据它们的不同特点被安装在服务器或个人电脑上。

(1) DOS 系列

DOS(disk operation system)是一类早期的个人计算机操作系统的，通过用户输入 DOS 命令来执行程序、操作文件，进入 90 年代后逐步被支持图形用户界面的操作系统所取代，主要有 PC-DOS 和 MS-DOS 两种。

(2) Windows 系列

微软(Microsoft)开发的 Windows 系列操作系统是在微软给 IBM 机器设计的 MS-DOS 的基础上的图形操作系统。随着电脑硬件和软件系统的不断升级，微软的 Windows 操作系统也在不断升级，从 16 位、32 位到 64 位操作系统。

(3) UNIX

UNIX 操作系统是一个通用的、交互型的多用户多任务操作系统，因为其安全可靠，高效强大的特点在服务器领域得到了广泛的应用，是科学计算、大型机、超级计算机等所用操作系统的主流。UNIX 用 C 语言编写，具有较好的易读、易修改和可移植性，其结构分为核心部分和应用子系统。UNIX 取得成功的原因是其开放性、安全性、稳定性，用户既可以方便地对 UNIX 二次开发，使其具有特定的功能，同时它所具有的文件保护功能与网络通行功能使之在执行网络服务时安全稳定。

(4) Linux

Linux 是一套免费使用和自由传播的类 Unix 的操作系统，由世界各地的成千上万的程序员设计和实现，其目的是建立不受任何商品化软件的版权制约的、全世界都能自由使用的 UNIX 兼容产品。Linux 主要被用作服务器的操作系统，但因其廉价、灵活及 UNIX 背景使得它很适合广泛应用。传统上有以 Linux 为基础的 LAMP(Linux、Apache、MySQL、PHP/Perl/Python)经典技术组合，提供了包括操作系统、数据库、网站服务器、动态网页的一整套网站架设支持。

(5) Mac OS 系统

Mac OS 是一套运行于苹果 Macintosh 系列计算机上的操作系统，它是首个成功的图形用户界面的操作系统。现在版本的 Mac OS 进一步增强了系统的稳定性、性能以及响应能力，通过对称多处理技术充分发挥双处理器的优势，提供 2D、3D 和多媒体图形性能以及广泛的字体支持和集成的 PDA 功能。

(6) Chrome 操作系统

Chrome 操作系统是 Google 公司研发的基于 Linux 的网络操作系统，其主推快速、简洁和安全三大特点，因为其是基于浏览器的，所以用户基本不需要安装任何程序，所有的程序都已经在网页上供用户使用；与传统的操作系统相比较，用户也将从维护系统这一复杂而繁重的工作中解脱出来；同时作为一款互联网时代的操作系统，用户数据和资料将完全存放在云端，这样，即使用户丢失了计算机，数据、资料也不会丢失。

除了上面介绍到的六种常见操作系统外，还有许多面向特定用户的操作系统。IBM 的 OS/2 个人计算机的操作系统虽然功能强大、稳定性好，但是鲜有运行在该系统上的应用程序。Novell Netware 是 Novell 公司的一款网络操作系统，它可以将任何一种 PC 机作为服务器，对无盘站和游戏的支持较好，常用于教学网和游戏厅。随着移动时代的到来，各种嵌入式操作系统也层出不穷，如 VxWorks、eCos、Symbian OS、Palm OS、Windows CE 等，它们被安装在各种智能手机与移动设备上。还有许多大型机操作系统、实时操作系统、网络操作系统运用在特定环境下以满足特定需求。

系统软件除了操作系统以外还包括系统工具，系统工具是辅助操作系统对计算机的软件与硬件资源进行管理的实用程序，比如编译器、数据库管理、存储器格式化、文件系统管理、用户身份验证、驱动管理、网络连接等方面的工具。

5.3.2 应用软件

应用软件的主要任务就是利用计算机的优势和能力，为个人、团队或组织提供解决问题或完成特定工作的计算机程序及其附属文档或数据。如果管理人员或决策者想让计算机完成某些工作，就要用到一个或多个应用程序，应用程序与系统软件交互合作，调用计算机硬件资源完成相应的任务。应用软件涵盖的范围很广，从文本工具到网络浏览器，从炒股软件到财务软件，从网络游戏到视频播放器都是应用软件，它已在个人与组织中的各类活动中广泛运用。

从应用软件的功能来看，主要可以划分为以下几个类别。

(1) 办公软件

办公软件指可以进行文字的处理、表格的制作、幻灯片的制作、简单数据库的处理等方面工作的软件。目前办公软件朝着操作简单化、功能细化等方向发展。讲究大而全的 office 系列和专注与某些功能深化的小软件并驾齐驱。另外，政府用的电子政务，税务用的税务系统，企业用的协同办公软件，这些都属于办公软件的范畴。常用的办公软件包括微软 Office 系列、金山 WPS 系列、永中 Office 系列、红旗 2000RedOffice、致力协同 OA 系列等。

(2) 网络软件

在计算机网络环境中，用于支持数据通信和各种网络活动的软件称为网络软件，如即时通讯软件、电子邮件客户端、网页浏览器、FTP 软件、下载工具等。连入网络的计算机，为了本机用户共享网络中其他系统的资源，或是为了把本机系统的功能和资源提供给网络中的其他用户使用，或是实现用户间的双向沟通，都需要安装特定的网络软件。

(3) 多媒体软件

多媒体软件是帮助用户操作计算机实现多媒体功能的应用软件，既可以是实现对多媒体内容的制作，也可以是将多媒体的内容通过多媒体硬件设备呈现在用户面前，媒体播放器、图像编辑软件、音频编辑软件、视频编辑软件、计算机辅助设计、电脑游戏、桌面排版等软件都属于该类软件，如 3D max、Photoshop 等。

(4) 分析软件

分析软件是一类帮助用户对大量数据运用数学方法运算、统计、处理的计算机软件，包括计算机代数系统、统计软件、数字计算软件、计算机辅助工程设计等类别，常见的如 SPSS、Eviews 等软件。

(5) 信息系统软件

信息系统软件主要指用于实现企业应用的软件，这类软件是组成信息系统的主体，企业中各个管理层次、各个组织机构都可以使用相应的信息系统软件来支持其工作流程的运行、任务的完成、决策的制定、绩效的评定等，会计软件、企业工作流程分析软件、客户关系管理软件、企业资源规划软件、供应链管理软件、产品生命周期管理软件、企业级数据库管理软件都包含于这类软件之中。

(6) 其他应用软件

应用软件种类繁多、包罗万象，能够满足不同群体对计算机应用的不同需求，除上述类别的应用软件外，常用的应用软件还有教育软件、翻译软件、杀毒软件等。

案例 5-3

IBM Lotus Notes 和 Domino 解决通信问题

Medex 公司致力于为全球各地病人的护理和治疗设计和生产医疗设备——注射器、注射液、药品以及呼吸机产品。公司最近收购 Ethicon Endo-Surgery 的脉管开存产品线使 Medex 增加了静脉导管产品。

最重要的是，Medex 必须尽可能最快的整合新收购的子公司，以实现销售额的最大化，并降低整合过程对公司业务的干扰。Medex 的团队将 Lotus 作为首选供应商，并选择 IBM Lotus Notes 和 Domino 作为其通信和协同平台，创建高效的销售数据库以及电子邮件系统。这是整个企业向基于 Web 的电子邮件系统过渡的一个组成部分。该解决方案有助于加快公司的集成速度，并满足新员工的需求，这些员工大部分都采用移动办公的形式，需要能够随时随地打开自己的电子邮件，例如在客户场地、宾馆或机场。这种方法使员工能够在任何地方通过互联网迅速接入电子邮件，使企业具有更强的协同能力。另外一个好处是，这种流线化的通信解决方案还减少了 Medex 在美国、欧洲、墨西哥和哥斯达黎加部署的服务器数量。

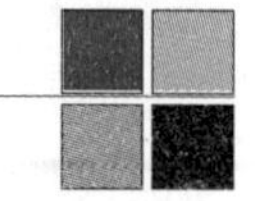

5.4 数据管理与数据库

知识与信息是企业的无形资产，也是企业的核心资源之一，而数据是知识与信息的基础，企业通过数据管理系统来保存企业运营中所产生的各种数据资源，为企业的可持续发展提供动力。

5.4.1 数据管理技术的发展历程

数据管理是指对数据的组织、存储、检索和维护，是数据处理的中心环节。数据管理主要围绕提高数据独立性、降低数据的冗余度、提高数据共享性、提高数据的安全性和完整性等方面来进行改进，使使用者能有效地管理和使用数据资源。利用计算机进行数据管理主要分为三个阶段:手工管理阶段、文件系统管理阶段和数据库系统管理阶段。

(1) 手工管理阶段

计算机出现的初期，主要用于科学计算，没有大容量的存储设备。人们把程序和需要进行运算的数据通过打孔的纸带送入计算机中，计算的结果由用户自己手工保存。处理方式只能是批处理，数据不能共享，不同程序不能交换数据。

应用程序中用到的数据都要由程序员规定好数据的存储结构和存取方式等。一组数据只能面向一个应用程序，不能实现多个程序的共享数据。不同程序不能直接交换数据，数据没有任何独立性。

(2) 文件管理阶段

到了 20 世纪 60 年代，计算机硬件的发展出现了磁带、磁鼓等直接存取设备。软件的发展是操作系统提供了文件管理系统(如图 5－9)。数据的处理方式不仅有批处理，也能够进行联机实时处理。用文件系统管理数据，一个应用程序对应一组文件，不同的应用系统之间可以经过转化程序共享数据，多个应用程序可以设计成共享一组文件，但多个应用程序不能同时访问共享文件组。大量的应用数据以记录为单位可以长期保留在数据文件中，可以对文件中的数据进行反复地查询、增加、删除和修改等操作。这些操作是由操作系统提供的文件存取接口来实现。由于文件的逻辑结构和物理结构是由操作系统的文件管理软件实现，应用程序和数据之间有一定的独立性。由于文件之间是孤立的，无联系的，每个文件又是面向特定应用的，应用程序之间的不同数据仍要各自建立自己的文件，无法实现数据的共享，就会造成数据的冗余。

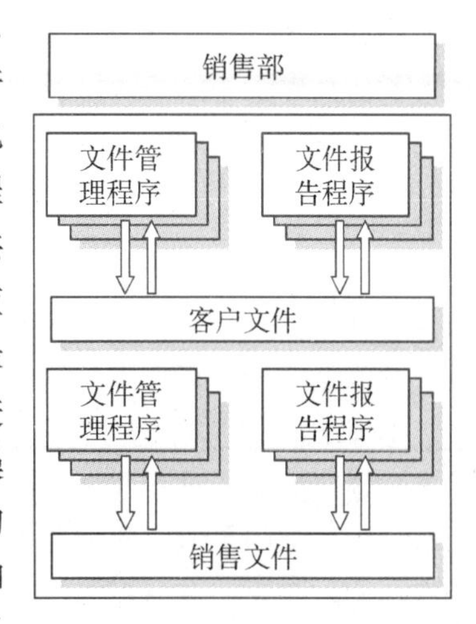

图 5－9 简单文件系统

(3) 数据库系统管理阶段

数据库具有面向各种应用的数据组织和结构。文件系统中，每个文件面向一个应用程序。而现实生活中，一个事物或实体，含有多方面的应用数据。例如，一个学生的全部信息，包括学生的人事信息，学生的学籍和成绩信息，还有学生健康方面的信息。这些不同的数据对应人事部门的应用、教务部门的应用和健康部门的应用。这就使得整个实体的多方应用的数据具有整体的结构化描述，也为数据针对不同应用的存取方式提供了各种灵活性。

数据库系统具有高度的数据独立性，数据结构可分为数据的物理存储结构和数据的逻辑结构。数据的物理存储结构是指数据在计算机物理存储设备(硬盘)上的存储结构。在数据库中，数据在磁盘上的存储结构是由数据库管理系统来管理和实现的，用户或应用程序不必关心。应用程序直接与数据的逻辑结构相关。数据的逻辑结构又分为局部逻辑结构和全局逻辑结构。而且不同的应用程序只与自己局部数据的逻辑结构相关。数据库中数据的高度独立性，是指物理数据的独立性和逻辑数据的独立性两个方面，应用程序与数据的逻辑结构和物理存储结构之间的映射关系由数据库管理系统完成。

5.4.2　传统文件环境存在的问题

计算机将信息存储在文件当中，如果这些文件被合理的组织和维护，那么，用户就能够容易地访问和检索他们需要的信息。良好的管理、精心的组织能很容易地保存数据以提供商业决策；相反，管理不好的文件会导致文件处理混乱。

在传统的文件环境下，多数组织是从小规模开始信息处理系统开发的，一次完成一个应用的开发，事先没有总体规划，系统渐渐地变大。例如，每一个部门都开发自己的应用系统，每一部门开发的系统往往与其他部门是孤立的。会计、财务、市场等部门都开发自己的系统和数据文件，而且，每一个应用程序想要运行，都需要各自的文件和程序。通常情况下，应用程序用到的文件是主文件的某个版本，是为了满足一些特殊应用，从主文件中摘录下来部分信息形成的一个个小文件。随着时间的推移，文件和应用程序会变得越来越多。为了做汇总表，需要编制复杂的应用程序来提取多个文件中的数据并按一定的顺序排序。由于文件数量增多，需要用一系列的文档来管理其中的项目。而且，一些数据项会重复出现在不同部门的文件和文档中。整个文件系统非常复杂，需要专门的程序员分别维护各自的文档和程序。这样，就会导致过分地依赖程序员，一旦他离开，就会导致系统瘫痪。因此，传统文件环境下的数据处理存在一系列的问题：

① 数据冗余和混淆，即多个数据文件中重复出现相同的数据。当不同的决策或职能部门单独地收集相同的信息时，就出现了数据冗余。比如，在一个银行的商业贷款部里，市场和信用信息部门可能收集同一顾客的信息。这些信息被收集并保存在不同的地方，同样的数据项在不同部门可能以不同的数据项来表示，这就容易造成数据的重复录入及与数据内容的冲突。

② 程序与数据相互依赖，指程序与它相关数据的高度绑定关系。每一个应用程序都必须对它所处理的数据的位置和性质进行描述，这些数据的描述部分可能比程序的实际部分更长。在传统的文件环境中，数据的任何改变都需要相应地修改它的应用程序。

③ 缺乏灵活性，难以及时处理特殊需求。传统的文件系统通过大量的程序处理可以传

递常规业务中规定好的报表,但不能对临时急需但原来没有预料的信息作出反应。特殊需要的信息在系统中的某个地方,但要找出这些信息花费将非常大,需要几个程序员共同努力才能把分散的数据项收集到一起,并重新存放在新的文件中。

④ 安全性差。由于对数据缺乏控制和管理,实际上访问和分发信息已经失去控制。一些习惯和传统的做法,以及信息难以查找,往往限制了对数据的存储。

⑤ 缺少数据的共享性和有效性。数据在混乱的环境中缺少访问控制,使得用户不能很容易地获得信息。因为不同文件中的、组织不同部门中的信息块相互间没有联系,这实际上使信息不能共享和及时地访问。

5.4.3 数据库管理系统

数据库管理系统(Database Management System, DBMS)是一种操纵和管理数据库的大型软件,是用于建立、使用和维护数据库。它对数据库进行统一的管理和控制,以保证数据库的安全性和完整性。用户通过 DBMS 访问数据库中的数据,数据库管理员也通过 DBMS 进行数据库的维护工作。它提供多种功能,可使多个应用程序和用户用不同的方法同时或在不同时刻去建立、修改和查询数据库,用户能方便地定义和操纵数据,维护数据的安全性和完整性。

相比较文件系统,DBMS 具有以下优点:

- 集中管理数据及数据的存取、使用和安全性,可降低组织信息系统的复杂性;
- 消除所有单独文件中数据项的重复可以减少数据的冗余及不一致性;
- 集中控制数据的建立和定义可以消除数据的混淆;
- 将数据的逻辑视图与物理视图分开可以减少程序和数据的依赖性;
- 程序的开发和维护费用会大幅度下降;
- 允许快速地和临时性地查询大块信息使得信息系统的灵活性大大提高;
- 增强信息的访问能力和信息的有效性。

数据库管理系统包括三部分,即数据定义语言(Data Definition Language, DDL)、数据操作语言(Data Manipulation Language, DML)和数据字典(data dictionary)。

① 数据定义语言是程序员用来详细描述数据的结构和内容的正式语言。在数据元素变成应用程序要求的形式前,数据定义语言要先定义每一个数据元素在数据库中的格式。

② 数据操作语言用来与编程语言结合起来操作数据库中的数据。这种语言为用户和程序员提供了一组从数据库中提取数据的命令,以满足信息访问和开发应用程序的需求。目前应用得最广泛的是 SQL(Structured Query Language)。

③ 数据字典是一个手工或者自动生成的文件,用来存储数据元素的定义和特性,如用途、物理表示、所有权、授权及安全。数据字典是一个很重要的数据管理工具,因为它建立了保存在数据库中的所有数据块的清单,比如,商业用户根据数据字典可以找出销售和市场需要的特定数据块,甚至可以决定整个公司所需的所有信息,数据字典也可以为用户提供报表所需数据的名字、格式。

现在商业环境下的数据复杂且被广泛利用，这客观上要求数据库管理系统能够实现数据的高度共享并保证数据的完整性和安全性，要使多个用户或应用程序同时并发访问同一个数据库中的数据记录或同一个数据项，还有永久数据存储的问题，因此DBMS需要提供如下的一些控制机制：

➢ 多用户并发(concurrency)：DBMS提供并发机制和协调机制，保证在多个应用程序同时并发访问、存取和操作数据库数据时，不产生任何冲突，数据不遭到破坏；

➢ 数据完整性(integrity)：DBMS提供数据完整性的检查机制，避免不合法的数据进入数据库中，确保数据库数据的正确性、有效性和相容性；

➢ 数据安全性(security)：DBMS提供安全保密机制，防止没有授权的用户不能进入系统或不能更改数据或不能访问数据等；

➢ 数据库恢复(recovery)：当软件、硬件或系统运行出现各种故障时，要确保存储在数据库的数据不丢失和破坏，使数据库中存储的数据是永久性的数据。

数据库近几年的发展趋势一方面是迅速增长的分布式数据库，另外一方面是面向对象数据和超媒体数据库的广泛应用。前者是将数据存储到多个不同地理位置的数据库中，主要以两种方式实现数据库的分布，一是分立式数据库，将中心数据库分割为多个部分，每个部分都有自己的数据库，使每个远程处理器拥有为本地服务所必需的数据；另一种方式是副本式数据库，将中心数据库复制到所有远程机器上，每个远程数据都是中心数据库的一个副本。面向对象数据库将数据和操作数据的程序都存储为可以自动恢复和共享的对象，其之所以受欢迎主要是因为它能够管理各种各样的多媒体组建或Web应用的Applet；超媒体数据库通过由用户建立的链接在一起的结点形式存储信息块，这些结点可以包括文本、图片、声音、视频或可执行程序。

5.4.4 数据库数据描述与数据模型

在数据库环境中，数据描述需要运用数据模型的方法，通过对现实世界模型化来组织计算机中存储的数据资源。现实世界是存在于人脑之外的客观世界，人们把客观存在的事物以数据的形式存储到计算机中，经历了对现实生活中事物特征的认识、概念化到计算机数据库里的具体表示的逐级抽象过程。此过程分为3个阶段，即现实世界阶段、信息世界阶段和计算机世界阶段。

(1) 现实世界

现实世界就是存在于人脑之外的客观世界，客观事物及其相互联系就处于现实世界中。计算机处理的对象是现实生活中的客观事物，在对其实施处理的过程中，首先应经历了解、熟悉的过程，从观测中抽象出大量描述客观事物的信息，再对这些信息进行整理、分类和规范，进而将规范化的信息数据化，最终由数据库系统存储、处理。

(2) 信息世界

信息世界是现实世界在人们头脑中的反映，是对客观事物及其联系的一种抽象描述。客观事物在信息世界中称为实体(entity)，反映事物间关系的是实体模型或概念模型。概念模型的表示方法有很多，目前较常用的是实体-关系方法(Entity-Relationship Approach，E-

R 方法)。

实体-关系方法直接从现实世界中抽象出实体和实体间的联系,然后用 E-R 图来表示数据模型。图 5-10 就是一个体现员工、部门、项目三者关系的 E-R 图。其中,矩形表示实体,即现实中存在的事物;椭圆形表示实体的属性,即事物所包含的特征;菱形表示联系,即事物与事物之间的关系。事物与事物之间的关系可能是一一对应的(一对一,表示为 1∶1),也可能是一个事物与多个事物存在联系(一对多或多对一,表示为 1∶n 或 m∶1),还可能多个事物与多个事物存在交叉联系(多对多,表示为 m∶n),上述三种联系类型通过图中菱形两边 1、m 或 n 来反映。在图 5-10 中,实体"员工"和实体"项目"是多对多的联系,因为一个员工可以参与多个项目,每个项目又有若干员工参加,因此它们的关系是 m∶n;而实体"部门"与实体"员工"是一对多的关系,一个员工只能属于一个部门,一个部门则由若干名员工组成,因此它们的关系是 1∶m。

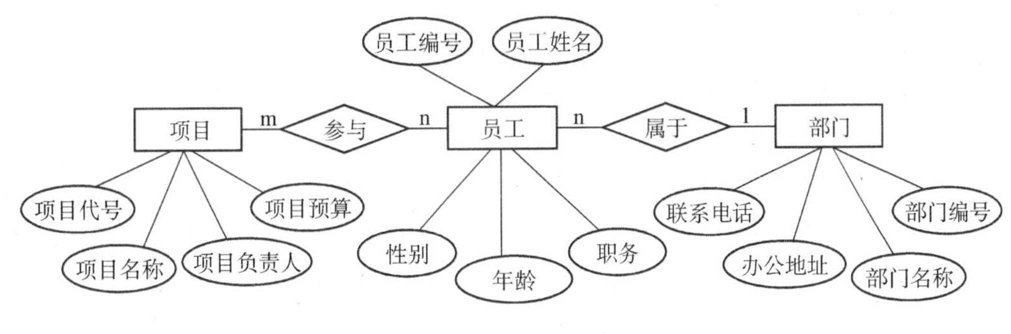

图 5-10 E-R 图例

(3) 计算机世界

计算机世界是信息世界中的信息数据化后对应的产物,简单的说,就是将信息转化成计算机能够识别和存储的数据。这一阶段的数据处理是在信息世界对客观事物的描述基础上做进一步抽象,使用的方法为数据模型的方法,这一阶段的数据处理在数据库的设计过程中也称为逻辑设计。

客观事物是信息之源,是设计、建立数据库的出发点,也是使用数据库的最后归宿。概念模型和数据模型是对客观事物及其相互关系的两种抽象描述,实现了数据处理三个层次间的对应转换,而数据模型是数据库系统的核心和基础。

数据模型就是基于计算机系统和数据库系统的数学模型,它直接面向的是数据库的逻辑结构,它是对现实世界的第二层抽象。数据库管理系统主要通过三种主要的数据模型来组织数据,它们是层次模型、网状模型、关系模型。

① 层次模型。层次型数据库(hierarchical database)管理系统是用树形结构来表示各类实体以及实体间的联系。现实世界中很多事物是按层次组织起来的,而层次数据模型的提出便是为了模拟这种按层次组织起来的事物。层次数据库也是按记录来存取数据的。层次数据模型中最基本的数据关系是基本层次关系,它代表两个记录型之间一对多的关系,也叫做双亲子女关系。数据库中有且仅有一个记录型无双亲,称为根节点。其他记录型有且仅有一个双亲。在层次模型中从一个节点到其双亲的映射是惟一的,所以对每一个记录型(除

根节点外）只需要指出它的双亲，就可以表示出层次模型的整体结构。

② 网状模型。网状数据模型（network database）是一种比层次模型更具普遍性的结构，它去掉了层次模型的两个限制，允许多个结点没有双亲结点，还允许结点有多个双亲结点。此外，它还允许两个结点之间有多种联系（称之为复合联系）。网状数据库模型对于层次和非层次结构的事物都能比较自然的模拟，在关系数据库出现之前网状模型要比层次模型用得普遍。

网状数据库和层次数据库已经很好地解决了数据的集中和共享问题，但是在数据独立性和抽象级别上仍有很大欠缺。用户在对这两种数据库进行存取时，仍然需要明确数据的存储结构，指出存取路径。

③ 关系模型。在关系模型（relational database）中，对数据的操作几乎全部建立在一个或多个关系表格上，通过对这些关系表格的分类、合并、连接或选取等运算来实现数据的管理。关系模型中最主要的组成成分是关系，一个关系就是一张二维表（如图 5 - 11）。表中一行称为一个元组（tuple），也称为行或记录；表中一列称为一个属性（attribute），每一列对应一个唯一的名字称为属性名，属性的取值范围称为属性的域。关系是元组的集合，一个元组由属性值组成。关系的名称和关系的属性集称为关系的“模式”，如员工（EmployeeNo，EmployeeName，Sex，Age，Dept）即为一个“关系模式”，给定关系中元组的集合称为该关系的“实例”。图 5 - 11 展示的关系共有五个属性，分别用来存储员工编号、员工姓名、性别、年龄和所属部门五个方面的内容，EnployeeNo、EnployeeName、Sex、Age 和 Dept 是它们各自的属性名。其中，每位员工的员工编号具有唯一性，那么它可以作为关系的“关键字”来标识关系表中的各条元组。而对于 Sex 和 Age 两个属性，需要将其值规定为只能选“男”或“女”，以及在 18—65 之间的数字，这样的属性的范围在关系模型中成为“域”。关系数据模型还给出了关系操作的能力，其操作的特点是集合操作方式，即操作的对象和结果都是集合。可见，关系模型是一套完整的数据库理论体系，不仅包括数据的组织形式，也涵盖了数据的操作方式（关系运算理论），由于篇幅所限，此处不再详述，如需深入了解可查阅相关书籍。

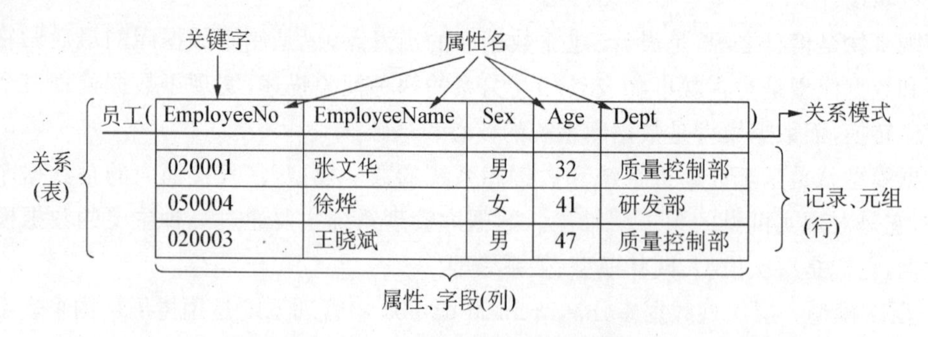

图 5 - 11 员工信息关系表图例

5.4.5 常见的数据库管理系统

目前市场上常见的 DBMS 有 Oracle、SQL Server、DB2、MySQL、PgSQL 等。

Oracle Database 是甲骨文公司的一款关系数据库管理系统,在数据库市场上占有主要份额。Oracle 数据库是一种大型数据库系统,一般应用于商业和政府部门,它的功能很强大,能够处理大批量的数据,在网络方面也用的非常多。基于 Oracle 数据库,Oracle 公司推出了 Oracle 电子商务套件,它是第一个集成的基于互联网的商务应用套件,涵盖了营销、销售、服务、合同、定单管理、产品设计、采购、供应链、制造、财务、项目管理、人力资源与专业服务自动化在内的企业中每一个领域的业务。

Microsoft SQL Server 是由美国微软公司所推出的关系数据库解决方案,它是一个全面的数据库平台,使用集成的商业智能(BI)工具,并提供企业级的数据管理。SQL Server 数据库引擎为关系型数据和结构化数据提供了更安全可靠的存储功能,可以构建和管理用于业务的高可用和高性能的数据应用程序。SQL Server 数据引擎结合了分析、报表、集成和通知功能。这使企业可以构建和部署经济有效的 BI 解决方案,通过记分卡、Dashboard、Web services 和移动设备将数据应用推向业务的各个领域。

DB2 是 IBM 关系型数据库管理系统,它属于 IBM 宽广的信息管理软件产品线中的数据服务器软件产品。虽然 DB2 有很多不同的版本可以运行在从掌上产品到大型机不同的终端机器上,但是 DB2 一般指的是 DB2 服务器企业版(DB2 Enterprise Server Edition)或者是可以运行在 UNIX(AIX)、Windows 或 Linux 服务器上的最高端的 DB2 Data Warehouse Edition (DB2 DWE),或者是指 DB2 for z/OS。IBM 在收购 Informix 后将 Informix 技术整合在 DB2 中,使之成为一个面向对象的数据库管理系统。2007 年发布的 DB2 9 for z/OS 是一款存储 XML(可扩展标记语言)的关系型数据库。

MySQL 是一个开放源码的关系数据库管理系统,开发者为瑞典 MySQL AB 公司,现为 Oracle 旗下 Sun 公司的一部分。MySQL 由于性能高、成本低、可靠性好,已经成为最流行的开源数据库,被广泛地应用在 Internet 上的中小型网站中。随着 MySQL 的不断成熟,它也逐渐用于更多大规模网站和应用,比如维基百科、谷歌和 Facebook。

PgSQL 即 PostgreSQL,是一个特性齐全、功能强大的对象-关系型数据库管理系统(ORDBMS),是加州大学伯克利分校计算机系在 POSTGRES 软件包基础上开发出的开放源码数据库系统。PostgreSQL 支持大部分 SQL 标准并且提供了许多其他特性,如复杂查询、外键、触发器、视图、事务完整性、多版本并发控制等,同时还可以用许多方法扩展,如增加新的数据类型、函数、操作符、聚集函数、索引方法、过程语言等。

5.5 通信、网络和因特网

计算机网络不仅是企业内部沟通的桥梁,还是企业联系世界的纽带,它已成为信息社会的命脉和知识经济的重要基础。计算机网络不仅给企业带来新的生存空间,而且给企业带来了新的管理模式和经营模式。

5.5.1 网络类型与拓扑结构

计算机网络的分类有多种方法，按所覆盖的地域范围分类，可以分为：局域网（Local Area Network，LAN）；城域网（Metropolitan Area Network，MAN）；广域网（Wide Area Network，WAN）。

(1) 局域网

局域网是在一个几千米范围内组建的由计算机、网络设备和通讯介质连接形成的网络，这一范围内所覆盖的可能是一个办公室、一栋建筑物或是一个校园，如企业网、校园网都是局域网，因此，它与日常工作和生活最为密切。局域网具有较高的数据传输率（10～1000 Mbps）、高可靠性、易于管理等特点。

(2) 城域网

城域网是一种界于局域网与广域网之间、覆盖一个城市的地理范围、用来将同一区域内的多个局域网互联起来的中等范围的计算机网络。有线电视网就是城域网的例子。城域网中传输时延较小，它的传输媒介主要采用光缆，传输速率在 100 Mbps 以上。

(3) 广域网

广域网是一种用来实现不同地区的局域网或城域网的互联，可提供不同地区、城市和国家之间的计算机通信的远程计算机网络。通常广域网跨接很大的物理范围，所覆盖的范围从几十公里到几千公里，它能连接多个城市或国家，形成国际性的远程网络。广域网多为电信部门组建，向社会开放，例如电话网、公用数据网。

网络拓扑（topology）结构是指用传输介质互联各种设备的物理布局，用来描述网络的连接形状和组成形式，网络拓扑结构有总线结构、环型结构、星型结构、网状结构、树型结构、蜂窝结构等（如图 5－12）。

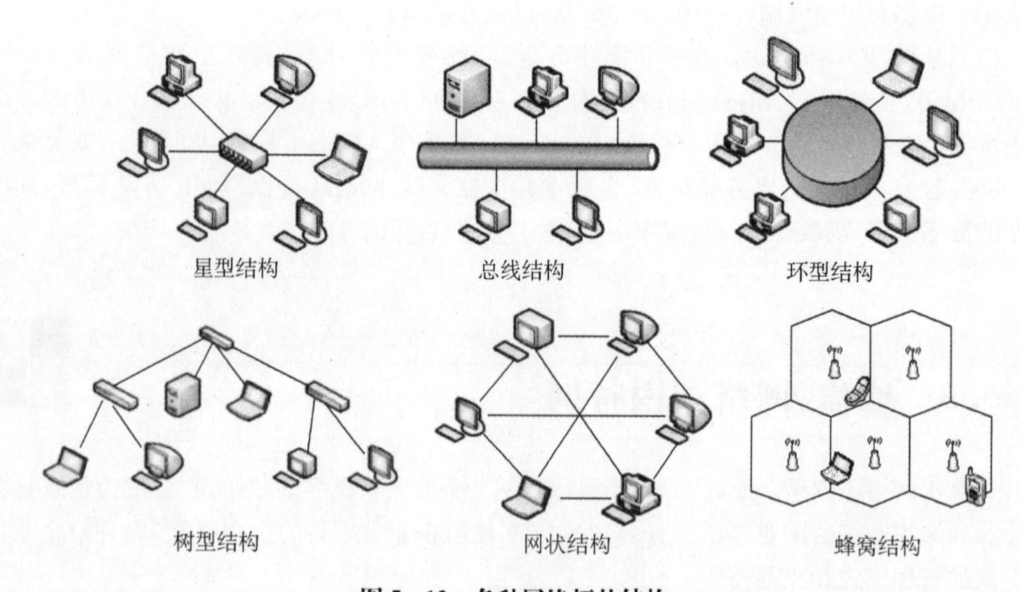

图 5－12 各种网络拓扑结构

(1) 星型结构

星型网络由中心节点和其他从节点组成，中心节点可直接与从节点通信，而从节点间必须通过中心节点才能通信。在星型网络中，中心节点通常由一种称为集线器或交换机的设备充当，因此网络上的计算机之间是通过集线器或交换机来相互通信的，这是目前局域网最常见的方式。

(2) 总线结构

总线型网络是一种比较简单的计算机网络结构，它采用一条称为公共总线的传输介质，将各计算机直接与总线连接，信息沿总线介质逐个节点广播传送。

(3) 环型结构

环型网络将计算机连成一个环。在环型网络中，每台计算机使用公共传输线缆组成的闭环连接，数据信息携带着主机地址在环路中沿着一个方向在各节点间传输。采用这种结构，网络可以延伸到较远的距离，线缆连接费用较低。但由于连接的自我闭合，某处断接也会导致整个网络失效。

(4) 树形结构

树型结构是分级的集中控制式网络，与星型相比，它的通信线路总长度短，成本较低，节点易于扩充，寻找路径比较方便，但除了叶节点及其相连的线路外，任一节点或其相连的线路故障都会使系统受到影响。

(5) 网状结构

在网状结构网络中，网络的每台设备之间均有点到点的链路连接，这种连接不经济，只有每个站点都要频繁发送信息时才使用这种方法。网状结构网络的部署很复杂，但系统可靠性高，容错能力强。有时也称分布式结构。网状结构网络主要用于地域范围大、入网主机多、主机类型各异的环境，常用于构造广域网络。

(6) 蜂窝结构

蜂窝结构是无线网络所使用的结构，它以无线传输介质（微波、卫星、红外等）点到点和多点传输为特征，形成蜂窝状（六边形耦合）区域无线信号覆盖，使该区域内无线终端能连入网络，它适用于城市网、校园网、企业网。

5.5.2 网络体系结构

网络体系结构是指通信系统的整体设计，它为网络硬件、软件、协议、存取控制和拓扑提供标准。它广泛采用的是国际标准化组织（ISO）在1979年提出的开放系统互联参考模型（Open Systems Interconnection Reference Model，OSI/RM），旨在促进全球计算机的开放互联。

OSI包括了体系结构、服务定义和协议规范三级抽象。首先，OSI的体系结构定义了一个七层模型，用以进行进程间的通信，并作为一个框架来协调各层标准的制定；其次，OSI的服务定义描述了各层所提供的服务，以及层与层之间的抽象接口和交互用的服务原语（服务指令）；最后，OSI各层的协议规范，精确地定义了应当发送何种控制信息及何种过程来解释该控制信息。可见其最大优点是将服务、接口和协议这三个概念明确地区分开来，使网络的不同功能模块分担起不同的职责。

如图 5 - 13 所示，OSI 七层模型从下到上分别为物理层(physical layer)、数据链路层(data link layer)、网络层(network layer)、传输层(transport layer)、会话层(session layer)、表示层(presentation layer)和应用层(application layer)。OSI 各个层次的基本功能：

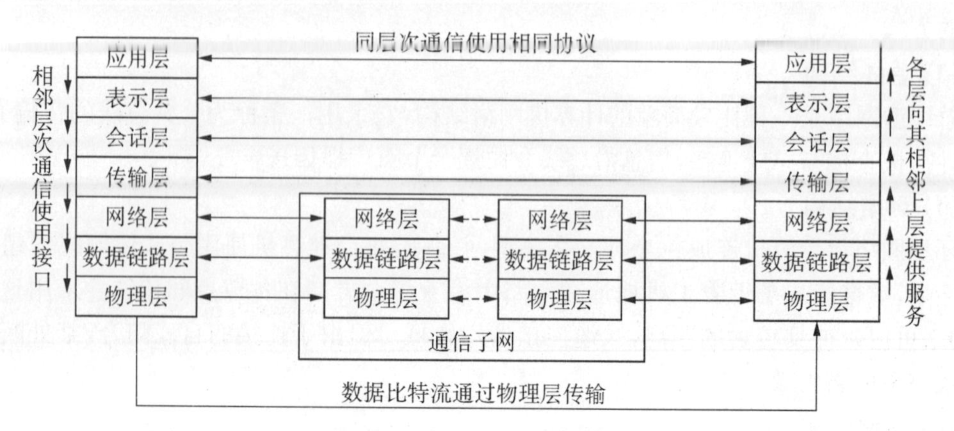

图 5 - 13 OSI 七层参考模型

➢ 物理层，定义了为建立、维护和拆除物理链路所需的机械的、电气的、功能的和规程的特性，其作用是使原始的数据比特流能在物理媒体上传输；

➢ 数据链路层，主要作用是通过校验、确认和反馈重发等手段，核实线路中数据的正确性，协调收发双方的数据传输速率，以防止出现线路阻塞；

➢ 网络层，负责通信子网的运行控制，主要解决如何使数据分组跨越通信子网从数据源传送到目的地的问题，即路由选择。此外，数据流量控制、网际互联也在这一层实现；

➢ 传输层，是一个实现主机对主机通信的层次，它提供的端到端的透明数据运输服务，使高层用户不必关心通信子网的存在；

➢ 会话层，是一个实现进程对进程通信的层次，其主要功能是组织和不同步的主机上各种进程间的通信(也称为对话)；

➢ 表示层，为上层用户提供共同的数据或信息的语法表示变换，使采用不同编码方法的计算机在通信中能相互理解数据的内容；

➢ 应用层，是开放系统互联环境的最高层，为应用程序提供服务以保证其通信功能的完成。

OSI 参考模型并非具体实现的描述，它只是一个概念性框架，而在实际应用中传输控制协议/因特网互联协议(Transmission Control Protocol/Internet Protocol, TCP/IP)有着更为广泛的应用，其作为 Internet 最基本的协议，由网络接口层、网际层、传输层和应用层四层组成(如表 5 - 2)，和 OSI 的 7 层协议相比没有其中的会话层和表示层，数据链路层和物理层也结合为网络接口层(如图 5 - 14)。TCP/IP 实际上是一个协议族(或协议包)，包括 100 多个相互关联的协议，其中 IP 协议是网络层最主要的协议，它为网络中的计算机设定具有唯一标识性的 IP 地址；TCP 和用户数据报协议(User Datagram Protocol, UDP)是传输层中最主要的协议，它们用于网络中数据的传输。一般认为 IP、TCP、UDP 是最根本的三种协议，是其他协议的基础。

表 5-2 TCP/IP 协议各层的功能

层次	层的名称	主要功能	部分子协议
4	应用层	与用户应用进程的接口，为不同计算机的应用进程之间提供通信	HTTP(超文本传输协议)、SMTP(简单邮件传输协议)、FTP(文件传输协议)、TELNET(远程登录协议)
3	传输层	管理端到端的连接	TCP(传输控制协议)、UDP(用户数据报协议)
2	网际层	寻址和最短路径的选择	IP(网际协议)、ICMP(网际控制报文协议)、ARP(地址解析协议)
1	网络接口层	没有详细定义这一层的功能，需要利用具体物理网络提供相应功能，如以太网标准	具体使用哪种协议由物理网络决定

TCP/IP 协议适用性广泛，适用于各种硬件平台和软件平台，从微型计算机到巨型计算机，从局域网到广域网均可使用，并且已与众多知名的计算机操作系统兼容，TCP/IP 协议通信效率高，四层体系结构较 OSI 模型七层体系结构在层次上进行了简化，大大提高了通信效率；TCP/IP 协议开放性强，其技术和协议文本都是公开的，也容易扩充；TCP/IP 协议有着丰富的软件产品支持，许多著名的网络数据库和应用软件都提供了 TCP/IP 接口，TCP/IP 协议普及率高；同时 TCP/IP 协议编程开发使用方便，其对用户屏蔽了网络的底层结构，使用户和应用程序不需要了解网络的硬件连接细节，为网络使用和程序设计带来极大方便。

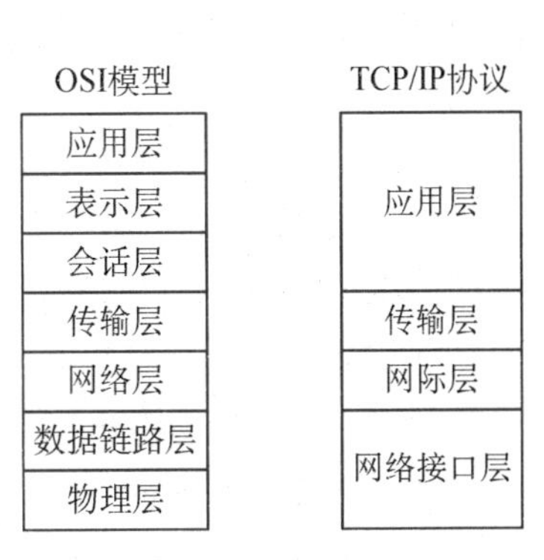

图 5-14 OSI 模型与 TCP/IP 协议的层次对比

5.5.3 通信网络设备

通信网络设备是连接计算机与计算机、计算机与网络、网络与网络的计算机设备，主要包括传输介质、中继器、集线器、交换机、网桥、网关、路由器、各种调制解调器等。

(1) 传输介质

计算机网络的传输介质分为有线和无线两大类。有线传输介质有双绞线、同轴电缆、光纤，最常用的为双绞线和光纤，双绞线最高带宽可达 1000 Mbps，光纤的带宽则可以达到上百 Gbps 的传输能力。无线传输介质有微波、红外线和无线电波，目前卫星通信、移动通信、无线网络通信发展迅速。

(2) 中继器、集线器与交换机

中继器(repeater)是局域网互联的最简单设备，它工作在 OSI 体系结构的物理层，接收并识别网络信号，然后再生信号并将其发送到网络的其他分支上，用于延长数据在传输介质中的传输距离。

集线器(hub)一般指共享式集线器,是一种可连接多台计算机的非智能专用设备,相当于一个多口的中继器,内部具有一条共享的总线,主要执行信号再生和重定向(转发)、碰撞检测等功能,属于数据通信系统中的基础设备。其内部采用了电器互联,能对接收到的信号进行再生放大,以扩大网络的传输距离,同时把所有节点集中在以它为中心的节点上,它所起的作用相当于多端口的中继器。从工作状态看,集线器属于共享型,也就是说在一个端口向另外一个端口发送信息的时候,其他的端口就不能再有信息传输,只能处于等待状态。另外集线器工作在半双工状态。

交换机(switch)指的是交换式集线器,是一种智能型的集线器,除了包括集线器的所有特性外,还具有自动寻址、交换等功能。它的每个端口都可以视为一条独立的通道,所以在一个端口工作时不会影响到其他端口的传输,而且交换机可工作在全双工状态下,数据处理能力提高了一倍。交换机有 3 层(网络层)交换机和 2 层(数据链路层)交换机之分。

(3) 网桥与网关

网桥(bridge)工作于 OSI 体系的数据链路层,它能将两个相似的网络连接起来,并对网络数据的流通进行管理。网桥不但能扩展网络的距离或范围,而且可提高网络的性能、可靠性和安全性。

网关(gateway)又称网间连接器、协议转换器,它在传输层上实现不同协议网络的互联,是最复杂的网络互联设备。网关既可以用于广域网互连,也可以用于局域网互联,是一种担当网络传输协议转换重任的计算机系统或设备。

(4) 路由器与无线路由器

路由器(router)工作在 OSI 体系结构中的网络层,用来连接不同的逻辑网段,是局域网和广域网、局域网和局域网之间进行互联的关键设备,其根据信道的情况自动选择和设定路由(即信息源到信息接收方的路径),以最佳路径,按前后顺序发送信号的设备。它能够建立路由表,路由表列出了到达其他各网段的距离和位置,通过路由表路由器能够计算出达到目的结点的最佳路径,同时路由器还能将通信数据包从一种格式转换成另一种格式,所以路由器既可以连接相同类型的网络,又可以连接不同类型的网络。

无线路由器(wireless route)是带有无线通信功能的路由器,它通过 802.11 g、802.11 b 等无线通信协议为用户提供网络接入,同时又具有普通路由器的功能。

(5) 调制解调器

调制解调器即 Modem,普通的 Modem 能把计算机的数字信号翻译成可通过普通电话线传送的脉冲信号,这一过程称为调制;而这些脉冲信号又可被线路另一端的另一个调制解调器接收,并译成计算机可以识别的数字信号,即解调过程。由于普通 Modem 使用的通信方式带宽窄、抗干扰能力弱、成本高,因此已基本淘汰。

ADSL Modem 是为 ADSL(非对称用户数字环路)提供调制数据和解调数据的机器,最高支持 8 Mbps(下行)和 1 Mbps(上行)的速率,抗干扰能力强,适于普通家庭用户使用。ADSL Modem 采用频分复用技术把普通的电话线分成了电话、上行和下行三个相对独立的信道,从而避免了相互之间的干扰。

Cable Modem 是一种通过有线电视网络实现高速接入的装置,它的传输机理与普通 Modem 相同,不同之处在于它是通过有线电视 CATV 的某个传输频带进来调制解调的。

Cable Modem 能提供高达 10 Mbps 的数据传输带宽。

5.5.4 基础网络软件

网络软件是计算机技术和通信技术两者高度发展和密切结合的结果，是计算机完成网络中的各种服务、控制和管理工作的程序。网络软件有主要网络操作系统、网络协议软件、网络管理软件、网络通信软件和网络应用软件。

(1) 网络操作系统

网络操作系统(Network Operating System，NOS)是使网络上各计算机能方便有效地共享网络资源，为网络用户提供所需的各种服务的软件和有关程序的集合。NOS 除具有常规操作系统的功能外，还具有网络通信管理功能、网络范围内的资源管理功能和网络服务功能等，它能实现计算机之间数据文件、软件应用、硬盘空间、打印机、调制解调器、扫描仪和传真机等的共享。

常用的 NOS 有 Novell NetWare、Unix、Linux、Windows Server 等。

(2) 网络协议软件

网络协议软件(protocol)是网络软件系统中基础的部分、为网络中各通信设备所必须遵守的规则的集合。

网络协议软件的种类很多，不同体系结构的网络系统都有支持自身系统的协议软件，还有一些协议软件兼顾多种网络协议，能够在不同网络间进行协议转换、充当网关。典型的网络协议软件有：TCP/IP 协议簇、HTTP 协议、IEEE 802 协议簇、X. 25 协议等。

(3) 网络管理软件

网络管理软件是监测、控制和记录通信网络资源的性能和使用情况，以使网络有效运行，为用户提供一定质量水平的通信业务的软件集合。根据国际标准化组织的定义，网络管理软件可细分为五大类别，即网络故障管理软件、网络配置管理软件、网络性能管理软件、网络服务/安全管理软件、网络计费管理软件。

(4) 网络通信软件

网络通信软件指用户在不必详细了解通信控制规程的情况下，方便地控制自己的应用程序与一个或多个主机进行通信；它能方便地与主机连接，对大量的通信数据进行加工和处理；实现视频、语音或文件传输等功能，常用的有 MSN、QQ、飞鸽传书等。

(5) 网络应用软件

网络应用软件主要为用户提供信息传输、资源共享服务和各种用户业务的管理与服务。

网络应用软件可分为通用工具和专用工具两类，由网络软件商开发的通用工具主要包括电子邮件、网页浏览器、各种下载工具等，专用工具则主要有网上金融软件(网银)、电信业务管理软件、交通控制和管理软件、办公自动化软件等。

5.5.5 企业网络解决方案

(1) 虚拟专用网络

虚拟专用网络(Virtual Private Network，VPN)指的是在公用网络上建立专用网络的技术。之所以称其为虚拟网，主要是因为整个 VPN 网络的任意两个节点之间的连接并没有传统专网所需的端到端的物理链路，而是架构在公用网络服务商所提供的网络平台，如 Internet、ATM(异步传输模式)、Frame Relay(帧中继)等之上的逻辑网络，用户数据在逻辑链路中传输。它涵盖了跨共享网络或公共网络的封装、加密和身份验证链接的专用网络的扩展。VPN 连接可以通过 Internet 提供远程访问和到专用网络的路由选择连接。

在传统的企业网络配置中，要进行异地局域网之间的互联，传统的方法是租用 DDN(数字数据网)专线或帧中继。这样的通讯方案必然导致高昂的网络通讯和维护费用。对于移动用户(移动办公人员)与远端个人用户而言，一般通过拨号线路(Internet)进入企业的局域网，而这样必然带来安全上的隐患。

虚拟专用网的提出就是来解决这些问题：

① 使用 VPN 可降低成本——通过公用网来建立 VPN，就可以节省大量的通信费用，而不必投入大量的人力和物力去安装和维护 WAN(广域网)设备和远程访问设备。

② 传输数据安全可靠——虚拟专用网产品均采用加密及身份验证等安全技术，保证连接用户的可靠性及传输数据的安全和保密性。

③ 连接方便灵活——用户如果想与合作伙伴联网，如果没有虚拟专用网，双方的信息技术部门就必须协商如何在双方之间建立租用线路或帧中继线路，有了虚拟专用网之后，只需双方配置安全连接信息即可。

④ 完全控制——虚拟专用网使用户可以利用 ISP 的设施和服务，同时又完全掌握着自己网络的控制权。用户只利用 ISP 提供的网络资源，对于其他的安全设置、网络管理变化可由自己管理，即使在企业内部也可以自己建立虚拟专用网。

(2) 存储区域网

存储区域网(Storage Area Network, SAN)是专用的、高性能的网络，它用于在服务器与存储资源之间的传输数据。由于 SAN 是一个独立的专用网络，从而可以避免在客户机与服务器之间的任何传输冲突。

SAN 技术允许服务器到存储设备、存储设备到存储设备或者服务器到服务器的高速连接。这个存储方案使用独立的网络基础设施，消除了任何由于现有网络连接出现故障而带来的问题。

存储区域网具有如下优点：

① 高性能——SAN 允许两个或两个以上的服务器同时高速访问磁盘或磁带阵列，提供增强的系统性能。

② 实用性——存储区域网具有内在的灾难容错的能力，因为数据可以镜像映射到一个在数十千米以外的 SAN 上。

③ 可扩展性——LAN 和 MAN, SAN 也可以使用各种各样的网络技术。这就使得系统间的备份数据操作、文件移动、数据复制很容易重新定位。

(3) 全局安全网络

企业网络覆盖的范围越来越大，应用越来越丰富，可能受到的攻击无处不在。网络安全性首先是一个系统的概念，防火墙是网络安全中的关键组件，但防火墙不是一把万能的安全锁,数据传输的安全性、入侵检测以及用户安全认证等都十分重要。网络需要全局安全,网络安全性的需求不仅限于内部网络,还要考虑与合作伙伴以及外网连接的安全性。在网络安全部署方面,如何高效地实施网络安全策略并有效管理各类网络安全设备,也是十分重要的。

所谓全局安全强调的是"多兵种协同作战",将安全结构覆盖网络传输设备(网络交换机、路由器等)和网络终端设备(用户 PC、服务器等),成为一个全局化的网络安全综合体系(如图 5-15)。全局安全网络体系需要实现用户端的"身份准入+应用授权+统一集中管理",入网主机的"主机准入+健康性检查+统一监控",数据报文的"实时监控+安全事件自动处理"。

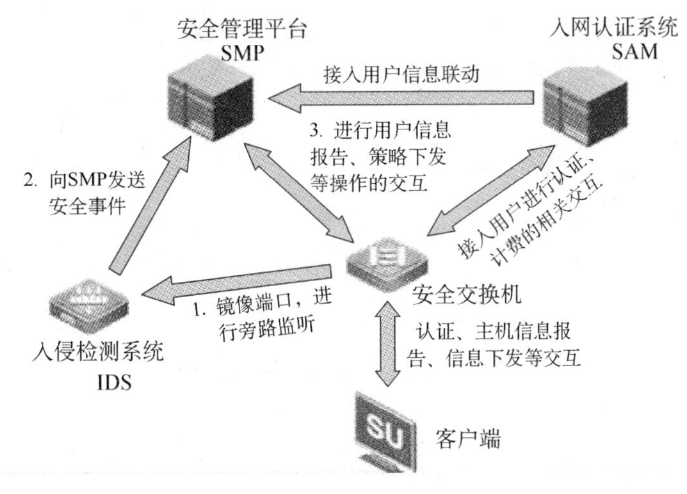

图 5-15 全局安全网络图例

全局安全最终实现的是:入网即需进行身份认证;收集入网主机的信息,并对主机健康性进行检查(比如是否安装杀毒软件,是否安装防火墙);对网络流量进行实时的监控,发现安全事件时进行分析和自动处理,即通过统一对接入层交换机动态下发安全策略,轻松有效的控制网络病毒,使网络保持畅通。结合网络攻击检测系统,能够抵御日益增多的内部网络攻击,并且自动对用户做出相应的控制动作,保证网络安全。

(4) 企业无线网络解决方案

企业建设无线网络,以降低经营成本和大幅度提高库存管理的效率,直接提供来自于活动点的信息,准确安排生产进度和保持响应紧急变化的灵活性以提高企业业务的竞争力,更加全面的管理生产线中的机械和设备,保持工厂的有效运营,提高员工的反应能力,消除不利于提高生产效率的障碍,方便的部署和管理,灵活的网络扩容,节省企业运营成本。

企业无线网络要求有很强的灵活性(如图 5-16),要具备不亚于有线网络的安全防护手段,管理简单。根据目前国内企业的实际情况及将来的技术发展趋势,使无线局域网技术融入企业网络解决方案,能够充分利用无线网可移动性优势来实现移动办公与电子商务。因此,将无线局域网技术和企业网生产/办公应用系统相结合是非常符合现代化企业信息化发展的解决方案。

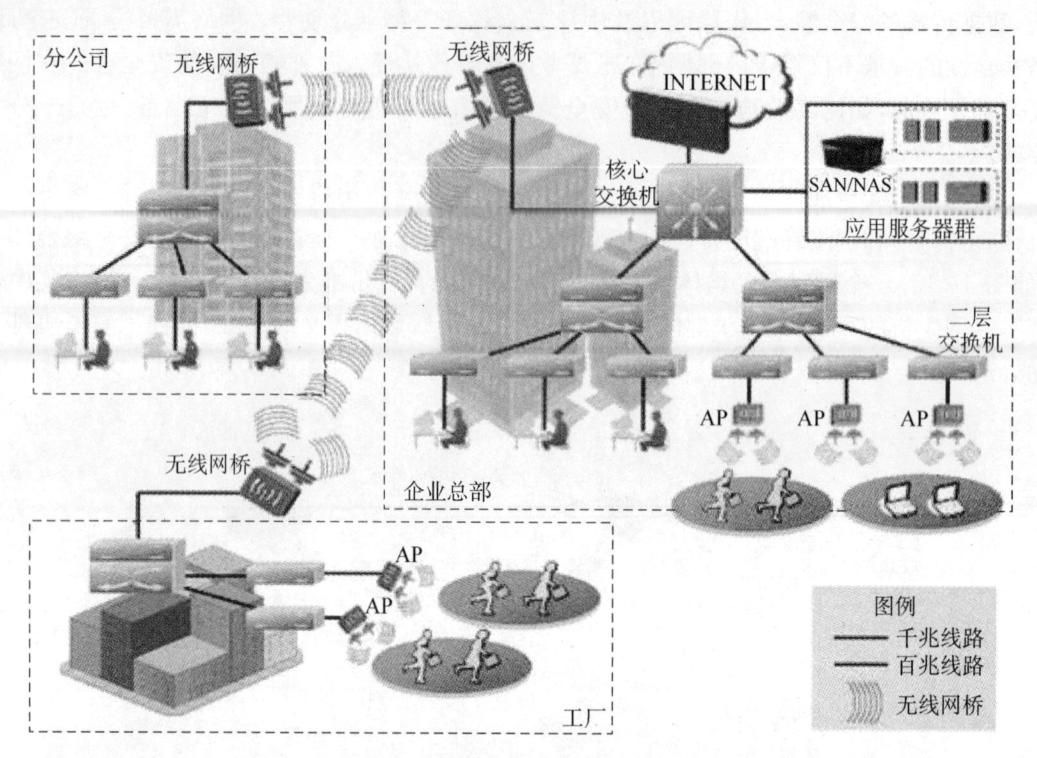

图 5-16 企业无线网络部署图

(5) 物联网解决方案

物联网(the Internet Of Things, IOT)的定义是:通过射频识别、红外感应器、全球定位系统、激光扫描器等信息传感设备,按约定的协议,把任何物品与互联网连接起来,进行信息交换和通讯,以实现智能化识别、定位、跟踪、监控和管理的一种网络。物联网的概念是在1999年提出的,指"物物相连的互联网",这有两层意思:第一,物联网的核心和基础仍然是互联网,是在互联网基础上的延伸和扩展的网络;第二,其用户端延伸和扩展到了任何物品与物品之间,均可进行信息交换和通讯。物联网正在深入到人们生活和社会运行的方方面面,主要的应用架构模式如下:

① 基于RFID的物联网应用架构。电子标签可以最灵活的把"物"改变成为智能物件,它的主要应用是把移动和非移动资产贴上标签,实现各种跟踪和管理。EPCGlobal提出了Auto-ID系统的五大技术组成,分别是EPC(电子产品码)标签、RFID标签阅读器、ALE中间件实现信息的过滤和采集、EPCIS信息服务系统,以及信息发现服务(包括ONS和PML),EPCGlobal标准得到了较为广泛的认同。

② 基于传感网络的物联网应用架构。传感网络一般主要是指无线传感网络(Wireless Sensor Networks, WSN),此外还有视觉传感网(Visual Sensor Networks, VSN)以及人体传感网(Body Sensor Networks, BSN)等其他传感网。其中,WSN由分布在自由空间里的一组"自治的"无线传感器组成,共同协作完成对特定周边环境状况,包括温度、湿度、化学成分、压力、声音、位移、振动、污染颗粒等的监控。

③ 基于M2M的物联网应用架构。M2M理念和技术架构覆盖的范围应该是最广泛的,

包含了EPCGlobal和WSN的部分内容，也覆盖了有线和无线两种通信方式。此外，M2M也覆盖和拓展了工业信息化中传统的SCADA（Supervisory Control And Data Acquisition）系统，在工业、建筑、能源、设施管理等领域行使设备数据收集和远程监控监测的工作。

未来计算机网络技术的发展，不是某一种技术的延伸，而是多种网络技术的综合应用。"四网合一"，即计算机网、电信网、广播电视网、国家电网合为一个网，会给计算机网络的应用和资源利用提供更广阔的平台，节省网络投资，充分利用已有的软件资源、硬件资源、信息资源、移动资源，开发新的资源，为信息社会提供更好的服务。

案例5-4

阿诺德-克拉克汽车利用无线网络系统实现商品精准定位

阿诺德-克拉克汽车是欧洲最大的独立汽车经销商，它和波士顿网络建立了长期的合作伙伴关系，波士顿网络为阿诺德-克拉克提供网络基础设施解决方案和服务，并利用网络来加强其业务运作实现真正的商业获益。

阿诺德-克拉克公司的成功案例是对无线应用网络的创新，如果将1000辆汽车排列成一线将有4英里长，立即为客户寻找合适的车子如同大海里捞针，这对阿诺德-克拉克的商业影响是巨大的，因为汽车每天都在贬值。

波士顿网络，英国领先的网络基础设施解决方案和服务供应商，帮助阿诺德-克拉克公司建设了高性能、可靠灵活的室内和室外统一无线网络，该网络还通过内嵌定位引擎实现对车辆的跟踪解决方案，其中包括1500多个Wi-Fi标签、定位点和定位接收器。

在过去，阿诺德-克拉克的工作人员需要亲自在店内搜索满足客户要求的汽车，这一过程效率极低，往往导致客户失去购买兴趣而离开。现在，进店销售的汽车都放置有一个Wi-Fi标签，该汽车的信息和规格都在一小时内输入了库存管理系统，而以前这一过程需要一至三天才能完成。当需要寻找客户需要购买的汽车时，销售人员只需进入库存管理系统按照客户的需求搜索，系统会立即显示有关车辆在该店的位置，无论车辆是在室内还是在室外。

无线网络还有助于防止存货损耗和盗窃，定位点被部署在经销店的关键区域，一旦未经授权的汽车离开所在位置，它可以触发放在汽车上的Wi-Fi标签报警并提醒工作人员，使他们能够做出相应的反应和处置。

5.6 企业计算模式

管理信息系统经历了三类企业计算模式：集中式计算模式、分布式计算模式和云计算模式。这三类计算机模式是随着计算机技术、网络技术的发展而产生的，由此决定了计算机应用系统中硬件结构和软件结构的特征。

5.6.1 集中式模式

计算机应用早期一般以单台计算机构成的集中式模式为主。集中式模式又可细分为两个阶段。集中式模式的早期阶段，计算机应用系统所用的操作系统为单用户操作系统，系统一般只有一个控制台，局限于单项应用如劳资报表统计等。集中式模式后期，分时多用户操作系统的研制成功，并随着计算机终端的普及使早期的集中式模式发展成为单主机——多终端的计算模式阶段。

在单主机——多终端的计算模式中，通过终端使用计算机，每个用户都好像是在独自享用计算机的资源，但实际上主机是在分时轮流为每个终端用户服务。

单主机——多终端的计算机模式在我国当时一般称为“计算中心”，在这个阶段中，计算机应用系统中已可实现多个应用的联系，但由于硬件结构的限制，只能将数据和应用（程序）集中地放在主机上。

5.6.2 分布式模式

分布式计算模式主要通过数据分布和计算分布来实现；数据分布是指可分散存储在网络上的不同计算机中，计算分布则是把软件运行过程中的计算任务分散给不同计算机进行处理。这类计算模式主要包括客户端/服务器计算模式、Web 计算模式、P2P 计算模式三种。

(1) 客户机/服务器计算模式

客户机/服务器计算模式（Client/Server 计算模式、C/S 计算模式）最早由美国 Borland 公司研发，它可以充分利用两端硬件环境的优势，将任务合理分配到 Client 端和 Server 端来实现，降低了系统的通讯开销。目前大多数应用软件系统都是 Client/Server 形式的两层结构，服务器端一般使用高性能的计算机，并配合 Oracle、Sybase 等大型数据库；客户端则通过在 PC 机上安装专门的客户端软件来实现，形成胖客户端环境。在这种结构下，系统可以在服务器和客户端平衡服务处理量，但因为客户端安装了专门的软件，对运行平台有一定要求，安装和维护的工作量较大。

在 C/S 计算模式中，数据库服务是最主要的服务，客户机将用户的数据处理请求通过客户端的应用程序发送到数据库服务器，数据库服务器分析用户请求，实施对数据库的访问与控制并将处理结果返回给客户端。在这种模式下，网络上传送的只是数据处理请求和少量的结果数据，网络负担较小。

采用 C/S 模式的企业计算机应用系统中，由于客户端软件被分布安装在各个客户机上，这种形式使系统维护困难且容易造成不一致性。

(2) Web 计算模式

Web 计算模式又称为浏览器/服务器计算模式（Browser/Server 计算模式、B/S 计算模式），它是在 C/S 模式的基础上发展而来的。导致 B/S 模式产生的源动力来自不断增加的业务规模和不断复杂化的业务处理请求，解决这个问题的方法是在传统 C/S 模式的基础上，增加中间应用层(业务逻辑层),由原来的两层结构(客户/服务器)变成三层结构。

B/S结构与C/S结构不同,其客户端不需要安装专门的软件,只需要浏览器即可,浏览器通过 Web 服务器与数据库进行交互,可以方便的在不同平台下工作;服务器端可采用高性能计算机,并安装 Oracle、Sybase、Informix、SQL Server 等大中型数据库和 IIS、Apache 等 Web 服务器软件。B/S结构简化了客户端的工作,它是随着 Internet 技术兴起而产生的,是对 C/S 技术的改进,但一些以前由客户端软件来完成的数据处理工作被集中到了服务器端,对服务器的性能要求更高,一般需要通过架设独立的 Web 服务器来完成这部分工作。有些信息系统也利用 AJAX 技术,将部分数据处理工作利用 Javascript 写入 Web 页面中,使其转移到客户端(浏览器)来处理。

在 B/S 三层应用结构由客户显示层、业务逻辑层和数据层组成。客户显示层是为客户提供应用服务的访问界面,帮助用户使用系统应用服务。业务逻辑层位于显示层和数据层之间,专门为实现企业的业务逻辑提供一个明确的层次,在这个层次封装了与系统关联的应用模型,并把客户显示层和数据库代码分开。数据层作为三层结构的最底层,用来定义、维护、访问和更新数据并管理和满足应用服务对数据的请求。B/S 模式就是上述三层应用结构的一种实现方式,其具体结构为:浏览器/Web 服务器/数据库服务器。

以 B/S 模式开发企业管理信息系统,由于在客户端只需一个简单的浏览器,因此减少了客户端的维护工作量,方便了用户使用。同时也正是这样的“瘦”客户端,使我们能够方便地将任何一台计算机通过计算机网络或互联网连入到企业的计算机系统,成为企业管理信息系统的一台客户机。

(3) P2P 计算模式

P2P 计算模式(Peer to Peer 计算模式、对等计算模式)强调对等网络中的每个节点地位的对等性,这种模式下网络中各个节点既可以充当服务器,作为提供服务的一方为其他结点提供服务,同时也可以是接受服务的一方,享用其他结点提供的服务。在 P2P 网络上的应用主要包括文件共享、即时通信、分布式计算等,具体的应用软件有 Napster、BitTorrent、Skype 等。

P2P 计算模式的理念是在节点之间直接交换和共享文件与资源,其最大特点是不需要中央服务器,充分发挥了每一台联入 P2P 网络计算机的资源使用效率,通过利用大量闲置资源来减轻或避免企业在中央服务器上的巨大开销,这些闲置资源包括大量计算处理能力以及海量储存潜力和网络通信带宽,从而使系统具有很低的使用成本和极强的延伸能力。

P2P 技术不仅可以消除使用单一资源所造成的瓶颈问题,还可以用来通过网络实现数据分配、控制及满足负载平衡请求。除了可帮助优化性能之外,P2P 模式还用来消除由于单点故障而影响全局的危险。P2P 模式在企业采用,可利用客户机之间的分布式服务代替一些费用昂贵的数据中心功能。用于数据检索和备份的数据存储可在客户机上进行。此外,P2P 基础平台可允许直接互联或共享空间,并可实现远程维护功能。

P2P 计算模式将通过互联网进行共享和合作的想法可扩展到分享大型计算任务、合作创建媒体或软件、在线直接交谈以及组建在线社区等方面,很大程度上提高了信息系统的运行能力。

5.6.3 云计算模式

云计算(cloud computing)充分利用了集中计算模式与分布计算模式的优点,一方面通过虚拟计算将计算资源与存储空间整合管理,另一方面可以利用客户端软件或浏览器来接入云资源,使用云计算提供的服务。云计算是网格计算(grid computing)、分布式计算(distributed computing)、并行计算(parallel computing)、效用计算(utility computing)、网络存储(network storage technologies)、虚拟化(virtualization)、负载均衡(load balance)等传统计算机技术和网络技术发展融合的产物,它旨在通过网络把多个成本相对较低的计算实体整合成一个具有强大计算能力的系统,并借助基础设施即服务(IaaS)、平台即服务(PaaS)和软件即服务(SaaS)等商业模式把这强大的计算能力分布到终端用户手中。云计算的一个核心理念就是通过不断提高"云"的处理能力,进而减少用户终端的处理负担,最终使用户终端简化成一个单纯的输入输出设备,并能按需使用"云"的强大计算处理能力。

云计算的IT基础设施资源是动态易扩展而且虚拟化的,终端用户不需要了解"云"中基础设施的细节,只关注自身需要什么样的资源及服务,并通过相关的云计算服务供应商获得所需的资源及服务。

云计算可以认为包括以下几个层次的服务:基础设施即服务(IaaS)、平台即服务(PaaS)和软件即服务(SaaS)。IaaS是把IT基础设施作为一种服务租赁给客户,PaaS将类似于操作系统、数据库、中间件等平台类软件当作服务提供给客户租用,SaaS则是将系统应用软件(如ERP、CRM等)作为服务租赁给客户。云计算所提供的服务通常通过浏览器来访问在线的商业应用来实现,软件和数据可存储在服务提供商的数据中心,它从硬件结构上是一种多对一的结构,从服务的角度或从功能的角度是一对多的。例如,用户需要安装一套客户管理系统,可以先从市面上租用IaaS提供的云服务器主机,将系统程序放置主机上,并使用PaaS供应商所提供数据库服务,这样硬件、软件成本大幅降低,且随时随地在任何终端设备上链接互联网,就能访问数据;同样,也可以通过SaaS供应商(如Salesforce)直接购买已发布在互联网上基于云计算的CRM,用户只需支付租金开通具备所需功能的账号,即可按需使用定制好的CRM系统。

案例5-5

IBM的"蓝云"

IBM与荷兰的主机托管服务公司iTricity宣布,iTricity将以IBM"蓝云"技术为基础,在阿姆斯特丹建立一家全新的云计算中心,并向比利时、荷兰和卢森堡等地区提供主机托管服务。

这一云计算中心建成之后,iTricity的计算服务将以月度信用卡计账的方式提供给用户,用户既可以缴纳固定费用,也可以按使用量交费。按照计划,主机托管服务将涵盖iTricity在阿姆斯特丹地区的五个数据中心。

iTricity 创始人兼首席执行官 Robert Rosier 先生表示："向欧洲大陆开放云计算中心令我们兴奋不已。由于客户对灵活计算资源的需求正在迅速增长，主机托管服务不仅要符合快速恢复这一标准，还应该具有可靠性，拥有跨多个数据中心的全面弹性，并能够兼容各种商业惯例和法规"。

Robert Rosier 先生补充说："在 IBM'蓝云'技术的帮助下，我们能够跨自己的多数据中心环境为用户提供高速和全面兼容的 IT 资源。此外，客户能够以更快的速度，更方便的方式访问 iTricity 云计算中心的 IT 资源。iTricity 期望能够通过资源利用率的增加来达到提高运行效率和节省电力的双重目标。iTricity 还将为目前的云计算能力增加更强大的功能，比如安全云管理(secure cloud management)、基础架构略图(infrastructure profiling)、自助供应(self service provisioning)和支付门户(payment portal)"。

★★★★★ 本章知识点 ★★★★★

IT 基础设施 计算机硬件平台 操作系统 数据库管理系统 层次型数据库 网状数据模型 关系模型	网络体系结构 OSI 七层参考模型 TCP/IP 协议集 网络协议软件 网络管理软件 网络通信软件 网络应用软件	虚拟专用网络 存储区域网 全局安全网络 企业无线网络解决方案 物联网解决方案 企业计算模式 云计算模式

案例分析

沃尔玛利用信息技术整合零售业

2000 年，沃尔玛营业额超过通用汽车(GM)，成为全世界最大的企业。沃尔玛被惊叹为世界零售业的一大奇迹，这一奇迹究竟又是如何发生的呢？

沃尔玛的全球采购战略、配送系统、商品管理、电子数据系统、天天平价战略在业界都是可圈可点的经典案例。可以说，所有的成功都是建立在沃尔玛迅速地利用信息技术整合优势资源的基础之上。

早在 20 世纪 60 年代中期，山姆·沃尔顿只拥有几家商店的时候，他就已经清醒地认识到：管理人员必须能够随时随地获得他所需要的数据，比如某种商品在沃尔玛的商店里一共有多少？上周的销售量呢？昨天呢？去年呢？订购了多少商品？什么时候可以到达？在管理信息系统应用之前，这样的工作必须通过大量的人工计算与处理才能得到，因此实时控制处于任何地点商店的想法只是一个梦想而已。要在现有的基础上扩大经营规模，只有密切追踪信息处理技术的进步。

在信息技术的支持下，沃尔玛能够以最低的成本、最优质的服务、最快速的管理反应进行全球运作。1974年，公司开始在其分销中心和各家商店运用计算机进行库存控制。1983年，沃尔玛的整个连锁商店系统都用上条形码扫描系统。1984年，沃尔玛开发了一套市场营销管理软件系统，这套系统可以使每一家商店按照自身的市场环境和销售类型制订出相应的营销产品组合。

在1985至1987年之间，沃尔玛安装了公司专用的卫星通信系统，该系统的应用使得总部、分销中心和各商店之间可以实现双向的声音和数据传输，全球4000家沃尔玛分店也都能够通过自己的终端与总部进行实时的联系。这一切的优势都来自于沃尔玛积极地应用最新的技术成果。通过采用最新的信息技术，员工可以更有效地做好工作，更好地做出决策，以提高生产率和降低成本。

在沃尔玛的管理信息系统中最重要的一环就是它的配送管理。上世纪70年代沃尔玛提出了新的零售业配送理论：集中管理的配送中心向各商店提供货源，而不是直接将货品运送到商店。其独特的配送体系，大大降低了成本，加速了存货周转，形成了沃尔玛的核心竞争力。沃尔玛的配送系统由三部分组成：

(1) 高效率的配送中心。沃尔玛的供应商根据各分店的订单将货品送至沃尔玛的配送中心，配送中心则负责完成对商品的筛选、包装和分检工作。沃尔玛的配送中心具有高度现代化的机械设施，送至此处的商品85%都采用机械处理，这样就大大减少了人工处理商品的费用。

(2) 迅速的运输系统。沃尔玛的机动运输车队是其配送系统的另一个无可比拟的优势。沃尔玛可以保证货品从仓库运送到任何一家商店的时间不超过48小时，相对于其他同业商店平均两周补货一次，沃尔玛可保证分店货架平均一周补两次。通过迅速的信息传递与先进的电脑跟踪系统，沃尔玛可以在全美范围内快速地输送货物，使各分店即使只维持极少存货也能保持正常销售，从而大大节省了存贮空间和存货成本。

(3) 先进的卫星通讯网络。1983年，沃尔玛用了2400万美元开始建立自己的卫星通讯系统，通过这个系统，沃尔玛每天直接把销售情况传送给5000家供应商。就拿深圳的几家沃尔玛商场来说，公司电脑与总部相连，通过卫星通信系统，可以随时查货、点货。任何一家沃尔玛商店都具有自己的终端，并通过卫星与总部相连，在商场设有专门负责排货的部门。沃尔玛每销售一件商品，都会通过与收款机相连的电脑记录下来，每天都能清楚地知道实际销售情况。沃尔玛各分店、供应商、配送中心之间建立的卫星通讯网络系统使沃尔玛的配送系统完美无缺。这套系统的应用，使配送中心、供应商及每一分店的每一销售点都能形成在线作业，在短短数小时内便可完成“填妥订单→各分店订单汇总→送出订单”的整个流程，大大提高了营业的高效性和准确性。

管理信息系统的应用使沃尔玛有关各方可以迅速得到所需的货品层面数据，观察销售趋势、存货水平和订购信息甚至更多。近年来，美国公司普遍把信息技术应用于实际生产，大多数公司都采用了MRP管理系统，根据产品外部需求定单，广泛应用信息系统推算原料需求量及交货时间，以最大限度减少资金占用，减少库存，降低生产成本。美国通过运用信息技术改造传统产业，使传统产业的国际竞争力在90年代得以快速提升。

（资料来源：联商网.沃尔玛：信息技术整合零售业[EB/OL].[2010-5-28]. http://www.linkshop.com.cn/web/Article_Cinfo.aspx? ArticleId=2898.）

【思考题】

（1）在过去几十年中，沃尔玛运用了哪些信息技术来不断提升自身竞争力？

（2）谈谈信息技术对沃尔玛业务流程的影响？

第六章
信息化规划与管理

学习目标

- 了解系统调查的范围、原则及方法
- 掌握常用的企业信息化规划方法
- 了解企业总体架构思想
- 理解项目管理、服务管理和运维管理
- 了解项目实施中的用户培训与知识转移

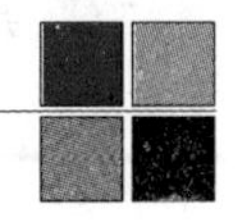

6.1 把握业务需求

把握业务需求是系统分析的重要任务之一，也是系统分析中最难的。这需要与系统分析员及其他终端用户一起确定具体的业务信息需求。它要确定每项业务活动所需要的信息及这些信息的格式、数据量和频度，响应时间的要求，要确定为满足上述信息需求，每项系统活动（输入、处理、输出、存储和控制）必须具备的信息处理能力。把握业务需求，需要进行详细的系统调查。全面真实的调查是分析与设计的基础，系统调查的质量对于整个开发工作的成败来说是决定性的。要做好系统调查，首先要明确系统调查的范围和原则，再运用恰当的系统调查方法。

6.1.1 系统调查的详细范围

案例 6-1

系统调查对于信息系统成功与否的重要作用

20 世纪 80 年代中期，美国西海岸一家在线公司进行一项 411 自动化系统建设的项目。在完成了大量的工作之后，团队将系统呈现给了话务员，然而却得到了他们的一片嘘声。公司因这项工作至少损失了 100 万美元，这次惨败的结果是项目主管和 3 位管理人员被解雇。

深究项目失败的原因，在于没有人询问将要使用这个系统的话务员需要什么。

建设企业的信息系统前，需要知道用户需要什么，主动去发现用户的需要。“关注用户的烦恼，而不是仅仅关注用户想从系统中得到什么”。新泽西州萨米特市医药设备制造商 Aircast 公司的首席信息官休·麦凯说，“有时你必须设法让用户明白，他们想要的东西并不能满足他们的真正需要”。

让客户感兴趣并使他们始终参与项目的最好办法是让他们成为应用开发的伙伴。“我们向用户展示一系统的原型，并逐渐提供他们想要的东西”，联邦快递公司的伯格赫尔说。

详细调查的范围应该是围绕组织内部信息流所涉及的各个方面，应包括企业生产、经营、管理的各个方面，这些方面大致可以归纳为九类问题：

① 组织机构和功能业务；

② 组织目标和发展战略；

③ 工艺流程和产品构成；

④ 数据与数据流程；

⑤ 业务流程与工作模式；

⑥ 管理方式和具体业务的实施方法；

⑦ 决策方式和决策过程；

⑧ 可用资源和限制条件；

⑨ 现存问题和改进意见。

围绕上述问题，我们就可以根据具体情况设计调查问卷和问卷调查表的栏目，弄清楚对象现阶段的详细工作情况，为系统分析设计工作做好准备。

6.1.2 系统调查的原则

系统调查要有正确的原则作指导，才能确保调查工作客观、顺利地进行。系统调查应遵循以下几点：

(1) 自顶向下全面展开

首先从组织管理工作的最顶层开始，然后再调查为确保最顶层工作的下一层（第二层）的管理工作。完成了这两层的调查后，再深入一步调查为确保第二层管理工作完成的下一层（第三层）的管理工作。依此类推，直至摸清组织的全部管理工作。这样可使调查者既不会对组织内部庞大的管理机构不知所措、无从下手，又不会因调查工作量太大而顾此失彼。

(2) 全面铺开与重点调查结合

要开发整个组织的信息系统，当然是应开展全面的调查工作。如果只需开展组织内部某一局部的信息系统，就必须坚持全面展开与重点调查相结合的方法，即自顶向下全面展开，但每次都只侧重于与局部相关的分支。

(3) 先分析问题和原因，再设想有无改进的可能

调查工作的目的是要搞清组织内部管理工作存在问题的原因、环境条件及工作的详细过程，然后再通过系统分析讨论在新的信息系统支持下有无优化的可行性。因此，在系统调查时要搞清现实工作和它所在的环境条件，再设想改进的可能性。

(4) 遵循科学的步骤

对于一个大型系统的调查一般都是多个系统分析人员共同完成的，按结构化、工程化的方法组织调查可以避免调查工作中一些可能出现的问题，避免疏忽和遗漏。所谓工程化的方法就是将工作中的每一步工作都事先设计好，对多个人的调查方法和所用的表格、图例都统一规范化处理，以使群体之间都能相互沟通、协调工作。另外，所有规范化的调查结果都应整理后归档，以便为进一步工作使用。

(5) 发扬团队精神，主动沟通，亲善合作

好的人际关系能使调查和系统开发工作事半功倍，反之则有可能使调查工作无法进行下去。因此，在系统调查时，对内大家要相互合作，对外要主动沟通、亲善服务，创造出一种积极、主动、友善的工作环境和人际关系，做好调查工作开展的基础。

6.1.3 系统调查的方法

明确了系统调查的范围和原则，就可以进行系统调查，以把握业务需求。在管理信息系统分析中所采用的调查方法通常有以下几种：

(1) 收集资料

将企业各部门科室和车间日常业务中所用的计划、原始凭据、单据和报表等的格式或样本统统收集起来，以便对它们进行分类研究。

(2) 开调查会

这是一种集中征询意见的方法，适合于对系统的定性调查。

(3) 个别访问

开调查会有助于大家的见解互相补充，以便形成较为完整的印象。但是由于时间限制等其他因素，不能完全反映出每个与会者的意见，因此，往往在会后根据具体需要再进行个别访问。

(4) 书面调查

根据系统特点设计调查表，用调查表向有关单位和个人征求意见和收集数据，该方法适用于比较复杂的系统。

(5) 参加业务实践

如果条件允许，亲自参加业务实践是了解现行系统的最好方法。通过实践，同时还加深了开发人员和用户的思想交流和友谊，这将有利于下一步的系统开发工作。

(6) 发电子邮件 Email

如果企业已经具有网络设施可通过 Internet 网和局域网发电子邮件进行调查，这可大大节省时间、人力、物力和金钱。

(7) 电话和电视会议

如果有条件还可以利用打电话和召开电视会议进行调查，但只能作为补充手段，因为许多资料需要亲自收集和整理。

6.2 企业信息化规划方法

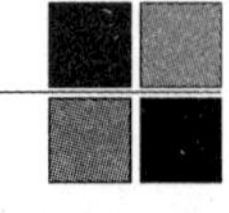

信息化规划对企业具有非常重要的意义。一个有效的信息化规划可以使信息资源得到合理分配和利用，节省信息系统投资，完善信息系统功能，使信息系统与用户保持良好的关系。企业要做好整体规划，需要一套完整的信息系统规划来支持，以使系统能按照企业的实际情况、战略、计划等合理地发展。常用的信息化规划方法有企业系统规划法、情景法、关键成功因素法等。

6.2.1 情景法

案例 6-2

皇家荷兰壳牌集团和 Denny's 公司——情景法规划

20 多年前，世界最大的石油公司之一——皇家荷兰壳牌集团开始使用情景法来进行企业规划。在此之前，公司对规划的认识是用文档描述企业的未来。使用情景法后，公司对规划的认识是设计情景，使管理人员可以对现实世界的模型提问，在必要的时候还可以修改模型。皇家荷兰壳牌集团相信，在石油市场发生巨变的 20 世纪 70 和 80 年代期间，公司能成功制定企业决策的一个主要原因是使用情景法来进行企业规划。

Denny's 是一家美国的知名餐饮企业，该公司使用基于情景的规划法为信息技术的企业应用制定了一个 5 年发展规划。该公司的部门经理放下手头工作聚到一起共同工作了几天，创建了业务和信息系统情景。他们评估了过去情景的成功之处，并据此预测了公司在未来 5 年的发展状况。经理们创建了几个可能性非常高的企业情景，针对每个情景所需的信息技术制定了一个高层信息系统规划。接着，信息系统主管对这些规划进行了分析，找出了这些规划共同需要的 IT 资源。接着，经理们又重新聚到一起讨论上述发现，最终为公司制定了一份信息系统规划。

情景法主要是根据企业的历史和现状预测各种可能的未来，并根据可能出现的未来制定相应的对策。情景规划把结构性的管理决策包括在构建多维度的未来可能性的特征描述中，这些特征描述集中在未来将如何发展上，通过注意一些偶然事件、主导趋势、关键角色的行为及其内部一致性来呈现特定的未来。

情景规划的一般程序包括：第一，问题界定与背景分析，对当前状况作 SWOT 分析；第二，界定关键要素，根据管理者确定的焦点问题以及时间范围来思考决定未来环境发展的可能因素；第三，对情景变数予以分类、评量及选定，设计情景组合；第四，确认各项可能的情景组合是否被决策人员了解；第五，分析、阐释及选定情景组合；第六，运用情景组合协助组织决策。

在情景法中，由管理人员和规划人员组成的团队要参与微观世界或虚拟世界的演习。微观世界是真实世界的缩影，是一次仿真演习。在微观世界演习中，管理人员可以安全地创建、体验和评估在真实世界中正在发生或有可能发生的各种情景。因此使用情景法进行信息系统规划时，由业务人员、信息系统管理人员组成的团队要创建和评估各种业务情景。例如，他们要设定在未来的 3—5 年或在更远的将来，企业会是什么样子，信息技术在那些未来的情景中能够扮演或将扮演什么角色。团队或者业务仿真软件综合考虑各种发展、趋势和环境因素，包括可能出现的政治、社会、业务和技术变化来创建各种情景方案。

情景规划法的相对优势在于它可以使企业领导者提前看到可能的威胁与机会，对未来做好多种准备(抓住机会、回避风险)；更容易使企业领导者改变固有的思维和心智模式，明显提高组织适应变革的能力并有效地提高组织的学习能力。情景规划的形式化程度不高但非常实用，是企业专家制定战略规划的常用方法。

6.2.2 企业系统规划法

(1) 企业系统规划法的概念

企业系统规划法认为要充分了解企业的信息需求，就要站在整体的组织单位、功能、流程和数据元素的角度上进行考察，它强调系统的思考。它首先是自上而下地识别企业目标、识别企业过程、识别数据，再自下而上地设计系统，最后把企业目标转化为管理信息系统规划。

企业系统规划法的核心是先对经理们进行大量的采样，并且询问他们从哪里得到信息，目标是什么，如何使用信息，如何作决策以及他们需要什么数据；然后将调查结果汇总为单位、功能、流程以及数据矩阵。数据元素被分类成用来支持相关组织流程的数据元素组，即逻辑应用组。

(2) 企业系统规划法的工作步骤

使用企业系统规划法进行系统规划，主要有如下工作步骤：

① 准备。明确研究的范围和目标及期望成果；成立研究小组并明确企业的现状、决策过程、组织功能及存在的主要问题等，通过介绍使小组成员对企业及其信息支持有全面的了解。

② 定义企业过程。这是企业系统规划法的核心。企业过程是管理企业资源所需的一组逻辑上相关的决策和活动的集合。定义企业过程主要包括计划与控制、产品和服务、支持资源三个方面的识别和加工过程，步骤如图 6-1 所示。

③ 定义数据类。数据类是指支持业务过程所必需的逻辑上相关的数据。识别数据类需首先找到企业实体，再根据实体发现数据。企业的实体是指企业实施管理的对象，一般可按人、地点、物体、概念和事件进行分类。按照管理的过程可将数据分为计划型、统计型、文档型和业务型四类，计划型反映目标计划什么，统计型反映企业的综合状况，文档型反映实体的现状，业务型反映生命周期各阶段过渡过程相关文档型数据的变化，每类实体可以由这四种数据类型描述。

④ 定义信息系统的总体结构。利用前面定义的数据类，可以定义信息系统的结构，进行子系统的划分，确定信息结构的主流。

总之，相对于其他方法，企业系统规划法的优势在于其强大的数据结构规划能力，通过使用企业系统规划法，可以确定未来信息系统的总体结构，明确系统的子系统组成以及子系统开发的先后顺序，且对数据进行统一规划、管理和控制，明确各子系统之间的数据交换关系，从而保证信息的一致性。此外，该方法也能保证所开发的信息系统独立于企业的组织结构。企业系统规划法特别适用于组织新创立或者做重大变动时。但是企业系统规划法也有缺点，如其所产生的大量资料不仅搜集费用昂贵且很难分析；大多数的访谈是针对高层或者

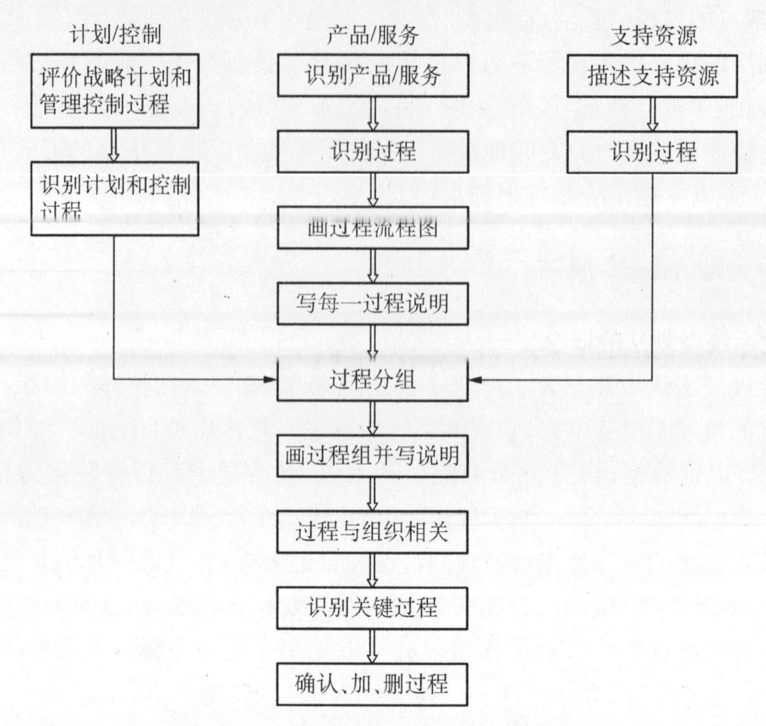

图 6-1 企业战略规划和管理控制过程

中层主管,很少搜集基层主管的资料,以及不能将新技术与传统的数据处理系统进行有效的集成,等等。

6.2.3 关键成功因素法

(1) 关键成功因素法的概念

关键成功因素法主张组织的信息需求由少数经理们的关键成功因素确定。关键成功因素是指在一个组织中能够决定组织在竞争中获胜的若干部门,它随行业、公司、经理和环境的不同而不同。企业的关键成功因素主要有两类:一是企业所在行业的成功因素;二是企业自身的成功因素。新信息系统应集中于提供这些信息以帮助企业实现这些目标。关键成功因素的识别就是要识别联系于系统目标的主要数据类及其关系。

(2) 关键成功因素法的工作步骤

① 识别目标。了解企业或者管理信息系统的目标。

② 识别并确定关键成功因素。识别关键成功因素所用的工具是树枝因果图。例如,某企业有一个目标是提高产品竞争力,可以用树枝图画出影响它的各种因素及影响这些因素的子因素。对识别出来的所有成功因素进行评价,并根据企业或管理信息系统的现状及目标确定其关键成功因素。不同的企业中关键因素的评价有所不同。对于一个习惯于高层人员个人决策的企业,主要由高层人员个人在此图中选择。对于习惯群体决策的企业,可以用德尔斐法或其他方法把不同人设想的关键因素综合起来。

③ 识别各关键成功因素的性能指标和评估标准。关键成功因素法一般只有高层经理被

访谈且问题集中于少数的关键成功因素，因而它产生的需要分析的数据比企业系统规划法少。该方法的弱点是汇总过程和数据分析是艺术型的，没有特殊严格要求的方法将个人的关键成功因素汇总成清晰的公司模型。此外它有一定的主观性，经理认为是关键的，而对整个组织则未必是重要的。关键成功因素法特别适合于高层管理和开发决策支持系统与主管支持系统，而对于中层领导一般不大适合，因为中层领导所面临的决策大多数是结构化的，其自由度较小。

6.2.4 企业信息化规划的基本原则

信息化规划的方法有很多，不同的方法其侧重点和适用环境不同，但信息系统的规划总的来说要遵循以下基本原则：

(1) 信息系统的目标要与企业的战略目标相符合

管理信息系统的目标规定了信息系统的发展方向，管理信息系统的目标要根据企业的战略目标来制定，以确保管理信息系统的战略和总体结构与企业的战略目标协调一致。制定清晰的战略，并进行战略评估和管理诊断是信息化规划的一个重要方面，做好这两步，信息化规划才能做到有的放矢。

(2) 信息系统规划要有可操作性

信息系统规划要进行可行性分析，除了考虑企业的战略之外，还要考虑企业的内外约束条件，如以企业现有的技术、经济实力开发什么样的系统最适合、最有利、最容易实现。信息化建设与企业发展相匹配是最好的选择，不能期望信息化建设能一蹴而就地加快企业的成长而盲目追求最先进的技术。此外，社会因素也是信息系统规划需要注意的一个方面。只有适应企业发展的实际状况，信息系统开发才具有可行性，否则，再完善的信息系统规划都只是空谈。

(3) 信息化规划应有助于提出能够优化企业管理各个方面的信息系统

信息化规划应站在全局的角度，既要使信息系统有助于优化企业业务流程，又要使它有利于企业充分利用资源、提高管理效率，为企业创造良好的收益。

(4) 信息化规划要使信息系统能够可持续发展

信息化规划不仅要解决企业现有的问题，它更应面向企业未来的长远发展。因此，进行信息系统规划时，要对相关的企业内外部环境、规划中所涉及的软硬件技术等进行预测，考虑实际运作时可能出现的变化及其对信息系统的影响，并做好解决问题的准备。

企业信息化规划应该根据具体环境和具体问题的不同而有所不同。在不同的问题、不同的行业、不同领域中的不同企业，它们的侧重点是不同的。例如：零售业大卖场与便利店中，它们所面对的经销商，客户数量的多少是不同的，这就要求不同的企业在信息系统规划时有所调整。

6.2.5 信息化规划评审与风险评估

信息化规划需要设计严格的评审流程，并对评审通过的规划阶段性成果和相关项目进行管理。项目管理需要采用合适的项目管理手段来确保项目按计划完成，它需要考虑的内容包括：各部门及相关方面对项目的支持、程序管理、项目管理能力，用户参与，任务分解、里程碑定义和阶段审核、责任分配、对里程碑和阶段成果交付的跟踪、成本和预算、内部和外部资源的平衡、项目风险的评估、开发到运营的转换等。规划评估中尤其需要关注质量问题，这是规划执行过程中信息化设计方、承建方、运营方提供能够支撑企业运营、满足企业需求的关键。对于为系统和信息组织提供的服务，相关服务质量管理需要计划、实施和维护等质量管理标准，包括质量文化的建立、质量计划、质量保证责任制、质量控制规范、系统开发生命周期方法论、程序和系统测试及文档、质量保证审核和报告、培训、最终用户及质量保证人员的参与、质量保证知识体系的建立和行业标杆的对比等。

企业的运维、业务和管理的实现依赖于信息系统的帮助，依赖意味着风险，系统的应用就需要有一套管理体系去应对系统使用过程中的风险。在企业风险评估体系中需要有IT风险的识别、影响力分析，它涉及到多个部门并且需要采取最经济和有效的措施来规避风险。同时，要考虑风险管理的所有权和责任权、不同类型的风险（技术、安全、持续性、规范性等）、所定义和发布的风险容忍限度、风险的定性和定量衡量、风险评估方法论、风险行动计划、及时的再评估等。

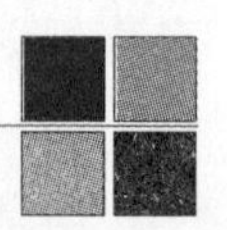

6.3 企业总体架构思想

企业总体架构（Enterprise Architecture，EA）的思想源于信息系统的架构，20 世纪 80 年代中期 John Zachman 率先提出了“信息系统架构框架”的概念，从信息、流程、网络、人员、时间、基本原理等 6 个视角来分析信息系统，也提供了与每个视角相对应的 6 个模型，包括语义、概念、逻辑、物理、组件和功能模型，其被认为是企业架构领域的开拓者，只是当年他的创见并没有以企业架构的名字出现。

6.3.1 企业架构的发展

企业架构的最早应用是在一些美国的政府机构，美国政府对企业架构应用的推动发挥了十分重要的作用。1999 年 9 月，美国联邦 CIO 委员会出版了联邦企业架构框架（Federal Enterprise Architecture Framework，FEAF），它定义了业务、运作业务所必需的业务信息，支持业务运行的必要的 IT 技术，响应业务变革实施新技术所必须的变革流程等要素，由业务、数据、应用、绩效和技术 5 个参考模型构成。2000 年 7 月美国财政部开发并出版了财政部企业架构（Treasury Enterprise Architecture Framework，TEAF），这是一个基于 Zachman 架构框架的架构，主要用于支持财政部的产品业务流程。2003 年美国国防部制定出 AF 系统体系结构框架，即美国国防部架构框架（Department of Defense Architectural Framework，DoDAF）。

企业架构的理念很快就得到咨询公司和研究机构认可，最早对企业架构进行分析和研究的咨询公司有被 Gartner 收购的 META Group。2000 年，META Group 发布《企业体系结构桌面参考》，提供了一个经验证的实施企业架构的方法论，旨在构建业务战略和技术实施之间的桥梁。在咨询和研究机构带动下,IBM、微软、HP、EDS 等 IT 厂商也纷纷把目光集聚到了企业架构,希望能够从企业这个视角来定位其产品和服务。

随着政府、企业、咨询和研究机构、厂商的广泛参与,企业架构标准化的工作越来越重要,也产生了一些研究团体和标准框架。目前,业界最有名的企业架构框架是开放组织架构框架(The Open Group Architecture Framework, TOGAF)。EA 框架也成为所有涉及信息化建设的组织均可以采用的架构体系和规划方法。

案例 6-3

Rent-A-Car 公司企业架构项目的背景

Rent-A-Car 公司是一家有着数十年历史的汽车租赁公司,拥有 100 多家分支机构和营业部,员工有 2000 多人,但由于发展过快和市场激烈的竞争,企业管理混乱,一直处于亏损状态。董事会为了扭转局面,聘请了新的 CEO。目前 CEO 最需要的是一个描述企业全部业务的模型,发现企业运营中的问题,设计出全新的、指导企业未来 3—5 年发展的目标和改进计划。CEO 想到了他的老朋友亨利,一个有着多年本行业工作经验的咨询专家,来帮助他们理顺企业的架构。

CEO 说:"我虽然上任了一个多月,但好像还处于迷雾之中,看不到企业的真实模样,更无法把我的战略思想落实到企业的运营当中。你是否能帮我解决这个问题?"

亨利:"我们以前做过许多类似的咨询,通过使用企业架构的方法,帮助企业了解自己的企业的构成,并且设计未来的发展方向。"

CEO 回答:"企业架构是什么概念?是否全面直观呢?我不想去研究一个深奥的概念或者报告。"

亨利摇了摇手,笑着说:"企业架构就好比一张企业的全身照,再加上几张不同部位的 X 光片,再容易理解不过了。"

CEO 满意地说:"那项目周期和工作如何安排呢?"

亨利在纸上一边画一边说:"项目的时间长短与工作量和设计成果的多少相关,从三个月到半年不等。根据你们公司的情况,可以按照这个计划进行。"

CEO 看过以后兴奋地站起来说:"就这么定了,我给你 20 周的时间和 5 个全职人员,所有部门都支持你的工作,马上就开始企业架构项目。"

6.3.2 TOGAF 架构开发方法

The Open Group 是一个非营利标准化组织,是一个厂商中立和技术中立的机构,致力于提出各种技术框架和理论结构,致力于促进全球市场的业务效率,其愿景是实现无边界信息流(boundaryless information flow)。TOGAF 最新版本(版本 9)是当前主流的企业架构方法,

TOGAF为80%的福布斯全球排名前50的公司所使用，它支持开放、标准的SOA参考架构，在全球已得到各主流厂商的推动，德国SAP，美国IBM、HP、SUN等公司都已经加入到支持行列。

TOGAF定义一个企业架构，内容包括业务架构（business architecture）、应用架构（application architecture）、信息架构（information architecture）、技术架构（technology architecture）等。业务架构定义了业务战略、管理、组织和关键业务过程。数据架构描述了组织中逻辑数据和物理数据的结构和数据管理资源。应用架构提供个体应用系统的蓝图，描绘它们的布置、交互作用、和它们与组织核心商业活动的关系。技术架构描述了用来支持业务、数据和应用服务布置的逻辑软硬件能力。优良的架构可以填补业务需求与实际信息系统以及基础设施设计之间难以逾越的鸿沟。

作为一种协助发展、验收、运行、使用和维护架构的工具，TOGAF基于一个迭代的过程模型，支持最佳实践和一套可重用的现有架构资产，可以帮助企业设计、评估、并建立机构的正确架构。TOGAF的关键是架构开发方法（Architecture Development Method, ADM），它是一个可靠的，行之有效的方法，用以发展能够满足顾客需求的企业架构，提供了可灵活利用的组织企业架构的开发和治理的过程。一个成功的组织系统项目建设（包括各种各样的信息化和智能化项目）并非一蹴而就，而是分阶段逐步实现的，其生命周期主要可以分为初步阶段、架构阶段、实施阶段、变更管理阶段。通常要从组织的某个独立的业务单元开始，之后再由小及大，逐渐在跨组织范围的整体业务中扩散，逐步完善整个组织的IT平台，最终实现随需应变的企业IT架构。TOGAF的ADM生命周期如图6-2所示。

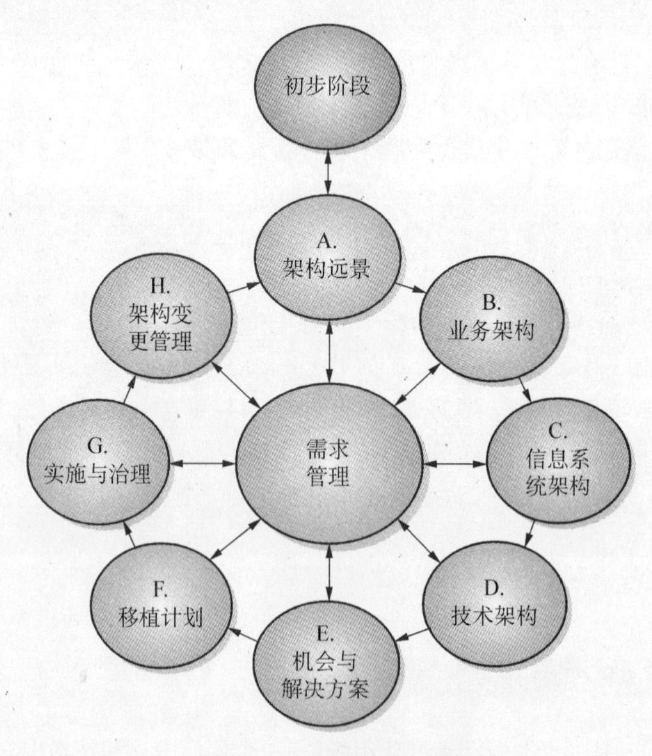

图6-2 ADM生命周期

阶段A用于明确EA远景。架构远景（architecture vision）利用业务推动者明确企业架构工作的目的,并且创建基线和目标环境的粗略描述。如果业务目标不清楚,那么该阶段中的一部分工作是来帮助业务人员确定其关键的目标和相应的过程。同时该阶段中生成的架构工作描述(statement of architectural work)勾勒出 EA 的范围及约束,并且表示出架构工作的计划。

阶段 B 用于详述关于业务领域架构的工作。架构远景中概括的基线和目标架构在此被详细说明,从而使它们作为技术分析的有用输入。业务过程建模、业务目标建模和用例建模是用于生成业务架构的一些技术,同时又包含了所期望状态的间隙分析。

阶段 C 涉及信息系统架构的交付。该阶段利用基线和阶段 A 中开始的目标架构,以及业务间隙分析(业务架构的一部分)的结果,并根据架构工作描述中所概括的计划,为目前和展望的环境交付应用及数据架构。

阶段 D 利用技术架构的交付完成了 TOGAF ADM 循环的详细架构工作。建模标记语言,例如 UML,在此阶段中被积极地使用,从而生成各种观点。

阶段 E 的目的是阐明目标架构所表现出的机会(opportunities),并概述可能的解决方案(solutions)。此阶段中的工作围绕着实现方案的可行性和实用性。此处生成的工件包括实现与移植策略(implementation and migration strategy)、高层次实施计划(high-level implementation plan),以及项目列表(project list),还有作为实施项目所使用蓝图的已更新的应用架构。

阶段 F 将所提议的实现项目划分优先级,并且执行移植过程的详细计划(migration planning)和间隙分析。该工作包括评估项目之间的依赖性,并且最小化它们对企业运作的整个影响。在此阶段中,更新项目列表,详述了实施计划(implementation plan),并且将蓝图传递给了实施团队。

在阶段 G 中将建立起治理架构和开发组织之间的关系,并且在正式的架构治理下实施所选的项目(implementation governance)。阶段的交付内容是开发组织所接受的架构契约(architecture contracts)。阶段 G 最终的输出是符合架构的解决方案。

阶段 H 中的重点转移到实施的解决方案交付所达到的架构基线的变更管理(change management)。该阶段可能会生成为企业架构工作的后继循环设置目标的架构工作请求(request for architecture work)。

6.4 项目管理与控制

信息系统实施过程中可能出现的一系列问题,如设计、数据、成本与作业方面的问题,会导致信息系统失败,这就需要有一套完整的项目管理与控制机制来保证新系统的顺利实施。大部分信息系统无法达成当初设定的目标或解决需要的问题,是因为在系统建置的过程中,没有良好的项目管理与控制机制。成功的系统建置需要谨慎地进行项目管理与控制。

6.4.1 项目管理概述

项目就是以一套独特而相互联系的任务为前提，有效地利用资源，为实现一个特定的目标所做的努力。项目具有以下 7 个特征。

- 项目有一个明确界定的目标——一个期望的结果或产品；
- 项目的执行需要通过完成一系列相互关联的任务，也就是许多不重复的任务以一定的顺序完成，以达到项目目标；
- 项目需要运用各种资源来执行任务。资源包括人力、组织、设备、原材料和工具；
- 项目有具体的时间计划或有限的寿命。它有一个开始时间和目标必须实现的到期日；
- 项目可能是独一无二的、一次性的努力；
- 每个项目都有客户。客户是提供必要资金和约定达成目标的人；
- 项目包含一定的不确定性。MIS 项目具有更大的不确定性。

任何系统都有发生、发展和消亡的过程。新系统在旧系统的基础上产生、发展、老化、消亡，最后被更新的系统取代，这个过程称为生命周期。项目也具有生命周期，并且分为识别需求、提出解决方案、执行项目和结束项目四个阶段。第 1 阶段涉及需求、问题或机会的确认，导致客户向个人、项目团队或组织征询需求建议书(Request For Proposal，RFP)，以便实现确认的需求或待解决的问题。很多客户没有采用标准 RFP，而以简单招标书或口头方式表达。第 2 阶段提出解决需求或问题的方案，将会导致某个人或更多的人、组织向客户提交申请书(或投标书)。第 3 阶段是执行解决方案，此阶段始于客户决定哪个解决方案将能最好地满足需求，客户与个人或提交申请书的承约商之间已签合同。在执行项目阶段为项目制订详细的计划，然后执行计划以实现项目目标。第 4 阶段是项目生命周期的最后阶段，是结束项目阶段。当项目结束时，某些后续的活动仍需执行。这一阶段的一个重要任务就是评估项目绩效和听取客户意见，以便改善项目，为执行相似项目提供借鉴。

MIS 项目具有项目的一般特征和生命周期，但它与一般项目的生命周期存在一定差异。在规划、分析阶段完成需求识别和需求定义；在分析的后期和概要设计阶段，提出解决方案，完成逻辑模型和初步物理构架；在详细设计和实施阶段就相当于执行项目。系统实现后的运行、转换、维护和评价类似于结束项目。MIS 阶段划分要复杂得多，与开发方式有关。伴随维护和版本升级，项目结束可能是一个持续、绵延的过程，这源于 MIS 项目的特殊性。

(1) 识别需求

识别需求是项目生命周期的初始阶段。识别需求、问题或机会，是为了以更好的方式工作，让客户知道自己需要什么，让开发者知道客户需求。需求和相关的要求通常由客户以 RFP 方式制订。在准备 RFP 以前，客户必须清晰地界定问题或需求。这可能意味着收集大量有关的资料。客户应当确定问题数量，以确定执行解决方案的预期收益是否能够超过项目成本。准备 RFP 的目的是从客户的角度全面地陈述需要做什么，达成识别的需求。RFP 包括工作表述和客户有关要求；客户期望承约商提供的交付物；客户供应条款；要求完成项目的进度计划；对承约商申请书的表格和内容的规定；提交申请书的最后期限；评价申请书的标准,以使潜在承约商提交申请书。一旦 RFP 准备妥当,客户就可通知潜在承约商提交申请书。

(2) 提出解决方案

项目生命周期的第 2 阶段就是建立解决方案,即在识别需求阶段结束时开始,在个人、组织或承约商被选中执行解决方案的协议达成时结束。在客户准备提出 RFP 前不久,承约商就要与客户建立并且保持联系,帮助客户识别可能从存在需求、存在问题或存在机遇的项目执行中获得的收益,这对赢得合同是必要的。评价是否进行申请书的准备工作,有时被称为投标决策。承约商在投标决策中考虑的因素是竞争性、风险、工作任务、拓展才能的机会、在客户心目中的声誉、客户资金的兑现能力、申请书和项目所用资源的可得性。申请过程是一个竞争过程,承约商必须突出区别于竞争性承约商的独特因素和执行项目给客户带来的价值。

(3) 执行项目

执行项目即实施解决方案,是第 3 阶段。它开始于客户与承约商或项目团队之间的合同达成之后,结束于项目目标实现、客户满意于工作按时高质量地在预算内完成之时。第 3 个阶段包含两个部分:进行详细的项目计划;执行项目,以实现项目目标。在此阶段,很有必要建立一份计划,安排项目任务,如何在预算内按时完成。计划中要明确需要做些什么,谁去做,花多长时间,花费多少。计划工作的结果是产生执行项目的基准计划,可以通过微软的项目管理软件编制。应当让参与项目的人员也加入计划工作中来。计划完成后,由项目经理领导的项目团队开始执行计划。项目团队执行项目时,有必要监测进程,以确保一切按计划行事。项目控制过程包括定期收集有关项目绩效的资料,把实际绩效与计划绩效相比较,如果实际绩效不如计划绩效,马上采取纠正措施。项目管理是一种控制项目的超前方法,以确保项目目标即使在进程中偏离计划也能实现。

(4) 结束项目

项目生命周期的第 4 个阶段是结束项目,它开始于项目工作完成之后。这个阶段的目的是从中学到经验,以便在未来的项目中改进工作绩效。项目后评估活动包括与团队成员召开的个人会议和与项目团队召开的小组会议。与客户交流也很重要,以便评估客户的满意度。通过客户评估调查表,查明项目是否给客户带来预期的收益。有些项目由于种种原因,会在未完成以前被迫终止,这可能导致承约商或执行项目的组织的资金损失和声誉受损。避免由于客户不满意而提早终止项目的一种方法,是在项目期间持续不断地监控客户的满意度,一有不满意的信号出现就马上采取纠正措施。

6.4.2 软件项目控制

软件项目有其特殊性:第一,软件项目管理者只能从其他人所提交的文档中来掌握相关的情况;第二,没有标准的软件过程。对软件过程的理解虽然已经取得了长足的进步,但是软件管理者还是不能确切地预见某一软件过程何时有可能出现问题;最后,软件项目常常是"一次性的"。

软件项目的开发过程中所采用的技术和管理方式与当时的计算机和通信技术有关,因此大型软件项目一般都不同于早先的项目，管理者纵使有在计划中降低不确定性的经验，也很难较准确地预见问题的出现，以前的经验教训也较难在新项目中发挥大的作用。因此，加强软件项目的控制显得尤为重要。

由于软件项目的不确定性和复杂性，项目变动的可能性更大，而风险来自变动，变动的大小决定风险程度。项目变动控制是化解项目风险、实现项目目标的重要机制，对项目的成功具有重要作用。项目变动控制贯穿软件项目的全过程。软件项目变动控制的主要内容如下：变动控制规划本身；变动提案；前景叙述；风险清单；软件开发规划；使用者接口雏形；项目成本与时间评估；使用者接口规格说明；使用说明需求规格；品质规划；软件构架；软件整合程序；阶段性完成规划；个别阶段规划，包括小型完成点的时间安排；程序写作标准；软件测试项目；程序源代码；产品中使用的媒体资料，包括图形、声音或影像等；软件编译建立指示（程序建立档案）；各阶段细节设计文件；各阶段软件构建规划；安装程序；使用文件（简单的使用手册）；发行检查清单；发行认可文件；软件项目记录；软件项目历程文件。

案例 6－4

某 ERP 系统开发与实施中的变更

某软件公司（A 方）承担了某大型上市公司（B 方）ERP 系统开发与实施项目。项目计划确定之后，在实施过程中，几次发生计划变更，原因如下：

① 证监会要求上市公司执行新的会计制度，需要修改 ERP 系统的财务模块。

② B 方首付资金未能按时支付，导致 A 方开发计划推迟。

③ A 方盲目确定进度目标，实际难以完成。

④ B 方因机构重组改变了业务流程，需要修改项目范围。

⑤ A 方的前期设计有疏漏，需要修改设计方案。

⑥ B 方提出增加合同审计功能，需要修改项目范围。

⑦ 需求分析时，B 方表达不清，A 方理解有误，双方沟通不够，A 方编制的需求分析说明书未能准确、全面地表达 B 方的实际需求，而 B 方未能及时指正。项目实施时发现了需求偏差，需要纠偏。

⑧ B 方自行负责的机房装修误期，影响了实施进度。

⑨ A 方开发人员跳槽，影响了开发进度。

⑩ B 方行业主管部门发布了新的行业 ERP 实施规范，需要修改项目实施方案。

软件项目中项目进度控制和监督的目的是增强项目进度的透明度，以便当项目进展与项目计划出现严重偏差时可以采取适当的纠正或预防措施。已经归档和发布的项目计划是项目控制和监督中活动、沟通、采取纠正和预防措施的基础。软件开发项目实施中进度控制是项目管理的关键，若某个分项或阶段实施的进度出现差错，需及时予以纠正。

进度出现偏差首先要考虑工作量的估算是否合理，是否考虑了工作中存在的技术难点，是否考虑了项目成员自身的技能，是否考虑了其他应该考虑的风险。当偏差出在估算上，而且后续项目都是采用的相同估算模式的情况时，往往必须调整项目计划。如果项目任务中存在着技术攻关或技术难点需要解决，对于这种任务往往是很难估计工作量的，而且一旦在技术问题上被卡住，往往对项目进度产生致命的影响。唯一的方式就是把无法预测和不透明的东西转换为透明，在项目开始之前就应该进行风险分析和应对，提前进行技术问题的预研，开发原型，积累相关的知识和经验。估算问题的根源又在历史项目或版本对项目历史数据的采集和分析不够。准确的估算依赖于专家的经验，但专家的经验同样是依赖于历史项目和历史数据。估算问题的根源还在于对项目成员技能和生产率水平没有较清楚的认识，一个软件类任务的完成往往存在着巨大的个人生产率差异和进度差异。

对于一个软件项目，出现1—2天的偏差很容易得到纠正。而如果出现1—2周的偏差则很难再进行纠正。任务本身的粒度和工作量直接和偏差的大小相关。当任务本身的粒度太大的时候是不适宜进行跟踪的，任务本身是否会偏差不再取决于跟踪者，而是执行者对于大粒度的任务是否有很好的细分和自我控制能力。任何一个任务，要么不出现偏差，要么出现成倍的偏差。一个任务的粒度如果是1个月，那这个任务很有可能要2个月才能完成，如果我们的进度偏差最多允许一周，则需要把任务粒度细化到周，按周进行跟踪。如果对于任务最多允许偏差1—2天，则需要把任务粒度细化到天，按天来进行跟踪。细粒度的跟踪目的就是要消除不确定性因素和风险，尽可能早的发现任务中的问题，这样才有可能有时间来解决问题和纠正偏差。对于大粒度的项目任务，任务内部本身也存在跟踪，但一般只能由项目成员自己进行。任务没有细分，成员反馈的任务的40%、70%等完成百分比都是不可靠和主观的数据。项目成员的自我监控能力对进度是否偏差起到重要的影响，在这种情况下，任务是否能够按期完成对项目经理是不可控的，因此项目经理必须对成员有充分的了解和信任。

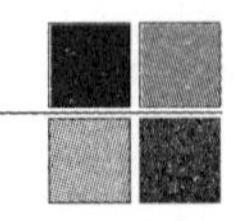

6.5 服务管理与运维管理

企业信息化建设现阶段的核心问题应该是对信息服务的管理，IT建设的高额投入并不等于实现了信息化，缺乏有效的管理是目前企业信息化建设面临的瓶颈。因此服务管理、IT运维管理成为信息化规划的重要任务。

6.5.1 ITIL与服务管理规划

信息技术基础架构库（Information Technology Infrastructure Library, ITIL）是英国国家计算机和电信局（Central Computing and Telecommunications Agency, CCTA）于20世纪80年代末开发的一套IT服务管理标准库，它把英国各个行业在IT管理方面的最佳实践归纳起来变成规范，旨在提高IT资源的利用率和服务质量，帮助企业组织改善他们的IT服务管理，它所提供的最佳实践方法论可以帮助IT部门为其客户提供更高质量的IT服务。

ITIL 以流程为向导、以客户为中心，注重服务品质和服务成本的平衡，它定义了一系列的管理流程和实施的方法论，通过这种方式，IT 服务管理将 IT 服务标准化和模块化，ITIL 提供“最佳实践”的框架，包含许多服务管理元素。2000 年，英国商务部（Office of Government Commerce，OGC）对 ITIL 进行了较大的扩充和完善，形成了由 6 个模块组成的 ITIL 框架。

(1) 业务管理

业务管理模块指导业务管理者以自己习惯的思维模式分析 IT 问题，深入了解 IT 基础架构支持业务流程的能力，以及 IT 服务管理在提供端到端 IT 服务过程中的作用，以协助他们更好地处理与服务提供方之间的关系，实现商业利益。

(2) 服务管理

这是 ITIL 的核心模块，ITIL 把 IT 管理活动归纳为十个核心流程和一些辅助流程，然后利用这些流程进行有关 IT 管理工作。

(3) 基础架构管理

IT 服务管理的管理对象是各种 IT 基础设施，这些 IT 基础设施的有机整合，就形成了 IT 基础架构。IT 基础架构管理侧重于从技术角度对基础设施进行管理，包括识别业务需求、业务实施和部署，以及对基础设施进行支持和维护等活动。

(4) 应用管理

IT 服务管理包括对应用系统的支持、维护和动作。应用管理模块指导 IT 服务提供方协调应用系统的开发和维护，以使它们一致地为客户的业务运作提供支持和服务。

(5) 安全管理

安全管理的目标是保护 IT 基础架构，使其避免未经授权的使用。安全管理模块为如何确定安全需求、制定安全政策和策略及处理安全事故提供全面指导。

(6) IT 服务管理规划与实施

该模块的作用是指导如何实施上述模块中的各个流程，包括对这些流程的整合，它指导客户确立远景目标，分析和评价现状，确定合理的目标并进行差距分析，确定任务的优先级，以对流程的实施情况进行评审。

案例 6-5

ITIL 的最佳实践及其收益

P&G 从 1997 年开始采用 ITIL 进行 IT 服务管理，在随后的 4 年中节省了超过 5 亿美元的 IT 预算，运作费用降低了 6%—8%，技术人员的人数减少了 15%—20%。大量的成功实践表明实施 IT 服务管理可以将企业 IT 部门的运营效率提高 25%—30%。其他的成功例子还有很多，比如 Ontario Justice Enterprise 采纳 ITIL，两年半内将服务台的支持费用降低了 40%；卡特比勒（Caterpillar）公司采用 ITIL，一年半后就将突发事件响应时间合格率由 60%提高到 90%；等等。可见，借鉴 ITIL 最佳实践，企业可以得到切实的收益。

世界权威研究机构 Gartner 和 IDC 的调查研究也表明，通过在 IT 部门实施最佳服务管理实践，可以将因重复呼叫、不当的变更等引起的延误时间平均减少 79%，平均每年可以为每个终端用户节约 800 美元的成本，同时将每项新服务推出的时间缩短一半。

信息化服务是以满足企业不同阶段的信息化需求为目标，对企业相关服务的内容、方式和效果进行有效管理的过程和活动。服务管理规划的内容包括：

① 服务管理体系。应对服务管理体系建设提出要求，明确管理职责；

② 服务工作内容。应根据客户的需求情况，对服务范围提出要求，明确主要服务内容；

③ 服务工作流程。应对服务开展的方式提出要求，明确服务响应、投诉等主要流程；

④ 服务质量评估。应对服务质量评价和改进提出要求，明确质量评估指标，形成对服务实施单位的监督机制；

⑤ 服务文档管理。应对服务文档的规范性提出要求，明确主要文档的内容和文档管理制度。

服务管理作为 ITIL 的核心模块尤为重要，其规划也可以参考业界的一些最佳实践。调查显示，成功地实施服务管理将为企业带来如下收益：

- 制定目标一致的 IT 以及业务战略计划；
- 获取并维护合适的资源和技术；
- 实现持续改进；
- 衡量 IT 组织的效果和效率；
- 降低总体拥有成本(TCO)；
- 实现 IT 投资应用的货币价值(VFM)和投资回报(ROI)；
- 展示 IT 对业务的增值贡献；
- 增进与 IT 和业务合作者的伙伴关系；
- 提高 IT 项目的成功率；
- 制定并优化 IT 的外包决策；
- 管理不断出现的业务和 IT 变更；
- 紧跟技术及管理知识理念的变化；
- 为 IT 治理提供合适的手段。

为了获得上述收益，IT 组织需要实行有效的流程管理，设计建立正确的、合适的、拥有内在评估和持续改善能力的 IT 服务管理流程。这已成为众多 IT 组织的选择和未来一段时期内最重要的工作。

6.5.2 运维管理规划与 IT 运维

企业 IT 运维，或者称为信息系统运维管理，需要良好的规划。IT 运维管理规划的要求包括：

- 应对运维管理体系的建设提出要求，明确管理职责和管理制度；
- 应对运维工作的范围提出要求，明确针对信息化基础设施及系统的运维目标和主要内容；

- 应对运维管理工作方式提出要求，明确运维工作的主要流程；
- 应对运维目标和计划的完成情况提出质量评估的要求，明确评估方法和指标；
- 应对运维文档的规范性提出要求，明确主要文档的内容和文档管理制度。

IT 运维管理是对企业信息化基础设施和系统的检查、维护、维修工作进行合理的组织和有效的管理。一般地，IT 运维包含如下工作流程：

① 服务级别管理。服务级别管理确保用户需要的 IT 服务得到持续的维护和改进。其核心流程包括：识别和定义客户需求、编制服务级别协议及运营级别协议、支持合同和服务质量计划、有效监控服务质量、定期评审管理报告、根据评审结果提出改进意见。

② 事件管理。事件管理的目的在于迅速有效解决运营中发生的故障。其核心流程包括，识别和定义 IT 服务事件；定义事件的影响度、紧急度和优先级；各部门利用统一的事件管理系统记录、评价、排查、解决、归档各类运维服务事件类型；建立从调度部门、到运维技术部门、再到厂商的升级流程。

③ 问题管理。问题管理旨在规避或控制重大故障发生及其影响，其核心流程包括，建立健康检查规范，主动识别、管理潜在运维问题；制定应急响应计划，以应对突发高严重级别问题。

④ 变更管理。变更管理旨在管理变更过程，减少相应的错误以及变更事件数量，其核心流程包括，定义变更授权，根据配置管理和发布管理确认变更范围；对变更范围内的请求，严格遵循请求、评价、审批、归类、记录的变更管理规则。

⑤ 配置管理。配置管理旨在准确掌握所有 IT 资产的配置和运行情况。其核心流程包括，正确记录 IT 基础设施中实施的变更以及配置项之间关联；实施版本控制；监控 IT 组件的运行状态，确保配置管理数据库准确反映配置项的实际版本情况。

⑥ 发布管理。发布管理确保系统变更得到有效发布，其核心流程包括，定义发布类型和发布规模，识别 IT 系统中的发布单元；选择适当的发布策略，完成发布实施；确保配置管理数据库、门户、软硬件库和相关文档得到及时更新。

在实际的 IT 运维中还需要对运维质量进行评估，对运维目标和计划的完成情况提出质量评估的要求并且明确评估方法和指标。运维管理指标体系需要综合考虑短中长期目标及战略，建立衡量运维流程绩效水平的客户指标、操作指标、人力资源指标以及财务指标。在运维管理控制流程中需要定期举行运维管理评审会议审议 IT 运维中重要服务质量问题，比照行业标杆修正管理目标，编制相应管理报告。

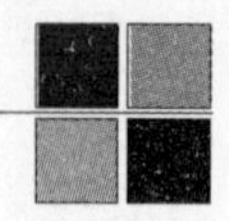

6.6 用户培训与知识转移

6.6.1 用户培训

为用户培训系统操作、维护、运行管理人员是信息系统开发过程中不可缺少的功能。一般来说，人员培训工作应尽早地进行。

(1) 人员培训计划

操作人员培训一般是与编程工作同时进行的。这样做是基于以下几个方面的原因:

① 编程开始后,系统分析人员有时间开展用户培训。

② 编程完毕后,系统即将要投入试运行和实际运行,如再不培训系统操作和运行管理人员,就要影响整个实施计划的执行。

③ 用户受训后能够更有效地参与系统的测试。

④ 通过培训,系统分析人员能对用户需求有更好的了解。

(2) 培训的内容

① 系统整体结构和系统概貌。

② 系统分析设计思想和每一步的考虑。

③ 计算机系统的操作与使用。

④ 系统所用主要软件工具的使用。

⑤ 汉字输入方式的培训。

⑥ 系统输入方式和操作方式的培训。

⑦ 可能出现的故障以及故障的排除。

⑧ 文档资料的分类以及检索方式。

⑨ 数据收集、统计渠道、统计口径等。

⑩ 运行操作注意事项。

6.6.2 知识转移

项目知识和经验是未来项目的重要知识资源,如果能有效转移进企业未来项目,可避免企业在后续项目中犯同样的错误,节省项目开发时间和资源,提高后续项目的成功率。这就需要做好项目知识管理工作,实现项目知识的转移。

(1) 知识转移的内涵

知识转移是知识从一个主体转移到另一个主体的过程,也是一主体接受另一主体已积累经验的影响过程。IT 项目中产生的知识和经验包括:①在项目需求分析和系统设计过程中被识别和记录的与业务进程及属性相关的知识和洞察力;②公司新开发的软件或软件升级版本研制过程中产生的特定知识和开发经验,如对被注释的运行代码、软件尖端的设置内容、项目研发过程说明文档、可重复使用的模板和对软件的评估内容等;③项目管理计划与实践成果内容比照形成的知识。如预定目标的完成状况说明,项目计划总体情况说明,包括按计划实施的内容和出现变更的内容;④项目活动过程中与外部伙伴(客户、供应商、研发伙伴等)的合作知识和经验,以及关于合作企业的详细信息;⑤项目完成后对项目的总结回顾和评价。即 IT 项目完成过程中主要成功经验,失败教训,开发小技巧等等。

(2) 知识转移的类型

在企业信息化进程和项目实施过程中,知识转移可以分为合同型、指导型、参照型、约束型、竞争型和适应型共 6 种类型。

① 合同型转移。这是指委托方与代理方为满足双方签订合同中的明示条款以及隐含条

款而进行的双向知识转移。该类型是知识转移的主要方式,也是刚性转移,必须进行。

② 指导型转移。这是指咨询监理方的知识转移给用户方的过程。多是用户方为了改变自己在与建设方博弈过程中的信息不对称地位,聘请咨询或监理帮助自己识别风险。指导型转移的内容主要是单向的,即咨询监理方向用户方转移其缺少的IT供应商评价知识、信息化解决方案评价知识、IT项目实施方法论评价知识、信息化项目阶段成果和最终成果的评价知识等内容。

③ 参照型转移。这是指其他已经实施信息化的企业用户向该项目的用户方转移知识的过程。通常以观摩、学习的方式,在同行业或同地区的其他已经信息化的企业中学习,以了解信息化过程以便吸取经验教训。

④ 约束型转移。这是指咨询监理方向开发方转移知识的过程。约束型转移的内容主要是咨询监理企业向开发方转移其可能缺少的需求分析知识、通用解决方案如何个性化的知识、风险管理知识、质量管理知识,以及变更管理知识等内容。

⑤ 竞争型转移。这是指信息化项目建设方的竞争者向建设方转移知识的过程。这里的竞争者包括两个层面上的含义:一是,一起参与投标的企业互相成为直接竞争者;二是,为同一行业或同一地区提供信息化解决方案的IT企业互相构成的间接竞争关系。

⑥ 适应型转移。这是指信息化项目建设方的合作者向建设方转移知识的过程。这里所指的合作者有两种主要类型:一种是为了进入国内市场寻找本地企业实行本土化合作的跨国企业;另一种是与建设方互补的厂商。

项目是一种临时性的活动,项目组织是一种临时性组织,项目任务完成后项目组织就被遣散,原有项目组织把项目知识和经验趋势带入后续项目的机会很小,因此,企业需要承担起知识转移的任务:项目组织将项目开发过程中形成的知识及时形成项目文档或标识出成果责任人,在项目组织遣散前及时移交给企业,后续项目开发时由企业负责提供知识复用。

IT项目知识转移涉及知识转让者让渡其知识使用价值,知识转让者在知识转移过程中需要获得相应回报,且这种回报企业要从程序上或制度上确立下来,如预留部分项目资金用于知识移交手续,建立奖励制度用于知识转移促进后续项目成功等等。这样,知识转让者在项目开发过程中将注重知识的积累与沉淀,并形成可移交的项目知识文档,从而在源头上确保转移的有用性和系统性。

★★★★★ 本章知识点 ★★★★★

系统调查的范围、原则、方法	企业架构	服务管理规划
企业系统规划法	TOGAF组成	运维管理规划
情景法	ADM生命周期	IT运维工作流程
关键成功因素法	面向服务架构	人员培训计划
信息化规划的基本原则	项目管理生命周期	用户培训内容
信息化规划评审	软件项目控制	项目知识转移
信息化风险评估	ITIL的概念	

案例分析

摩托罗拉对软件即服务(Software-as-a-service, SaaS)的应用

作为摩托罗拉移动服务部的全球行政负责人,乔·贝克萨(Baksha)深感压力沉重。客户服务部是一个成本中心部门,资源相对缺乏,并且各项开支都需要仔细审查。为了节省成本,摩托罗拉将呼叫中心外包给了本地服务承包商,由对方提供员工、设备和软件。由于每家承包商采用不同的软件收集来电资料、与客户产生互动,导致提供给摩托罗拉的客户服务数据格式五花八门,甚至不同地区采集数据的方式也不尽相同。因此,对于摩托罗拉的管理人员来说,难以全面了解客户对公司产品的看法,以及呼叫中心自身的情况。

幸运的是,摩托罗拉正在改变现状。它正实施的项目——XperienceCare 完成以后,公司的呼叫中心将会迁移到 SaaS 供应商 RightNow 公司(下称 RightNow)的 CRM 平台上。这个单一平台将会收集、处理来自各承包商多种格式多来源的数据,并纠正其中的错误情况,而且还将创建一个知识库,使得每位呼叫中心的客服人员都能访问。同时,它还使得摩托罗拉在处理承包商的关系时具备更大的灵活性。RightNow 提供所有的应用,都能为呼叫中心代理商所用,因为这些软件在网络上就能运行,而摩托罗拉的承包商只需要提供人员、带浏览器的个人电脑和充足的带宽。如此一来,摩托罗拉无需伤筋动骨,就能轻松拓展和迁移一个呼叫中心;而且更换承包商也变得更加容易,因为这些应用都不是定制的。

实施这个项目的一项主要困难就是,将数据从现有的软件平台上迁移到一个单一的 RightNow 数据库中。贝克萨花了 4 个月的时间将数据段变成了数据库易于使用的格式。多语言的客户信息,也给贝克萨制造了不少麻烦。贝克萨表示,公司总共花了数百小时才把这些信息输入到 RightNow 系统中。另外,RightNow 的应用还必须与摩托罗拉内部的定制软件进行集成。为此,摩托罗拉正在进行计算机和电话的整合项目,这样,一旦客户呼叫,代理商就能立刻看到客户记录。贝克萨还想为代理商提供一些其他数据,包括手机序列号查询,这样代理商就能看到手机的历史数据,以及它是否还在保质期内。所有这些功能,定制化软件也都能提供,那摩托罗拉为什么要以 SaaS 的方式提供呢?贝克萨说,这样的服务方式非常适合全球化运营。公司不用付出更多的代价就可以为代理商配置一些新的工具。这些应用都通过在线的方式提供,客户数据记录的存储也由提供者来进行。RightNow 还会提供一些新的服务和功能。比如,贝克萨要求有一个控制台,能够让管理人员访问一些特殊的数据集,而无须通过一层层的菜单翻找。RightNow 一口答应,开发了这项功能。当然,SaaS 也并非尽善尽美。比如,贝克萨就必须时刻注意系统的正常运行时间。如果系统宕机,客户支持的请求就要被推迟。在系统中断的时候,代理商在接受语音应答时就要人工记录一些资料,等到服务恢复以后,再把这些数据重新输入到 RightNow 系统中。

"我为这样的事情要付出双倍代价。"贝克萨说。

（资料来源：两个实施案例告诉你真实的 SaaS-中国软件网[EB/OL].[2010-5-14]. http://soft6.com/trade/17/171130.html）

【思考题】

（1）企业进行信息化规划，需要做哪些准备工作，本案例中体现的工作是什么？

（2）企业要保证 IT 项目的顺利实施，要对项目进行哪些管理与控制，需要考虑哪些因素？

（3）企业要如何把握业务需求，才能使设计出的信息系统符合用户的需求？

第七章 信息系统开发

学习目标

- 识别和描述系统开发过程中的核心活动
- 熟悉主要的系统开发方法
- 能够恰当的选择系统开发方式
- 能够评估硬件、软件和信息系统服务
- 了解影响信息系统成败的因素

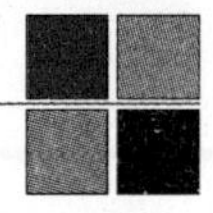

7.1 信息系统开发概述

信息系统开发是对一个组织的问题或机会提出一个信息系统解决方案的活动,其应该建立在一系列基本原则之上,从而保证信息系统的有效开发。信息系统开发是具有清晰活动的过程,包括系统分析、系统设计、编程、测试、切换、运行和维护等主要活动。

7.1.1 系统开发基本原则

管理信息系统是以企业主管部门在决策中所要求达到的目标为基准,以职能管理部门所提供的业务处理目标为依据,按照完成业务管理所遵循的顺序而建立起来的一个新系统。管理信息系统的开发一般应按如下基本原则进行:

(1) 实用性原则

实用性是系统开发所要遵循的最重要的原则,系统必须满足用户管理上的要求,既保证系统功能的正确性又方便实用。系统需要友好的用户界面、灵活的功能调度、简便的操作和完善的系统维护措施。为此,系统开发必须采用成熟的技术,认真细致的做好功能和数据的分析,并充分利用代码技术、菜单技术及人机交互技术,力求向用户提供良好的使用环境与信心保证。

(2) 系统性原则

管理信息系统是从组织实体内部进行综合信息管理的软件系统,有着鲜明的整体性、综合性、层次结构性和目的性。它的整体功能是由许多子功能有序组合而成的,与管理活功和组织职能相互联系、相互协调。系统各子功能处理的数据既独立又相互关联,构成一个完整而又共享的数据体系。因此,在管理信息系统的开发过程中,必须十分注重其功能和数据上的整体性、系统性,这就是我们所要强调的系统的原则。

(3) 符合软件工程规范的原则

管理信息系统开发是一项复杂的应用软件开发的过程,应该按照软件工程的理论、方法和规范去组织与实施。无论采用的是哪一种开发方法,都必须注重软件表现工具的运用、文档资料的整理、阶段性评审,以及重视项目管理。

(4) 逐步完善、逐步发展的原则

管理信息系统的建立不可能一开始就十分完善,而总是要经历一个逐步完善、逐步发展的过程。事实上,管理人员对系统的认识在不断地加深,管理工作对信息的需求和处理手段的要求越来越高,设备需要更新换代,人才培养也需要一个过程。贪大求全,试图一步到位不仅违反客观发展规律,而且使系统研制的周期过于漫长,影响了信心,增大了风险。

为了贯彻这些原则,开发工作应该有一个总体规划,然后分步实施。系统的功能结构及设备配备方案,都要考虑日后的扩充和兼容程度,使系统具有良好的灵活性和可扩充性。

7.1.2 系统开发主要活动

图 7-1 表示了系统开发的过程。这里描述的系统开发活动通常按顺序进行。但某些活

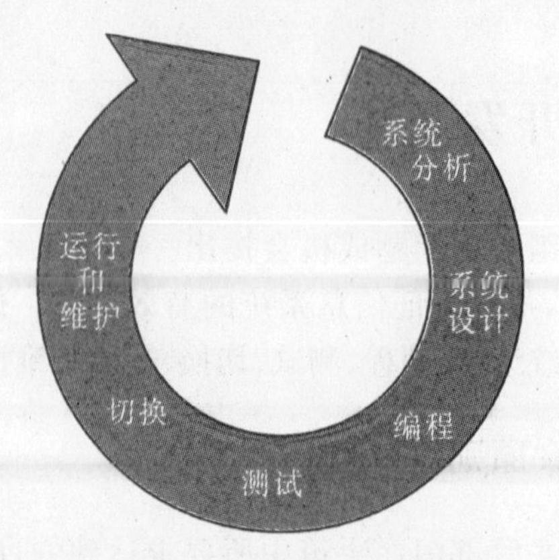

图 7-1 系统开发的主要活动

动可能重复或同时进行,取决于所用的系统建设方法。

案例 7-1

Frito-lay 公司的知识门户开发

Frito-lay 公司针对连锁超市这样的高端客户创建了全国性的销售团队。地域性使得这些团队很难实现全国范围内的协作。因此,公司负责商品目录和客户发展的副总迈克·马里诺寻求达拉斯航海家系统公司的帮助,航海家公司构想了一个基于 Web 的企业知识门户来实现知识管理与协作。

公司成立了一个门户项目开发团队,由超市销售团队告诉项目组他们需要何种知识。几个月后,项目组提交了一个工作原型,却发现创建的门户没有充分针对超市销售团队的特点。项目组的工作需要重新再来,以补充被遗漏的特性并赢得销售人员的支持,而销售人员却正在怀疑:修改后的工具也不会有任何价值,不过是在浪费时间而已。随后的 4 个月里项目组与销售人员一起工作,期望能将原型改进为销售人员可以接受的系统。

(1) 系统分析

系统分析是针对组织现状,分析组织试图通过信息系统来解决的问题,明确待建的信息系统的功能和要求等。在此过程中,系统分析员对当前组织和系统的构造进行描述,勾画出一个组织和系统的线路图,以识别主要的数据所有者和用户,以及现存的硬件和软件。然后系统分析员通过对系统实际工作流程的跟踪考察和对系统主要用户的交互调查,识别系统运行过程中存在的问题和不足,并据此提出解决方案。通常使用的解决方法是建立一个新的信息系统或改进现有的系统。

系统分析过程中一般会确认几个组织可使用的解决方案。组织需评价比较每一个方案的可行性，选择最优方案。一个书面的系统建议报告描述了成本和收益及每个方案的优缺点。方案的选择是在组织管理层综合考量成本、收益、技术特性和组织影响等因素下进行的。

(2) 系统设计

系统分析描述了满足信息需求应开发什么样的系统，而系统设计则说明如何设计该系统以实现这个目标。信息系统的设计是对该系统的总体计划或建模，像一栋建筑或房子的蓝图，它包括给出这个系统形式和结构的所有说明。当然，信息系统可能有许多可行的设计。确定设计好坏的标准是易用性和效率，即它在一定的技术、组织、财务和时间约束下实现用户需求的程度。

在设计的过程中，用户需要有足够的控制能力，以保证系统反应他们的业务优先性和信息需求，不至于偏听于信息技术人员。参与设计会增加用户对系统的了解和接受。

(3) 编程

在编程阶段，设计阶段准备的系统说明将被转换成软件码。如今，许多组织不再为新系统编程，而是从外源购买符合新系统要求的软件，这些软件包来自外部商业软件供应商，软件服务来自应用服务提供商或是为顾客开发应用软件的外源化公司。

(4) 测试

编制好的系统必须进行全面彻底的测试以确定其运行结果是否符合预期目标。系统的测试按时间先后分 3 个步骤，依次为：单元测试、系统测试和接受能力测试。

单元测试是分别测试系统中的每一个程序。理论上来说这个测试可以保证程序没有错误，但实际操作过程中这是完全不可能的。测试应该被看成是找到程序错误的方法，尽可能多的发现程序错误并及时解决。

系统测试是从整体上测试信息系统的功能。它用来测试系统的各个模块整合在一起后是否相互兼容以完成更大的应用，并确定系统的实际工作方式与设想的方式之间是否存在矛盾。此阶段检测的是执行时间、文件存储和处理能力负荷、恢复和重启动能力以及手工作业过程。

接受能力测试是为系统提供最终认证，以确保该系统已准备好并可投入使用。在此过程中，用户参与系统测试并进行评价，管理层对其进行审阅。当所有部分均满意时，新系统就达到它的标准，可以进行安装。

(5) 切换

切换是一个由旧系统向新系统转换的过程。可以使用的策略有 4 种：并行策略、直接切换策略、导航研究策略和分段进入策略。

① 并行策略是最安全的转换过程。在新系统发生错误或处理中断的情况下，旧系统作为一个后备系统仍然可用。但是，这种方法成本较高，为了运行额外的系统可能需要附加的人员和资源。

② 直接切换策略是一个很冒险的计划。如果新系统存在严重的问题，却无其他可替代系统，以致工作进程不得不中断，这可能会造成更大的损失。这种策略下，不到位、中断和矫正的费用可能很大。

③ 在导航研究策略中，先选定组织的一个有限区域引入新系统，如一个部门或运行单位。当这个导航模型顺利运行时，再同时或按阶段将新系统推广到组织的其他部分。

④ 在分段进入策略中，新系统按职能或按组织单位分阶段引入。例如，如果组织按功能引入一个新的工资系统，则可先将其应用于每周发工资的计时工人工资，6 个月以后再将领薪职工（按月发工资）加入到该系统。如果系统是按组织单位引入，公司总部可能先切换，4 个月后下属单位再切换。

(6) 运行和维护

当新系统已经安装和完成切换后，该系统就被认为是投入运行了。在运行和维护阶段，系统将由用户和技术专家共同评审，以确定它是否实现其原始目标，并决定是否要安排修改或修正。在某些情况下，要准备一个实施审计文件。在系统投入运行以后，必须对它进行维护，以矫正错误、满足要求、改进处理效率。

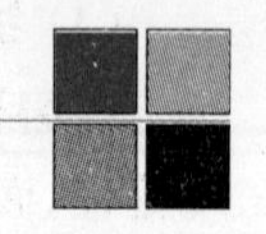

7.2 主要的系统开发方法

系统之间是有差异的，这些差异表现在系统的大小、技术的复杂性以及系统要解决的组织问题等。同时，这种差异还表现为不同企业信息化进展、开发和应用系统的差异。人们为此提出了许多系统开发方法，主要的系统开发方法有传统的生命周期法、原型法、利用软件包开发等。

7.2.1 生命周期法

系统开发生命周期法（System Development Life Cycle，SDLC）是开发信息系统的一种结构化的按部就班的方法。系统开发生命周期法的每一阶段都有上百个活动与之相关联。典型的活动包括决定预算、了解商业需求、设计模型和书写详细的用户文档。每一个系统开发项目要进行的活动依赖于系统的类型和建设系统使用的工具。表 7－1 展示了系统开发生命周期的七个阶段。

表 7－1 系统开发生命周期和相关活动

序号	系统开发 生命周期阶段	活　动
1	计划	定义将要开发的系统
		设定项目范围
		开发系统计划，包括任务、资源和时间框架
2	分析	收集业务需求
		对需求的优先级进行排序
3	设计	设计技术架构
		设计系统模型

续 表

序号	系统开发生命周期阶段	活　　动
4	开发	建立技术架构
		构建数据库和程序
5	测试	编写测试条件
		进行系统测试
6	实施	写详细的用户文档
		为系统用户提供培训
7	维护	建立帮助平台，支持系统用户
		提供支持系统改变的环境

系统生命周期法适用于建设大的复杂系统，它要求进行严格正式的需求分析和预定义说明，在系统建设过程中必须进行严密的控制。这种开发方法十分昂贵、耗时，而且不具灵活调整性。同时，系统开发生命周期从计划到实施的每一个阶段都是紧跟着上一个阶段的，即在下一阶段的工作开始前，这个阶段的任务应该完成，活动虽然也可以重复，但如果需求或相关方案需要修改，则需要重新经历各个阶段。使用这种方法的系统开发成功率不高的主要原因就是其不太能适应系统开发的不确定性特征。

7.2.2 原型法

原型法可以快速而且低成本的为用户建立一个试验系统，以供用户评价。与原型交互，用户可以进一步发现他们的信息需求，使系统分析更加完善。原型被用户认可以后，可以作为一个模板去创建最终系统。

原型是信息系统的一个工作形式或系统的一部分，它只是一个初级模型。一旦运行，它将进一步完善直至精确的与用户的需求相一致。建立一个初始设计，试验它，修改它，再试……建立一个系统的过程中可以重复再重复，这就是原型法的交互过程。与生命周期法相比，原型法有较明显的交互，对系统设计改进起积极促进作用。原型法用有计划的交互代替无计划的重做，以使每一个版本比以前都能更加正确的反映用户的需求。

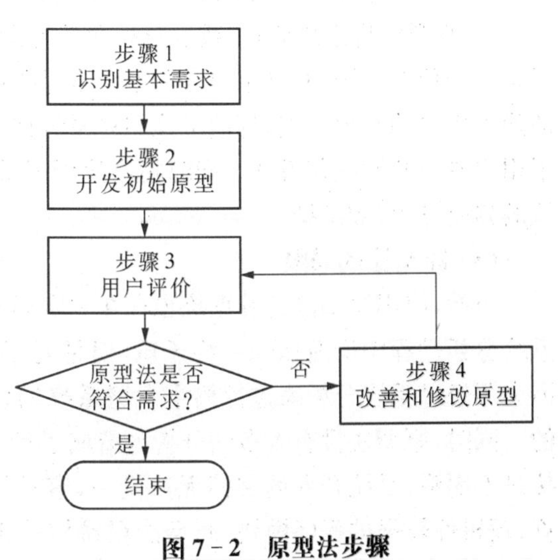

图 7-2　原型法步骤

(1) 原型法步骤

原型法包括 4 个主要步骤，见图 7-2。

① 识别基本需求。在第一步中开发人员

需要收集目标系统的基本需求。基本需求包括输入和输出信息，以及其他简单的流程。在这点上，一般不需要注意编辑规则、安全事项或期末处理。

② 开发初始原型。确定基本需求之后，就可以开始开发最初的原型了。通常，最初原型只包括用户界面，例如数据输入窗口和报表。

③ 用户评价。第三步开始了原型法真正的迭代过程，用户对原型进行评估并提出意见或建议。这个过程应引入尽可能多的用户，这可以帮助解决术语和操作方面的各种分歧。

④ 修改和改善原型。原型法的最后一步是根据各种用户建议对原型进行修改和完善。这一步要修改现有原型并添加新的建议，然后返回步骤 3 让用户评审新的原型，然后再返回步骤 4 重新进行修正，周而复始。

谁使用原型法以及出于什么目的使用原型法，决定了原型法的流程。在系统开发生命周期中，信息技术专家经常只是使用原型法来形成一个系统蓝图，如果使用最终用户原型创建系统，他们就会围绕步骤 3 和 4 循环直到原型变成最终的系统。

(2) 原型法的特点

原型法从原理到流程都非常简单，得到了比较广泛的应用。和生命周期法相比，原型法开发管理信息系统有如下一些特点：

① 由于原型法的循环反复、螺旋式上升的工作方法更多地遵循了人们认识事物的规律，因而更容易被人们掌握和接受。

② 原型法强调用户的参与，特别是对模型的描述和系统运行功能的检验，都强调了用户的主导作用，这沟通了用户和系统开发者的思想，缩短了他们的距离。在系统开发过程中，需求分析更能反映客观实在，信息反馈更及时、准确，潜在的问题能尽早发现、及时解决，增加了系统的可靠性和适用性。在系统开发过程中，通过开发人员与用户之间的相互作用，使用户的要求得到较好的满足。生命周期法中用户与开发者之间的信息反馈较少，往往导致用户对研制成的系统抱怨不止。

③ 原型法提倡使用工具开发，这使得整个系统的开发过程摆脱了老一套的工作方法，时间、效率、质量等方面的效益都大幅度提高，系统对内外界环境的适应能力也大大增强了。

④ 原型法将系统调查、系统分析和系统设计合而为一，使用户一开始就能看到系统开发后是一个什么样子，并且用户参与系统全过程的开发，知道哪些是错误的，哪些需要改进等，消除了用户的心理负担，打消了他们对系统何时才能实现以及实现后是否适用等疑虑，提高了用户参与开发的积极性。同时用户使用了系统，对系统的功能容易接受和理解，有利于系统的移交、运行和维护。

(3) 原型法的局限

当然，使用原型法开发系统也存在一定局限和问题。首先，尽管原型法从表面上绕开了系统分析过程中所面临的一些矛盾，但是对于大型系统的开发，原型法常常显得无能为力，因为不经过系统分析来进行整个大型系统的设计，直接用屏幕来一个一个的模拟是很困难的。同时，原型法没有太多的分析也造成了整个系统缺乏一个完整的概念，各子系统之间的接口不明确，系统开发的文档无法统一，容易给以后的维护带来困难。再有，对于有大量运算、逻辑性较强的程序模块，原型法很难构造出模型来供人评价，因为这类问题没有那么多交互方式，也不是三言两语就能把问题说清楚。特别是对于原来的管理基础比较差、信息处理混乱的一些企业，因为工作流程不够清晰，使得用原型法构造原型有一定困难，而且由于用户的工作水平和他们长期所处的混乱环境影响，也容易使开发者走上机械的模拟原有手工系统的轨道。

实际的开发中经常将原型法与生命周期法有机结合起来，在充分了解原型法的使用环境的基础上重视开发过程的控制，选择适合的软件开发工具，如屏幕生成器、报表生成器、菜单生成器、项目生成器、数据库语言、图形语言、决策支持语言等。

7.2.3 利用软件包开发

应用软件包是预先编制好的、能完成一定功能的、供出售或出租的成套软件系统。它可以小到只有一项单一的功能，比如打印邮签，也可以是有 50 万行代码的、400 多个模块组成的复杂的运行在主机上的大系统。现在市场上各种专用的软件包日益增多，利用软件包实现组织的信息系统已经成为一种可行的开发策略。因为软件包已经完成了设计、编码和测试工作，又有完整的文档供培训和维护使用，所以用它来开发管理信息系统，时间会大大缩短。大多数软件包都是用来完成许多组织都将用到的一些公共的通用功能的，购买(租用)软件包的费用会随着软件包销量的增加而逐渐降低，一般都低于自行开发的费用。

该开发方式适用于以下几种情况：

① 需开发的系统功能是多数组织都要用到的一些通用功能，如工资管理、人力资源管理、会计财务管理、应收应付账款管理等，因为这类软件包很多，有比较宽的选择余地，成本也不会太高。

② 缺少组织内部的开发人员。此时，可考虑全部或部分地选用软件包来开发自己的管理信息系统。

③ 开发的系统属于微机系统。因为目前市场销售的绝大多数软件包都是运行在微机环境下的。

利用软件包开发的优点是能缩短开发时间，节省开发费用，技术水平比较高，系统可以得到较好的维护，也能够减轻组织内部队系统开发的阻力。缺点是功能比较简单，通用软件的专用性比较差，难以满足特殊要求，需要有一定的技术力量以根据使用者需求修改完善软件，包括编写接口程序等二次开发工作，实施费用会随着客户化工作量的增大而急剧上升。

选择这种开发方法必须对软件包进行仔细的评价和选择，选择时需要考虑如下因素：

➢ 功能性如何？软件包的哪些功能能满足用户的功能要求？哪些要修改？哪些根本就不支持？

➢ 灵活性如何？哪些可以客户化？修改是否方便？供应商是否能替客户修改？

➢ 友好性如何？是否容易使用？需要多大的培训量？

➢ 软、硬件环境要求如何？即所需计算机软硬件平台以及网络的要求。

➢ 对数据库和文件结构的要求如何？能否满足客户需要？能否允许用户的非标准数据输入？

➢ 安装维护的承诺有哪些？安装转换的难度？维护是否方便？供应商提供怎样的维护服务？能否及时地得到软件包的升级和更新？

➢ 文档是否完整？特别是技术说明书及使用说明书。是否容易阅读？

➢ 供应商的状况及价格等其他因素。前者包括信誉、背景、历史、规模及服务承诺。后者尤其要注意一次购买后的后期费用，包括客户化、实施、安装、维护等。

利用软件包开发系统时也要经历与生命周期法类似的步骤，只是每个阶段的工作内容稍有一些不同。最大的不同是系统设计的指导思想。利用软件包开发系统，不能像传统的设计那样尽量地把系统设计得与组织相匹配，相反，通常是要重新设计组织和业务流程，让它们尽量与软件包的要求相吻合。各主要步骤的一般内容包括：

① 系统分析。明确原系统的问题和需求，提出解决方案，比较不同的开发策略，确定是否应利用软件包开发，选择软件包的供应商，评价并选择软件包。

② 系统设计。裁剪用户的需求，以适应软件包的功能；培训技术人员，完成客户化设计和新的业务流程设计。

③ 编程、测试、切换。安装、修改、设计程序接口、编写文档、切换、测试、培训用户。

④ 运行与维护。改错与升级。

7.3 软件生产的方法与工具

软件产品的生产过程复杂而又艰巨，先进的开发技术与恰当的生产工具不但能明显的提高开发效率、降低成本，而且能保证软件系统的质量。

7.3.1 结构化方法

20 世纪 70 年代产生了自顶向下的结构化方法。自顶向下是指从抽象的高层向具体的低层逐层展开。结构化是指把复杂的事务和活动分解成一系列小的步骤，每一步都建立在上一步的基础上。这样的思想被广泛的应用于系统开发的各主要阶段，形成了结构化分析、结构化设计、结构化编程等一系列能改善开发人员之间沟通、提高设计与程序的可读性的开发方法和工具。

(1) 结构化分析

结构化方法是面向过程的，结构化分析广泛地用于自顶向下定义系统的输入、处理和输出过程，可以通过图示的方法建立起信息流动的逻辑模型。

描述系统部件处理和它们之间的数据流的主要工具是数据流程图(Data Flow Diagram, DFD)。DFD 提供了一个信息流的逻辑图模型，它将系统分解为一系列管理水平上的模块，严格地指明发生于每一个模块内的操作和模块之间接口的处理或转换。结构化分析的另一个工具是数据字典，其作用是对数据流图中的各种成分进行详细说明，从而使系统建造者能准确地了解它们包含哪些数据片段。它作为数据流图的细节补充和数据流图一起构成完整的系统需求模型。

另外，结构化分析还会用到处理过程说明，其主要描述最底层数据流图的每个处理过程中的处理逻辑，描述如何将输入的数据流加工成输出的数据流。

结构化分析的结果是提交一套结构化的说明书，其中包括了描述系统功能的数据流程图、描述数据流和数据存储的数据字典、描述处理过程的说明书、输入输出文档以及安全、控制、运行和转换方面的其他要求。

(2) 结构化设计

结构化设计是一种自顶而下、逐层展开的设计方法，它包括一整套规则和技巧，通过增加程序的清晰性和简明性来达到减少编程、调试和维护工作量的目的。

结构化设计一般利用层次结构图实现模型化。结构图是一个自顶向下的图表，显示设计的每一层及层次之间的关系。该设计首先考虑一个程序或系统的主要功能，然后将该功能分解为各个子功能，再分解子功能直至达到最细最低的层次。图 7－3 显示了一个公司系统的高层结构图表。一个结构图表可以文件化为一个程序、一个系统（即一个程序的集合），或一个程序的一部分。

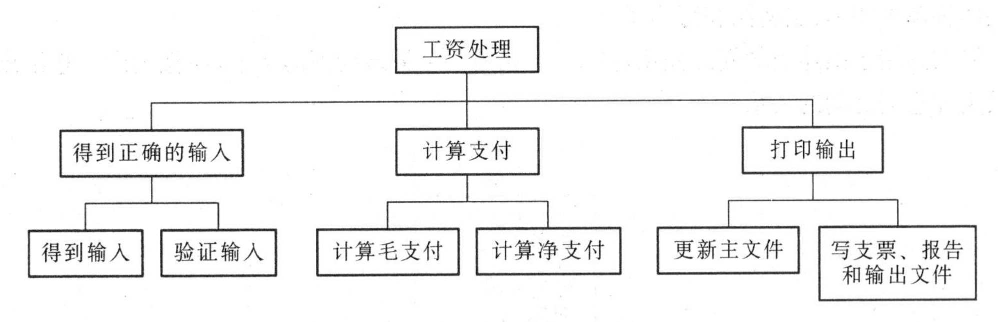

图 7－3 某公司系统的高层结构图

(3) 结构化编程

结构化编程是结构化设计方法在编程中的延伸，其同样遵循模块化和自顶向下的原则，还通过让控制尽量简明的方式来组织和编写程序，减少甚至消除程序中向前和向后的跳转，达到使程序更加容易理解和适合统一修改的目的。

不过，随着经济生活节奏的加快，企业组织结构及管理模式也越来越灵活，结构化方法由于过于严谨而导致的较长的开发周期，这难以适应组织中快速变化的业务需求。组织中业务变化越来越频繁，引起的修改量也越来越大，开发成本迅速上升，这常常导致严格的结构化方法在整个开发过程中不能贯彻始终。另外，面向过程的方法也使得它的侧重点在于数据转化过程，而非数据本身，而现在人们认识到数据的处理过程是不稳定的、变化的，而数据本身却相对地比较稳定，也更有价值。

7.3.2 面向对象方法

虽然结构化方法在模型化处理时很有用，但其处理模型化数据的效果并不好。它把数据和处理认为是逻辑上分开的实体，而在现实世界中这种分开似乎不太自然。

面向对象开发方法试图解决这些问题，它把对象作为系统分析和设计的基本单位。对象把数据和作用于这些数据上的操作结合在一起，囊括于一个对象中的数据，仅能被作用于该对象的操作或方法存取和修改。不像结构化方法中那样将数据传输到作业程序，在面向对象开发中，程序将发送一个消息给对象去执行一个操作。该系统的模型是对象和它们关系的集合。由于处理逻辑存在于对象中，而不是分开的软件程序，对象彼此必须进行合作以使系统能够正常工作。

面向对象模型化是基于类和继承的概念。对象属于一定的类，具有该类的共同特性。对象类可以依次继承所有较上层类的结构和行为，并拥有一些独特的变量和操作。新对象类的创建方法是选一个现存类，说明新对象类如何不同于现存类，而不是每次由新程序开始。

由于对象是可重复使用的，面向对象的开发能潜在的减少编程的时间和成本，因为组织可以应用其他系统已建造的模块为新系统服务。新系统可以改变一些现存系统的对象，并加入少量新的对象即可。面向对象的框架一旦开发出来，就可用以提供可重复使用的、半完成的应用系统，组织可对它进行完善得到成品应用系统。

统一建模语言(Unified Modeling Language, UML)已成为用来描述面向对象系统的各种视图的行业标准，其基本模型集成这些视图以提高分析、设计和实施阶段的一致性。UML使用两种基本图形：结构图和行为图。

结构图用于描述类之间的关系，图 7-4 就是一个类结构图的例子，叫做类图。它给出了雇员类和它们之间的关系。

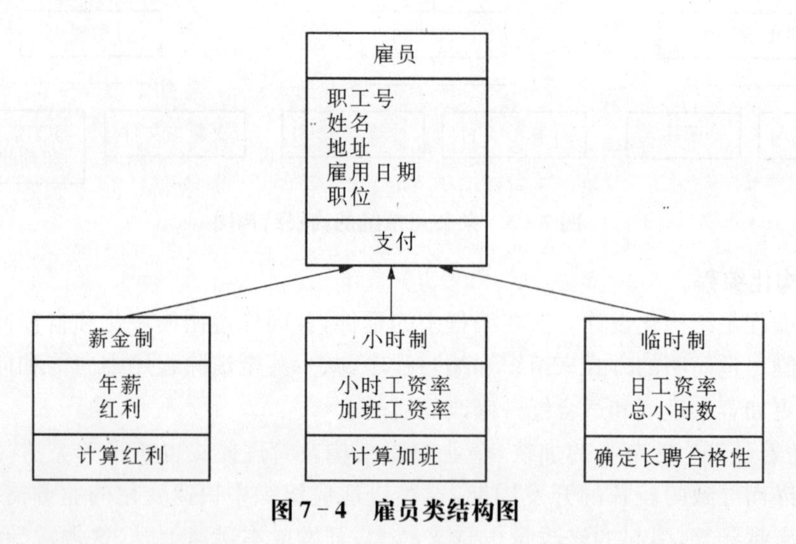

图 7-4 雇员类结构图

行为图用于描述一个面像对象系统中的交互或互动。图 7-5 显示了一种行为图，叫做应用案例图。一个应用案例图表达了一个行动者和一个系统之间的关系。行动者是一个外部实体，与系统互动。同时，应用案例代表一系列的行动，该行动由行动者启动，以完成一个特定目标。几个互联的应用案例用一个椭圆代表。应用案例模型用于说明一个系统的功能需求，集中于系统做些什么，而不是怎么做。系统的目标和它们相互之间以及与用户之间的交互可由应用案例模型导出。

7.3.3 模型驱动方法

模型驱动方法是一个通过建立模型来分析和设计信息系统的方法。前面介绍的结构化系统分析和设计技术就是一种传统的模型驱动技术。下面主要用图 7-6 来说明模型驱动方法。

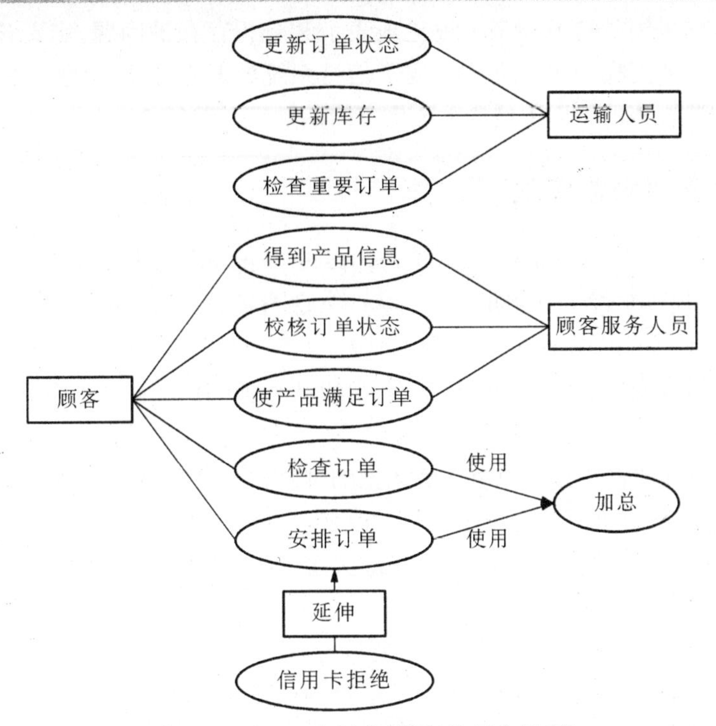

图 7-5 UML 应用案例图(信用卡处理)

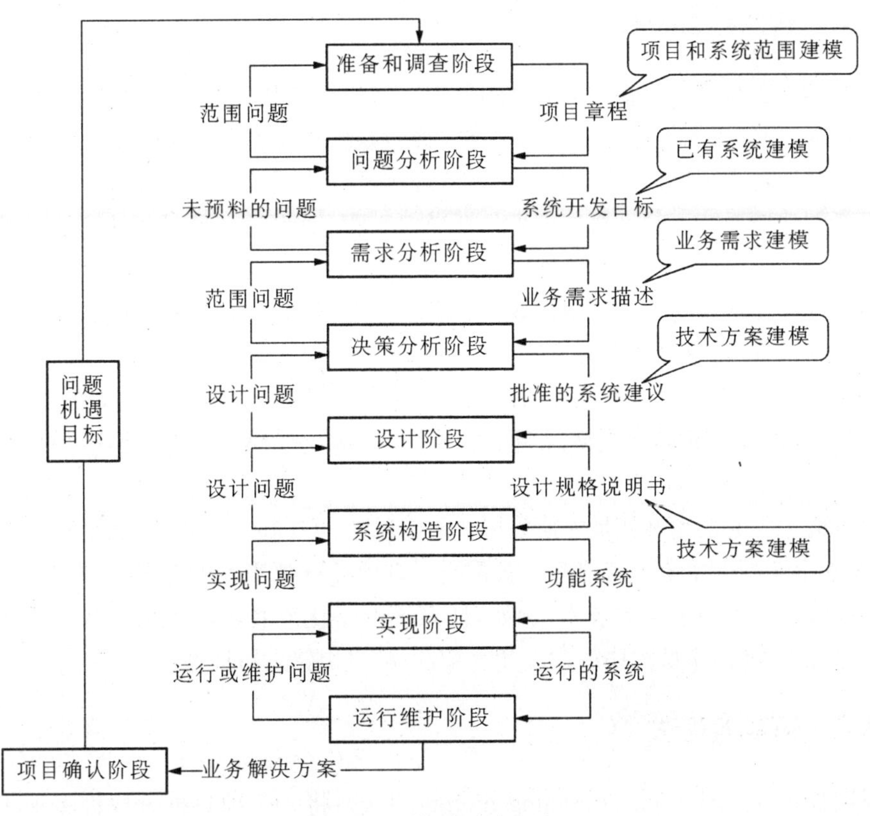

图 7-6 模型驱动方法

模型驱动方法采用各种模型来可视化地表示和分析存在的问题，定义各种业务需求以及设计信息系统。使用模型驱动方法完成了信息系统的开发之后，所使用的模型可以形成相应的文档。这些文档可以用于信息系统生命周期的运行维护阶段。

7.3.4 计算机辅助软件工程

计算机辅助软件工程(Computer-Aided Software Engineering, CASE)，有时也叫计算机辅助系统工程，它提供软件工具使我们已描述的方法自动化，来减少开发所必须做的重复工作量。因 CASE 工具的出现，创建清晰的文件和协调开发团队变得更加容易。团队成员可以相互存取文件、评阅和修改已做的工作，更快的共享他们的工作。工具应用得当的话，会在一定程度上提高生产率。

CASE 工具自动的将数据与使用这些数据的处理过程相联系。如果一个数据流程图发生了变化，数据字典中的元素将也会随之自动改变以反映图中的变化。CASE 工具还包括验证设计图和注释说明的功能。CASE 工具支持交互设计，提供自动修改和变化并提供原型化设备。

为了有效地使用 CASE 工具，使用方需要进行专门的组织训练、管理支持并且营造一种重视这种工具价值的组织文化。每一个开发项目的成员必须遵守统一的命名规则及开发方法。最好的 CASE 工具可以加强统一的方法和标准。组织若缺乏训练，会阻碍它们的应用。

7.3.5 软件再造工程

软件再造工程是一种更新早期软件的技术。组织中应用的大量早期软件难以维护和更新，软件再造工程的目的就是通过更新的方式挽救这些老化的软件，使用户避免花过多的时间及金钱去对软件进行更换，其主要思想是从现有系统中提取信息去更新原系统，而不必从零开始重新创建新系统。软件再造工程包括逆向工程、对设计及软件规格进行修改、正向工程等主要步骤。

逆向工程需要从现有的系统中提取其中隐含的业务运作规程。逆向工程工具能读取和分析现有系统源程序的代码、文件及数据库描述，生成系统的结构化文档。通过对这些结构文档的分析，项目开发组可以对原先的设计及规格作出修改，以适应当前业务需要。然后实施正向工程，将修改过的详细规格说明生成新的、结构化代码，产生结构化可维护系统。在这一步骤中，可以用到 CASE 工具。

软件再造工程的最大好处是能使公司在原有系统的基础上以较小的代价开发出新的系统，比开发一个全新的系统节省很多。新系统一方面能反映当前的业务需要，另一方面再造过程中可以改变原系统采用的技术，例如，使系统网络化或者采用关系型数据库等，还允许开发者消除冗余，从而降低程序的规模和复杂性，减少出错的可能性。

7.3.6 极限编程法

极限编程法(extreme programming methodology)将一个项目拆分成许多很小的阶段，在前一个阶段完成后，开发者才能继续下一阶段，见图 7-7。极限编程法和拼图非常相似，一样有许多小块。这些块单独看都没有意义，但是当他们组合成为一个整体的时候，组织就可以获得对整个系统的直观认识。极限编程法最主要的特点是它各个阶段的迭代循环，通过简单而有效的方法，推进团队开发，支持开发者对需求和技术快速做出反应。

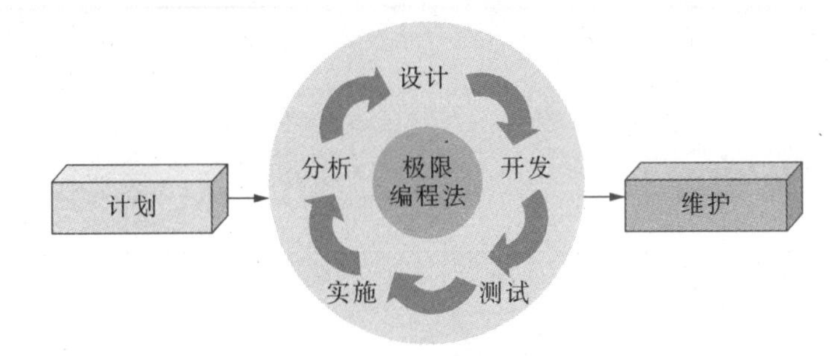

图 7－7 极限编程法

极限编程法同传统的软件开发方法有显著的不同，很多组织已使用它开发出成功的软件。极限编程法的成功原因之一是它强调用户的满意。即使在系统开发生命周期的后期，极限编程法同样授权开发者对客户和业务需求的变化作出反应。而且，这种方法重视团队工作，经理、客户和开发者都致力于开发高质量的软件，它们都是开发小组的一部分。

7.3.7 敏捷开发法

敏捷开发法(agile methodology)通过极早并不断交付有用的软件组件来达到客户满意的目标。它同极限编程法相似，但是较少关注代码编写，而把更多的注意力放在限定项目范围上。敏捷开发法需要设定最小数量的需求，然后把它转换成为一个可交互的产品。这种开发方法就像它听起来的那样：快速有效、小而敏捷、低成本、功能少、开发时间短。

敏捷联盟是一群软件开发者，他们把改善软件开发过程作为自己的使命。其宣言包括下列原则：

① 通过尽早并且不断提供有价值的软件使客户满意。

② 欢迎需求的改变，即使在开发后期。

③ 业务人员和开发者在整个项目开发过程中，必须每天一起工作。

④ 以具有主动性的个人为中心建立项目。给他们需要的环境和支持，相信他们能够完成工作。

⑤ 自组织的团队产生最好的基础结构、需求和设计。

⑥ 每隔一段时间，团队反思如何更有效率，然后根据结论调整行为。

案例 7－2

最后时刻网的系统开发

成立于 1998 年 10 月的最后时刻网是一家临时旅游和休闲解决方案的在线提供

商，提供一系列旅行、休闲和礼品服务，如今已经成长为欧洲最受欢迎和最成功的电子商务网站之一。

最后时刻网想要开发一个系统来帮助团队成员有效地管理软件开发项目的设计、建模、质量保证和配置等。系统开发方法的选择很重要。经过两个月的大量评估，最后时刻网最终选择实施敏捷开发法。这是一种稳定的，工艺精良的方法，非常吸引最后时刻网的开发团队。这种方法对代码结构没有要求，因此，可以从项目开始就使用这种方案。最后时刻网的软件开发小组集中精力于专业的业务领域，如航班、旅馆和休闲方式等。最后时刻网预测，敏捷开发方法有助于快速有效地交付这些核心智能，改善客户体验，提高收入。

7.4 选择开发方式

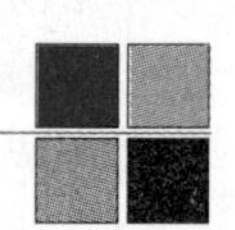

管理信息系统开发主要有自行开发、委托开发、合作开发、购买现成的软件包等不同方式，其各有优点和不足，需要根据使用方的技术力量、资金情况、外部环境等各种因素进行综合考虑和选择。不论哪一种开发方式都需要使用方的领导和业务人员参加，并在管理信息系统的整个开发过程中培养、锻炼、壮大使用方的管理信息系统开发、设计人员和系统维护队伍。

7.4.1 自行开发

自行开发又称资源内包。由用户依靠自己的力量独立完成系统开发的各项任务。这种开发方式适合于有较强的管理信息系统分析与设计队伍、程序设计人员、系统维护使用队伍的组织和单位，如大学、研究所、计算机公司、高科技公司等单位。

自行开发方式的优点是开发费用少，容易开发出适合本单位需要的系统，方便维护和扩展，有利于培养自己的系统开发人员。缺点是由于不是专业开发队伍，容易受业务工作的限制，系统整体优化不够，开发水平较低。同时开发人员一般都是临时从所属各单位抽调出来进行管理信息系统的开发工作，他们都有自己的工作，精力有限，这样就会造成系统开发时间长，开发人员调动后，系统维护工作没有保障的情况。

采用自行开发方式时，应注意以下两点，首先是需要大力加强领导，实行“一把手”原则；另外需要向专业开发人士或公司进行必要的技术咨询，或聘请其做开发顾问。

7.4.2 委托开发

委托开发又称资源外包。由使用单位（甲方）委托通常是有丰富开发经验的机构或专业开发人员（乙方），乙方按照甲方的需求承担系统开发的任务。这种开发方式适合于甲方没有管理信息系统的系统分析、系统设计及软件开发人员或开发队伍力量较弱、但资金较为充足的单位。开发一个小型管理信息系统需要几万元，开发一个大型管理信息系统则需要几十万、几百万甚至上千万元。甲乙双方应签订管理信息系统开发项目协议，明确新系统的目标与功能、开发时间与费用、系统标准与验收方式、人员培训等内容。

委托开发方式的优点是省时、省事，开发的系统技术水平较高。缺点是费用高、系统维护与扩展需要开发单位的长期支持，不利于本单位的人才培养。采用委托开发方式应注意以下两点：

① 甲方的业务骨干要参与系统的论证工作；

② 开发过程中需要甲乙双方及时沟通，进行协调和检查。

7.4.3 合作开发

合作开发又称联合开发。由使用单位（甲方）和有丰富开发经验的机构或专业开发人员（乙方），共同完成开发任务，双方共享开发成果，实际上是一种半委托性质的开发工作。合作开发方式适合于甲方有一定的管理信息系统分析、设计及软件开发人员，但开发队伍力量较弱，希望通过管理信息系统的开发建立或提高自己的技术队伍，便于系统维护工作的单位。合作开发方式的优点是相对于委托开发方式比较节约资金，可以培养、增强使用单位的技术力量，便于系统维护工作，系统的技术水平较高。缺点是双方在合作中沟通易出现问题。

采用合作开发方式应注意：需要双方及时达成共识，进行协调和检查。

7.4.4 与购买现成软件包的比较

目前，软件的开发正在向专业化方向发展。一批专门从事管理信息系统开发的公司已经开发出一批使用方便、功能强大的应用软件包，不少组织选择了基于软件包的开发方法，相对于前述自行开发、委托开发、合作开发等定制开发方式，有着各自的优缺点，这需要根据使用单位的实际情况进行选择，也可以综合使用各种开发方式。表 7－2 对上述四种开发方式做了简单的比较。

表 7－2 开发方式的比较

特点比较＼方式	自行开发	委托开发	合作开发	购买现成的软件包
分析和设计能力要求	较高	一般	逐渐培养	较低
编程能力的要求	较高	不需要	需要	较低
系统维护的难易程度	容易	较困难	较容易	较困难
开发费用	少	多	较少	较少

7.5 系统实施

选择了某个系统开发方法，也协调了具体开发方式，其后就需要具体系统实施了，并且要对它进行维护，使之正常运行下去。企业部署信息技术是为了支持其员工、客户以及其他利益相关者的工作，在这一过程中，实施阶段是一个重要的步骤。

图 7－8 描述了系统实施(systems implementation)的各个步骤，包括硬件和软件的获取、软件开发、程序和过程测试、数据资源转换以及各种系统切换方法的选择。它还包括对将要操作新系统的终端用户和专业人员进行教育和培训。

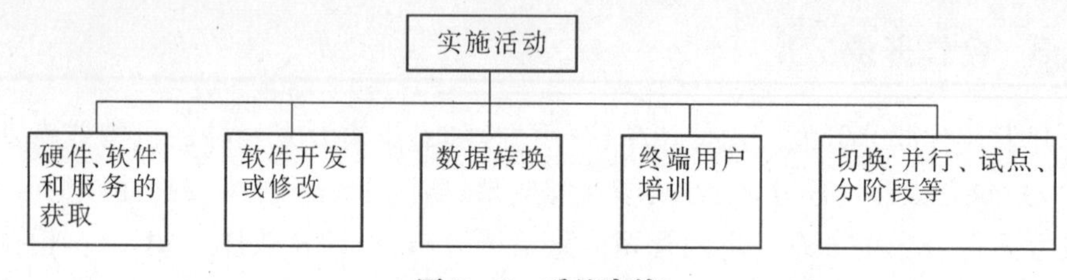

图 7－8 系统实施

系统实施是一个困难而耗时的过程，但它确实是确保新系统成功的关键，因为即便是一个设计很好的系统，如果实施工作没有做好的话，最终也会失败。这就是为什么实施过程通常需要项目管理(project management)技术、需要 IT 部门和业务部门管理人员的共同参与的原因。他们必须执行项目计划，包括制定工作职责、主要开发阶段的时间表和财务预算。要想按照预算和设计目标按时完成项目，这是必须的。图 7－9 说明了企业人力资源部在内部网上实施员工福利系统所需要的活动和时间表。

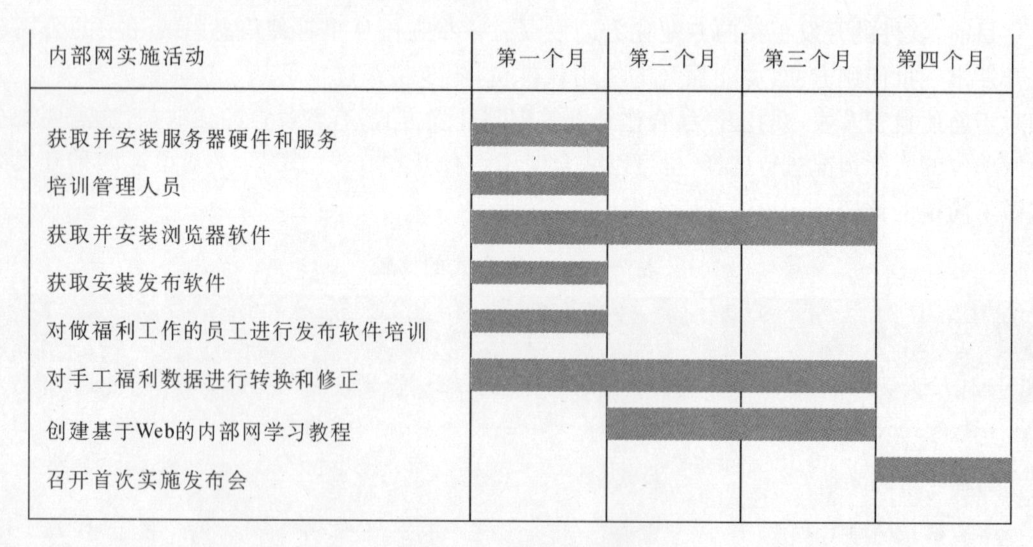

图 7－9 活动时间表

7.6 评价硬件、软件和服务

企业应该如何评价和选择硬件、软件和信息服务？大企业可以要求供应商依据系统设计阶段制定的系统设计说明书来给出报价和建议书。企业也应给出可以接受的满足软硬件需求的最低物理设备和性能要求。多数大型企业和所有的政府机构都用征求建议书(Request For Proposal，RFP)或报价请求书(Request For Quotation，RFQ)等文档来形式化的表述自己的需求。然后，把 RFP 或 RFQ 发给合适的供应商，这些供应商据此来准备采购协议建议书。

在软硬件的采购中，如果有多个相互竞争的建议书，企业可以使用评分(scoring)系统来评价这些建议书。方法如下：为某一个评价因素(evaluation factor)指定一个最大得分；然后，依据方案与系统设计说明书的符合程度，为每份计划书的每个因素打分。这样做有助于记录评价过程，同时也清晰的揭示了每份计划书的优劣。

不管硬件制造商和软件供应商如何描述自己的产品，硬件和软件的性能都必须进行演示和评估。企业可以从独立的硬件或软件信息服务商那里获得详细产品信息和评价结果。此外，使用同样软硬件产品的其他用户也是很好的评价信息的来源。

大企业通常要求运行基准测试程序和测试数据，并据此来评价推荐的硬件和软件。基准测试就是在多台计算机上模拟典型的作业处理，然后评估其性能。用户通过评价测试结果来决定哪种硬件或软件具有最佳性能。

7.6.1 硬件评价因素

评价新的企业应用所需要的硬件，应该调查了解所要求的每种计算机系统或外围设备的具体物理配置和性能特征。涉及一些重要因素的具体问题必须获得答案。表 7－3 概述了其中 10 个硬件评价因素和问题。

表 7－3 硬件评价因素

硬件评价因素	问题
性能	它的速度、计算能力和吞吐量如何？
成本	租赁和购买价格是多少？其运作和维护成本是多少？
可靠性	故障风险和维护要求如何？其错误控制和诊断特性如何？
兼容性	它与现有硬件和软件兼容吗？它与竞争供应商的软硬件兼容吗？
技术	它的产品生命周期在哪一年结束？它是否使用了新的未经测试的技术？
人类工程学	它的设计是否符合人类工程学的基本要求？是否具有用户友好性？它安全、舒适、易用吗？
连通性	是否很容易将其连接到使用不同网路技术和带宽方案的广域网和局域网上？

续 表

硬件评价因素	问　题
伸缩性	它是否满足大范围的不同规模的终端用户、事务、查询等信息处理要求?
软件	是否有适用于该硬件的系统软件和应用软件?
支持	是否有相应的系统支持和维护服务?
总体评价	

注意:除了确定最快和最经济的计算设备外,硬件评价要涉及更多的内容。例如,在做技术评估时必须阐明设备陈旧问题。人类工程学也是一个重要的因素,它要确保硬件和软件是用户友好的,即安全、舒适、易用。连通性是另外一个重要评价因素,因为有很多网络技术和宽带方案可以把计算机系统连接到互联网、内部网和外联网上。

7.6.2 软件评价因素

硬件评价中的很多因素都可以以类似的方式用于软件评价中。因此,性能、成本、可靠性、可用性、兼容性、模块化、技术、人类工程学以及技术支持等硬件评价因素都可以用来评价拟采购的软件产品。此外还要考虑表 7 - 4 中给出的软件评价因素。为了对软件采购进行正确的评价,组织应该回答图 7 - 4 中列出的问题。例如,有些软件是出了名的速度慢、不好用、缺陷多或文档记录性差。因此,即便其价格非常诱人,选择它也非明智之举。

表 7 - 4　软件评价因素

软件评价因素	问　题
质量	程序代码中没有错误还是包含很多错误?
效率	程序代码水平如何? 它占用的 CPU 时间、存储容量和磁盘空间少吗?
适应性	是否不需要大的修改就可以轻松处理业务流程?
安全性	是否提供错误、故障和误操作的控制特性?
连通性	是否支持 Web 方式以轻松的访问互联网、内部网和外联网? 它是否与 Web 浏览器或其他网络软件协同工作?
文档	该软件文档齐全吗? 是否有屏幕帮助和有益的软件代理?
硬件	现有硬件是否能很好地支持该软件?
其他因素	软件的性能、成本、可靠性、可用性、兼容性、模块化程度、技术、人类工程学、伸缩性以及支持等特性如何?
总体评价	

7.6.3 评价信息系统服务

大多数软硬件产品供应商及其他一些专业公司可以为终端用户和组织提供各种各样的信息系统服务(information system service)。例如,帮助企业开发网站、安装或切换新的软硬件、培训员工以及维护硬件等。硬件制造商和软件供应商可以免费提供其中的某些服务。

企业可以以协议价格把自己需要的某些信息系统服务外包给其他公司。例如,如果企业将计算机运作外包出去的话,系统集成商将接管组织计算机设备的运作管理职责。系统集成商还可能承担涉及很多供应商和子合同承包商的大型系统的开发和实施项目。增值分销商(Value Added Reseller, VAR)的业务范围是从选定的制造商那里接手特定行业的硬件、软件和服务提供业务。还有很多其他的服务可以供终端用户选择,包括系统设计、承包编程和咨询服务。表 7-5 概述了信息系统服务的评价因素问题。

表 7-5 信息系统服务评价因素

信息系统服务评价因素	问题
性能	与过去的承诺相比,其过去的绩效如何?
系统开发	能否找到网站及其他电子化企业系统的开发商?其质量和费用如何?
维护	提供设备维护吗?其质量和费用如何?
切换	在切换阶段,他们提供何种系统开发和安装服务?
培训	是否提供必要的人员培训?其质量和费用如何?
备份	手头是否有做紧急备份的类似计算机设备?
访问性	供应商是否有本地或区域性网站来提供销售、系统开发和硬件维护服务?供应商网站是否有客户支持中心?提供客户热线吗?
企业地位	供应商财力雄厚吗?是否有良好的行业市场前景?
硬件	是否提供兼容硬件和附属设备的宽泛选择余地?
软件	是否提供有用的电子化企业软件和应用程序包?
总体评价	

7.7 系统开发过程中的管理与控制

技术因素只是新系统成败的原因之一,应用过程中的管理与组织也起着重要的作用,因为系统建设过程需要组织变革的配合。本节将说明管理、组织和技术因素是如何影响着系统的成功与失败,开发过程中如何进行正确管理与控制。

7.7.1 信息系统的成功与失败

案例 7-3

乌干达投票者注册

东非国家乌干达的选民注册问题非常严重。为规范 2001 年的选举，选举委员会决定实施一个用数码相机给所有适龄乌干达选民照相的项目。该项目在设备购置、咨询服务和运作方面总计花费大约 2200 万美元。然而，这一笔巨额投资却没有获得任何收益，因为这个系统在 2001 年的选举中根本没有投入使用。

这个项目可以说是彻底失败了。错误发生在早期阶段，主要有：硬件问题、对数码相机采购投标缺乏透明性的批评、设备配送问题、有关大量相机被盗的报道。当系统对注册过的选民进行抽样时，发现了错误，某些照片与投票者的名字不对应，再加上反对派的怀疑，整个项目最终搁浅了。

几乎在每个组织的信息系统建设中都不同程度的遇到过类似的问题。有的公司花费了比预期计划多得多的金钱和时间，却没法收回投资。有的系统不能正确的实现设计功能，从而不能有效解决组织中的问题。

(1) 管理信息系统失败的原因

据调查，约有 75%的大型系统是失败的，尽管这些系统可能也在运行。他们或者是大大超出了预计的时间和经费，或者是没能实现预期的功能。对美国联邦政府项目的研究表明，有许多项目都处在不良状态之中。有的设计不良，有的数据不准确、不完整，有的交付以后没有使用，有的超过预算并且严重脱期，更严重的需要返工重来，甚至不了了之。

系统失败，并不一定指系统彻底崩溃。它们或者是明显的不能按约定方式使用；或者是根本就不能用，用户不得不开发一些手工过程与系统一起运行；或者是产生出的各种报告对决策者没有帮助，根本没有人去看；或者是因为系统内所用的数据不准确，使人们感到系统不可靠；或者是系统不够“健壮”，经常“死机”，需要重新启动；或者是系统的维护人员忙于处理和应付日常操作当中发生的各种意外，修补程序和数据的问题。所有这些情形，都可以看作系统失败的表现。

系统为什么会失败呢？引起信息系统失败的问题是多元的，主要可以归为设计、数据、费用和运行四个方面。这些问题的产生不仅有技术上的原因，也有许多非技术因素，尤其是组织方面的因素。

① 设计问题。设计中容易产生两类问题，一类与技术有关，另一类是非技术问题。比较明显的技术问题是功能问题。由于设计上的缺陷，系统功能不能满足用户的基本需求。比如，反应速度慢，达不到用户要求；提供的信息不明确，不便于理解和使用；系统不能提高组织的运转

效率,也不能改进管理的质量。用户接口设计不良也是常见的技术问题。有些用户界面设计的过于复杂,窗口排列混乱,容易误操作;还有的菜单嵌套层次太深,排列不合理,操作顺序繁琐,造成用户使用不便,甚至不愿使用。数据库设计不良是更为严重的技术问题,存在有害的数据冗余,缺少数据完整性控制,代码设计不周全等等都会成为系统潜在的威胁。

非技术性的设计问题与管理和组织理论相关。管理和组织理论认为,信息系统是组织密不可分的一个组成部分,它与组织中的其他要素,如结构、任务、目标、人员、文化等都有着内在的紧密的联系,应该完全相容。当组织中的信息系统发生变化时,必然会影响到组织的结构、任务、人员、文化等发生相应的变化,系统刚建立的过程就是一个组织再设计的过程。如果新的信息系统不能与组织中的其他要素相容,这个系统也被视作是失败的。人们总是倾向于对系统设计中的技术问题给予较多的关注,后果是会产生一些技术上先进但与组织的结构、文化和目标却不相容的系统。这种系统没有给组织带来协调和高效,而是产生了紧张、不安、抵触和冲突。

② 数据问题。数据方面的问题容易被开发人员所忽略,到正式运行以后才越来越严重,最后可能导致系统失败。系统中数据的不准确(含有错误)、不确切(有二义性)、输入不完整(缺项)、不一致等都会导致系统不能正常工作。这些问题如果不能及时的得到解决,用户会丧失对系统的信任,最终将放弃使用。首次开发的新系统和新录入的数据更容易发生数据问题。

③ 费用问题。有些系统开发得很好,运行得也很好,但是运行成本过高,超过了原来的预算;还有些系统在开发时就产生了超支现象。这两种情况都不能算做成功。

④ 运行问题。系统运行的不好是最令人烦恼的。经常性死机,重启动会导致用户不能及时获得信息。再者联机系统如果响应时间过长,也会有类似的后果。尽管这些系统功能的设计可能是正确的、完美的,最后也会被这些运行问题拖垮。

(2) 管理信息系统成功的标准

如何判断一个管理信息系统是否成功?这是个较难回答的问题。因为信息系统成功与失败的问题是一个多元化、多视角的问题。对同一个系统,高层领导与底层直接用户的评价不会一样,刚毕业的 MBA 学生与有着多年工作经验的管理人员的意见有可能相反,甚至同一个部门中的不同管理人员,因为他们的决策风格不同也会得出不同的结论。尽管如此,管理信息系统专家们还是总结出了以下若干评价的准则。

① 系统的使用率。可以直接统计管理信息系统的使用情况,例如对在线完成事务处理的数量(例如联机订票量)、系统打印的报表、计算机网络提供的多媒体信息等方式加以测量。

② 用户对系统的满意度。通过问卷或面谈,了解用户对系统性能的意见,包括信息的准确性、及时性和实用性,是否提高了工作的效率和质量。另外,还要特别注意管理者们的意见,如他们认为系统在多大程度上满足了他们的信息需求。

③ 用户对系统的态度。用户是否对系统以及系统的工作人员持肯定的和积极的态度。

④ 实现目标的程度。运行新系统后,用户组织运营的绩效与决策过程的改进,都能够反映出系统达到预期目标的程度。

⑤ 财务上的效益。包括降低成本、增加产量和利润等。

需要注意的是第 5 项准则要恰当地运用,不是所有的系统效益都能量化成财务收益。人们对系统的评价已经越来越多地看重系统对本部门业务工作以及对职工所产生的影响等无形效益。

7.7.2 开发过程中的风险管理

项目的开发过程需要有效的管理，由于项目开发中有相当多的不确定因素，使得这一过程的管理变得异常困难。如果管理不当，就会造成许多严重后果：

- 投资严重超过预算；
- 工期大大超出计划；
- 技术缺陷导致得不到预期的效果；
- 没有能获得预期的效益。

采取正确的策略，使用适当的工具和方法，能够较好的解决开发中的一些问题，有助于提高实施的成功率。

(1) 控制风险因素

每个系统的开发项目都有许多不确定的因素，因而会有不同程度的风险。根据产生风险的原因，可以将风险分成不同的类型和级别，并采取不同的管理策略与工具，对风险进行控制。有四种项目管理的策略与技术可以用来控制风险因素，它们是外联策略、内聚策略、正规计划工具和正规控制工具。

表 7-6 给出了在不同风险等级下，如何选取这些策略与工具。

表 7-6 控制实施风险应采取的策略与工具

结构化程度	技术水平	项目规模	风险程度	应采取的策略与工具
高	低	大	低	充分利用正规计划和正规控制工具
高	低	小	很低	充分利用正规控制工具 适当利用正规计划工具
高	高	大	中	适当利用正规计划和控制工具
高	高	小	中偏低	采用高度的内聚策略
低	低	大	低	采用高度的外联策略 充分利用正规计划和正规控制工具
低	低	小	很低	采用高度的外联策略 充分利用正规控制工具
低	高	大	很高	采用高度的外联策略 采用高度的内聚策略
低	高	小	高	采用高度的外联策略 采用高度的内聚策略

① 外联策略。外联策略是将项目开发组的工作在组织内各个层次上都与用户紧密联系的一种策略。对于结构化程度较低的系统，实施过程中需要广泛动员用户参与到系统设计中去，将组织变动和用户需求中的各种不确定因素降到最低，这时就可以采取这种外联策略。外联策略包括下述基本内容：

➢ 用户代表参与项目领导班子,可以直接担任项目组组长或副组长;
➢ 建立用户方的项目领导小组,对系统设计方案进行评审;
➢ 用户可以成为项目组当中的骨干;
➢ 项目的规格说明都可以要求用户正式的审批;
➢ 与设计有关的重要会议记录在用户间广为散发;
➢ 用户可以直接向他的领导提出进展情况报告;
➢ 可以委托用户去负责系统的安装和培训工作;
➢ 用户进行变革的控制,当最后的系统设计一经完成,用户便可以负责控制变革的过程。对一些不重要的变动,也可以延缓或者是取消。

② 内聚策略。这种策略要求项目组全体工作人员要高度集中,紧密配合,协调一致,凝聚成一个整体来完成整个实施活动。这种策略适用于那些技术含量较高的项目。高技术含量项目的成功主要依靠对技术复杂性的良好管理与协调。这要求项目的领导者既懂技术又懂管理。既能与项目组共同探讨技术问题,又能够理顺以技术人员为主的项目组成员之间的相互关系。这种策略的要点如下:项目组成员都应该是富有经验的行家;项目组的领导应该有很高的技术水平和丰富的项目管理经验;项目组应经常开会沟通,重要的会议记录和设计方案要分发给有关人员;项目组要经常检查自身的技术状况;项目组中大部分成员都有过良好的相互配合工作的历史;项目组成员应该参与各项工作目标和完成期限的计划制定;项目组缺少的重要技术和技巧必须有办法从外部来获得。

③ 正规的计划与控制工具。项目的计划工作包括将项目分解成各项任务,确定这些任务的完成顺序,估计完成这些任务的所需时间与所需资源,分派人力、经费、技术等各项资源到各项任务。项目的控制工作包括对项目进展的监督以及必要的调整。计划与控制工具可以直接采用项目管理中常用的正规管理技术。这些工具特别适合于管理那些结构化程度高、技术又不很复杂的规模很大的项目。这些项目没有技术难点,需求相对都比较确定,只要利用这些管理工具排定计划,就比较容易获得成功。

(2) 系统设计中的组织因素和人的因素

由于开发新系统的最终目的是为了提高组织的绩效,所以我们把全部系统开发的过程看做是一个有计划的组织变革过程。新系统建立的同时,也必须明确提出组织变革的方式与内容。除了支持业务流程会发生的那些变化以外(这在许多系统开发中都做到了),还要说明每个岗位职责的变化,组织结构的调整与变化,人员之间制约关系的变化,每个人权利的变化以及人们行为上的变化。要对这些变化的时机、方式、后果做出仔细的计划,才能保证实施的成功。

尽管在系统分析的设计活动中应该完成系统对组织的冲击和影响的分析。但迄今为止,这方面的分析仍然常常被忽视。完整的组织冲击分析应说明新系统将怎样影响到组织的结构、态度、决策以及日常运作。为了使新的信息系统能与它所服务的组织完美的协调统一成一个整体,组织的冲击分析工作必须得到加强。

系统设计中另一个容易被忽视的问题是人的因素的考虑。可以通过吸收用户中受新系统影响最大的那些人参与设计过程的方式来减轻对人的需要的忽视。这种联合设计的方法已经越来越多的引起了设计人员的重视。

系统质量的评价应该根据用户的标准，而不应像有些系统那样仅根据系统技术人员提出的标准来进行。标准中除了含有诸如存储器容量、存取速率、计算速度等技术指标以外，还应包括用户从使用方面提出的一些要求。例如，某一项指标可能是“系统应提供方便简易的录入界面，使一个普通职员能够在半天之内学会四个屏幕界面的数据录入工作”。

用户与系统打交道的界面接口要特别认真设计，除考虑到各项技术要求以外，还要从工效学的角度充分考虑人与机器之间的交互影响和作用，认真分析各个岗位的工作内容、对用户健康的影响、工作的舒适性、工作范围以及强度对用户的影响等因素。

一份对美国社会保障局620名工作人员的调查结果显示，利用更快捷、更直接的在线系统处理客户申报数据的职员，普遍感到使用新系统要比使用原有的顺序处理客户数据的电传打字机系统紧张得多。由于他们的抵制，新系统受到了挫折。如果系统设计时考虑到利用新系统以后，员工工作量将大量增加这一因素，并采取相应的措施，结果将会是另外的样子。

用户对新系统的抵制可能是由于对用户的教育、培训、说明不当而引发的，也可能是因为用户个人的原因。为解决这类抵制实施的问题，学者们提出了三种理论解释抵制产生的原因：第一，基于人的理论认为产生抵制的原因完全来自于用户本身，他们不能克服人的缺点。例如，他们懒惰，不愿意学习新的工作方法。第二，基于系统的理论认为产生用户抵制的原因来自于系统设计不良。例如，用户界面混乱、学习操作困难等。第三，交互理论认为用户的抵制是系统因素与人的因素交互作用的结果。例如，一个设计良好的系统只得到一部分人的欢迎，另外一些人因为担心新系统会削弱自己的特权和取代自己的位置，因而采取抵制态度。

克服用户阻力的策略可以有如下几种。

➢ 基于人的：对用户进行良好的培训；用法令和行政手段强制执行；说服教育；鼓励用户参与并承担一些义务；

➢ 基于系统的：对用户进行教育；改进人机界面；用户参与设计的改进；必要时对系统进行修改以满足组织的要求；

➢ 基于交互的：应用新系统前先解决好组织问题；重新设计用户的激励办法与制度；重新确定用户与设计者之间的关系；在适当的时候鼓励用户参与实施。

显然，用户参与的效果并不都是积极的，把握好鼓励用户参与的时机与条件，是克服用户阻力的策略之一。

★★★★★ 本章知识点 ★★★★★

系统开发的基本原则	软件生产的方法与工具	开发方式的选择
系统开发的主要活动	结构化方法的特点	软硬件评价因素
系统开发方法	面向对象方法的特点	信息系统服务评价
系统开发生命周期	软件再造工程	管理信息系统成功标准
原型法的步骤和特点	极限编程法的特点	管理信息系统失败的原因
利用软件包开发	敏捷开发法的特点	开发过程中的风险管理

案例分析

是外包还是不外包

零售商 Sears，Roebuck&Co. 和财经服务公司 Humtington National Bank 乍看起来好像没有什么共同点。然而，这两个公司的首席信息官(CIO)们曾面临着相同的问题，这个问题就是外包还是不外包。

Sears，Roebuck&Co.

当 Sears，Roebuck&Co. 集中精力与 Targe 和 Wal. Mart 等其他公司竞争的时候，CIO Gerald F. Kelly Jt. 加入了该公司，开始致力于转变公司的 IT 部。Kelly 在工作时感觉到公司过时的、不可靠的技术架构是一个大问题。很多现象都表明公司没有适当的投资，也没有具备使基础架构与公司目标保持一致的能力水平。这些现象包括网络故障、CPU 故障、延时的恢复时间和根源分析以及缺乏数据的冗余、备份与恢复。

Kelly 知道 Sears 是一家零售公司，而不是技术公司。同时，他感觉到架构在很大程度上可以说是一种日用品。如果他采用资源内包，就可能使一部分员工(那些支持核心任务的员工)丧失职业发展的最好机会。所以，他开始调查能最节省时间并且带来最大经济效益的革新以转化 IT 架构。

到了最后，Sears 对于资源外包的决定没有陷入"资源外包与否"的争论，而是在于对公司走向的分析。经过 9 个月的分析，Sears 的经理们权衡了 IT 架构的资源内包与外包的时间和成本，对比了资源内包对员工的影响和外包可能带来的机会。这些工作表明资源外包能够使 Sears 从分散的结构中获得最大化价值，更快的实现架构稳定的目标，节省大量的资金，避免雇用大量的技术专家——同时不用要求员工来开发新的零售系统。Kelly 最终决定将架构的工作外包。

Humtington National Bank

Humtington National Bank 的储蓄借贷系统已经外包给了一家资源外包商。这家资源外包商一直希望能够获得一些金融服务的业务流程外包(Business Process Outsourcing，BPO)市场。Joe Gottron，Humtington National Bank 的 CIO，有 16 年在 IBM 工作的经验，他非常了解资源外包关系的性质。他主要担心的是资源外包协议在开始阶段缺乏管理，只有在随后的几年里才能带来收入。然而，Gottron 对外包业务过程的可能性还是尤感兴趣。

Gottron 曾经对国内 BPO 的基准和其他资源外包提供商的基准进行过对比，因此很清楚地知道在 BPO 的决策中银行的规模是主要因素。他们有 8300 名员工，其中 500 人在 IT 部。外包决策的过程持续了 18 个月。Humtington National Bank 最终选择了拒绝 BPO 并且保留了内部的 IT，主要是基于经理们对于 IT 需要改进的地方的理解、企业联盟、涉及的项目管理，以及从长期来看资源外包几乎节省不了钱，还可能给公司文化带来风险的事实。

(资料来源：① News Release [EB/OL]. [2005-6-9]. www. sears. com
② Life after Outsourcing [EB/OL]. [2005-6-9]. www. jnpconsortium. com)

【思考题】

(1) 总结 Sears，Roebuck&Co. 和 Humtington National Bank 在资源外包决策中考虑的因素。

(2) 什么情况比较适合资源外包？为什么 Sears，Roebuck&Co. 没有内包它的 IT 开发？

(3) 什么情况比较适合资源内包？为什么 Humtington National Bank 没有外包它的 IT 开发？

第八章
企业信息系统

学习目标

- 理解企业信息系统的不同分析角度
- 了解不同类型的企业信息系统的概念、特点、应用
- 了解各种类型企业信息系统中所体现的管理思想
- 了解各种类型企业信息系统对企业的价值

日渐激烈的全球竞争，迫使企业专注于产品上市的速度、改善客户服务，更快速的决策和更有效率的执行力。企业需要功能强大的系统，整合分散于不同功能领域与组织单位的信息，协调本身与供应商及其他商业伙伴的企业流程。

与前面章节介绍的从纵向层级（作业层、知识层、管理层、战略层）的角度，和横向功能（销售/营销、制造/生产、财务/会计、人力资源等）的角度观察信息系统不同，本章从整合功能与流程的角度分析企业信息系统，企业通过企业资源计划、供应链管理系统、客户关系管理系统、知识管理系统及商业智能的运用，使企业可以通过紧密地协调企业流程并加以整合而变得更具有弹性和更具有生产力，因而更专注于有效地资源管理和客户服务，提升组织的整体绩效。

8.1 企业资源计划 ERP

组织中充斥各种不同的系统，提供服务给不同企业功能与组织层级。其中有许多系统是独立建置，彼此之间完全不相关，以至于系统间无法自动交换信息，用来支持决策制定的信息往往就这样淹没在这些单个的系统中。为解决上述问题，可以建置一个独立的中间件，作为连接各个系统间的桥梁。这是一个昂贵且令人不甚满意的方案。另一个最常用的解决方案是建立或购买一个新的企业应用系统，用来协调横跨企业中不同功能、阶层与企业单位的活动、决策和知识。企业资源计划系统可以通过提供单一信息系统，整合组织整体的主要企业流程来解决信息孤岛、不同流程与技术带来的组织效率低下的问题。

8.1.1 ERP 系统概述

企业资源计划（Enterprise Resource Planning，ERP）是在先进的企业管理思想基础上，应用信息技术实现对整个企业资源的一体化管理。ERP 是一种可以提供跨地区、跨部门、甚至跨公司整合实时信息的企业管理信息系统。它在企业资源最优化配置的前提下，整合企业内部主要或所有的经营活动，包括财务会计、管理会计、生产计划及管理、物料管理、销售与分销等主要功能模块，以达到效率化经营的目标如图 8－1 所示。ERP 系统集信息技术与先进的管理思想于一身，成为现代企业的运行模式，反映时代对企业合理调配资源、最大化地创造社会财富的要求，成为企业在信息时代生存、发展的基石。

图 8－1 ERP 系统的功能

目前国际上普遍被采用的 ERP 系统软件都是总结几十年国际各行业的先进管理思想和经验开发出来的，并且经过了众多领先企业的实践证明。

案例 8－1

德国 SAP 的简介

德国 SAP 起源于 systems applications and products in data processing，SAP 既是公司名称，又是其 ERP（enterprise-wide－resource－planning）软件名称。SAP 代表着最先进的管理思想、最优秀的软件设计。世界五百强中有超过 80%的公司使用 SAP，中国的大型国营、民营企业 90%使用 SAP。这家总部位于德国沃尔多夫市，号称"全球最大的企业管理解决方案供应商、全球第三大独立软件供应商、全球领先的协同电子商务解决方案供应商"的软件巨人。目前在全球的 120 多个国家和地区拥有 1.65 多万家客户，向全球提供基于"五大支柱"战略的产品，这就是 mySAP SCM（供应链管理）、mySAP PLM（产品生命周期管理）、mySAP CRM（客户关系管理）、SAP Portals 的 enterprise portals（企业门户）和 SAPMarkets 的 Exchanges（交易集市）。在全球，SAP 拥有员工 2.5 万多名，在总部，SAP 有 5000 多开发人员名，而 SAP 的开发实验室和开发中心更是遍布全球多个角落。

R/3 系统是 SAP 公司开发的集成化的企业管理应用软件，包括财务、成本，资产、销售、原材料、生产、质量、人力资源、工厂维护、项目管理、工作流程等企业管理所有的基本功能。SAP R/3（如图 8－2 所示）系统为支持客户机/服务器机构的产品。

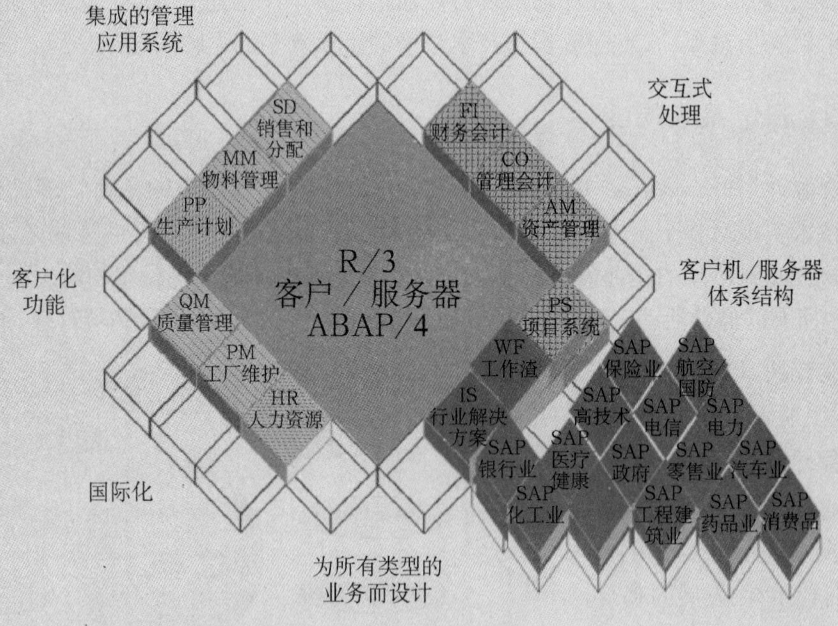

图 8－2 SAP R/3

8.1.2 ERP管理思想

(1) 体现对整个供应链资源进行管理的思想

在知识经济时代仅靠自己企业的资源不可能有效地参与市场竞争，还必须把经营过程中的有关各方如供应商、制造工厂、分销网络、客户等纳入一个紧密的供应链中，才能有效地安排企业的产、供、销活动，满足企业利用全社会一切市场资源快速高效地进行生产经营的需求，以期进一步提高效率，在市场上获得竞争优势。换句话说，现代企业竞争不是单一企业与单一企业间的竞争，而是一个企业供应链与另一个企业供应链之间的竞争。ERP系统(如图8-3)实现了对整个企业供应链的管理，适应了企业在知识经济时代市场竞争的需要。

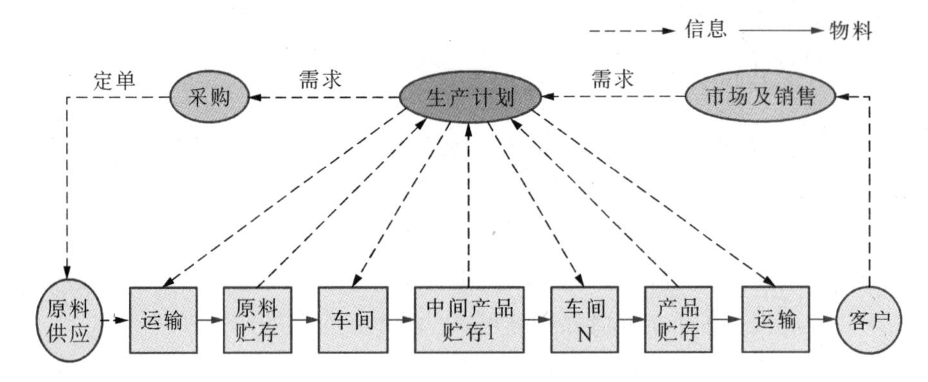

图8-3 ERP系统的供应链管理思想

(2) 体现精益生产、同步工程和敏捷制造的思想

ERP系统支持对混合型生产方式的管理，其管理思想表现在两个方面：

①"精益生产"的思想。企业按大批量生产方式组织生产时，把客户、销售代理商、供应商、协作单位纳入生产体系，它们已不再简单地是业务往来关系，而是利益共享的合作伙伴关系，这种合作伙伴关系组成了一个企业的供应链，以最优品质、最低成本和最高效率对市场需求作出最迅速的响应。

②"敏捷制造"的思想。当市场发生变化，企业会组织一个由特定的供应商和销售渠道组成的短期或一次性供应链，形成"虚拟工厂"，把供应和协作单位看成是企业的一个组成部分，运用"同步工程"，组织生产，用最短的时间将新产品打入市场，时刻保持产品的高质量、多样化和灵活性。

(3) 体现事先计划与事中控制的思想

ERP系统中的计划体系主要包括：生产计划、物料需求计划、能力计划、采购计划、销售执行计划、利润计划、财务预算和人力资源计划等，而且这些计划功能与价值控制功能已完全集成到整个供应链系统中。此外，计划、事务处理、控制与决策功能都在整个供应链的业务处理流程中实现，要求在每个流程业务处理过程中最大限度地发挥每个人的工作潜能与责任心，流程与流程之间则强调人与人之间的合作精神，以便在有机组织中充分发挥每个人的主观能动性与潜能。实现企业管理从"高耸式"组织结构向"扁平式"组织机构的转变，提高企业对市场动态变化的响应速度。

总之，借助 IT 技术的飞速发展与应用，ERP 系统得以将很多先进的管理思想变成现实中可实施应用的计算机软件系统。

8.1.3 ERP 利益与挑战

借助于先进的信息技术构建的 ERP 系统，将很多先进的管理思想融入、贯彻到企业的管理、业务活动中，为企业带来了很多利益。

(1) ERP 系统的利益

ERP 可以改变企业内的四个维度。

① 公司结构、管理流程、技术平台及企业能力。组织可利用 ERP 系统去跨地区或跨事业部界限整合，或去建立一个利用相同流程与信息而更一致的组织文化。一个有能力的企业组织能用相同的方式在世界各地做生意，能实现跨功能的协调和信息的跨企业功能自由流通。

② ERP 可以为公司提供一个单一、整合及包含所有信息系统技术的平台，该平台可以收集所有主要的企业流程的数据。而这些数据具有一般的、标准的定义和格式，并可为整个组织所接受。

③ ERP 系统所提供的信息是结构化的且围绕着跨功能的企业流程，可以改善管理报表与决策，能向管理者提供关于企业流程与整体组织绩效更有用的数据。

④ ERP 可以协助创造一个客户与需求导向组织的基础。通过整合分散的企业流程如销售、生产、财务及物流，整个组织可有效地响应客户对产品或信息的需求，预测新产品，并在有需求时完成制造及配送。唯有在客户下订单后制造，才可有较佳的信息提供生产，采购正确数量的零件或原料来满足实际的订单、筹划生产、减少零件与成品的库存时间。

(2) ERP 系统的挑战

虽然 ERP 能改善组织的协调、效率及决策制定，但建置过程十分昂贵和困难。不仅要大量的技术投资而且在企业运作的方法上要做根本的改变。企业需要重新制定企业流程使信息能顺畅地流通。员工也要有新的工作职能与责任。在 ERP 的利益实现之前尚有许多阻碍需要克服，不了解需要做多少改变与不知晓如何进行改变的组织将会在实施 ERP 上遇到困难，或者将无法达到较高层次的功能与企业流程整合。

另外，ERP 系统需要复杂的软件，大量投入时间、金钱和专家知识。假如采用标准的 ERP 软件所提供的一般模式整合企业流程，则会妨碍公司利用能够超越竞争者的独特企业流程。

8.2 客户关系管理 CRM

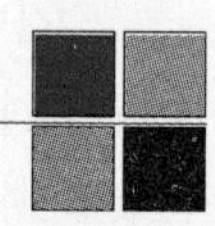

在以产品为中心向以客户为中心的商业模式转变的情况下，众多企业开始将客户视为其重要的资产，不断地采取多种方式对企业的客户实施关怀，以提高客户对本企业的满意程度和忠诚度。越来越多的企业在提出这样的理念，例如："想客户所想"，"客户就是上帝"，

“客户的利益至高无上”,“市场永远是正确的,客户永远是对的”,“观念创新、技术创新、才能持久……方能成为财富长跑者”等等。

8.2.1 客户关系管理

客户关系管理(Customer Relationship Management, CRM),这个概念最初由 Gartner Group 提出来,CRM 的主要含义就是通过对客户详细资料的深入分析,来提高客户满意程度,从而提高企业的竞争力的一种手段。

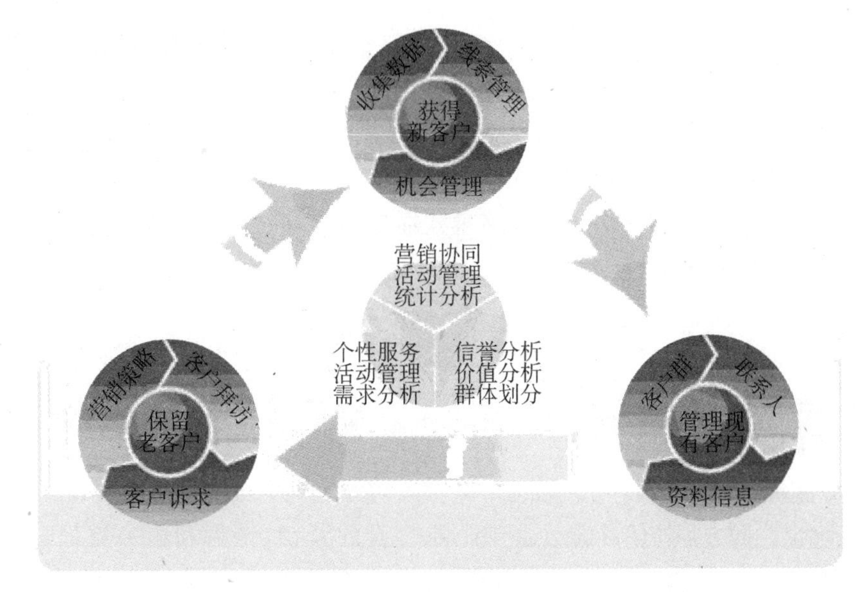

图 8-4 客户关系管理

在不同场合下,CRM 可能是一个管理学术语,可能是一个软件系统,而通常我们所指的 CRM,是指用计算机自动化分析销售、市场营销、客户服务以及应用支持等流程的软件系统。

通过 CRM 系统可以实施如下商业策略:客户概况分析(profiling)、客户忠诚度分析(persistency)、客户利润分析(profitability)、客户性能分析(performance)、客户未来分析(prospecting)、客户产品分析(product)、客户促销分析(promotion)等。

CRM 最大限度地改善和提高了整个客户关系生命周期的绩效。CRM 整合了客户、公司、员工等资源,对资源有效地进行分配和重组,便于在整个客户关系生命周期内及时了解和使用有关资源和知识;简化和优化了各项业务流程,使得公司和员工在销售、服务和市场营销活动中,能够把注意力集中到改善客户关系、提升绩效的重要方面与核心业务上,提高员工对客户的快速反应和反馈能力;也为客户带来了便利,客户能够根据需求迅速获得个性化的产品、方案和服务。

8.2.2 CRM 系统的战略目标及战术实现

对计划实施 CRM 的企业来讲,CRM 首先是一项通过分析客户、了解客户和提高客户满意度来增加收入以及优化赢利的商业模式,技术与解决方案只是实现这个商业模式的手段。

企业的战略、业务流程、战术、技能与技术等五个领域对实现CRM的企业来讲同样重要，这五个环节相互联系、相互促进，如技术可以推动战略，业务过程能够影响技能，可以设计战术来利用技术等。企业通过对五个领域的协同工作以及互相驱动，从而使企业的CRM进入到一个良性循环的轨道(如图8-5)。

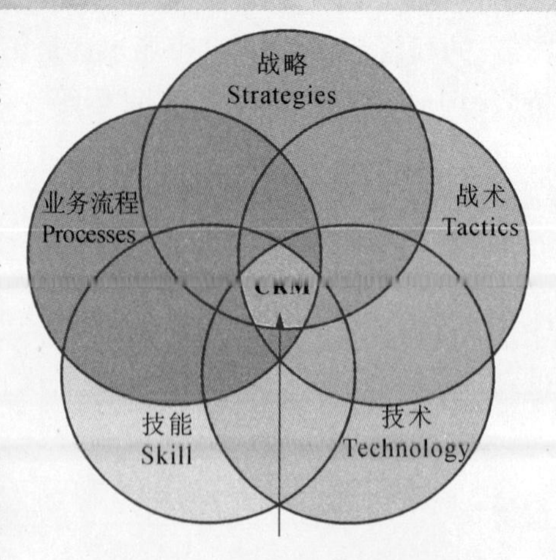

图8-5 CRM与企业战略、战术等五领域关系

(1) 战略

尽管企业有着很多从不同角度制定的战略，然而CRM作为一项业务战略，它是随着企业所采用的不同战略而做出相应重大调整的。如果企业决定实施CRM，那么决策者们想让企业定位在一个什么样的模式上很重要。不同的企业会根据战略模式需要建立与之相适应的解决方案。

(2) 战术

企业的战略问题解决之后，实施CRM就落实在具体的战术方面。企业有没有关于客户的统一的信息数据库；企业是否为客户提供专家级的服务等等。企业往往通过行之有效的战术来实施其CRM战略。

(3) 业务流程

就大多数企业而言，都有目前适合于企业自身的营销、销售和服务流程。实现CRM的企业必须要调整与优化自己的业务流程，以适应企业关于实现CRM所采取的战略与战术。

(4) 技能

与企业所采取技术所适应的技能，是成功实现CRM的保证。仅仅把技术照搬过来是无济于事的。所有与技术有关的人员都应该掌握这样的技能，如清楚如何利用该技术，所采用技术的优劣势何在，有没有前景等等。同时，技术决不应该是一个摆着看的“花瓶”，要能够解决具体实际问题，需要相应的技能才能实现技术的真正的价值。

(5) 技术

技术只是工具，只是手段，技术并不是无所不能。技术的采用要与上述四个领域紧密结合。有很多只是采取了普通技术的企业却取得了实施CRM的成功，而许多失败的案例证明过度强调技术成分。将技术应用在战略、战术、业务流程与技能的领域之中，切实解决不靠技术无法解决的问题，同时切实提高了效率，这样的技术就是成功的技术。

8.2.3 CRM系统实践

一个成功的客户关系管理(Customer Relationship Management, CRM)系统至少应包括如下功能：通过电话、传真、网络、移动通讯工具、电子邮件等多种渠道与客户保持沟通；使企业员工全面了解客户关系，根据客户需求进行交易，记录获得的客户信息，在企业内部做到客户信息共享；对市场计划进行整体规划和评估；对各种销售活动进行跟踪；通过大量积累的动态资料，对市场和销售进行全面分析。

(1) 销售力量自动化

销售力量自动化(Sales Force Automation, SFA)包含一系列的功能，提高销售过程的自动化程度，并向销售人员提供工具，提高其工作效率。一般包括日历和日程安排、联系和客户管理、佣金管理、商业机会和传递渠道管理、销售预测、建议的产生和管理、定价、区域划分、费用报告等。有的CRM产品具有销售配置模块，允许系统用户(不论是客户还是销售代表)根据产品部件确定最终产品，而用户不需晓得这些部件是怎么连结在一起，甚至不需要知道这些部件能否连结在一起。由于用户不需技术背景即可配置复杂的产品，因此，这种销售配置工具特别适合在网上应用，如Dell计算机公司，允许其客户通过网络配置和定购个人电脑。自助的网络销售能力，使得客户可通过互联网选择、购买产品和服务，使得企业可直接与客户进行低成本的、以网络为基础的电子商务。

(2) 营销自动化

作为对SFA的补充，营销自动化模块为营销提供了独特的能力，如营销活动(包括以网络为基础的营销活动或传统的营销活动)计划的编制和执行、计划结果的分析；清单的产生和管理；预算和预测；营销资料管理；“营销百科全书”(关于产品、定价、竞争信息等的知识库)；对有需求客户的跟踪、分销和管理。营销自动化模块与SFA模块的不同在于，营销自动化模块不局限于提高销售人员活动的自动化程度，其目标是为营销及其相关活动的设计、执行和评估提供详细的框架。在很多情况下，营销自动化和SFA模块是补充性的。例如，成功的营销活动可能得知很好的有需求的客户，为了使得营销活动真正有效，应该及时地将销售机会提供给执行的人，如销售专业人员。

(3) 客户服务和支持

对很多公司是极为重要的，客户的保持和提高客户利润贡献度依赖于提供优质的服务，客户只需轻点鼠标或打一个电话就可以转向企业的竞争者。因此，在CRM中，客户服务与支持主要是通过呼叫中心和互联网实现。在满足客户的个性化要求方面，它们的速度、准确性和效率都令人满意。CRM系统中的强有力的客户数据使得通过多种渠道(如互联网、呼叫中心)的纵横向销售变得可能，当把客户服务与支持功能同销售、营销功能比较好地结合起来时，就能为企业提供很多好机会，向已有的客户销售更多的产品。客户服务与支持的典型应用包括：客户关怀；纠纷、次货、订单跟踪；现场服务；问题及其解决方法的数据库；维修行为安排和调度；服务协议和合同；服务请求管理。

案例 8-2

CRM助Cisco“在线飞行”

美国思科系统公司(Cisco System)的成功是世人所共睹的，事实上，Cisco就是一家实施了CRM，打造出自己的核心竞争力，从而获得巨大成功的企业。

Cisco公司在CRM方案中，将配货商、制造商和装配商密切联系起来，让业务流程衔接的既便捷又紧密、经济，从而使各成员都获得了传统组织中为分工协作所付出的计划、指挥、协调及监控等成本费用大幅削减所带来的好处；另一方面，Cisco又将软件与网络开发部门列为企业最主要的职能部门，把企业的战略资源尽量集中到这一核心能力的开发上，而将非核心的业务以外包的方式，承包给企业松散的合作伙伴或其他企业，降低了外部交易成本和核心能力丧失的风险，使自己的生产能力提高了4倍。

Cisco大力推行客户"自助式服务"，认为没有人比客户自己更愿意帮助客户。Cisco建立的自动化客户服务体系大受成功，既提高了客户满意度、降低了成本，同时客户对这一自我服务模式做出的积极回应为Cisco节省了大笔其他的开支和费用。全面采用了如Oracle数据库、Internet技术平台及前端应用程序，建设了面向全球的交易系统，并已将市场及服务扩展到了全世界的115个国家，并在客户服务领域也全面实施了CRM——这不仅帮助Cisco顺利地将客户服务业务搬到Internet上，使通过在线支持服务占了全部支持服务的70%，还使Cisco能够及时和妥善地回应、处理、分析每一个通过Web、电话或其他方式来访的客户要求。

实施CRM使Cisco创造了奇迹：公司每年节省了3.6亿美元的客户服务费用；二是公司的客户满意度由原先的3.4提高到现在的4.17，而IT企业的满意度几乎没有能达到4的(满分为5)；发货时间由三周减少到三天；在新增员工不到1%的情况下，利润增长了500%。

8.3 供应链管理SCM

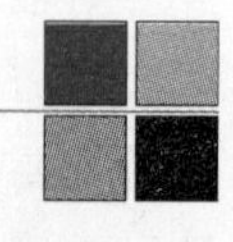

随着企业经营的进一步发展，市场竞争的日益激烈，以及科学技术的进步，企业与企业之间的竞争正在转变成供应链与供应链之间的竞争，供应链的概念范围扩大到了企业外部环境，强调通过供应链中不同企业的制造、组装、分销、零售等过程将原材料转换成成品再到最终用户的转换过程，成为范围更广、更为系统的概念。

8.3.1 供应链管理的时代背景

(1) 全球一体化

纵观整个世界技术和经济的发展，全球一体化的程度越来越高，跨国经营越来越普遍。就制造业而言，产品的设计可能在日本，而原材料的采购可能在中国大陆或者巴西，零部件的生产可能在台湾、印尼等地同时进行，然后在中国大陆组装，最后销往世界各地。在这个产品进入消费市场之前，相当多的公司事实上参与了产品的制造，而且由于不同的地理位置、生产水平、管理能力，从而形成了复杂的产品生产供应链网络。这样的一个供应链在面对市场需求波动的时候，一旦缺乏有效的系统管理，“牛鞭效应”在供应链的各环节中必然会被放大，从而严重影响整个供应链的价值产出。

案例 8-3

宝洁公司的“牛鞭效应”

宝洁公司(P&G)在研究“尿不湿”的市场需求时发现，该产品的零售数量是相当稳定的，波动性并不大。但在考察分销中心的订货情况时，吃惊地发现波动性明显增大了，其分销中心是根据销售商的订货需求量向宝洁订货的，而零售商根据对历史销量及现实销售情况的预测，确定一个较客观的订货量，但为了保证这个订货量是及时可得的，并且能够适应顾客需求增量的变化，通常会将预测订货量作一定放大后向批发商订货，批发商出于同样的考虑，也会再作一定的放大后向分销中心订货。在考察向其供应商，如3M公司的订货情况时，发现订货的变化更大，而且越往供应链上游其订货偏差越大。这就是营销活动中的需求变异放大现象，人们通俗地称之为“牛鞭效应”。

(2) 横向产业模式的发展

以IBM为例，由于IBM的战略失误，忽视了PC的市场战略地位，在制定了PC标准之后，将属于PC核心技术的中央处理器以及OS的研发生产分别外包给Intel和Microsoft公司。在短短的10年内，这两个公司都发展成为世界级的巨头，垄断了行业内的制造标准，同时也改变了IBM延续了几十年的纵向产业模式，当IBM意识到其不再在该领域拥有优势的时候，与Microsoft和Intel的继续合作使得横向产业模式得到了更好的发展。而反观Macintosh，虽然其垄断了自身硬件和操作系统的生产，但是由于与IBM兼容机不兼容，从而失去了大量希望使用Windows平台上某些软件的用户，而使发展受限。

(3) 企业X再造

美国麻省理工学院计算机教授迈克尔·哈默(Hammer)和CSC顾问公司的杰姆斯·钱皮(James Champy)曾联名出版了《企业流程再造工商管理革命宣言》。该书给出了BPR的概念，以期望打破部门界限，重塑企业流程。而ERP毕竟只是打通了企业自身的关节，面对全球一体化浪潮和横向产业模式的发展，企业已经意识到自身处在供应链的一个环节之上，就需要在不断增强自身实力的同时，增强与上下游企业之间的关系，这种关系是建立在相互了解、协同作业的基础之上的，只有相互为对方带来源源不断的价值，这种关系才能够永续。在2002年，钱皮将此归结为《企业X再造》，为企业向外部拓展过程中如何突破跨组织之间的各种界限出谋划策。随着互联网技术的发展，这种共享、协作的观念也一起跨出企业。

8.3.2 供应链管理概述

供应链(supply chain)的定义为:围绕核心企业,通过对信息流、物流、资金流的控制,从采购原材料开始,制成中间产品及最终产品,最后由销售网络把产品送到消费者手中。它是将供应商、制造商、分销商、零售商,直到最终用户连成一个整体的功能网链模式。

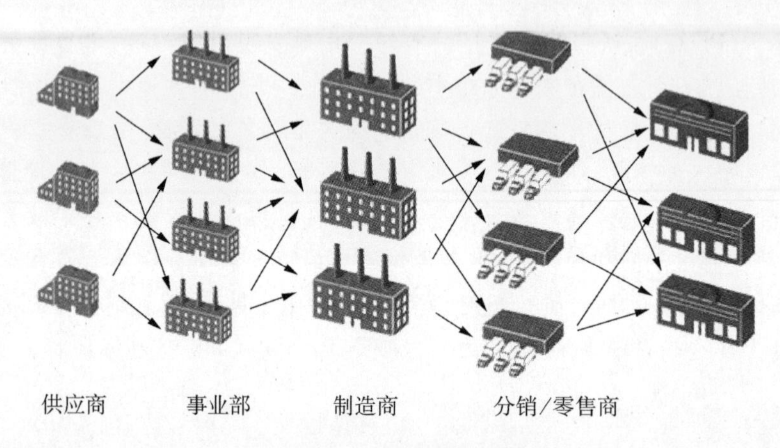

图 8-6 企业供应示例

供应链管理(Supply Chain Management, SCM)是指对整个供应链系统进行计划、协调、操作、控制和优化的各种活动过程,其目标是要将顾客所需的正确的产品(right product)能够在正确的时间(right time)、按照正确的数量(right quantity)、正确的质量(right quality)和正确的状态(right status)送到正确的地点(right place),并使总成本达到最佳化。

一个公司采用供应链管理的最终目的有三个:提升客户的最大满意度(提高交货的可靠性和灵活性)、降低公司的成本(降低库存,减少生产及分销的费用),以及企业整体"流程品质"最优化(错误成本去除,异常事件消弭)。

供应链管理的载体有两个:

(1) 计算机信息系统

包括两部分:一是企业内部网,也称局域网,对企业内部的财务、营销、库存等所有的业务环节进行管理。二是建立企业外部网,一般使用 Internet,以便与上下游企业快速沟通,快速解决问题,包括定单体系、管理体系、库存查询等,通过浏览器可浏览所有的公共信息,满足信息的逆向流动。

(2) 物流配送中心

制定适应供应链管理的配送和管理原则。配送中心不仅完成物流活动,还产生了大量的信息和信息的流动。因此物流配送活动也是信息的载体。

案例 8-4

宝洁与沃尔玛共建协同供应链

在降低营销成本方面，双方共同开发了电子数据交换连接系统。宝洁可以从沃尔玛的各零售店中收集其产品销售数据，然后将适量的宝洁产品及时从工厂送到商店。同时，宝洁还大胆地取消了销售部，设立了客户生意发展部，将财务、物流、市场等多个后方支持部门变为一线部门，实现了与战略联盟伙伴的信息共享。

在流程对接方面，双方在持续补货的基础上启动了 CPFR 流程(即协同计划、预测与补货)。双方制定共同的商业计划，共同进行市场推广、销售预测、订单预测，共同对市场活动进行评估和总结。据统计，CPFR 的实施使双方的经营成本和库存成本大大降低，沃尔玛的宝洁产品利润增长了 48%，存货接近于零，而宝洁产品在沃尔玛的销售收入和利润也增长了 50%以上。

在信息共享方面，双方充分运用了 UCCnet，并通过网络协议共享信息资源。宝洁将自己的产品数据，包括内部产品号码、通用产品码等数据都发布到 UCCnet 上，以便与沃尔玛实现全球数据同步。另外，宝洁第一个尝试使用了 RFID 标签，从而能够在沃尔玛的货架上找到更多他们的产品，有利于减少劳动力和库存成本。

“宝玛”的供应链就是统一的协同管理信息平台，运用先进的信息技术，如条码技术、电子扫描、电子数据交换系统、快速反应系统、共享数据库技术，一旦市场发生变化，所有的信息就会立刻显示在供应链上，供应链上的各个节点就可以根据这些信息迅速做出响应。

相互信任是双方稳定合作的基础。沃尔玛向宝洁分享销售信息和价格信息，并将一部分订单处理和存货管理的控制权授予宝洁，而宝洁也认同沃尔玛“天天低价”的经营哲学，并投资于信息网络，用他们的销售队伍去寻找如何提高沃尔玛的销售业绩，从而实现共赢。

8.3.3 供应链管理与协同商务

成功的供应链管理需要一个互相信任的环境，在此供应链中所有的成员同意一同合作与尊重彼此间作出的承诺。它们必须为相同的目标一同奋斗，并重新设计一些企业流程以更容易协调彼此间的活动。供应链管理系统使用共享的系统与流程，使它们之间关系的价值最佳化。

企业依靠这些新的协同合作关系来进一步改善规划、生产与货物配送及服务。使用信息技术，多家组织得以协力合作，在产品的生命周期中进行设计、开发、制造与管理的工作，称之为协同商务。企业可以把自己的系统与供应链上的合作伙伴的系统整合起来,协调需求预测、资源规划、生产计划、物料补充、产品运输与仓储,如表 8-1 所示。企业可以与供应商合作进行产品设计与营销,而客户可以提供意见回馈给营销人员以此来改善产品设计、客户支持与服务。

表 8-1 协同商务与企业流程

流程环节	企业流程	协同商务活动
产品设计与开发	与客户和企业伙伴合作设计或修改产品	卡车制造商可查看 Cummins 引擎生产线早期的原型并要求修改。协同设计工具让 Cummins 工程师通过万维网与客户的工程师协同工作。客户可通过 Cummins 的网站查看重大的更新。
服务于支持	分享服务、支持与问题解决的信息	专门制造汽车驱动系统、底盘零件与锻造零件的 American Axle and Manufacturing,通过网站和供货商分享使其装配线停顿的瑕疵零件照片,讨论问题原因并立刻解决。
协调供应链	与供货商和承包制造商紧密合作来降低存货	惠普的 Laserjet Imaging Systems 使用网络协同工作群组系统与它的承包制造商、分销中心及经销商分享信息。该系统将输入惠普 ERP 系统的零件生产计划撷取出来,放置到共享的电子工作空间,让供货商可以获取该项工作计划,从而调整生产计划,以协调和惠普之间的存货水准。
物流	通过协调货物交付来分享其运输设施以降低物流成本	General Mills, Kellogg, Land O'Lakes 与 Monsanto 目前使用基于因特网的共享系统来分享它们过剩的运输容量,协调集装箱卡车与铁路货车厢尚未充分利用的运输容量,以降低参与成员的运输成本。
销售支持与训练	与批发商之间分享技术信息,指挥训练与提供技术支持	Group Dekko 由 12 家独立运作的制造商所组成,生产电缆线、汽车的金属标志与办公家具。Group 使用共享的数据库,让伙伴在此分享质量标准、图表、工程绘图、材料账单等文档。
渠道管理	与批发商协调定价与分享销售意向	康柏计算机亚太分公司使用 Partner Online 系统与批发商协调定价,在此价格通常是可以商议的。

企业若与供货商及客户一同参与协同商务,可以在缩短产品设计周期,减少过量库存、预测需求及在提供企业伙伴和客户信息的效率上达到新的层次。

8.4 知识管理系统 KMS

在信息经济时代,企业的财富与繁荣主要来自于信息与知识的产生与分配,以知识为基础的核心竞争力成为组织的主要资产。制造与众不同的产品和服务,或者以低于竞争者的成本生产，都是基于生产流程中卓越的知识与设计。知道如何以更为有效及迅速地方法来做事，且其他组织无法复制，将是主要的利润来源，也是生产中不能由外界市场购买而来的要素。因此，知识资产对于企业的竞争优势和生存来说，与其他有形资产、财务资产相比同样重要，甚至更为重要。知识管理也将成为企业竞争的关键。

8.4.1 知识管理概述

知识管理(knowledge management)是指组织在创造、搜集、保存、转移和运用知识中所开发出的一组流程。知识管理应该是组织有意识采取的一种战略，它保证在最需要的时间内将最需要的知识传送给最需要的人。发展程序与规则——企业流程，以使公司中知识的创造、流动、学习、保护及分享最佳化，已成为公司管理责任的核心。

利用价值链模型(图 8-7)来分析知识管理的价值链，从而进一步明确知识运作流程的环节，确立企业知识管理的核心竞争力。

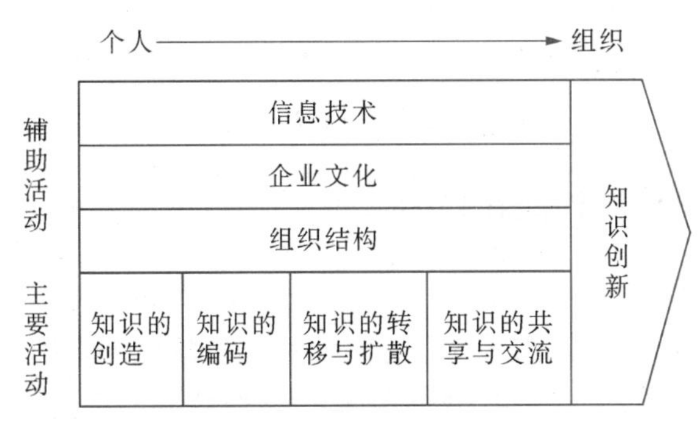

图 8-7 知识管理的价值链

(1) 知识管理的主要活动

① 知识的创造。知识管理的起点是知识的收集。信息技术的发展为企业收集信息和知识提供了强有力的手段，信息技术的应用扩大了知识收集的范围、提高了知识收集速度、降低了知识收集成本。

② 知识的编码。企业收集来的信息和知识往往是杂乱无章的，而组织需要的是经过系统整理的对发展有用的知识，因此，必须对知识进行加工处理，使无序的知识变为有序的知识。

③ 知识的转移与扩散。将企业内某个部门有效的做法即惯例转移到企业内其他部门以增进知识的应用，从而使企业取得良好的业绩。

④ 知识的共享与交流。知识的共享和交流是指员工个人的知识财富(包括显性和隐性知识)通过各种交流方式为组织中其他成员所分享，从而转变为组织的知识财富。

(2) 知识管理的辅助活动

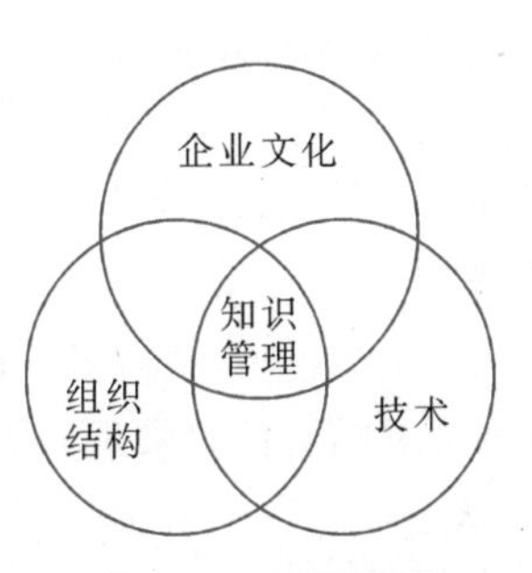

图 8-8 知识管理辅助活动

价值链辅助活动图 8-8 主要有三个方面的内容：企业文化、企业制度及技术，知识管理的成功实施，离不开相应的辅助活动的支持。

① 企业文化。许多公司都认为文化问题是成功实施知识管理的最大障碍。这些障碍表现在两个方面,即共享知识和害怕创新。这种障碍常常导致错过市场变化带来的机遇。要克服这些文化障碍,组织需要创造一种环境氛围,在这种环境里,共享知识和创新会得到明确的鼓励与尊重。

② 组织结构。要支持一个真正的企业知识管理架构,企业必须创造一种新的组织结构和作业方式来引导企业文化的变革,从而使原先的组织调整适应新的知识结构。企业可以重新界定实施知识管理的职务和机能。如设立首席知识官(Chief Knowledge Officer, CKO)职位,来制定知识管理策略目标;设计、建立与管理知识架构;搜集信息并加以整理,把有价值的知识在适当的时候传递给需要的人。此外,还需要知识分析人员、通信人员、Web 开发人员等,实现知识的维护和不断更新。

③ 技术。技术提供一个知识管理的平台,促进信息内容的搜集、整理、存储并传递给需要的使用者共享。现在已有相关的知识管理软件。

管理者对知识管理的重视、有效的员工激励机制、企业的共享文化、团队文化和学习文化及强大的软硬件技术平台都是知识管理系统成功的有力保证。

8.4.2 知识管理系统构成和功能

知识管理系统(Knowledge Management System, KMS)是企业实现知识管理的平台,它是一个以人的智能为主导,以信息技术为手段的人机结合的管理系统,通过对组织中大量的有价值的方案、成果、经验等知识进行分类存储和管理,积累知识资产,促进知识的学习、共享、培训、再利用和创新,有效降低组织运营成本,强化其核心竞争力。

(1) 知识管理系统的构成

知识管理系统是由网络平台、知识流程、企业信息系统平台、CKO 管理体制及人际网络所组成的一个综合系统。整个系统以服务于人为中心,充分体现了“以人为本”的管理理念。其中人际网络作为一张无形的网络贯穿于整个知识管理系统。

① 网络平台。是知识管理系统动作的技术基础,主要包括内联网、外联网和互联网等类型。

② 知识流程。是指知识通过知识收集、知识组织、知识传播三个环节相互连接、循环往复的没有终点的流动过程。它是知识融合、序化、创新的过程,是知识管理系统的命脉。

③ 企业信息系统平台。企业信息系统从早期的 EDPS、MIS、DSS、OAS 等发展到集成化的现代信息系统,ERP、SCM、CRM 共同构成了知识经济时代企业知识管理系统的信息系统平台。

④ CKO 体制。知识管理系统由首席知识官来负责协调和控制知识收集、组织和传播。CKO 是随着信息管理向知识管理过渡,由首席信息官演变而来的企业内知识管理的最高负责人。

⑤ 人际网络。知识管理系统是一个人机相结合的系统,完善的人际网络是保障其正常运转的有效机制。人际网络强调充分发挥人的主动性和创造性,加强人与人之间的沟通与

交流，挖掘并激活人脑中的隐性知识，从而使企业知识创新永不停息。

(2) 知识管理系统的功能

企业通过知识管理系统，利用科技将人与信息充分结合并创造出知识分享的文化，加速人员学习、创造及应用知识，提高企业的核心竞争力。KMS应具备以下几种功能：

① 整合知识资源。知识管理系统应具备对分散在企业内部业务流程、信息系统、数据库、纸质信息资源以及企业与合作伙伴、顾客之间的业务流程中的知识资源进行优化选择，以合理的结构形式集成、序化的功能。组织的知识库应含有：结构化的内部知识（明确的知识），如产品手册或研究报告；竞争者、产品及市场的外部知识，包含竞争性的情报；非正式的内部知识，常称为内隐知识（tacit knowledge），它潜藏于每个员工头脑中，尚未有正式的文件。

② 促进知识转化，扩大知识储备。知识管理系统应作为知识交流的媒介，促进隐性知识与显性知识之间相互转化。在转化过程中使知识得以增值、创新，并且将转化中经过验证的、有价值的知识存储起来，一方面可以避免因为人员调离而造成的知识流失，另一方面可以在更大范围内实现知识共享。

③ 实现知识与人的连接。KMS可实现人向知识的连接、知识向人的连接及需求知识的人与拥有知识的人的连接。人向知识的连接可以基于智能搜索引擎技术的工具实现。而利用推技术则可以实现知识向人的连接。利用“推”技术可以将知识主动推荐给用户，使知识被利用的机会大大提高并减少用户主动寻找挖掘知识的工作量，提高工作效率。人是最大的知识资源，良好的专家网络图可以有效地连接知识需求者与知识拥有者，以促进知识转移。

知识管理系统所涵盖的功能模块可以用表8-2来说明。

表8-2 知识管理系统功能模块

模块名称	模块简介
企业入口网站（EIP）/知识入口网站	企业透过单一接口，即能有效率地整合厂商、顾客与员工等不同对象的数据来源；透过角色设定及权限管理，能使组织内之文件管理与信息传递更加安全。透过个人化桌面设定，即能协助厂商、顾客或同事安排例行工作，提升沟通效率，同时亦可根据所需资料来源自行订阅或搜寻平台。
文件管理系统	企业可利用文件管理系统管理电子档案为文件库或知识库。透过文件生命周期管理、分享权限管理、版本管理、文件检索功能、文件储存与取用流程管控等机制，提供文件库与知识库储存与分享的平台。
知识社群平台	企业（建议人数超过200人以上的企业）透过专业技术与知识领域为主的讨论区、专栏区、留言板、聊天室、视频会议等机制，让企业内部的知识工作者能够经由选择特定的专业领域，与其他具有相同专业领域或对该专业领域有兴趣的跨部门员工，进行互动并创造知识、分享知识的平台。
核心专长系统（专家黄页）	透过动态核心专长调查系统，随时掌握个人与部门的最新核心专长，包括项目执行、证照取得、教育训练、专利发明、荣誉奖项、专业著作等，不仅可与组织核心竞争力接轨，并可在不同项目任务来临时，配适出最佳、最适合的工作团队。

续 表

模块名称	模 块 简 介
协同操作系统	提供电子文件交换、声音传递、影像传输，以完成非面对面的项目执行、多边会议、在线学习等远距沟通作业的平台，例如讨论区、留言板、聊天室、视频会议系统、电子白板、在线学习系统、远距项目时程管理等。
在线学习系统	利用计算机及WWW的学习模式，从注册登录、进入教室、课程选择、影音视频教学、数字教材研读，到与授课教师讨论、在线交作业、在线课程评量、同学互动研讨、课后问卷等的网络学习平台。
搜寻引擎	提供依分类、关键字、多重条件、全文的检索功能，让使用者在庞大的信息库中，快速获取知识的重要工具。
商业智慧/企业智慧	藉由商业社群运作和大量数据库系统分析，再透过数学、统计学、人工智能、数据挖掘(Data Mining)与在线实时分析(OLAP)系统，以提供企业在商情决策、营销分析、顾客需求、产品偏好等方面之自动决策分析机制。

一位资深的CKO曾总结到："一个有效的知识管理系统能做到——公司高层能够承受更高的员工流动率，因为知识资本不曾流失；人事主管能够让新员工更快融入企业，因为知识正被快速复制；生产主管能够便捷地找到所需要资料，因为知识地图条理清晰；信息主管能够大量削减档案保管成本，因为知识存储快速有效；市场主管能够及时了解最新业务信息，因为知识引擎功能强大；资讯主管能够轻松掌握网络信息资源，因为知识分享快速有效；销售主管能够充分管理时间，忙而不乱，因为知识桌面个性实用；直线主管能够迅速提高员工专业能力，因为知识交互实时迅速；外勤人员能够安心独当一面，举重若轻，因为专家在线支援及时。"

案例 8－5

IBM知识管理

IBM的知识管理系统被称为E-WORKPLACE。IBM的知识管理依次分为三个"境界"：协作、内容和应用管理、学习和专家定位，并在这个策略之上开发出不同的应用程序。

在"协作"环境里，IBM的经理进入到一个正在进行的项目中，随时掌握移动中的销售人员的最新动态；能够看到项目中不同的人的工作进展；可以召开网上会议，讨论项目内容。

IBM的"三维"组织架构素有迷宫之称。新进员工们，时常不清楚有问题该找哪个部门，又该如何把信息、数据传递给正确的人，而这正是IBM知识管理"第二重境界"——内容管理所可以解决的。员工可以提交一个"需求"文档(如服务投诉等)，系统会自动按照需求分类，"触发"解决这个需求的业务流程，流程中所有对应的反馈或解答人员会得到“通知”，并会对初始的“需求”进行帮助和答复。

而“企业社区”则服务于“虚拟团队”。IBM在世界各地的员工经常会为了一个项目而临时组成了一个个的“项目社区”。有关的讨论、会议、项目安排、资源都会在社区中进行共享、交流，是一种完全“虚拟”、极少见面的团队协作。

IBM的“第三重境界”——“专家网络”，则是透过网络在全公司范围内寻找专家，搭建一个协助解决问题的平台。前方的销售人员可以与专家进行在线讨论，解决业务问题。

在日常培训部分，系统都会根据员工的角色、职务、等级以及以往的培训经历评估，将相应的课程提交给员工。这套系统也与绩效考核紧密挂钩，系统都会自动跟踪员工每天学习情况。在这种E-Learning环境中，知识和技能能够在精密控制中做有效地传递。

IBM的知识管理工作，4年共节约资金57亿美元，更大的收获是员工技能的提高。因为有这样的一个全球“大脑”，公司可以对各个领域的客户进行实时响应，提高服务水平。

8.4.3 企业知识管理实践

(1) 企业知识环境

企业知识环境的主要因素包括人员、流程和技术。组织的人员、流程和技术将无时不在扮演着有效知识管理的赋能者和障碍者。表8-3提供了企业知识环境的范例。

表8-3 企业知识环境范例

组织	知识管理能力
福特汽车公司	公司内部网提供关于新闻、人物、流程、产品与竞争状况的信息给公司内9.5万名专职员工。员工可以访问在线图书馆，以及提供最佳范例、标准和建议的卓越网站中心。
洛克实验室	其全球健康护理智能平台整合多个信息来源，为它的专业服务团队提供有关Hoffman-La Roche制药产品的最新信息与专业知识。这个系统集合来自于全球的新闻资源、专业出版物、保健网站、政府资源及公司内部专有信息系统等的相关资源。
壳牌石油公司	KMS提供一个沟通与协作的环境，员工可以学习与分享最佳范例。它包含了来自内部与外部的信息，如大学、顾问、其他公司和研究文献。Lotus公司的Domino群件应用程序允许员工在企业内部网上对话。在数据库中最佳范例的作者可以利用此工具和同事们谈论自己的经验。

续 表

组织	知识管理能力
Booz Allen Hamilton	企业内部网上的“在线知识”提供一个存储顾问知识与经验的在线数据库,它包含:一个可以搜索的数据库,由公司最好的专长与最佳范例组织而成;其他职能资本,如研究报告、简报、图表、影像和互动培训材料;与履历表和工作记录的链接。

毫无疑问,企业知识环境中的人员因素是三个因素中最重要的。创造、获取共享和使用知识都是人的工作。流程和技术虽然可以对知识管理提供帮助和产生促进作用,但是归根到底是由人决定做还是不做。因此,有效的知识管理需要一个知识共享的组织文化来达到成功。其次,有效的知识管理还需要个体行为的改变与之相适应,必须鼓励个体把知识管理活动融合到他们的日常工作中去。

知识环境的流程因素是关于一系列活动和优先权的选择,即为了组织的利益所提出的赋能和促进知识的创造、共享和使用活动。这些流程主要包括:引导知识审计识别知识需求、知识资源和知识流的流程;创造知识战略以指导实施方法的流程;使用诸如实践团队和学习事件等方法来共享隐性知识的流程;使用诸如最佳实践数据库等方法来共享显性知识,并确保显性知识的访问和获取的内容管理流程。

企业知识环境中的技术因素是知识管理初始阶段的许多重要的赋能者之一。技术可以在两个主要方式上支持和促进知识管理:一方面,它在诸如电子图书馆和最佳实践数据库中为人们提供组织、储存和获取显性知识和信息的方式;另一方面,它有助于在人员之间建立联系以便他们可以通过诸如白页、群件或视频会议等技术手段共享隐性知识。一个完善的知识管理系统应该具备以下七种技术要素:门户技术、搜索引擎技术、协作技术、E-Learning技术、商业智能技术、内容管理技术、集成技术。

企业 Blog、专家黄页、知识历程图(Knowledge Storyboard,指在企业的业务循环中,支持流程所需的知识以及参与其中的人的图表),知识网络图(Knowledge Network,指将知识按照方便使用和管理的原则进行分类,建立中心知识和围绕中心知识的卫星知识),及各种企业知识管理系统都是组织知识管理的工具之一。

(2) 企业知识管理体系

企业知识管理的实质就是对知识链进行管理,使企业的知识在运动中不断增值。一个企业要进行有效的知识管理,关键在于建立起一个适合的知识管理体系。

知识管理体系总体上分为知识管理理念和知识管理的软硬件两大部分。其中,知识管理理念分为企业制度和企业文化两个方面。企业制度包括确立企业的知识资产和制定员工激励机制,从而加强管理者对知识管理的重视并鼓励员工积极共享和学习知识。企业文化包括企业共享文化、团队文化和学习文化,帮助员工破除传统独占观念,加强协作和学习;知识管理的硬件对应的是知识管理平台,它是一个支撑企业知识收集、加工、存储、传递和利用的平台,通过因特网、内联网、外联网和知识门户等技术工具将知识和应用有机整合。知识管理的软件对应的是知识管理系统,它是一个建立在管理信息系统基础之上的实现知识的获取、存储、共享和应用的综合系统,通过文件管理系统、群件技术、搜索引擎、专家系统和知识库等技术工具,使企业显性知识和隐性知识得到相互转化。

许多著名的公司已经建立了自己的知识管理体系,利用“知识资源”来获得竞争优势,巩固其行业领袖地位。以下简要介绍3家公司的例子。

① LOTUS知识管理体系。IBM/LOTUS围绕着知识管理包含的“人、场所和事件”三要素,建立专家网络和内容管理,方便用户和员工获得所需的知识,设立企业社区供员工共享知识和相互协作,开展企业培训,帮助员工自主学习,以提高企业的整体素质。IBM/LOTUS提出了从总体上可分为企业应用集成层、协同工作/发现层、知识管理应用层和知识门户层的知识管理框架,每层都着重介绍了其所使用的知识管理技术和工具。

② 西门子公司的知识管理体系。西门子的知识管理体系分为企业内外两个部分,外部主要涉及到企业日常对外活动、活动场所和活动主体;内部可以分为战略及评价、运作业务和支撑结构三大类。

具体包括制定知识作为公司资产的商业战略、培养相互信赖的知识共享文化和知识型组织,建立知识市场、确立知识资产,确定知识内容和结构、设置知识度量制并建立评估系统和模型、培养知识工人、采用知识技术使新知识行为成为可能并驱动其产生。整个框架内外部通过信息、最佳实践和研究、经验反馈等进行交流。西门子除了采用通信网络、文档管理、群件技术等常见技术外,最为关键的是采取了门户技术。在一个集成的门户中,员工可以有权限地交流和共享知识,并通过搜索跨越不同部门的障碍获得所需的知识。

③ 英国石油公司成功实施知识管理的经验。英国石油公司(British Petroleum)在知识管理领域的领先地位是世界公认的。他们取得成功的经验包括:取得高层管理者的支持;高质量的全职项目组;“指导”而不是“教导”;采取试点方式;注重测量、评价结果。英国石油公司发起了一个称为虚拟工作组(virtual teamwork)的项目。这个项目的目标是通过先进的技术,建立一个跨越地理和组织边界的虚拟组织,达到将需要分享经验、技能和协同工作的雇员、承包人联结起来的目的。英国石油公司的员工可以通过远程电视系统相互协同工作。钻井船的工程师在一台小型摄像机面前检修有故障的设备,这台摄像机通过卫星通讯系统与英国石油公司的虚拟工作组的基地相连。千里之外的专家与船上的工程师共同诊断设备故障,故障在很短的时间内就能解决。通过虚拟工作组系统,英国石油公司大大降低了运营成本。

在国外,知识管理体系已被成功地实施于众多企业,尤其在咨询业、制造业、IT业等行业。不同行业中的知识管理体系有不同的着重点。咨询业在设计知识管理体系结构时,需要系统综合地考虑局部创新力量如何积累、如何传递到应用中、如何在应用中再创新、如何形成良性循环等,因此大多从整体着眼,对克服企业中存在的进程障碍和文化障碍给予同等的重视。制造业的知识管理体系主要应用于集成设计、管理和运营等环节中,关注焦点为集成设计的多样性、同步性、生产管理、质量管理、结构化定位等,以满足其在全球化制造业竞争环境中产品和经营革新过程的需要,因此其知识管理体系偏重技术支持。IT业的知识管理体系偏重IT技术的应用,利用在线系统实现对知识的整理分类、检索、共享、传递,提高企业的工作效率和应变能力。知识型组织如大学中的知识管理体系强调的是知识的开发、积累和创新,充分利用知识管理的技术和技巧,在降低成本、改进学术和管理服务的同时成为知识管理活动在经济社会扩散的载体,为知识管理的推广创造条件。

8.5 电子商务EC

虽然许多商业交易仍然经由传统渠道,但是越来越多的消费者和企业选择使用因特网进行电子商务。电子商务是一种新兴的商务模式,它能够提供准确、快速、高效的商务运作,是当今世界商务运作发展的主流方向。目前,世界上主要的发达国家都在大规模用电子商务来取代传统的商务活动方式,以达到全面提高其市场竞争力的目的。

8.5.1 电子商务概述

电子商务(Electronic Commerce, EC)通常指在全球各地广泛的商业贸易活动中,在开放的网络环境下,基于浏览器/服务器应用方式,买卖双方不谋面地进行各种商贸活动,实现消费者的网上购物、商户之间的网上交易和在线电子支付以及各种商务活动、交易活动、金融活动和相关的综合服务活动的一种新型的商业运营模式。

电子商务以电子及电子技术为手段,以商务为主题,把原来传统的销售,购物渠道移到互联网上来,打破国家与地区有形无形的壁垒,使生产企业达到全球化、网络化、无形化和个性化。

案例8-6

福特欧洲公司利润的杠杆——Web

20世纪90年代后期,福特欧洲在成本、质量、客户满意度以及盈利能力等方面遇到了前所未有的困境,母公司决定通过电子商务实施网络化让公司转型,以期获得利润。福特欧洲决定首先在B2C、B2B和B2E领域开展网络计划。

福特在线销售网站(B2C):是大型汽车厂商首次在英国直接通过Web向公众销售汽车、客户只需点击14次鼠标,就可以配置、购买或者贷款购买一辆汽车,在完成Web交易的10天之后,客户订购的汽车就可以经由客户所选择的经销商送到客户手中。网站给福特带来了显著的优势:业务渠道得以拓展,福特通过在线销售网站获得的销售额中的20%都是无法通过其他方式获得的;产品价值得以提升,在线配置的汽车通常具有更加丰富的配件;客户数据得以改善,网站可以搜集关于客户的发展需求和选择的原始数据。

E-feasibility计划(B2B):该计划使得世界各地的产品开发工程师、制造流程工程师和供应商可以组成一个虚拟团队紧密合作。E-feasibility可以创建一种新型的3D合作模式,直观地模拟零件和车辆的组装,仅在一款新车型上就节约至少两千七百万美元的开发成本。

员工网络化计划(B2E):福特拥有全球第二大内联网 my. ford. com,员工可以通过福特的"HR在线"及时查看和处理各种个人事务,如:工资单、职位空缺、个人评估等,增强了员工的自服务能力,提高了准确性,降低了成本。

福特欧洲通过电子商务转型不但扭亏为盈获得数千万美元的利润,而且可以更快地为公司提供更多的产品和更高的客户满意度。

(1) 电子商务的种类

① 企业——企业的电子商务(B2B)。企业与企业之间的电子商务是电子商务业务的主体,约占电子商务总交易量 90%。电子商务最热心的推动者也是商家。企业和企业之间的交易是通过引入电子商务能够产生大量效益的地方。对于一个处于流通领域的商贸企业来说,由于它没有生产环节,电子商务活动几乎覆盖了整个企业的经营管理活动,是利用电子商务最多的企业。通过电子商务,商贸企业可以更及时、准确地获取消费者信息,从而准确定货、减少库存,并通过网络促进销售,以提高效率、降低成本,获取更大的利益。

② 企业——消费者的电子商务(B2C)。企业对消费者的电子商务是以互联网为主要服务提供手段,实现公众消费和提供服务,并保证与其相关的付款方式的电子化。它是随着万维网(WWW)的出现而迅速发展的,可以将其看作是一种电子化的零售。目前,在因特网上遍布各种类型的商业中心,提供从鲜花、书籍到计算机、汽车等各种消费商品和服务。

③ 企业——政府的电子商务(B2G)。包括政府采购、税收、商检、管理规则发布等在内的、政府与企业之间的各项事务都可以涵盖在其中。例如,政府的采购清单可以通过互联网发布,公司以电子的方式回应。随着电子商务的发展,这类应用将会迅速增长。政府在这里有两重角色:既是电子商务的使用者,进行购买活动,属商业行为人,又是电子商务的宏观管理者,对电子商务起着扶持和规范的作用。

④ 消费者——消费者的电子商务(C2C)。这种应用系统主要体现在网上商店的建立,现在已经有很多的在线交易平台,如:淘宝网、易趣网等。这些交易平台为很多消费者提供了在网上开店的机会,使得越来越多的人进入这一个系统。

因特网上的电子商务可以分为三个方面:信息服务、交易和支付。主要内容包括:电子商情广告;电子选购和交易、电子交易凭证的交换;电子支付与结算以及售后的网上服务等。

从贸易活动的角度分析,电子商务可以在多个环节实现,由此也可以将电子商务分为两个层次,较低层次的电子商务如电子商情、电子贸易、电子合同等;最完整的也是最高级的电子商务应该是利用因特网能够进行全部的贸易活动,即在网上将信息流、商流、资金流和部分的物流完整地实现,可以从寻找客户开始,一直到洽谈、订货、在线付(收)款、开据电子发票以至到电子报关、电子纳税等通过因特网一气呵成。

(2) 电子商务系统的组成

要实现完整的电子商务还会涉及到很多方面,除了买家、卖家外,还要有银行或金融机构、政府机构、认证机构、配送中心等机构的加入才行。由于参与电子商务中的各方在物理上是互不谋面的，因此整个电子商务过程并不是物理世界商务活动的翻版，网上银行、在线电子支付等条件和数据加密、电子签名等技术在电子商务中发挥着重要的不可或缺的作用。

① 网络，包括因特网、企业内联网、外联网等各种网络平台。因特网是电子商务的基础，是商务、业务信息传递的载体；企业内联网是企业内部商务活动的场所；外联网是企业用户间进行商务活动的纽带。

② 买方与卖方，包括企业用户和个人用户。企业用户建立企业内联网、外联网和 MIS，对人财物、产供销进行科学管理；个人用户利用浏览器、电视机顶盒和可视电视等接入因特网获取信息和购买商品等。卖方在网上发布自己所提供的产品和服务目录，供卖方查询阅览。

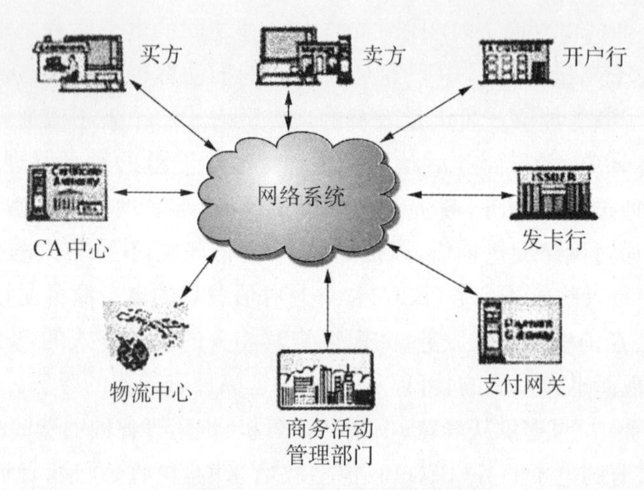

图 8－9 电子商务系统组成

③ 网上银行。包括发卡行和开户行，在网上实现买卖双方结算等传统的银行业务，为商务交易中的用户和商家提供 24 小时实时服务。

④ 认证中心。即 CA(certificate authority)中心，是法律承认的权威机构，负责发放和管理电子数字证书，使网上交易的各方面都能够互相确认身份。数字证书是一个包含数字证书持有人的个人信息、公开密钥、证书序号、有效期和发证单位的电子签名等内容的数字文件。

⑤ 支付网关。银行间由金融专用网络连接，电子商务在因特网公共网络上运行。为保证银行金融网的安全，金融专用网与因特网通过开户行的支付网关连接，支付网关在这里起着安全保障作用。同时，它也是信息网与金融网连接的中介，承担双方的支付信息转换工作，所解决的关键问题是让传统的封闭的金融网络能够通过网关面向因特网的广大用户，提供安全方便的网上支付功能。

⑥ 物流配送中心。物流配送中心接受卖方的要求，组织运送商品，跟踪商品流向，将商品送到卖方手中。

⑦ 商务活动管理机构，工商、税务、海关和经贸部门等，为电子商务系统的商务活动提供管理支持。

另外，在电子商务系统中，围绕着电子商务的商务活动有三个基本的“流”，即信息流、资金流和物流。买卖双方通过电子商务网络平台交换交易信息；伴随着交易活动，资金从买方转入卖方；对数字化的产品或服务，物流通过网络实现从卖方到买方的转移；对于有形的产品，物流通过第三方物流中心实现从卖方到买方的转移，同时物流中心通过电子商务交易平台完成相关的信息交换和资金的转移。

8.5.2 电子支付系统

所谓电子支付，是指从事电子商务交易的当事人，包括消费者、厂商和金融机构，通过信息网络，使用安全的信息传输手段，采用数字化方式进行的货币支付或资金流转。电子支付是电子商务系统的重要组成部分。

(1) 电子支付系统类型

因特网电子付款系统包含信用卡支付款、数字现金、数字钱包、累计余额付款系统、储值付款系统、对等付款系统、电子支票及电子账单兑现和付款系统等。

① 信用卡付款系统。在美国，高达95%的在线付款使用信用卡，而在美国之外约有50%的在线交易使用信用卡。企业可以与金融服务机构签订契约，延伸现有信用卡付款系统的功能性。数字信用卡付款系统(digital credit card payment systems)延伸现有信用卡的功能，让信用卡可用于在线付款购物。该系统提供验证购物者信用卡的方法以确定该卡是合法的，并安排发卡银行将购物款项存入销售商的银行账户，从而让商家与消费者更安全、更方便地使用信用卡来交易。

② 数字钱包。数字钱包是一种能使用户在Web网上支付货款的软件。它保存信用卡号码和其他个人信息，如送货地址。数据一旦被输入，就自动转移到商家网站的订货域。使用数字钱包时，当消费者购买物品时，不需要填写每个站点上的订单，因为信息已经被存储，并自动更新和进入到厂商站点的订货域。消费者使用数字钱包时能得到好处，因为他们的信息被加密了，由私人软件代码加以保护。商家也避免了受骗而得到保护，并从中获益。Amazon.com的“一点灵”购物就使用了电子钱包技术，消费者点击按键后，便自动地填入运送和信用卡信息。

③ 数字现金。数字现金(digital cash)是在银行电子化技术高度发达的基础上出现的一种无形货币，是支票和纸币之外流通的钱，是让个人通过把一个数字从一台计算机传送到另一台计算机的方式为产品或服务付款的系统。与真正的钞票上的序号一样，数字现金的号码是各不相同的，每个号码分别由某家银行发行并表示某特定数目的真实货币，数字现金的一个重要特征，是像真钱一样，它是不具名的、可以重复使用的。例如，利用数字现金服务，顾客可以通过他们的信用卡或银行账户购买数字现金，与信用卡不同的是，信用卡虽能给用户提供方便，但不能替用户保护隐私，而数字现金不仅使用方便，能保护顾客的隐私，就像我们平时用纸币那样，一般人是不会知道你的姓名、年龄等一些隐私的。

④ 数字支票。数字支票(digital check)付款系统，延伸现有支票账户的功能性使其能用于在线购物付款。使用数字支票比信用卡更为便宜，而且比传统纸质支票更为快速。这些支票使用被验证的数字签名进行加密，可在电子商务交易中用作付款工具。电子支票系统在B2B电子商务中最为有用。

⑤ 手机钱包。随着手机用户的日益普及而逐渐进入人们的视线，其便捷的支付方式正受到手机用户的关注。“手机钱包”是将手机与信用卡两大高科技产品融合起来，演变成一种最新的支付工具，为用户提供安全、便捷、时尚的支付手段。手机钱包是综合了支付类业务的各种功能的一项全新服务，它是以银行卡账户为资金支持，手机为交易工具的业务，将用户的手机与银行卡账号进行捆绑后，通过短信、手机上网（WAP）、非结构化补充数据业务（USSD）等操作方式，用户就能够随时随地享受个性化的金融服务，以及快捷的支付渠道。而目前“手机钱包”业务能够实现的功能包括了查询缴纳、银行卡余额查询、银行卡消费提醒、手机订票、手机投保、手机购买数字点卡、手机订报等等功能。

(2) “微支付”商业模式

微支付（Micropayment）是指在互联网上，进行的一些小额的资金支付。这种支付机制有着特殊的系统要求，在满足一定安全性的前提下，要求有尽量少的信息传输，较低的管理和存储需求，即速度和效率要求比较高。这种支付形式就称为微支付。

微支付适用于B2C、C2C最活跃的商品交易，特别是数字音乐、游戏等数字产品，如网站为用户提供搜索服务、下载一段音乐、下载一个视频片段、下载试用版软件等，所涉及的支付费用很小，往往只要几分钱、几元钱或几十元钱。微支付就是为解决这些“薄利多销的小金额的支付”而提出的。

为了服务此类在“微交易”（microtransaction）中生意兴隆的企业，新一代公司如雨后春笋般涌现，它们提供支付系统，并力图利用这一新兴市场获利。这些新的支付系统把重点放在让用户更方便地进行大批量小额支付的流畅体验上，而非放在需要用户为每笔交易输入账单信息的信用卡网上购物上。目前，通过商业银行、移动运营商或第三方支付模式，特别是国际以eBay业务为支撑的PayPal，国内以阿里巴巴业务为支撑的支付宝，都发展到一定的规模，已经比较深入的开展了微支付交易领域的服务。

宠物社区（Pet Society）是Facebook上最流行的社交游戏之一，用户在里面可以花1美元购买一顶数字帽子，来装扮自己的虚拟宠物。这1美元或许只是笔小钱，但宠物社区这种推销单价1美元数字饰品的生意，却因每月1000万的活跃用户而红火起来。越来越多的互联网用户愿意在宠物社区和其他数以千计的网络游戏中，支付小额费用来购买这些虚拟商品。

亚马逊的电子阅读器Kindle。在推出18个月后，亚马逊在Kindle上销售出的电子图书已占到其纸质书销量的35%。这是一个振奋人心的数字，证明读者愿意为数字内容掏钱。所以亚马逊再接再厉，在Kindle上推出报纸和博客订阅服务，每订阅一家报纸或博客，读者每个月需要付费1.99美元到几十美分不等。其中30%返给作者。

在线发行平台Scribd，这是“出版发行业的eBay”。任何人都可以上传作品，给作品定价，既包括高达5000美元的一份研究报告，也有仅1美元的漫画小说，而更多的是免费内容。收入的80%会返给作者。目前，Scribd每个月有6000万读者。

如今，新一代网上商店正在销售供iPhone和黑莓（BlackBerry）等智能手机使用的应用软件。苹果（Apple）应用软件商店（App Store）的软件下载次数逾10亿次，其中大部分软件是免费的，但也有许多软件单价在1至10美元之间。

一家名为Spare Change的公司允许人们使用信用卡购买点数，这些点数可用来兑换数家社交网络的数百种应用软件。举例来说，用户可花 10 美元购买 500 个点，然后可用这些点去玩游戏或购买虚拟商品。Spare Change 成立仅 15 个月，目前正朝着年内处理 3000 万美元交易的目标挺进。

值得一提的是，微支付无疑更加有助于具有强大原创能力的传统媒体业和职业博客的生存，因为它们能够通过独家而深度的内容直接向读者收费。而依靠整合免费内容吸纳巨大流量、然后出售广告的门户，很难从中牟利。当然，它们可以模仿如上这个大胆的计划，通过向专业媒体网站输送付费用户而获得分成。

微支付支撑的商业模式在很大程度上是反周期的，因为小额而持续的支付方式不会让买家感到太大的压力，并且有很强的即兴消费的特点。这也正是经济危机导致广告商大幅压缩预算的情况下，无论是网络媒体还是传统报业都尤其看重它的原因。

8.5.3 移动电子商务

移动电子商务作为一种新型的电子商务方式，利用了移动无线网络的优点，是对传统电子商务的有益的补充。尽管目前移动电子商务的开展还存在安全与带宽等很多问题，但是相比与传统的电子商务方式，移动电子商务具有诸多优势，得到了世界各国普遍重视，发展和普及速度很快。

移动电子商务就是利用手机、PDA 及掌上电脑等无线终端进行的 B2B、B2C 或 C2C 的电子商务。它将因特网、移动通信技术、短距离通信技术及其他信息处理技术完美的结合，使人们可以在任何时间、任何地点进行各种商贸活动，实现随时随地、线上线下的购物与交易、在线电子支付以及各种交易活动、商务活动、金融活动和相关的综合服务活动等。

目前，移动电子商务主要提供以下服务：

(1) 银行业务

移动电子商务使用户能随时随地在网上安全地进行个人财务管理，进一步完善因特网银行体系。用户可以使用其移动终端核查其账户、支付账单、进行转账以及接收付款通知等。

(2) 交易

移动电子商务具有即时性，因此非常适用于股票等交易应用。移动设备可用于接收实时财务新闻和信息，也可确认订单并安全地在线管理股票交易。

(3) 订票

通过因特网预订机票，车票或入场券已经发展成为一项主要业务，其规模还在继续扩大。因特网有助于方便核查票证的有无，并进行购票和确认。移动电子商务使用户能在票价优惠或航班取消时立即得到通知，也可支付票费或在旅行途中临时更改航班或车次。借助移动设备，用户可以浏览电影剪辑、阅读评论，然后定购邻近电影院的电影票。

(4) 购物

借助移动电子商务，用户能够通过其移动通信设备进行网上购物。即兴购物会是一大增长点，如订购鲜花、礼物、食品或快餐等。传统购物也可通过移动电子商务得到改进。例如，用户可以使用“无线电子钱包”等具有安全支付功能的移动设备，在商店里或自动售货机上进行购物。

(5) 娱乐

移动电子商务将带来一系列娱乐服务。用户不仅可以从他们的移动设备上收听音乐，还可以订购、下载或支付特定的曲目，并且可以在网上与朋友们玩交互式游戏，还可以游戏付费，并进行快速、安全的博彩和游戏。

(6) 无线医疗

医疗产业的显著特点是每一秒钟对病人都非常关键，这一行业十分适合于移动电子商务的开展。在紧急情况下，救护车可以作为进行治疗的场所，而借助无线技术，救护车可以在移动的情况下同医疗中心和病人家属建立快速、动态、实时的数据交换，这对每一秒钟都很宝贵的紧急情况来说至关重要。在无线医疗的商业模式中，病人、医生、保险公司都可以获益，也会愿意为这项服务付费。这种服务是在时间紧迫的情形下，向专业医疗人员提供关键的医疗信息。由于医疗市场的空间非常巨大，并且提供这种服务的公司为社会创造了价值，同时，这项服务又非常容易扩展到全国乃至世界，在这整个流程中，存在着巨大的商机。

(7) 移动应用服务提供商

一些行业需要经常派遣工程师或工人到现场作业。在这些行业中，移动应用服务提供商(Mobile Application Service Provider, MASP)将会有巨大的应用空间。MASP结合定位服务技术、短信息服务、WAP技术，以及Call Center技术，为用户提供及时的服务，提高用户的工作效率。

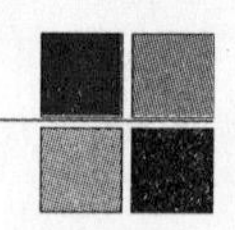

8.6 商务智能与决策支持

企业发展的节奏越来越快，复杂性越来越高。企业必须对瞬息万变的市场情况作出及时、高明的反应，而这些反应都必须建立在全面、准确、及时的信息的基础上。信息已成为企业经营管理中重要性仅次于人才的第二大要素。商务智能是对企业信息的科学管理和艺术发挥，是按目标管理、按例外管理和按事实管理等先进成熟的管理理念在信息技术推动下的全面实现。

8.6.1 商务智能概述

商务智能(Business Intelligence, BI)这个词，起源涉及到经济学中的博弈论，犹如在国际象棋中，对峙的双方分座于棋盘的两边，一面研究对局的形势，一面推测对手下一步的动作。在现实的商业世界中，企业的决策者就是棋手，他们制订了企业中的策略，从部门经理到总裁，每个人都可在特定的领域或权限内制订计划，并查询组织环境的行为。业务活动往往是多方的博弈，处处充满了未知，随时都有新产品和新的竞争对手出入市场，他们都不会预先通告自己的计划和打算，因此信息就变得非常宝贵。同时，业务决策者也需要预见到后一个或后两个甚至后四个财务季度的行为，这种计算和预测比下棋更为复杂。

商务智能指利用数据仓库、数据挖掘技术对客户数据进行系统地储存和管理，并通过各种数据统计分析工具对客户数据进行分析，提供各种分析报告，如客户价值评价、客户满意度评价、服务质量评价、营销效果评价、未来市场需求等，为企业的各种经营活动提供决策信息。

企业利用现代信息技术收集、管理和分析结构化和非结构化的商务数据和信息，创造和累计商务知识和见解，改善商务决策水平，采取有效的商务行动，完善各种商务流程，提升各方面商务绩效，增强综合竞争力的智慧和能力。

具体说来，商务智能可以在以下四个方面发挥作用：

① 理解业务。商务智能可以用来帮助理解业务的推动力量，认识是哪些趋势、哪些非正常情况和哪些行为正对业务产生影响。

② 衡量绩效。商务智能可用来确立对员工的期望，帮助跟踪和管理绩效。

③ 改善关系。商务智能能为客户、员工、供应商、股东和大众提供关于企业及其业务状况的有用信息，从而提高企业的知名度，增强整个信息链的一致性。利用商务智能，企业可以在问题变成危机之前很快地对它们加以识别并解决。商务智能也有助于加强客户忠诚度，参与其中并掌握充分信息的客户更加有可能购买你的产品和服务。

④ 创造获利机会。掌握各种商务信息的企业可以出售这些信息从而获取利润。但是，企业需要发现信息的买主并找到合适的传递方式。在美国有许多保险、租赁和金融服务公司都已经感受到了商务智能的好处。

企业资源规划、供应链管理、客户关系管理、财务以及人力资源，所有这些关键的企业职能都应该并且能够利用商务智能工具来提高效率、改进效果。另外，还有许多跨职能的企业战略领域也开始使用商务智能工具，这些领域包括预算和预测、以活动为基础的管理、建立获利性模型、战略规划、平衡计分卡和以价值为基础的管理，等等。商务智能不仅能帮助分析和改进企业内部的经营和发展，而且能够帮助分析和改进企业之间的沟通和交流，从而为“协作型商务”这一新的商业模式提供了强大的发展动力。

案例 8-7

美林证券的商务智能系统

美林证券是世界知名的证券公司，拥有上百万的客户，并受托为这些客户管理1.3万亿美元的资产。1996年，美林提出了利用商务智能进行客户关系管理的计划，为客户提供的个性化的服务。美林积累了大量重要客户的数据，分布于不同地点的25个计算机系统中。商务智能系统要将这些客户信息集成在一个单一的计算机环境，并通过数据分析和数据挖掘，为公司客户关系管理提供支持。

商务智能系统可以帮助公司找出最重要的客户群，并发现他们的购买行为方式。商务智能系统还可以为公司寻找产品及服务上需要改进和完善之处，发现客户的潜在需求，并据此开发出适应客户需求的新产品。

商务智能系统为美林1.3万理财顾问提供支持，使他们能够更好地为客户提供恰如其分的服务。通过客户买盘数据与客户档案资料的对比分析，可以将美林的产品和服务进行不同的组合和匹配，提供几乎无限种类的各种不同组合来满足每一位投资者的个性化需求。同时公司能够检测到每一种产品和服务组合的利润率，评价客户关系管理对公司经营的影响。

商务智能系统还为公司 100 多位业务分析师提供支持。分析师只需要提出问题，如哪个地方、哪个办事处、哪个理财顾问的销售业绩最好，什么地方、什么产品的销售额和利润最高。系统就会自动进行运算，并给出答案。利用这些答案，分析师们就可以更有效地进行策略分析，帮助公司高层管理者和众多的理财顾问进行决策。

商务智能系统还将理财顾问的成功经验进行总结并储存在数据库中，供其他理财顾问学习、借鉴。理财顾问、分析师之间也可以通过系统进行交流，沟通对市场的认识，传授销售的技巧，使商务智能系统成为一个有效的知识管理工具。

在商务智能系统的帮助下，美林拥有了大量的客户，也使自己拥有了走向成功的能力。

现在，利用商务智能的企业越来越多，遍及各行各业。如美国的冰淇淋厂商 Ben & Jerry's、美国的服装直销商 Lands' End 和办公用品连锁店 Staples、美国的国际卡车和发动机公司、丰田公司的美国分公司、加拿大的蒙特利尔银行、美国的 AT&T 无线通信等也利用商务智能工具来改善零售经营，取得不俗的经营业绩。

8.6.2 商务智能技术

商务智能可以让企业变得更快、更敏捷、更智能，常用的商务智能技术有：

(1) 数据仓库

数据仓库(Data Warehouse, DW)是决策支持系统和联机分析应用数据源的结构化数据环境，如图 8-10 所示。数据仓库研究和解决从数据库中获取信息的问题。数据仓库之父比尔·恩门(Bill Inmon)在 1991 年出版的《建立数据库》(Building the Data Warehouse)一书中所提出的定义被广泛接受——数据仓库是一个面向主题的、集成的、相对稳定的、反映历史变化的数据集合，用于支持管理决策。

① 面向主题。操作型数据库的数据组织面向事务处理任务，各个业务系统之间各自分离，而数据仓库中的数据是按照一定的主题域进行组织的。

② 集成的。数据仓库中的数据是在对原有分散的数据库数据进行抽取、清理的基础上，再经过系统加工、汇总和整理得到的，必须消除源数据中的不一致性，以保证数据仓库内的信息是关于整个企业的一致的全局信息。

③ 相对稳定。数据仓库的数据主要供企业决策分析之用，所涉及的数据操作主要是数据查询，一旦某个数据进入数据仓库以后，一般情况下将被长期保留，也就是数据仓库中一般有大量的查询操作，但修改和删除操作很少，通常只需要定期的加载、刷新。

④ 反映历史变化。数据仓库中的数据通常包含历史信息，系统记录了企业从过去某一时点(如开始应用数据仓库的时点)到目前的各个阶段的信息。

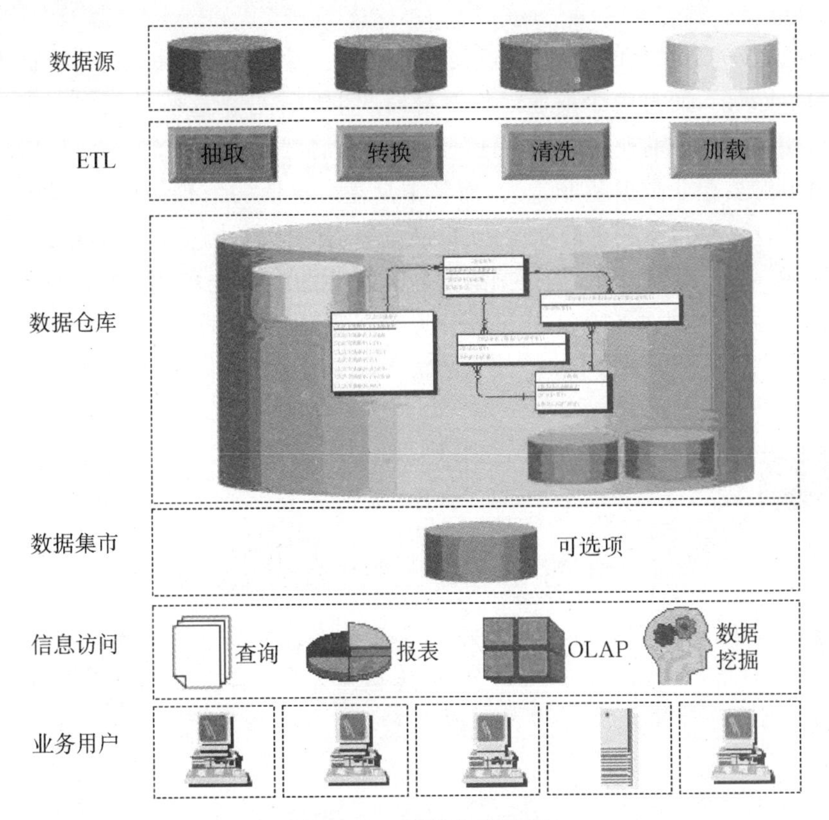

图 8-10 数据仓库示例

数据集市(data market)是一种数据仓库的特殊形式,它创建在有具体的、预先定义好了的对被选数据分组并配置的需求基础之上。从范围上来说,数据集市是从企业范围的客户数据库、消费者数据仓库,或者是更加专业的数据仓库中抽取出来的。数据集市的重点体现在分析、内容、表现,以及易用方面,迎合了专业用户群体的特殊需求。数据集市的用户希望数据是由他们熟悉的术语表现的。在单一企业中可以有多个数据集市,每个数据集市按预先设计会与一个或多个商业单元相关联。在企业中的多个数据集市之间,如果某些数据集市被设计为使用相同数据和规模,这些数据集市就会是相关联的。

数据联邦(federation)是目前比较成熟的企业数据集成方法之一,IBM 的联邦数据库技术就是其代表之一。数据联邦能使大量分散的数据库在逻辑上集中,数据依然保留在原来的存储位置,而不必构建一个集中式数据仓库,但是数据联邦查询反应慢,不适合频繁查询,而且容易出现锁争用和资源冲突等问题。

(2) 数据挖掘

数据挖掘(Data Mining, DM)技术上的定义:数据挖掘是从大量的、不完全的、有噪声的、模糊的、随机的实际应用数据中,提取隐含在其中的、人们事先不知道的、但又是潜在有用的信息和知识的过程。

商业角度的定义:数据挖掘是一种新的商业信息处理技术,其主要特点是对商业数据库中的大量业务数据进行抽取、转换、分析和其他模型化处理,从中提取辅助商业决策的关键性数据。

由于各行业业务自动化的实现,商业领域产生了大量的业务数据,这些数据不再是为了分析的目的而收集的,而是由于商业运作本身而产生的。分析这些数据也不再是单纯为了研究的需要,更主要是为商业决策提供真正有价值的信息,进而获得利润。但所有企业面临的一个共同问题是:企业数据量非常大,而其中真正有价值的信息却很少,因此从大量的数据中经过深层分析,获得有利于商业运作、提高竞争力的信息,就像从矿石中淘金一样,数据挖掘也因此而得名。最经典的数据挖掘案例是沃尔玛的"尿布与啤酒"故事。

数据挖掘技术可以根据它的工作过程分为数据的抽取、数据的存储和管理、数据的展现等关键技术。

案例 8-8

贝尔大西洋公司数据挖掘支持话费追缴

贝尔大西洋公司是美国最大的电话公司之一,其电话业务覆盖美国 14 个州,拥有商业、住家电话账户近亿个。在电话公司,追缴拖欠话费是一件很头疼的事情,不及时追缴会给公司带来很大损失,但如果每个人都进行追缴又带来很大的成本。为此,贝尔大西洋公司建立了数据挖掘系统,帮助他们进行话费追缴决策。

第一步,系统根据数据分析,将公司客户分为 8 种类型,并一共建立了 40 个追缴话费模型。其次,计算各种客户拖欠话费的概率,包括从一个月未缴话费到两个月未缴的可能性,从三个月未缴话费到变成坏债客户的可能性,从坏债客户到变成死债客户的可能性。然后,提出追缴策略线索,哪些客户应进行追缴,哪些客户可以暂时不追缴;在追缴的客户中,哪些应该采取高强度追缴,哪些客户只需要采取低强度追缴等。

在美国的电话公司中,追缴花费可采用信件和电话两种形式,电话追缴的强度大,效果好,但成本要比信件高得多。一般情况下,通过信件追缴话费的成本约 1 美元,而电话追缴的成本约在 30 美元左右。

过去,电话公司在决定追缴策略时带有很大的盲目性,支付大量的追缴成本,但效果并不好,甚至还得罪了一些有价值的客户,造成客户资源的流失。采用数据挖掘技术后,这一问题得到了较好的解决。数据挖掘帮助公司了解客户的行为模式,以此来决定所应采取的话费追缴模式。同时根据一个好客户能给公司带来的利润,和他拖欠话费给公司带来的损失进行比较,决定是否要进行话费的追缴、何时进行话费追缴以及以何种方式进行话费追缴。

数据挖掘系统帮助贝尔大西洋公司减少了大量的话费追缴成本,同时也留住大量的有价值的老客户。

数据挖掘和数据仓库是融合与互动发展的,数据挖掘和数据仓库的协同工作,一方面,可以迎合和简化数据挖掘过程中的重要步骤，提高数据挖掘的效率和能力，确保数据挖掘中数据来源的广泛性和完整性。另一方面，数据挖掘技术已经成为数据仓库应用中极为重要和相对独立的方面和工具。

(3) 联机分析处理

当今的数据处理大致可以分成两大类：联机事务处理(On-Line Transaction Processing, OLTP)和联机分析处理(On-Line Analytical Processing, OLAP)。联机事务处理是传统的关系型数据库的主要应用，主要是基本的、日常的事务处理，例如银行交易。联机分析处理是数据仓库系统的主要应用，是共享多维信息的、针对特定问题的联机数据访问和分析的快速软件技术，支持复杂的分析操作，侧重决策支持，并且提供直观易懂的查询结果。

随着数据库技术的发展和应用，用户的查询需求也越来越复杂，涉及的已不仅是查询或操纵一张关系表中的一条或几条记录，而且要对多张表中千万条记录的数据进行数据分析和信息综合，关系数据库系统已不能全部满足这一要求。联机分析处理专门设计用于支持复杂的分析操作，侧重对决策人员和高层管理人员的决策支持，具有灵活的分析功能、直观的数据操作和分析结果可视化表示等突出优点，从而使用户对基于大量复杂数据的分析变得轻松而高效，以利于迅速做出正确判断。它可用于证实人们提出的复杂的假设，其结果是以图形或者表格的形式来表示的对信息的总结。

联机分析处理有三项要件：动态多维度分析、可执行复杂计算、有时间导向处理能力。联机分析处理最大的特色是它对数据多维处理的能力；也就是说，它可以很快地做各种维度的纵向或横向的数据汇整处理。图 8-11 为动态多维分析的实例。

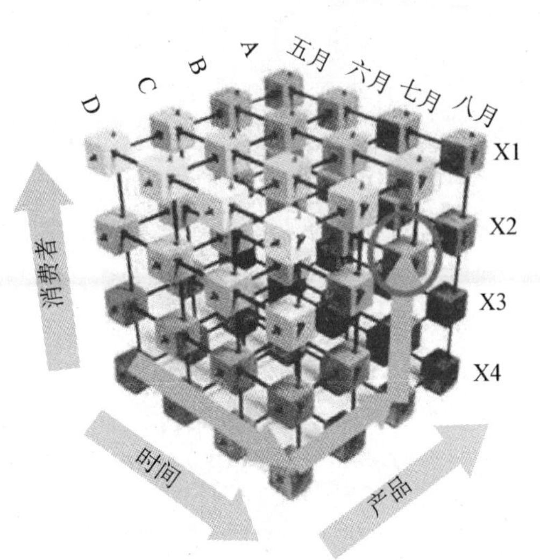

图 8-11 多维分析实例

数据挖掘与联机分析处理不同的地方是，数据挖掘不是用于验证某个假定的模式(模型)的正确性，而是在数据库中自己寻找模型。它在本质上是一个归纳的过程。比如，一个用数据挖掘工具的分析师想找到引起贷款拖欠的风险因素。数据挖掘工具可能帮他找到高负债和低收入是引起这个问题的因素，甚至还可能发现一些分析师从来没有想过或试过的其他因素，比如年龄。

联机分析处理是决策支持领域的一部分。用户首先建立一个假设，然后通过联机分析处理来证实或推翻这些假设来最终得到自己的结论，其本质上是一个演绎推理的过程，在此基础上我们可以进一步探讨企业的决策支持系统。

8.6.3 决策支持系统

决策支持系统是辅助决策者通过数据、模型和知识，以人机交互方式进行半结构化或非结构化决策的计算机应用系统。它为决策者提供分析问题、建立模型、模拟决策过程和方案的环境以及调用各种信息资源和分析的工具，以帮助决策者提高决策水平和质量。

20世纪80年代末90年代初，决策支持系统开始与专家系统(Expert System，ES)相结合，形成智能决策支持系统(Intelligent Decision Support System，IDSS)，其充分发挥了专家系统以知识推理形式解决定性分析问题的特点，又发挥了决策支持系统以模型计算为核心的解决定量分析问题的特点，充分做到了定性分析和定量分析的有机结合，使得解决问题的能力和范围得到了一个大的发展。而到了90年代中期，数据仓库＋联机分析处理＋数据挖掘(DW＋OLAP＋DM)逐渐形成了新决策支持系统的概念，其特点是从数据中获取辅助决策的信息和知识，不同于传统决策支持系统用模型和知识辅助决策。现在有很多决策支持系统把数据仓库、联机分析处理、数据挖掘、模型库、数据库、知识库结合起来形成的决策支持系统，即将传统决策支持系统和新决策支持系统结合起来，成为综合决策支持系统(Synthetic Decision Support System，SDSS)，充分发挥传统决策支持系统和新决策支持系统的辅助决策优势，实现更有效的辅助决策。

案例 8-9

ShopKo——价格决策的DSS

如果一件东西折扣得太晚，没有销售，它将会增加库存的货车载荷。如果折扣得太早，它将损失利润，因为人们会挤着去买他们以前要用较高价格买的东西。

ShopKo零售系统店包括162个在大、中城市的ShopKo折扣店和165个在较小的乡村社区的Pamida折扣店。所以，知道每个店商品的最佳定价对利润会有很大的影响。ShopKo现在使用Spotlight降价优化软件为要降价的商品确定最佳的降价时间和价格。这个软件通过数学模型和ShopK03年的销售数据准确地指出各种商品何时降和降多少以求边际利润最大化。通过对几年来相关商品销售数据的分析，这个软件给出了每一种商品的季节需求曲线，并预测在不同的价格下，该种商品每周能销售多少。这个软件也可利用销售历史预测当价格变动时顾客需求的敏感程度。在应用这个软件之前，ShopKo经常要降价3—4次，现在售完所有商品只需降价1—2次。

随着跨区域与跨国家经济的发展，各种组织的布局由点向面，逐步走向全球化。群体决策不再仅仅是多人坐在一起分析问题评价方案的活动，它还要求多个决策者能在一个周期内异时异地合作协商寻求解决问题的方案，群体决策支持系统(Group Decision Support Systems，GDSS)也在此背景下产生了。群体决策支持系统是一种基于计算机的群体合作支持系统，在决策支持系统基础上利用计算机网络与通信技术，主要以局域网的形式支持多人参加的会议，通过一个自动化的过程来收集、记录、交换会议意见，并实时显示反应意见，交换发言权。群体决策支持系统可以缩短会议时间，提高会议效率，增加群体满意度。

新商业环境下另外一种企业决策支持类的系统是高层主管支持系统(Executive Support

System，ESS)，其综合了各种信息报告系统和决策支持系统的特色而构成的一种专为组织中高层领导使用的信息系统，从它所处理和提供信息的特点来看，它主要为满足高层领导对战略信息的需求而构筑的。高层主管支持系统可以帮助经理们处理非结构化和半结构化的问题。综合内源和外源的数据，高层主管支持系统创造了一种通用的计算和通信的环境，被用于和对准问题变化的阵列。高层主管支持系统帮助高层经理监视组织业绩、跟踪竞争者的行动、找出问题、识别机会和预测趋势。

8.6.4 管理驾驶舱

当前，企业面临着越来越动态化的市场竞争环境和全球一体化的经济环境，产品生命周期越来越短，需要处理来源于企业外部和内部大量业务的信息数据，企业管理必须将战略计划同业务计划相连接。为此，企业管理的重点逐渐从业务层次的管理转向侧重于战略决策型的管理。但是，战略规划的制定是一项复杂的系统工程，需要考虑、分析企业内外的各种因素以及企业自身的能力。据《财富》杂志统计，全球只有不足10%的企业制定的战略规划得到了有效的执行。因此，企业家们面临的迫切问题是如何制定企业战略规划，如何把战略规划转化为各部门的行动，如何监控企业战略规划的执行情况。

管理驾驶舱(Management Cockpit，MC)作为一种新颖的管理工具就是在这一背景下，由全球最大的企业管理解决方案供应商——SAP公司于20世纪90年代后期所率先推出的。

管理驾驶舱把决策支持这个概念产品真正具体化，使企业管理系统进入一个新的领域。实际上管理驾驶舱是一个为高层管理层提供的"一站式"决策支持的管理信息中心系统。它以驾驶舱的形式，通过各种常见的图表(速度表、音量柱、预警雷达、雷达球)形象标示企业运行的关键指标(KPI)，直观的监测企业运营情况，并可以对异常关键指标预警和挖掘分析，如图8-12所示。

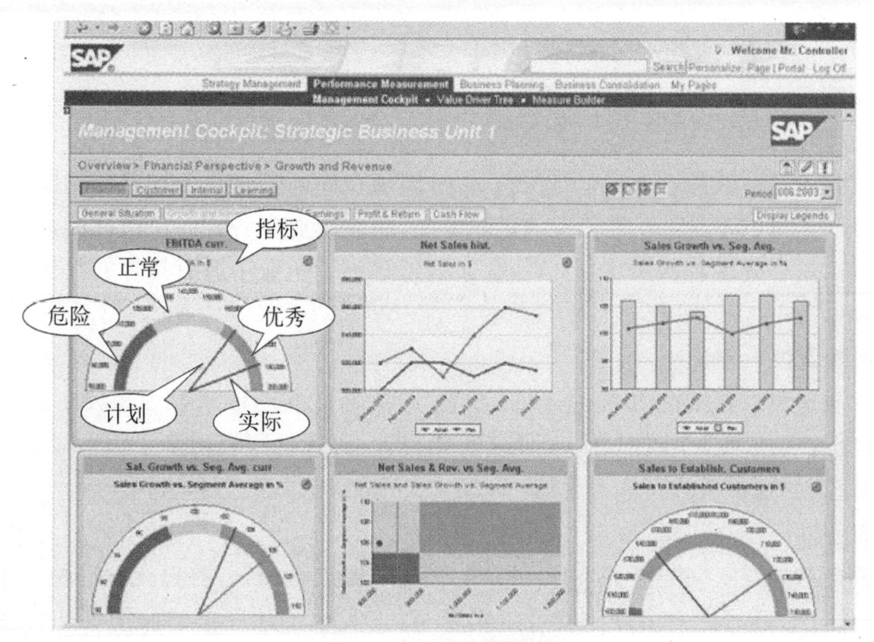

图8-12 管理驾驶舱

案例 8 - 10

通用电气数字化驾驶台帮助操纵企业

通用电气是世界上最大的公司之一，高层主管们现在几分钟之内就能通过公司的企业内部网，获得各部门的完整概括信息。通过数字化驾驶台（数字化仪表板）呈现的主要绩效指标，高层主管可以快速且清晰地了解公司财务健康状况。

公司的信息是极其重要而且机密的，很多经理仅有权限使用自己部门的数字化仪表板，只有公司最高阶层的45位经理才有权限来存取公司数字化驾驶台。数字化驾驶台这套软件是数字和图解数据的结合，通过屏幕最上方的转换，可以看见两种形式的数据，包括了总人数、销售、订单和定价等九个种类的信息。

这些部门仪表板会呈现本部门的重要信息。举例来说，美国全国广播公司(NBC)的部门仪表板显示了它的收视率，而公司的信用卡服务部门的仪表板会呈现到期未付的信用卡账户的数目。通用电气公司的塑料部门呈现的信息有三种基本类别：制造、销售和采购，在这些类别之下还会显示更多具体指标。举例来说，制造数据包括了没有出现重大生产事故的天数，而采购显示了苯现在的价格，苯对塑料部门的生产非常重要。如果一个特定的指标超过或低于预定的数目，仪表板上就会呈现红色，如果特定指标超出范围太多，仪表盘会自动通过电子邮件或呼叫器警告经理。

通用电气公司的首席技术官 Larry Biagini 说：“这些事情都是为了确保我们在事情失去控制前能够做出反应”。因为这些数字显示了经理如何为他们的企业“把脉”，各事业部的负责人可以不用设定正式的议程，就能一起坐下，环视公司，按不同的路径展开讨论。这提供了以前所没有的弹性，可以更快地作出决策。

管理驾驶舱特点：

(1) 直观性

进入驾驶舱页面就像进入汽车驾驶舱一样，展现在面前的将是各种各样的图形界面，这些图形所反映出来的不是汽车性能及油量的情况，而是企业中各种经济指标的具体数据，如成本、产值等，这样管理者就能够更直观、全面地了解到了企业中所有指标的具体情况，从而方便快速地做出下一步决策。

(2) 可配置性

管理驾驶舱可以灵活配置，根据用户习惯，选择合适的图形来显示想要了解的具体指标，管理驾驶舱实现了一个图形可以反映多种指标，一种指标可以由多个图形显示的交叉实现模式，使配置更加灵活。

(3) 方便性

在管理驾驶舱进行完配置后，用户可以把这些配置进行保存，要想查看这种配置下的各种指标显示情况，只需进一步操作就可以实现，真正实现了让用户的操作更加方便的设计思想。

(4) 全面性

管理驾驶舱充分考虑到了人们对图形的最佳接受数目，在第一层最多可配置六个图形，并且在每一个图形的基础上都可以形成相同指标，不同条件，不同图形的第二层显示，确保了用户能够更全面地掌握公司中的各个指标。

(5) 多维性

管理驾驶舱真正实现了多用户、不同权限的不同操作，每个有权限的用户都能够配置适合自己的图形，从而让各个管理层都能够查看到自己所关心的经济指标，从技术和实现上达到了多用户、多权限、多图形、多指标的多维操作的目的。

管理驾驶舱是综合评估体系理论的优秀载体。企业建立管理驾驶舱的过程本身就是一个按综合评估体系建立企业战略管理模型的过程。按照该理论建立的绩效指标(KPIs)被以最佳接收方式显示在管理驾驶舱中，供决策者分析。

管理驾驶舱的出现，标志着一个更简便更有效的信息工具时代的到来，标志着在未来的企业管理系统中，信息产品会更多地考虑人的主体因素，如何更好地发挥人的智能，将是新一代信息产品的核心思想。

8.7 企业集成与协作平台

现在很多企业都在应用具有交叉功能的信息技术开发集成的企业系统，这种系统的目标是跨越传统的企业职能界限，在整个企业范围内再造和改进关键的业务流程。这些组织将具有交叉功能的企业系统看作是一种应用信息技术实现信息资源共享、提高业务流程的效率和效果以及与客户、供应商和业务伙伴建立战略关系的战略性方法。

图 8－13 显示出企业应用关注的焦点不再是传统的业务职能，也不是仅仅支持内部业务流程，它更关注如何与客户、供应商、业务伙伴、员工及其他利益相关者协助完成基本的业务

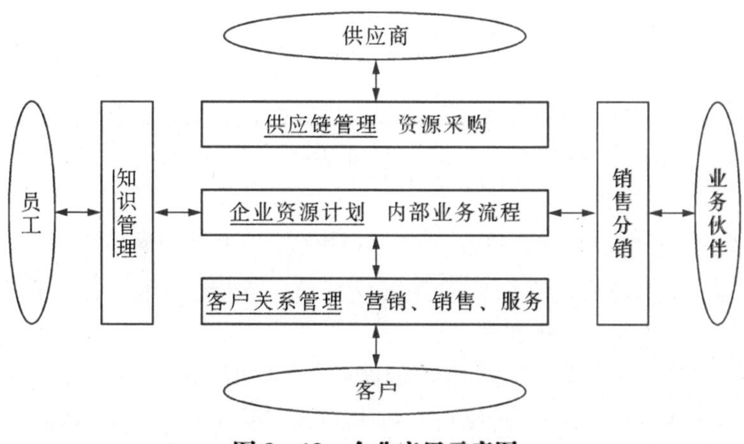

图 8－13 企业应用示意图

流程。因此企业资源计划(ERP)专注于提高企业内部生产、分销和财务流程的效率;客户关系管理(CRM)专注于如何通过营销、销售和服务过程来吸引并留住有价值的客户;供应链管理(SCM)关注的焦点是如何与供应商建立有效且高效的产品与服务外包以及采购流程;知识管理系统(KWS)关注的是为企业员工提供工具,以支持群体协作与决策。

企业如何将一些具有交叉功能的企业系统彼此连接起来?很多企业使用企业应用集成(Enterprise Application Integration, EAI)软件来连接主要的电子化企业应用。图 8-14 显示了企业应用间的交互作用涉及的若干业务流程,EAI 软件使用户可以对这些业务进行建模。EAI 软件还可以提供完成数据转换、协作、应用通信、消息服务和访问应用借口等任务的中间件。因此,按照用户建立的业务流程模型所导出的规则,EAI 软件还可以让各种企业应用交换数据从而实现系统集成。

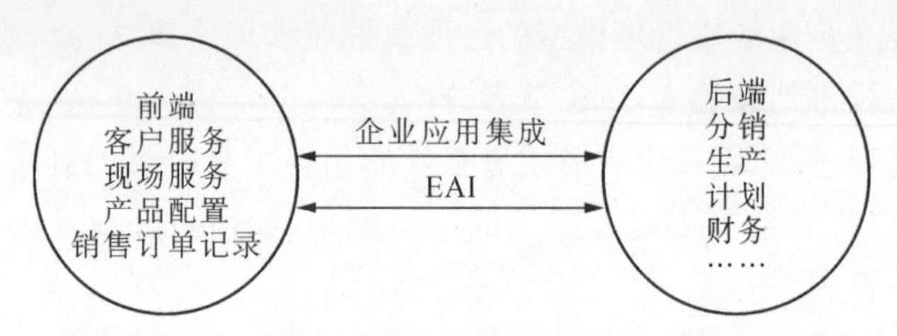

图 8-14 企业应用集成软件可将前、后端应用连接

EAI 的目标决定其包括的内容很复杂。要使各类信息林应用彼此如意地沟通,EAI 肯定要拥有与 CRM、MIS 这样的应用系统打交道的能力。这种能力,就像为使用不同语言的人提供翻译一样,中介者自身首先要能够与双方良好沟通。掌握外语不容易,拥有与已有系统沟通的能力也很困难——这些已有的系统可能分布在企业的不同地域;系统所使用的平台可能是微软的产品,也可能是 Novell 的产品;系统的开发工具可能 VC,也可能是早期的 COBOL。EAI 要涉及到信息系统的底层结构、硬件平台、软件内部甚至部分业务流程等方方面面的各个层次。因此,EAI 的集成也分为若干层次。这里列出了基于中间件的 EAI 解决方案的 4 种类型:

① 业务过程集成。对业务过程进行集成的时候,企业必须在各种业务系统中定义、授权和管理各种业务信息的交换,以便改进操作、减少成本、提高响应速度。业务过程集成,包括业务管理、进程模拟以及综合任务、流程、组织和进出信息的工作流,还包括业务处理中每一步都需要的工具。

② 应用集成。为两个应用系统中的数据和程序提供接近实时的集成。在一些 B2B 集成中,它可以用来实现 CRM 系统与企业后端应用和 Web 的集成,构建充分利用多个业务系统资源的电子商务网站。

③ 数据集成。为了完成应用集成和业务过程集成,首先必须解决数据和数据库的集成问题。在集成之前,必须对数据进行标识并编成目录,另外还要确定元数据模型。只有这样,数据才能在数据库系统中分布和共享。

④ 平台集成。要实现系统的集成,底层的结构、软件、硬件以及异构网络的特殊需求都必须得到集成。平台集成处理一些过程和工具,以保证这些系统进行快速安全的通信。

通过以上集成,EAI 使得企业众多信息系统都与一个由中间件组成的底层基础平台相连接,各种“应用孤岛”“信息孤岛”通过各自的“适配器”(可以理解成一个转接口)连接到一个总线上,然后再通过一个消息队列实现各个应用之间的交流。就像几个只会讲各自母语的人遇到了一个“万能翻译”一样,不同的信息系统之间终于可以流畅对话了。

这样,EAI使得企业内部的应用系统能够通信顺畅。系统之间借助EAI实现良好的沟通,可以极大地减少以往通过手工处理导致的资源消耗(打印成本、人力成本、时间成本),为企业创造了价值。在这基础上,它还可促进一个企业与另一个企业的应用系统的整合,以实现企业同供应商、经销商等合作伙伴之间更加紧密的协作关系。

案例 8-11

Dell公司的企业应用集成

Dell调查了与其做生意的75家公司,结果是他们使用了18种不同的系统软件。Dell知道实现自己的系统与业务伙伴的18种不同的后端系统对话并不现实。缺乏集成意味着公司无法通过实现无缝处理来降低成本和提供客户响应度。

因此Dell安装了WebMethods公司的软件,此公司的企业应用集成技术充当着软件翻译器的角色,它像一个通信中心,使联网企业的内部业务处理系统可以通过Web进行即时沟通。

应用此软件后,Dell的企业客户可以直接从Dell服务器上搜集产品信息并传入自己的采购系统,由采购系统生成电子需求单。客户在线确认需求单后,计算机产生的采购订单将通过互联网返回Dell。整个过程只需要60秒。运行此系统后,Dell在交易中的出错率大大降低,处理成本也减少很多,每年可节约成本500万美元。

EAI软件还使Dell与大约40家大客户建立了连接,当这些客户在线购买Dell的产品时,他们只需点击一次就可以完成购货过程。

另外,越来越多的企业开始采用各类企业协作系统(Enterprise Collaboration System,ECS),一种加强沟通、协调以及企业团队和工作组成员间协作的具有交叉功能的信息系统。现在,很多组织都是由正式或非正式的过程、项目团队和工作组组成的,信息技术特别是互联网技术,为这些团队的成员提供了协作工具,使他们可以交换思想、共享资源和协同工作。因此,企业协作系统的目标是使协同工作更容易、更有效。而实现这一目标依靠的是沟通(相互之间共享信息)、协调(协调每个人的工作成果和彼此间资源的使用)、协作(在联合项目或任务中协同工作)。

互联网、内部网和外联网的能力与潜力促使企业渴望得到更好的协作工具。另一方面,也正是Web浏览器、服务器、多媒体文档和数据库等互联网技术以及内部网和外联网为很多群件工具提供了硬件、软件、数据和网络平台,而这些群件工具所实现的企业协作正是企业用户所需要的。

案例 8-12

通用电气公司实施企业协作

通用电气公司与 Lotus Development 公司签了一笔大订单，以购买该公司的 QuickPlace 和 Sametime 工具，QuickPlace 工具允许通用电气的员工建立基于 Web 的工作空间，而 Sametime 工具可以实现实时的在线会议，它们使通用电气公司不需要信息技术部门的帮助就可以实现协作。这些工具以多种方式简化并提高了企业的通信效率，比如通用电气的招聘小组可以建立 QuickPlace 来发布未来的招聘信息；通用电气的工程师可以与车间管理人员共享图纸、设计需求和生产计划等。

通用电气公司还使用 Support Central 系统，这是利用公司 Fanuc 分部的软件而开发的一个企业级知识管理系统。员工们签名填写了一份专业技能调查表，调查结果被存入知识库。当员工在任何地方遇到问题时，就可以借此找到相关的人来寻求答案。所有这些协作的结果简单说来就是：实现了更快的工作流，做出了更快、更明智的决策。

现代集团型企业组织机构庞大，包括诸多的职能部门和子公司，相应的管理与控制方面出现很多无法避免的问题，总部不能及时监控下属公司的销售、项目、财务等信息，导致集团总部管理者无法深入了解下级公司的内部信息，也就无法采取相应的管理与措施控制。

集团公司的办事处一般都分散在全国各处，那么各个分公司之间只有靠电话联系。如果要进行会议就更加麻烦，各个分公司都要派人去总公司进行集团性的会议。这样不仅浪费了时间而且还增加了差旅费的开支。当公司有重大事件需要公司各董事进行商议时，由于各股东不能及时地聚在一起开会商讨，就有可能导致决策上的失误。而视频通讯和网络会议就为公司解决了这些问题。

因此，现代企业往往结合协同办公与网络会议平台来解决协同作业的问题。

① 协同办公。协作平台，将集团总部、分部及部门不同的人员集成在一个协同的工作环境中，不同的人员根据权限的不同获得不同的信息，通过引入角色设置和权限控制完全解决了下级对上级隐瞒信息的问题。协作平台解决方案包含九大模块：个人事务、工作流程管理、公共事务、信息交流管理、人力资源管理、销售管理、档案管理、附件程序管理和平台管理。九大模块协同运作，通过集团数据中心将平台中的数据按照一定的方式提取出来以供集团管理者作出正确的决策。

② 网络会议。网络会议具有以下功能：通过因特网能随时进行员工之间面对面的通话，除了网络费用无需其他费用；各部门随时召开部门会议，提高了工作效率，减少差旅费；通过网络会议进行各部门或各分公司的网上培训，相互可以时时看到对方视频，共享文档，或者直接操作对方电脑；管理层决策更及时，可以随时召集管理层人员进行网络会议，在网络会议中进行表决，使决策更加及时；集团公司的董事分布地域很广，通过网络会议可以举行董事会；提高员工工作效率，通过使用可视协同办公平台的邮件、备忘录、收藏夹、名片等功能

可以提高员工的工作效率。

★★★★★ 本章知识点 ★★★★★

企业资源计划 ERP	协同商务	数据挖掘 DM
精益生产	知识管理系统 KMS	数据仓库 DW
敏捷制造	电子商务 EC	联机分析处理 OLAP
客户关系管理系统 CRM	移动电子商务	管理驾驶舱
供应链管理系统 SCM	电子支付	企业应用集成 EAI
牛鞭效应	商务智能 BI	企业协作系统 ECS

案例分析

美国航空公司根据 DSS 进行飞机的调度

美国航空公司一直被认为是使用信息技术的领导者，它的 SABRE 系统是在 20 世纪 60 年代早期的计算机化的航空预定系统。许多年来，SABRE 数据库机给美航一个清晰地战略优点，随着时间的过去它逐渐被其他的航空公司和旅行机构所使用。开发 SABRE 的小组发展成为 Sabre 集团，成为美航母公司 AMR 的附属公司。Sabre 集团继续为美航开发了许多其他新的、关键的系统，如它的定价、调度和收益管理系统等。它还为其他航空公司甚至为非航空运输公司开发了系统。

在 20 世纪 80 年代期间，美国航空业的竞争环境急剧变化，航空公司被允许自由地制定它们的竞争航线和调度决策。如果公司想保持成功，快速和准确的预测是迫切需要的，然而，当时低级技术的使用，使美航的分析家不得不为仅估计单个飞行的改变的影响而工作好几天。预测一个大的调度变化所造成的财务影响远远超出了美航计划编制部门的能力之外。美航不久转向开发一个功能强大的基于主机的预测系统——综合预测系统(IFS)。

1998 年另一个主要的竞争对手——东方航空公司的失败给了美航测试新系统的机会。在这之前，美航决定需要在美国东南部建立一个新的中心，佐治亚州的亚特兰大成为最佳的候选地。然而，东航的破产出现了另一个可能性，因为东航曾经支配了有丰厚利润的纽约至佛罗里达航线。现在美航开始考虑迈阿密、佛罗里达作为另一个可能的中心所在地。美航的管理部门迅速地转向新完成的综合预测系统来获取数据以帮助管理团队做出哪个地方是新中心最佳地点的决策。这个决策非常复杂，一个新的中心意味着许多飞行和航空路线的剧烈变化，IFS 工作 8 个小时后，输出结果表明，选择迈阿密对财务更有利。根据 Sabre 技术解决方案，美航做出决策。之后，迈阿密中心创造了数亿美元的收益。

IFS有一个主要的问题是它必须处理大量的数据，该系统利用60个资源数据文件，提供内部和公共数据如乘客需求、票价、飞机座位容量、飞行成本，甚至竞争对手的飞行时间安排等各种各样的信息。美航每天大约有4000次航班，公司必须同时跟踪约40万个飞行组合。此外，IFS中心选址的成功带来了使用系统需求的快速增加。为了在大量增加请求数量时加快处理如此大量的数据，Sabre集团花费1600万美元，把系统转换到客户机/服务器平台，提供了一个并行处理的环境，而且用户能够在自己的PC上管理自己的预测权。现在，IFS在3分钟之内就可预测出公司遍及世界的400万项服务和对40万对城市航班的市场份额。美航的计划编制者不断地使用IFS来寻找减少成本和增加收入的方法，他们分析增加或取消航班、增加对一个新城市的服务或减少一个现存的服务，或对一个特定的航班或航线改变飞机的大小等对财务上的冲击。他们甚至使用IFS来设计由于对手所做的时间计划的变化对美航财务的冲击。

多年来，Sabre集团已经为许多公司开发了系统，包括销售给伦敦地铁系统和法国铁路的IFS版本等。可是，Sabre紧密地依靠美航已经被其他的航空公司视为一个问题："由于你与美航的关系，我们的信息是安全的吗？"因为这个担心，AMR在1999年12月4日宣布将Sabre集团建设成为一个完全独立的技术公司。

（资料来源：劳顿·K·C，劳顿·J·P著. 管理信息系统精要：网络企业中的组织和技术（第四版）[M]. 北京：经济科学出版社，2002，pp. 505－508.）

【思考题】

（1）使用价值链和竞争力模型来评价美国航空公司。

（2）综合预测系统是怎样帮助美国航空公司推行它的业务战略？其给美航带来了怎样一些的组织、技术和管理问题？对Sabre集团呢？

（3）系统由Sabre集团开发，而不是由美航自身来开发，对美航来说有什么优点和缺点？

（4）你认为把Sabre集团独立出去在短期会如何影响美航的竞争位置？长期呢？

第九章
道德与安全、控制

学习目标

- 了解信息道德的主要内容及其对管理信息系统的重要性
- 了解从业人员道德责任的主要内容
- 了解如何培养从业人员的道德修养
- 定义计算机犯罪并列举主要的计算机犯罪类型
- 了解隐私以及保护隐私的主要方法和手段
- 了解信息技术安全管理和控制的内涵、目的和主要手段
- 了解信息系统审计的作用和方式

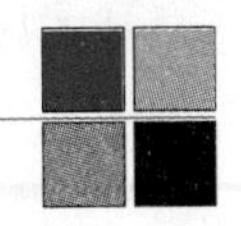

9.1 信息道德

管理信息系统的应用，给传统的管理方式、组织体制体系带来了革命性的冲击。在实现办公自动化、提高工作效率，并较好的支持决策之外，也给组织带来了严重的道德问题。本节将探讨信息道德的概念、主要内容和参照原则。

9.1.1 信息道德的概念

随着管理信息系统的不断应用和发展，信息道德的问题越来越受到开发者和使用者的关注。信息技术是一把双刃剑，在为人类创造了巨大的物质财富和精神财富的同时，由于使用不当，也会给社会、组织或个人带来生命和财产的损失。为了约束和限制信息技术的非法使用，人们制定了相关的法律制度。而事实上，法律的制定和修改通常难以跟上信息技术变革的步伐，尤其是在许多法律不能触及的灰色区域。因此，人们才需要道德作为衡量信息技术使用行为是否得当的辅助标准。

案例 9－1

布赖恩的抉择

布赖恩是一家总部在德国的跨国公司美国分部的IT主管，他曾发现公司的一位高级主管使用公司的电脑浏览亚洲妇女和儿童的色情内容，而随后这位主管被提升到中国来管理一家制造工厂。该公司的互联网使用政策明令禁止使用公司电脑访问色情或成人内容的网站，布赖恩的职责之一就是使用有关的网络产品监控员工上网，如发现任何违规情况需上报给管理人员。这位主管在另一个部门，他的职位比布赖恩高一级，在公司很受器重。布赖恩举报该主管违背公司互联网使用政策极有可能给自己带来非常大的困扰。而事实上，当软件显示这位主管的计算机访问了数十个色情网站后，布赖恩就向上级报告了这位主管的违规行为。

公司处理了布赖恩上报的主管违规事件，但该主管并未受到太大影响，他对公司提供了一段“非常古怪的解释”，并且被公司接受。在公司的处理结果出来后，布莱恩曾考虑去联邦调查局报告该事件，但互联网泡沫刚刚破灭，工作机会来之不易。布赖恩非常的无奈：“这是一个艰难的选择，我有一个家庭需要养活”。

信息道德是指调整人们之间以及个人和社会之间信息关系的行为规范的总和。它不是国家强制制定和执行，而是依靠社会舆论的力量，人们的信念、习惯、传统和教育的力量来维持。信息道德并不简单的等同于道德，它的判断标准必须与信息时代大环境相吻合。在信息技术应用的初期，发生了许多侵犯个人隐私和商业秘密的现象，如侵犯版权、非法获取及使用他人或组织的商业秘密等。这些行为导致了每年几十亿美元的巨额损失。

信息道德的内容，主要涉及隐私问题、正确性问题、产权问题和存取权问题这四个方面：第一，隐私问题。树立标准，确定需要明确保护的隐私信息的范围和内容，并采取对策进行保护。第二，正确性问题。明确规定信息正确与否的责任人和部门，并且设置专人及部门负责监督统计信息的错误及解决由此错误带来的负面影响。第三，产权问题。清楚信息的所有者，以及所有的信息传输渠道、信息交换的成本和预期的收益。第四，存取权问题。应确定不同的人员和部门对于信息的不同级别的获取权，以保障信息安全。

9.1.2 信息道德规范

道德和法律都是约束人们在社会交往沟通中行为的社会规则。其中，法律是由政府强制力保障实施，严格按照法律条文执行的社会规则；而道德则只能通过潜移默化的教育，对人们的社会行为产生影响。一些信息专业组织和协会已经认识到信息系统使用中的道德责任并制定道德规范，如数据处理管理联盟(Data Processing Management Association，DPMA)，美国计算机学会(Association for Computing Machinery，ACM)，计算机专业资格认定协会(Institute for Certification of Computer Professional，ICCP)和美国信息技术协会(Information Technology Association of America，ITAA)等。DPMA 作为全球五大信息资讯专业组织之一，制定的信息道德标准如下：

(1) 对业主

① 尽一切努力保证自己具有最新指示和正确的经验，以适应工作的需要。

② 避免兴趣上的矛盾，并且保护业主意识到任何潜在的矛盾。

③ 保护委托给我的信息的隐私性和机密性。

④ 不错误地表达和删除源于实情的信息。

⑤ 不企图利用业主的资源获取私利，或做任何未经正式批准的事情。

⑥ 不利用计算机系统的弱点得到私利或达到个人的目的。

(2) 对社会

① 用我的技术和知识传播给公众。

② 尽我最大的努力，保证产品得到社会信任和应用。

③ 支持、尊重和服从地区、州和联邦法律。

④ 不错误的表达和删除公众关心的源于问题和实情的信息，也不允许这种已知的信息搁置作废。

⑤ 不利用个人性或秘密性的知识，不以任何非法的形式得到个人的好处。

(3) 对专业

① 忠于专业关系。

② 当看到非法的不道德的事件时，应采取合适的行动。然而当我反对任何人的时候，必须坚信自己是有理的、正确的、负责任的，并不带任何个人情绪。

③ 尽力与人共享我的专业知识。

④ 和他人合作以达到了解和识别问题。

⑤ 在没得到特殊许可和批准的情况下，不利用信誉去做其他工作。

⑥ 不利用他人缺乏经验和缺乏知识去占便宜，以得到个人好处。

对于不同的组织来说，处理道德问题并没有一成不变的定律可供参照，制定具体实施策略必须结合组织自身的特质。考虑道德问题对决策的影响，是每个企业领导者责无旁贷的任务。企业要实现稳定和发展，就要很好的建立企业的道德文化。一般情况下，企业采用的都是自上而下的建设道德文化，首先建立企业信条，然后建立道德活动程序，最后建立企业的道德法典。企业信条是企业希望提倡的反映企业价值观的简明的语言，其目的是向企业内外的人员和组织传播企业的价值观，如对客户、雇员、股东和社会的承诺等。道德活动程序主要指进行道德和精神文明教育，如新员工培训、道德审计（审核各部门如何落实企业信条）等。道德规范是在企业制度中专门用来规定道德标准的内容。

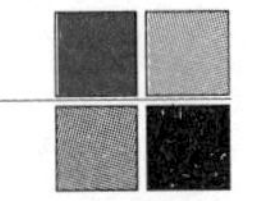

9.2 从业人员的道德责任

信息技术的应用给企业和组织带来新的道德责任，而承担这些道德责任问题的则是企业和组织中的各级管理人员和相关工作人员。本节主要探讨商业道德、技术道德、道德指导方针，以及如何培养从业人员的道德修养。

9.2.1 从业人员的道德责任

商业道德(business ethics)，又称商业伦理，是指管理人员在日常的企业决策中必须面对的大量道德问题。表 9－1 列出了道德问题的一些基本类型以及将引发严重道德后果的具体企业实践。

表 9－1 商业道德问题的基本类型

公正	权利	诚实	公司权力的行使
执行官的薪水	法人法定诉讼程序	员工利益冲突	产品安全
可比价值	员工健康保护	企业信息安全	环境问题
产品定价	客户隐私	不适当礼品	撤资
知识产权	员工隐私	广告内容	公司贡献
非竞争性协议	性骚扰	政府契约问题	宗教组织提出的社会问题
	抗议行动	财务和现金管理流程	工厂/设施的关闭和缩减
	平等就业机会	国外可疑的企业活动	
	股东利益		工作场所安全
	自由择业		
	举报		

信息技术的应用可能引发关于知识产权、客户和员工隐私、企业信息安全和工作场所等方面的道德争议，给企业带来一定程度的经济损失和社会道德压力。

案例9－2

安然公司商业道德的失败

安然公司成立于1985年，总部设于德克萨斯州的休斯顿，曾经是美国最大的电力和天然气销售和交易商，还提供各种能源产品、宽频服务，以及金融和风险管理服务。安然公司不断的向外宣称其是“世界领先的公司”，并疯狂的给执行官发放巨额奖金，例如常以股票认购权的形势发奖金(这种行为不仅隐瞒了真实的补偿费用，而且还鼓励管理层通过各种手段维持股价上涨)。此外，安然公司还许诺每年都有巨大的增长，对公司进入的新市场做出过分自信的预测，而不进行验证，并且很少对外界承认自己的弱点，对公司存在的可疑、不道德、甚至违法的业务和会计问题及疑问漠不关心。

2001年8月14日，安然在给员工的一封电子邮件中讲到：“我们的表现从来没有像现在这样好，我们的企业模型从来没有像现在这样健壮，我们的增长从来没有像现在这样确定……我从来没有像现在这样看好公司的前景”。

2001年8月24日，安然在与《商业周刊》的访谈对话中标明：“公司可能已经进入了历史上最强盛、最好的时期”。

2001年10月16日新闻发布会上安然表示：“26%的利润增长表明了公司在能源方面的核心批发与零售业务以及天然气管道业务的强势结果”。

而2001年11月8日，安然公司在向美国证监会提交的一份报告中承认自己在过去三年中的财务报告多有不实之处，宣布需要重做从1997年到2001年第三季度的所有财务报告。12月2日，安然向纽约破产法院申请破产保护。

从业人员的道德责任，除了商业道德之外，还有管理信息系统中与技术应用相关的技术道德(technology ethics)问题。表9－2分别列出了从业人员技术道德的四个原则。企业在实施信息技术和信息系统时，可以将这四个原则看作是基本的技术道德要求。

表9－2 商业道德问题的基本原则

原则	具体解释
均衡性	新技术带来的益处必须超过其危害或风险。此外，应该是无法找到伤害或风险较小的其他方案来实现相同的或相当的收益。
知情和同意	在应用新信息技术前，组织应当了解其可能带来的影响，并同意接受风险。
公正性	组织应当公平地分配应用新技术的成本、收益和负担，并根据收益的大小分担风险。
风险最小化	即使满足上述三个标准，实施技术时也应规避不必要的风险。

9.2.2 道德指导方针

前人的研究中曾发现，存在一些比原则更具体的方针，可以帮助我们以道德方式指导信息技术的应用。一方面，很多企业和组织制定了以道德方式使用计算机和互联网应该遵循的详细政策。这些政策很具有实用性和指导性。例如，大多数政策都规定，公司的计算机和网络属于公司资源，无论是访问内部网还是互联网，都只能用于公务。另一方面，信息系统专业人员行为准则中对于责任的陈述，比如计算领域的专业化组织——信息技术职业联合会(Association of Information Technology Professionals, AITP)制定的职业行为准则，列出了信息系统专业人员主要责任中固有的道德要求。表 9-3 给出了 AITP 行为准则的一部分。

表 9-3 AITP 职业行为的部分标准

为了履行对雇主的责任，我应该：	为了履行对社会的责任，我应该：
● 避免利益冲突并让雇主知道潜在的冲突。	● 运用我的技能和知识让公众了解与我的专长相关的各个领域。
● 保护委托给我的所有信息的隐私性和机密性。	● 尽我最大的能力，令相关人员以对社会负责任的方式使用我的工作成果。
● 不误传或隐瞒与局势密切的信息。	● 支持、尊重和遵守地方、州、省和联邦法律。
● 不为个人利益或任何未经授权的目的而使用雇主的资源。	● 永不误传或隐瞒与公众关注的问题或情形相关的信息，同时确保此类已知信息受到关注。
● 不为个人利益或个人的满足感而探索计算机系统的漏洞。	● 不为个人利益，以非授权方式使用他人的机密知识或个人信息。

业务人员和信息系统专家应该通过自愿遵守这些准则来履行他们的道德责任。例如，作为一名负责任的从业人员应该：①举止诚实；②增强职业竞争力；③制定高标准的业绩指标；④对工作负责；⑤推进公众健康、隐私和福利。这样员工的行为就能够满足道德要求，可以避免计算机犯罪，以及提高信息系统的安全性。

9.2.3 培养从业人员的道德修养

信息技术的不断发展，使得道德责任的具体形式和范畴一直处于变化之中。因此，仅仅通过制定各种具体的政策，并不能完全的处理好道德问题。所幸的是，大部分企业也意识到了这个问题，他们努力寻求在政策之外的解决方法和途径。

在从业人员的道德修养培养中，企业通过政策和思想教育，使员工明确，各种信息技术均应该有道德的被使用。

在企业中，IT 工作人员可以优先获得包括个人、行业及整个公司在内的信息，他们也有技术能力控制这些信息，企业也应该赋予他们权力和责任去监测和报告破坏公司规则的员工。IT 专业人士可以揭露同事挪用资金的证据，但同时也可能忍不住去偷看私人薪水信息或个人电子邮件，目前对于如何处理这些尴尬的情况却很少有指导意见。但企业可以通过签署协议，要求 IT 员工对自己所知的这部分隐私信息保密，避免他人的隐私被传播和非法使用。

世界是发展变化的，道德问题也会随着新技术的应用而受到挑战，这需要从业人员的持续关注。在企业中，如何根据道德原则良好的管理自身行为，应该越来越受到重视。

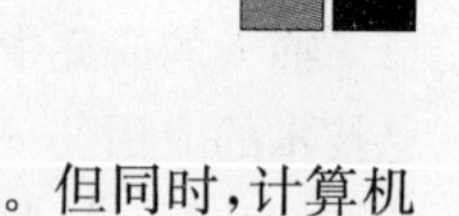

9.3 计算机犯罪

信息时代中，计算机在我们生活的方方面面都占据着十分重要的地位。但同时，计算机犯罪却是信息安全面临的最大威胁之一。在本节，主要探讨计算机犯罪的定义和分类，以帮助认识和理解计算机犯罪。

9.3.1 计算机犯罪的定义

随着计算机应用的日益普及，计算机犯罪也日渐猖獗，对企业和社会造成的严重的危害。许多人利用计算机、互联网的广泛使用性、匿名性和脆弱性从事犯罪活动或实施不负责任的个人行为，从而加剧了计算机犯罪对社会的威胁。计算机犯罪对大多数企业系统的完整性、安全性造成严重的威胁，这迫使企业不得不制定有效的安全措施。

案例 9-3

犯罪集团通过篡改计算机记录谋杀

一个犯罪集团的成员在受重伤之后，决定作为证人出庭指认犯罪同伙。警方将他的病床置于一个重点看护病房，并对其进行了严密的保护，仅允许医院的医疗人员和少数几个探视者接触病人。该病人对青霉素过敏。

一天晚上，一个护士给该病人注射了青霉素，不久之后，病人死亡。警方随即开始调查，认为该护士有重大嫌疑，而护士则坚持自己在计算机上查看病人病历时，上面要求注射青霉素。在警方调查计算机记录时，在备份资料中发现病人的病历曾被医院外的人修改过。正是这样的修改，谋杀了这位病人。

表 9-4 所示是企业使用的主要安全技术和安全管理的现状。

表 9-4 企业使用的安全技术和安全管理现状

使用的安全技术	安全管理
抗病毒——96% 虚拟专网——86% 入网监测系统——85% 内容过滤与监控——77% 公共有密钥基础设施——45% 智能卡——43% 生物统计学——19%	在发达国家，安全支出占 IT 预算的 6%—8%。 63%的企业已设置或计划在两年内设置首席安全官或首席信息安全官职位。 40%的企业已经有了首席隐私官，6%的企业计算在两年内任命一名首席隐私官。 39%的企业承认其系统受到过某种形式的威胁。 24%的企业已经投保了计算机风险险种，另有 5%的企业想做这样的保险。

计算机犯罪可分为两种类型，一是针对计算机，对其实施侵入或破坏，二是利用计算机实施有关金融诈骗、盗窃、贪污、挪用公款、窃取国家秘密或其他犯罪行为。

由AITP定义的计算机犯罪(computer crime)包括：①未经授权地使用、访问、修改和破坏硬件、软件、数据和网络资源；②未经授权的信息发布；③未经授权的软件复制；④拒绝终端用户访问自己的硬件、软件、数据和网络资源；⑤使用或者密谋使用计算机或网络资源，以非法获得信息或有形财产。

9.3.2 计算机犯罪的分类

(1) 黑客攻击

黑客攻击(hacking)是指不正当的使用计算机或未经授权地访问、使用网络计算机系统。黑客可能是公司外部人员，也可能是公司员工，他们使用互联网及其他网络来偷窃或破坏数据和程序。黑客非法进入计算机系统阅读了某些机密文件，尽管并没有偷窃和破坏任何文件，却依然属于计算机犯罪范畴。

在多数情况下，国家制定的计算机犯罪条例禁止任何人恶意访问计算机系统，如果有人未经授权而访问他人的计算机网络，可以参照表9-5判决。

表9-5 黑客常用的攻击战术

战术名称	具体解释
拒绝服务攻击	通过过多的信息请求来阻塞站点设备，黑客可以有效地关闭系统、降低性能甚至摧毁站点。这种过载计算机的方法有时也用于掩盖攻击。
特洛伊木马	程序内包含探测某些软件已有漏洞的指令。
缓冲区溢出	通过向计算机内存缓冲区发送大量的数据来摧毁或获得计算机的控制权。
后门	通过探测初始进入点并留下隐藏的后门，以再次进入系统，并避免被发现。
密码破解	使用破解密码的软件。
扫描攻击	对互联网进行广泛探测以确定计算机类型、服务类型和连接方式。这使黑客可以利用特定计算机或软件的弱点来发起攻击。
恶意小程序	可能会滥用用户的计算机资源、修改硬盘文件、发送伪造的电子邮件或窃取密码的一些小程序。
探测器	这种程序可以偷偷的搜索互联网上的个人数据包，截取密码或整个内容。
拨号战	自动拨打数以千计的电话号码，以发现通过调整解调器连接的终端。
逻辑炸弹	计算机程序中能够触发恶意操作的指令。

黑客可以通过监控电子邮件、web服务访问或文件传输来窃取密码或网络文件，或者在系统中植入为攻击敞开大门的数据。黑客还可以使用远程服务来获取网络的访问特权，所谓的远程服务就是允许网络计算机执行另一台计算机上的程序。telnet是一种以远程方式交互使用计算机的工具，它可以帮助黑客发现某些有用信息来计划其他的网络攻击。黑客

使用 telnet 可以访问计算机的电子邮件端口，如监控电子邮件信息以获取私有账户及网络资源的密码等信息。这些只是黑客在互联网上所从事的典型计算机犯罪行为的一部分。这就是加密、防火墙等互联网安全措施对电子商务及其他电子化企业应用至关重要的原因。

(2) 计算机窃贼

很多计算机犯罪都涉及资金的窃取。大多数案件都属于"内部作案"，即内部员工以非授权方式进入网络，在数据库进行欺诈性修改，并抹去痕迹。当然，很多计算机犯罪都通过互联网来进行。计算机犯罪的一个早期例子：1994 年下半年，俄罗斯黑客弗拉迪米尔·莱文及其同伙在圣·彼得堡通过互联网闯入纽约花旗银行的主机系统窃取了 1100 万美元。

但是，目前大多数公司不愿意承认它们是计算机犯罪的攻击对象及受害者，或者在对外时刻意降低自己损失的金额。它们害怕吓跑客户，担心股东们的责难。因此，计算机犯罪造成的损失比我们所知的更要严重。

(3) 工作中的非授权使用

非授权使用计算机系统和网络可以被称作时间和资源窃贼。一个常见的例子是，员工非授权使用公司的计算机网络，包括做私人咨询或个人理财、玩视频游戏，或者非授权使用公司网络来访问互联网。被称作探测器(sniffer)的网络监控软件常被用来监控网络流量、评价网络容量，揭示非正当使用网络的证据。表 9-6 所示为工作中常见的非授权使用情况。

表 9-6 工作中的非授权使用

互联网滥用	活　动
普通的电子邮件滥用	包括垃圾邮件、骚扰邮件、连锁信、诱惑信、欺诈邮件、病毒、蠕虫传播和诽谤言论。
非授权使用和访问	共享密码，未经允许而进入网络。
侵犯版权和剽窃	使用非法和盗版软件，由于侵权使组织损失数百万美元。复制站点和有版权的标语。
在新闻组发帖子	针对与工作无关的主题发帖子，如性话题或草坪保护建议。
传播机密数据	使用互联网来显示和传播贸易机密。
色情问题	在工作岗位访问色情网站，显示、散步和冲浪这些有害的站点。
黑客攻击	攻击网站，从拒绝服务攻击到访问组织数据库。
与工作无关的下载和上传	占用办公网络带宽来传送软件，使用传输电影、音乐和图片资料的程序。
利用互联网来休闲	在互联网上游荡，包括购物、发送电子卡和个人电子邮件、在线赌博、聊天、玩游戏、拍卖、炒股和从事其他个人活动。
使用外部 ISP	为避免被发现，使用外部 ISP 来连接互联网。
第二职业	利用网络、计算机等办公资源来组织和从事个人商务(兼职)。

据调查，90%的美国员工承认曾在工作时间访问过娱乐站点，84%的人表示在工作时间

发过私人电子邮件。这些情况在员工中非常普遍，通常公司也并不会因为这些行为而解雇员工。但需要注意的是，某些特殊的非授权使用行为则非常严重，如《纽约时代周刊》曾解雇过23位在公司电子邮件系统散布种族主义和性骚扰笑话的员工。

为了解决计算机滥用的问题，一些公司建立了专门的团队，通过专业软件对公司的计算机用户每天所访问的站点进行统计和评价，并通过专业软件阻塞和监控员工对禁访站点的访问。

(4) 软件侵权

软件侵权(software piracy)是指未经授权的复制、使用软件。软件开发商行业协会(Software Publishers Association, SPA)就曾起诉大公司允许员工未经授权的复制其软件。

未经授权的软件复制是违法的，因为软件是受版权法和用户许可协议保护的知识产权。在美国，商业软件包受《计算机软件侵权和伪造修正法案》(Computer Software Piracy and Counterfeiting Amendment)等法律保护。在通常情况下，购买商业软件包实际上是支付了一个终端用户恰当使用该软件的许可证费用。很多公司签署了站点许可证(Site License)，允许员工在特定区域复制并使用该软件的副本。此外，共享软件和没有使用版权的公共软件则允许他人合法的复制使用。

(5) 侵犯知识产权

与计算机相关的侵权对象不仅是软件，还有拥有知识产权(Intellectual Property)的其他版权资料，包括音乐、视频、图像、文章、书籍及其他书面作品。这些知识资产非常容易遭到版权侵犯。电子版本很容易通过计算机系统获取，人们可以在互联网站点上访问并下载，或者很容易的以电子邮件附件的形式传播。对等网络技术(P2P)的发展，使版权资料的电子版本更易被盗版。例如，P2P文件共享软件支持PC机及其他互联网用户之间进行MP3音乐文件的直接传输。这样，此类软件在互联网用户之间建立对等网络，使他们能以电子方式交换存储在PC机硬盘上的数字版权资料或不受版权限制的数字音乐资料。

案例 9-4

美国唱片工业协会拷贝音乐CD及知识产权的争论

Napster是实施在线歌曲交换的服务商，提供对大量音乐资源的快速而轻松的访问，这受到了许多免费音乐用户的强烈欢迎。但由于美国唱片工业协会(Recording Industry Association of America, RIAA)坚持不懈的维权运动，Napster被迫关门。Napster及其用户也因被RIAA起诉而到处奔走。

此外，RIAA还曾代表百代唱片(Electric and Musical Industries Ltd, EMI)，新索音乐(Sony BMG)，环球音乐(Universal Music)，及华纳唱片(Warner Music)四大音乐公司共同起诉AllofMp3.com网站的侵权行为，并要求该网站为1100万首音乐支付侵权费用。

(6) 计算机病毒和蠕虫

计算机犯罪中最具毁灭性的例子是创造了计算机病毒(computer virus)和蠕虫(worm)。从技术上说,病毒是一段必须插入另一程序中才能工作的程序代码,而蠕虫却是一个可以独立运行的独特程序。只要用户访问了感染病毒的计算机,或者使用了从感染病毒的计算机上拷贝的文件,无论是病毒还是蠕虫都可能把一些令人愤怒的、具有破坏性的程序复制到企业的计算机系统中。因此,计算机病毒或蠕虫常常破坏内存、硬盘及其他存储设备中的内容,并在很多用户中广泛传播其破坏性。通常,计算机病毒利用互联网和在线服务通过电子邮件和文件附件,或者通过非法的或借用的软件拷贝来进入某个计算机系统。从互联网上下载共享软件是病毒的另一个传播途径。病毒先把自己复制到计算机硬盘和与计算机连接的移动设备中。病毒通过电子邮件、文件传输和其他的通信活动,或者通过来自感染病毒的移动设备传染给其他计算机。因此,用户应该养成良好的习惯,使用来源有问题的软件和文件前一定要先杀毒,以及定期使用杀毒软件来诊断和删除硬盘上感染病毒的文件。

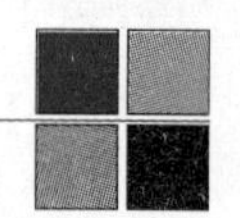

9.4 隐私问题及其他挑战

信息自由、言论自由和新闻出版自由,这是从法律的角度来保障公民的知情权,以及对某一事件表达见解、发布出版意见的权利。而与这些权利相对应的就是隐私权,用于保护用户的隐私信息。信息技术的快速发展给个人隐私权带来了严峻的挑战。要进一步说明的是,企业在开发信息资源过程中,经常涉及对用户数据的处理、挖掘或开展信息增值服务,如何处理好这类活动与保护用户隐私的关系,也是当前企业面临的重大问题。本节将探讨隐私权、隐私问题以及隐私权保护法案。

9.4.1 隐私权

(1) 隐私权

隐私权(right of privacy)是指保证当事人的私人生活和私密信息按照个人意愿不受他人干扰、知悉和公开的权利。隐私权具有不同的界定。从心理学角度来看,隐私权是人们对私人生活空间的需要。我们每个人都或多或少地需要一种心理上的肯定性,即我们独立掌握自己的财产和私人资料。从法学角度来讲,隐私权是个人保护的需要。

(2) 隐私问题

信息技术实现了快速而容易的搜集、储存、集成、交换、检索数据和信息的技术可行性和经济可行性。这对提升计算机信息系统的效率和效力产生了积极的影响。然而,信息技术储存和检索信息的能力对个人的隐私权也有负面影响。例如,在很多公司中,员工的保密电子邮件信息都受到监控。每当人们访问 Web 站点时,其个人信息都将被收集起来。存储在信用机构、政府部门和私营企业中央数据库中的个人信息被盗窃和滥用,也会引发侵犯隐私、欺诈和其他的不道义事件。未经授权就使用这些信息将对个人隐私造成巨大伤害。

以下是目前比较普遍的信息技术应用对个人隐私产生负面影响的行为：

① 访问私人电子邮件内容和计算机记录，基于人们访问互联网站点和新闻组的行为来收集和共享个人信息。

② 提供移动通信服务的公司掌握着用户的个人信息，并使用电脑监控用户的移动通信设备使用行为和所处位置。

③ 通过计算机匹配，利用来自不同信息源的客户信息开展额外的营销服务。

④ 在用户未授权的情况下，收集用户的电话号码、电子邮件地址、信用卡号及其他个人信息来建立客户个人特征文件。

案例 9-5

银行雇员盗卖客户信息

Philip Cummings 是一位英国人，在 2005 年 1 月，被纽约法庭被判入狱 14 年。Philip Cummings 通过工作中的便利，下载银行客户的信用报告，并用一个属于福特汽车信用的密码获取了 15 000 个信用报告。Philip Cummings 将盗取所得信用报告以每个 30 美元卖给了犯罪分子，犯罪分子再将这些信用报告进行转卖，最终购买的人就能获得银行客户的银行账号并使用他们的信用卡，并且通过修改被盗身份的个人细节，获得新的信用卡和 ATM 卡。Philip Cummings 的犯罪行为造成的损失在 5 千万到 1 亿美元之间。

(3) 互联网上的隐私

如果不采取适当的预防措施，每当用户发送电子邮件、访问 Web 站点、在新闻组粘贴消息、通过互联网处理银行业务和购物、在线处理业务或娱乐时，都会在毫不知情的情况下被那些忙于收集个人数据的人和组织所利用。但通过使用加密和匿名重邮程序等工具，及通过有选择的访问 Web 站点和谨慎提供信息，即使无法完全避免隐私被侵犯，用户也可以将其风险降低到最低。

在互联网上，用户的隐私处于高度暴露和开放的状态。大多数互联网及其上的 Web、电子邮件、聊天室和新闻组是广泛开放的、不安全的电子领域，没有严格的规则来区分私人信息和可公开的信息。每当互联网用户访问网站或新闻组，其信息都被合法的捕获并自动记录到用户硬盘的 Cookie 文件中。然后，网站所有者、在线审计服务商可能把 Cookie 文件信息或你的其他互联网使用记录转售给第三方使用。更坏的情况是，很多网络或网站极易成为黑客拦截或窃听私人信息的目标，从而导致用户私人信息被盗取。

当然，用户可以选择几种方式来保护自己的隐私，如电子邮件双方在邮件系统中加入了彼此兼容的加密软件，就可以对敏感电子邮件进行加密保护。在新闻组粘贴消息时，可以使用匿名重邮程序来发送，这样当用户在讨论中发表自己的评论时就可以保护自己的身份。

用户还可以明确要求互联网服务提供商不要将自己的名字和个人信息出售给第三方。最后，用户也可以拒绝为在线服务和网站用户特征文件提供个人资料和兴趣信息，以避免将自己暴露给电子监听者。

(4) 隐私权保护法案

很多国家严格限制企业和政府机构收集和利用个人数据。很多政府颁布了隐私法，以期能够强制保护计算机文件和通信的隐私。例如，在美国，电信隐私法案(Electronic Communications Privacy Act)以及计算机欺诈与滥用法案(Computer Fraud and Abuse Act)禁止监听数据通信信息，禁止窃取或破坏数据，禁止擅自闯入与联邦政府相关的计算机系统。如果企业需要监控员工对互联网的使用，法律明确要求企业必须事先告知员工。计算机匹配与隐私法案(The Computer Matching and Privacy Protection Act)还规范了联邦政府文件的数据匹配，以此来证实联邦程序的合法性。

9.4.2 其他挑战

(1) 就业挑战

利用计算机实现工作活动的自动化对就业产生了巨大的影响。毫无疑问，信息技术的应用创造了新的工作机会，提高了工作效率，但同时也明显减少了某些工作的就业机会。例如，当用计算机实现财务系统或机床自控系统时，以前由很多职员或机械师完成的任务就可由系统自动完成。与信息技术替代的工作相比，IT 新创造的工作机会通常要求不同类型的技能和教育经历。许多人会失业，除非他们经过再培训和学习，才能够适应新的工作岗位及履行新的职责。

然而，互联网技术创造了大量新的工作机会也是毋庸置疑的。为支持电子商务和电子化企业应用，产生了很多新的工作职位，包括网络管理员、电子商务主任、系统分析员和用户顾问等。此外，由于信息技术的诞生，产生了一系列的新产品和服务，这也提供了新的工作机会。如在太空探测、微电子技术和电信技术等领域，那些高度依赖信息技术的活动创造了新的工作。

(2) 计算机监控

计算机监控(computer monitoring)是指在数百万员工工作时用计算机监控他们的工作效率和行为。这是在工作场所中影响隐私和工作条件质量的重大道德问题之一。雇主可以通过计算机监控收集员工的工作效率数据，从而提高服务的效率和质量。然而，也有批评者认为计算机监控是不道德的，因为它监控的是个人而不是工作，监控侵犯了员工的隐私和个人自由。例如，航空公司的订票代理系统可以准确地记录订票员接听每次电话的时间长短、两次通话的间隔时间以及订票员休息的次数和时间长短，并监控通话内容。

在大部分情况下，员工并不知道他们处于监控之中，或者不知道监控信息被如何使用。不恰当的使用收集到的数据来做人事决策损害了员工的应有过程权利。而且，计算机监控增加了那些长期处于电子监控之下员工的压力，会引发被监控员工的健康问题。此外，计算机监控还被指责剥夺了员工的工作尊严。计算机监控创造了“电子血汗工厂(sweatshop)”，员工被迫在恶劣的工作条件下紧张忙碌地工作。

现在，社会上已经形成一种政治压力，要求政府用法律、法规手段来规范工作场所的计算机监控行为。法律草案将会约束计算机监控并保护员工的知情权和隐私权。

(3) 工作条件的挑战

信息技术消除了办公室和工厂中以前由人来完成的单调和令人厌烦的工作任务。如字处理和桌面排版系统使办公室文档处理变得简单容易，而机器人则在汽车工业中承担了繁重的焊接和喷漆工作。在很多情况下，信息技术允许人们把精力集中在更具挑战性、更有趣，以及需要独特创造力的工作上，它提高了完成工作任务的技能水平，在计算机行业和使用计算机的组织中创造了要求开发高级技能的挑战性工作。信息技术改进了工作条件的质量和工作活动的内容，提高了工作质量。

当然，必须提及的是，信息技术的某些工作，如数据录入，仍属于一项重复性和日常性工作。还有，当计算机用于实现自动化时，装配线作业要求工人像机器而非有高超技能的技术工人那样工作。很多自动化作业被批评为把人置于"什么也不做"的待命状态——很多时候，工人花很长时间等待的只是按一下很少需要按的按钮。这对工作质量造成了实质性的损害，但这些问题必须与信息技术所带来的更少工作负担和更具创造性的工作内容相比较来看待。

(4) 对个性的挑战

计算机系统消除了手工系统中存在的人与人之间的关系，弱化了工作中的人性特征，由此对人的个性产生负面的影响。许多计算机系统缺乏灵活性，在运行时必须遵守严格一致的操作流程，对个人产生了严格的管束。

然而，也有很多企业的信息技术应用被设计成提倡个性、降低管束的形式。例如，很多电子商务系统的设计都强调个性和社区特征，以便鼓励客户重复访问电子商务网站。因此，个人计算机和互联网的广泛使用极大地促进了信息系统向人性化和个性化方向发展。

9.5 信息技术的安全管理和控制

企业信息系统存在着很多重大的安全威胁。而对企业信息系统的安全、质量和性能负有责任的管理和业务人员，必须重视面临的安全威胁问题，并采取有效的措施应对。同企业其他重要资产一样，硬件、软件、网络和数据资源需要各种各样的安全措施来保护，以确保其质量并以对企业有益的方式来使用这些资源。本节主要探讨安全管理的内涵、建立安全管理和控制的管理框架，以及安全管理和控制的手段。

9.5.1 安全管理和控制的内涵

现在，越来越多的企业过程离不开计算机系统的支持，一旦系统出现问题，就会遭受严重的损失。系统宕机的时间越长，带来的损失也就越大。而由于许多业务都建立在网络和因特网技术基础上，系统变得更容易受到攻击。因此，信息系统安全事故每年都以很高的比例在增加。

企业的系统中存储了员工纳税记录、医疗记录、工作表现、财务状况等重要的个人信息，以及新产品开发计划、运营数据、市场战略等重要的商业机密。这些数据一旦被破坏、丢失或失窃,都会带来巨大的损失。不当的安全和控制也会带来严重的法律责任。企业不但要保护好自己的信息,也需要保护好员工、客户和商业伙伴的信息。一旦出现失窃、泄露等问题,会导致代价高昂的法律纠纷。从以上角度来说,投资信息系统的安全与控制,保护企业的信息资产,会带来很高的投资回报。

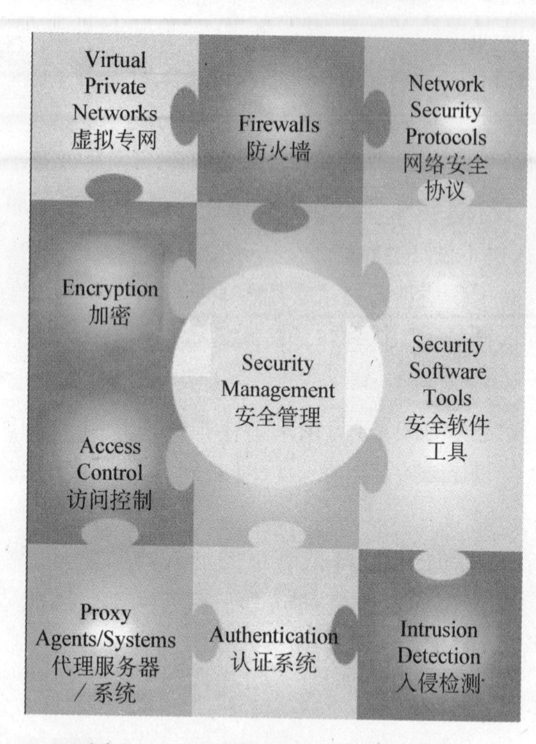

图9-1 信息系统安全管理的一些重要措施

(1) 安全管理

安全管理(security management)的目标是让所有信息系统的处理及资源准确、完整和安全。有效的安全管理可以将企业及其客户、供应商和利益相关者相互连接的信息系统中的错误、欺诈和损失降到最低。如图9-1所示,安全管理是一项复杂的工作,为保护公司的信息系统资源,安全管理人员必须使用和集成各种安全工具和方法。

现今,IT管理人员努力为快速变化的网络基础结构制定互联网安全策略,这是一个巨大的挑战。他们需要思量如何平衡互联网安全和互联网访问之间的矛盾、是否拥有充足的互联网安全预算,以及内部网、外联网和Web应用的开发对安全架构的影响等复杂的问题,才能提出制定互联网安全策略的最佳方法。

保护现代联网企业的安全是一个重大的管理挑战。现在,很多企业仍处于实现与Web和互联网全面连通的阶段,以期通过内部网、电子化企业软件以及客户、供应商和其他业务伙伴间的外联网连接实现电子商务并再造企业内部业务流程。企业需要保护关键的网络连接和业务流程,以免受到外部计算机犯罪和内部不负责任员工的攻击和破坏。这需要各种安全工具和防御措施,需要协调一致的安全管理计划。

案例9-6

Providence Health和Cervalis公司对安全管理问题的认识

华盛顿埃弗里特市Providence Health系统公司的技术总监戴维·赖马说:“随着计算机犯罪的威胁日益增加,越来越多的企业应用互联网将自己同业务和客户连接起来,安全管理的需求也日趋增长。业务部门要求能够广泛,自由地访问系统,这种压力越大,打开的端口越多,系统就越脆弱。”

“Web服务”让企业通过公共Web协议将自己的企业系统与外部伙伴和供应商的系统连接起来。但Web服务观念对安全问题提出了更高的要求。远程工人数量的增加和无线应用的发展进一步增加了安全管理的压力。这意味着企业需要找到一种更好的方法来识别用户、对用户授权并控制他们对网络的访问。

尽管不能保证100%的安全,但企业应该尽量提高内外入侵者偷窃或损害公司IT资产的难度。例如,Cervalis的安全措施始于进入点,即互联网与公司网络的结合点。公司使用严格的端口控制和管理措施管理所有的互联网路由器,以确保恶意攻击者无法轻易进入开放的端口。冗余的负载均衡防火墙转换和过滤所有来自互联网的信息流。基于网络的入侵检测系统遍布整个Cervalis网络。

这项技术是如何工作的?简单的说,这些工具对多种渠道的沟通进行过滤,如电子邮件和即时通讯软件,找出敏感信息。它们都基于一些相同的技术,如模式匹配和相关文本搜索,帮助杀毒软件和反垃圾邮件工具阻止传入的威胁。这些工具通常还带有一些定义好的对个人资料识别的基本模式,如社会保险号码和信用卡号码,同样也有一些识别私人信息的模板,诸如法律文件、人事数据,以及产品的测试结果。

(资料来源:摘自Jaikumar Vijayan,“Securing the Center”,*Computerworld*,May 13,2002。)

(2) 信息系统控制

信息系统控制(information system control)是确保信息系统活动的准确性、有效性和规范性的方法和设备。开展信息系统控制的目的是确保数据录入、处理技术、存储方法和信息输出的正确性。因此,信息系统控制应能监控和维护信息系统输入、处理、输出和存储活动的质量和安全。图9-2中所示的信息系统的控制,可监控并维护信息系统输入、处理、输出和存储活动的质量和安全性。

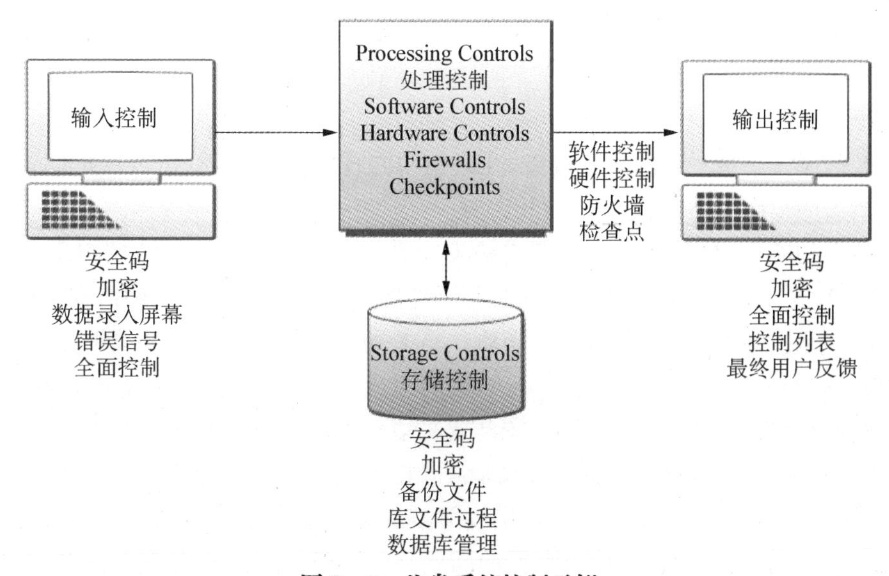

图9-2 信息系统控制示例

信息系统控制应确保向企业系统输入正确的数据，以避免无用输入和无用输出。控制措施的例子包括口令和其他安全密码、格式化数据输入屏幕和错误报警信号。计算机软件可以包含识别错误、无效和不恰当输入数据的指令。如数据输入程序可以检查无效代码、数据字段和事务，并执行"合理性检查" 程序，以确定输入数据是否超过了取值范围或是存在次序错误。

9.5.2 建立安全和控制的管理框架

在信息系统的安全和控制方面，技术提供了基础，而如果缺乏好的管理政策，即便是最好的技术，也无法带来可靠的安全性。因此，要保护企业的信息资源，需要建立一整套严格的安全政策和控制手段。ISO 17799 是一套系统安全与控制的国际标准，为企业建立安全与控制手段提供实施指引。这套标准提供了信息系统安全与控制的最佳实践，包括安全政策、企业连续计划(business continuity planning)、物理安全、访问控制、合规性、建立安全职能部门等。

(1) 信息系统控制的类型

有效保护信息资源需要一整套严密规划的控制措施。可以通过通用控制(general control)和应用控制(application control)对系统进行控制。

通用控制是指对系统的设计、安全、使用程序以及整个公司数据安全的控制。一般而言，通用控制可应用于所有的计算机应用程序，由硬件、软件和手工程序组成，创造一个整体的控制环境。通用控制包括软件控制、硬件控制、计算机操作控制、数据安全控制、系统应用过程控制和管理控制等。其中，软件控制监控系统软件用于防止对系统程序、系统软件和应用程序的未经授权的访问。硬件控制用来确保计算机硬件安全及检查设备是否有故障。计算机操作控制规范部门的工作，确保对数据存储和处理的一致性与正确性。数据安全控制保证所存储的重要商业数据文件不会被未经授权存取、破坏和改变。

应用控制是指针对系统开发过程的不同阶段进行审计，确保开发过程得到适当的控制和管理。管理控制是指用来确保组织的通用控制和应用控制，可以正确执行的一些正式标准、规则、程序和控制原则。

(2) 安全政策

企业必须制定一个一致的安全政策，在政策中考虑风险的性质、需要保护的信息资产、解决风险所需的程序与技术、应用和审核机制。

越来越多的企业开始设立一个正式的安全职能部门，由首席安全官(Chief Security Officer，CSO)负责。安全管理部门对员工进行安全培训，让管理层了解网络安全威胁，并维护所选择的安全控制工具。首席安全官负责执行公司的安全政策。安全政策由信息风险排序表、可接受的安全目标和实现安全目标的机制组成。企业最重要的信息资产是什么？企业中由谁生成和控制这个信息？对信息资产要采取什么风险管理水平？发生安全故障的频率如何？需要花巨资对偶发安全故障采取非常严格的安全控制措施吗？企业必须评估达到可接受的风险水平所需的成本。系统发生故障或威胁的概率很难准确确定，导致某些影响很难量化，这是目前企业风险评估最常见的问题之一。但是对于直接安全成本和间接安全成本的预估、拨款和控制则必须受到重视。风险评估的最终成果是一份使成本最小化和保护最大化的安全控制计划。

一个安全的组织通常有可接受使用政策(Acceptable Use Policy,AUP)和授权政策(Authorization policy,AP)。AUP确定了对企业信息资源和计算设备(包括计算机、无线设备、电话和因特网等)的可接受的使用方法,并明确企业在隐私保护、用户责任、个人对计算机和网络使用等方面的政策。一个好的AUP明确规定了每个用户的可接受和不可接受的使用行为,并明确了一旦违反规定的后果。AP规定了不同层次的用户对信息资产的不同应用水平。授权管理系统规定,用户在何时何地可以访问网站或企业数据库的某个部分。根据事先设定的访问规则,用户只能访问到授权进入的系统部分。

9.5.3 安全管理和控制的手段

(1) 加密

数据加密(encryption)是保护数据及其他计算机网络资源的一种重要方法。密码、消息、文本及其他数据可以采用加密编码的方式来传输,并只能由授权用户的计算机系统来解码。数据加密需要借助特定的数学算法或密钥,将数字转换为加密代码,然后传输出去,当它们到达目的地后再进行解码。

最常用的加密方法是使用公有密钥和私有密钥这样一对密钥,且不同的人密钥各不相同。如可以使用接收方专有的公有密钥加密编码电子邮件,邮件传输出去后,只有接收方的私有密钥才能解密此邮件,具体工作方式如图9-3所示。

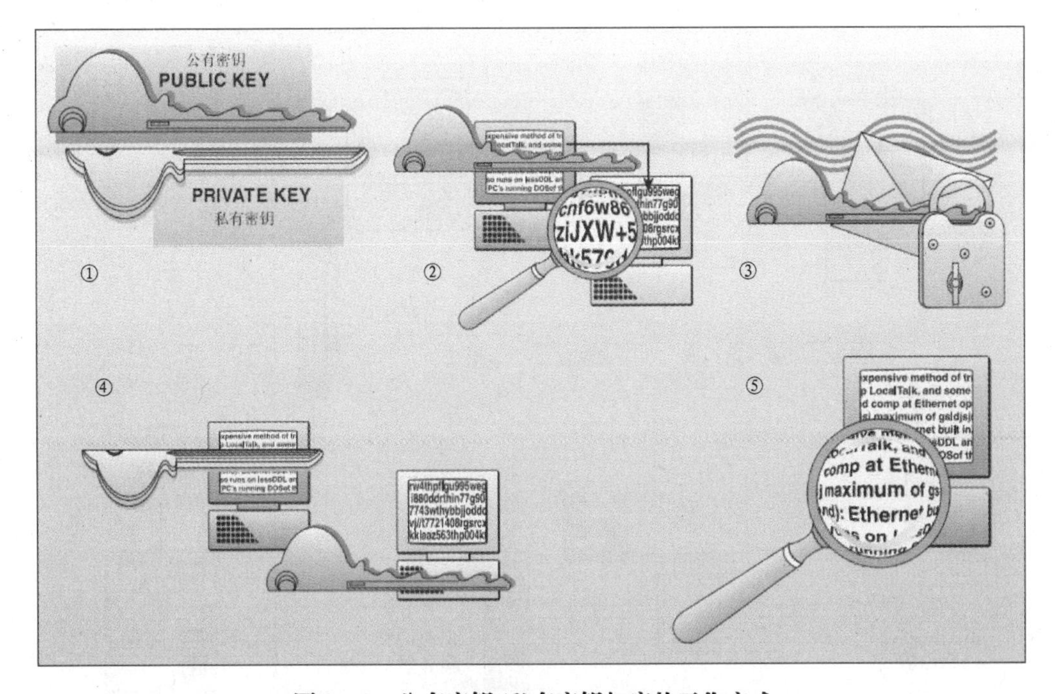

图9-3 公有密钥/私有密钥加密的工作方式

① 用户使用加密软件,创建由两个部分构成的“密钥”——一个是公有密钥,一个是私有

密钥。将含有公有密钥的文件分发给所有想与之通讯的人,只有用户自己可以使用私有密钥。

② 当用户写一封电子邮件的时候,使用接受者的公有密钥来加密该邮件。

③ 加密过程将为邮件加上电子锁。在邮件传输过程中,即时有人截获了它,也无法访问邮件的内容。

④ 邮件到达时,软件使用私有密钥验证邮件是否是用接收者的公用密钥加密的。

⑤ 使用私有密钥,即软件使用专门的加密方案,从而将邮件解密。

加密程序可以作为独立产品销售,也可以嵌入到其他加密处理软件中。目前存在多种软件加密标准,最流行的两种是公钥加密算法(RSA)和 PGP(Pretty Good Privacy)。Microsoft Windows XP、Novell NetWare 和 Lotus Notes 等软件产品都提供加密功能,它们使用的是 RSA 软件。

(2) 防火墙

防火墙(Firewall)是控制和保护互联网和其他网络安全的重要方法。网络防火墙可以是一个通信处理设备,典型的像路由器,或一台装有防火墙软件的专用服务器。防火墙相当于一个"门卫"系统,在企业内网与互联网或其他网络间的双向通信中,防火墙为用户提供一个过滤和安全转发访问请求的控制点。因此它可以保护企业内部网及其他计算机网络免受攻击。防火墙将过滤所有的网络通信,检查其密码或其他安全码是否正确,并只允许授权访问进出网络。通过 DSL 或电缆调制解调器接入互联网的个人,因为总处于连接状态,容易遭受攻击,所以防火墙软件已成为其计算机系统一个基本软件。图 9-4 举例说明了企业的互联网/内部网的防火墙系统。

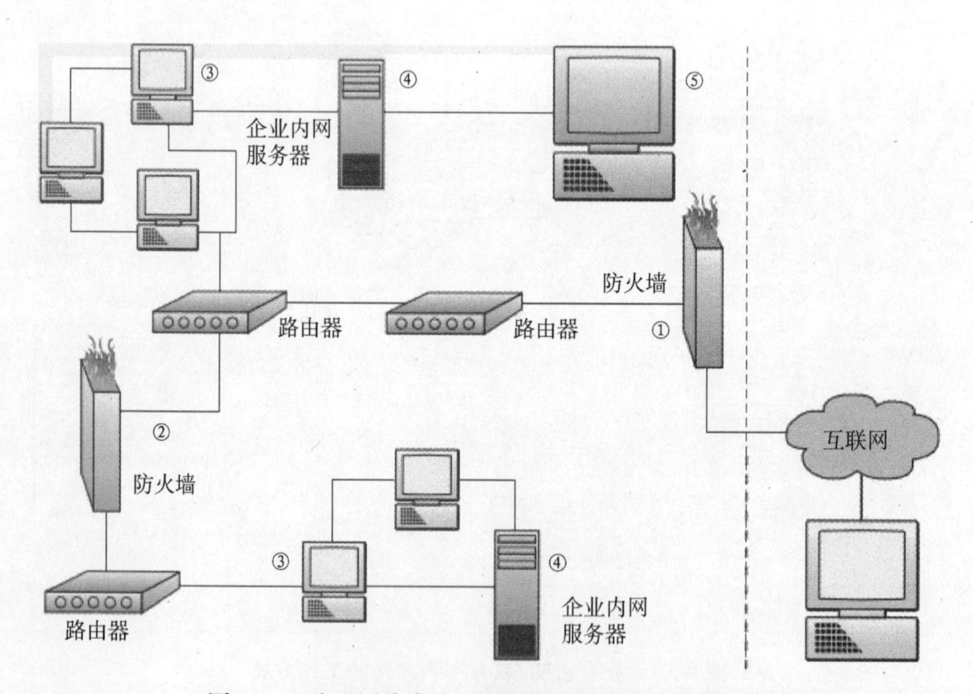

图 9-4 公司网络中的互联网和内部网防火墙的例子

① 外部防火墙阻止非授权的互联网用户。

② 内部防火墙阻止用户访问敏感的人力资源或财务数据。

③ 口令和浏览器的安全特性可以控制对特定内部网资源的访问。

④ 内部网服务器可以根据需要提供认证和加密功能。

⑤ 精心设计网络接口软件，以避免后台资源出现漏洞。

需要说明的是，防火墙并不能完全阻止计算机网络的非授权访问。在某些情况下，防火墙可能只允许互联网上的可信任站点对防火墙里面的特定计算机进行访问，或只允许它认可的“安全”信息通过。如防火墙可能允许用户阅读来自远程站点的电子邮件，但不允许其运行来自远程站点的特定程序。在另外一些情况下，防火墙可能无法区分某个特定的网络服务是否安全，因此所有的请求都会被拒绝。此时，防火墙可能会提供某些网络服务的替代品，如电子邮件或文件传输，这些替代品差不多拥有同样的功能，但比原有的服务更具安全性。

(3) 拒绝服务攻击

互联网对黑客发动的攻击的抵抗能力是极其脆弱的，尤其是分布式拒绝服务(Distributed Denial Of Service，DDOS)的攻击。表 9－7 列出了组织为保护自己免受分布式拒绝服务攻击所应采取的步骤。

表 9－7　如何防御拒绝服务攻击

步骤	具体说明
在被控制的计算机上	制定并强化安全策略；定期扫描特洛伊木马程序和其他脆弱点；关闭不用的端口；提醒用户不要打开电子邮件附件中的.exe 文件。
在 ISP 上	监控并阻止网络探测；过滤欺骗性的 IP 地址；与网络提供商保持一致的安全策略。
在受害者网站上	创建备份服务器和网络连接；限制每台服务器的连接数量；安装多个入侵监测系统和为入站流量安装多个路由器，以减少堵塞点。

通过互联网发起的拒绝服务攻击要依靠网络计算机系统的三个层次：受害者的网站；受害者的 ISP；“僵尸”站点，即受计算机犯罪控制的“奴隶”站点。如 2000 年初，黑客攻破成百上千的服务器，其中大部分是没有很好保护的大学服务器。黑客在这些被攻破的服务器上植入了特洛伊木马程序，然后利用这些服务器发送大量的服务请求，以阻塞 yahoo！和 eBay 等电子商务站点。如表 9－7 所示，计算机网络的三个层次都需要防御措施和安全保护，这是公司保护自己的 Web 站点免受拒绝服务攻击及其他黑客攻击的基本措施。

(4) 电子邮件监控

互联网及其他在线电子邮件系统是黑客散布病毒及入侵联网计算机系统最喜欢的渠道之一。通常情况下，公司试图通过强制手段阻止员工发布非法的、个人的或破坏性信息，而员工则认为这样侵犯了他们的隐私权。

案例 9-7

普雷西迪奥金融合作公司对员工的监控

一份隐私权利信息中心的研究报告说，员工根本无法限制雇主对其的监督。大多数情况下，老板有权监听员工的电话，并取得这些通话的记录，或使用软件来查看员工的计算机屏幕上正显示什么，检查哪些信息被存储在了硬盘上，并跟踪和记录电子邮件。

普雷西迪奥金融合作公司提供投资咨询服务，为 150 个客户掌控着约 30 亿美元的资产。它接受证券交易委员会和全国证券交易商协会的监督，公司与其客户进行的电子邮件及其他通信必须接受监管机构的监察，并保持这些信息的存档。

普雷西迪奥开始使用 Fortiva 公司的监督软件来对公司顾问的邮件进行监视、跟踪和存档。Fortiva 监督软件用来追踪普雷西迪奥公司的销售人员和客户之间电子邮件，专门寻找可能会造成问题的关键词。该软件将会对诸如担保退还或保证性能的短语，或任何时候使用投诉一词进行标记。如果有关键词被标记了，主管必须审查该电子邮件。每天有多达 50 封电子邮件需要排队审查。

不断增加的自动化监测工具，使得雇主比在过去更容易看到雇员正在做什么。但在正常的浏览员工工作记录时，雇主极有可能阅读到员工的隐私信息。

(5) 病毒防御

企业防病毒保护是信息技术的一项核心功能。几乎所有人都会给 PC 机和笔记本电脑安装杀毒软件。杀毒软件在后台运行，并经常弹出窗口来提醒用户。

信息系统部门的重要职责之一就是采用集中发布和更新杀毒软件(Antivirus Software)的方法来构筑防止病毒扩散的体系。还有一些公司把杀毒保护工作外包给互联网服务提供商或电信公司、安全管理公司等。

目前，Trend Micro、McAfee 和 Symantec 等著名杀毒软件公司都开发了网络版杀毒软件，并将其推销给互联网服务提供商(ISP)或其他服务商，而这些服务商则将其作为一种服务提供给自己所有的客户。杀毒软件公司还将市场营销工作对准了安全套件，即将病毒保护功能与防火墙、Web 安全和内容过滤功能集成到一起。见图 9-5。

(6) 其他安全措施

容错计算机和安全监控器等软硬件工具、口令和备份文件等安全策略和过程，是保护企业系统和网络的常用安全措施。现在，这些措施已成为很多企业实施综合安全管理的部分内容。

① 安全密码。安全管理通常使用多级口令(password)系统。首先，终端用户通过输入自己专用的标识码或用户 ID 来登录计算机系统。然后系统要求用户输入口令以获取系统访问权。下一步，为了访问某个文件，用户必须输入一个唯一的文件名。在某些系统中，读

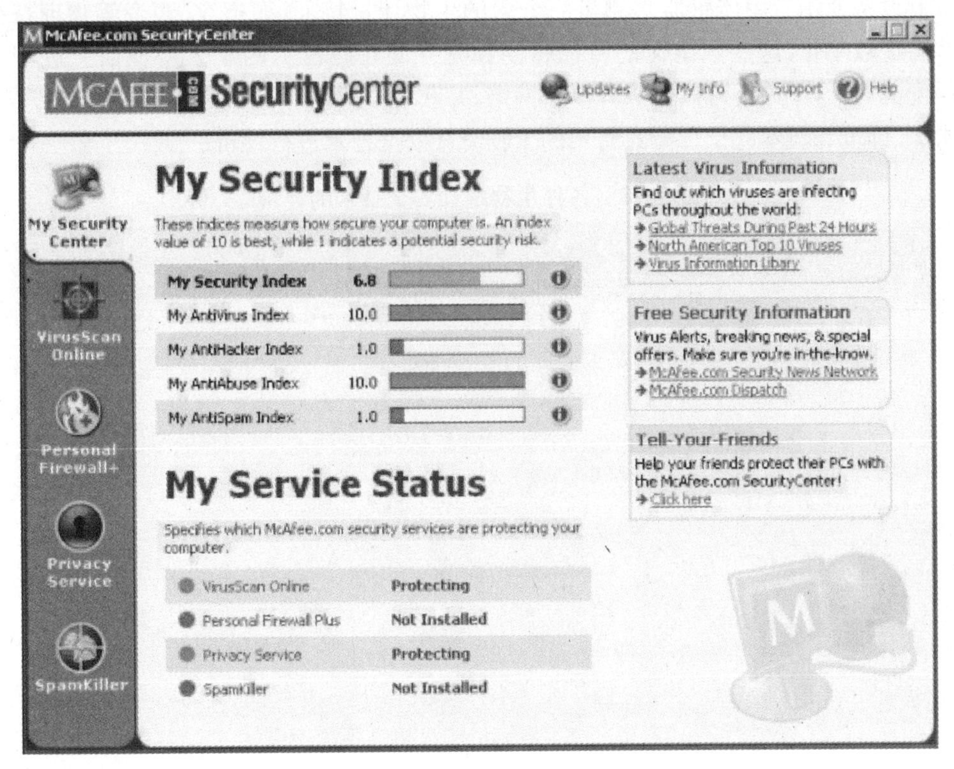

图 9-5 拥有杀毒和防火墙保护功能的 PC 安全套件的例子

取文件内容的密码与写文件的密码是不同的。这一特征为存储的数据资源又增加了一个保护层。为了更加安全起见,口令也可以编码或加密,以避免被窃取或滥用。此外,某些安全系统还使用了智能卡,其内含有微处理器芯片,它可以产生随机数并添加到终端用户的口令末尾。

② 备份文件。备份文件(backup files)是数据或程序的冗余副本。用户可以用文件保留措施来保护文件,即保留文件以前阶段的副本,如果当前文件被损毁,可以使用副本来重建新的当前文件。有时,为了达到控制目的,不同时段的文件副本都要保存起来。此类备份文件可以异地保存,即存储在远离公司数据中心的地方,有时是保存在远处专用的存储库中。

③ 安全监控器。系统安全监控器(system security monitor)是对计算机系统和网络的使用进行监控,保护它们避免遭受非授权使用、欺诈和破坏的程序。此类程序提供的安全措施仅允许授权用户访问网络,如识别码和口令。安全监视器还可以控制计算机系统硬件、软件和数据资源的使用,如即时授权用户只能使用特定的设备、程序和数据文件。此外,安全程序还可以监控计算机网络的使用,收集任何企图不当使用网络的统计数据,然后生成报告以辅助管理员维护网络的安全。

④ 生物统计安全技术。生物统计安全(biometric security)是一个快速发展的计算机安全领域。计算机设备提供的这种安全措施可以测量每个人的不同物理特征,包括识别声音、指纹和手形,进行签名动力学分析,击键分析,视网膜扫描,人脸识别和基因模式分析。生物

统计控制设备使用专用传感器来测量一个人的生物计量特征,如指纹、声音等物理特征,并将这些特征数字化,这些数字化的特征将同预先存储在磁盘上的个人特征信息进行比较。如果匹配成功,这个人就可以进入计算机网络,并获取安全系统资源的访问权。表 9-8 从用户需求、准确度和成本三个方面对常用的生物统计安全技术进行评价。

表 9-8 各种生物统计安全技术的评价

	用户标准		系统标准	
	侵扰程度	付出努力	准确度	成本
动态手写签名验证	优	一般	一般	优
脸形	好	好	一般	好
指纹扫描	一般	好	好	好
手形	一般	好	一般	一般
被动式虹膜扫描	差	优	优	差
视网膜扫描	差	差	很好	一般
声纹识别	很好	差	一般	很好

请注意,表 9-8 所列出的生物统计安全评价的例子是根据对用户的侵扰程度(该技术打断用户的次数),以及用户进行认证所做出的努力。此外,每样技术的相对精度和成本也是被评估的,每一个例子都是对这四个指标的权衡。由于脸形识别只是简单的根据对用户的侵扰程度和做出的努力来判断,它的精度不如其他方法那么高。生物识别技术还处于起步阶段,许多新技术正在被开发来提高准确度,同时尽量减少用户作出的努力。

⑤ 计算机故障控制。断电、电子元器件失效、通信网络出现问题、隐藏的程序错误、计算机病毒、计算机误操作和电子破坏都可能造成计算机系统故障。控制计算机故障的措施包括:选用具有自动维护和远程维护能力的计算机;使用常用的预防性硬件维护程序和软件更新管理程序;在灾难恢复组织中要包含计算机系统备份能力;硬件和软件发生较大变化时要经过仔细的计划和周密的实施,以免发生问题;对数据中心员工进行专业培训。

⑥ 容错系统。容错(fault-tolerant)计算机系统也可用于安全保障工作。此类系统拥有冗余处理器、外设和软件,在系统发生故障时具有故障切换能力,可以备份出现故障的部分。容错系统还提供了一种故障安全能力,即使出现较大的硬件或软件故障,计算机系统仍能以相同的能力水平继续工作。不过需要说明的是,很多容错计算机系统提供的是故障软化能力,即在系统的主要部分出现故障时,系统仍能继续工作,只不过能力有所下降。表 9-9 列出了很多计算机系统和网络具备的若干容错能力。

表 9-9 计算机信息系统的容错方法

应用层次	威胁	容错方法
应用程序	环境、软硬件错误	针对特定应用设置冗余、回滚到以前的检查点
系统	停机	孤立系统、保护数据安全、系统集成
数据库	数据错误	将事务处理与安全更新隔离、记录事务历史、备份文件
网络	传输错误	使用可靠的控制器、使用安全的异步传输和握手协议、设置后备路由器、检测错误并编写错误更正代码
处理	硬件和软件错误	设置后备计算能力、回滚到检查点
文件	介质错误	在不同的介质和系统上备份复制关键数据；归档备份和检索
处理器	硬件故障	重试指令；在内存载入错误更正代码并运行；复制；多处理器和内存

⑦ 灾难恢复。一些自然或人为灾难，如台风、地震、火灾、洪水、犯罪、恐怖活动和人为错误都可能严重毁坏一个组织的计算资源，从而影响组织的正常运行。很多公司，特别是在线电子商务零售商、批发商、航空公司、银行和互联网服务提供商，即使只失去几个小时的计算能力，也会遭受巨大的损失。这就是为什么组织要开发灾难恢复(disaster recovery)程序并将其纳入到灾难恢复计划中的原因。灾难恢复计划需要详细说明以下内容：参与灾难恢复工作的员工及他们各自的职责；应使用硬件、软件和设备设施；待处理的应用的优先权。与其他公司达成协议，将其后备设施作为灾难恢复站点和组织数据库的场外存储地，也是有效开展灾难恢复工作的内容之一。

9.6 信息系统审计

信息系统控制环境建立后，如何检验控制是否有效？为了衡量组织信息系统控制的成效，企业必须进行全面的、系统的审计。本节主要探讨审计的角色、数据的质量审计，以及审计跟踪。

9.6.1 审计的内容

信息系统审计是指对信息系统有影响的所有的控制进行审查，评价其有效性。审计用来确认管理单个信息系统的所有控制措施，并评估其效能。为了达到此目标，审计人员必须对整个操作过程、物理设备、通讯网络、控制系统、数据安全目标、组织架构、人事、手工处理流程和每个具体的应用都有细致而充分的了解。

案例 9-8

美国社会保障局和联邦调查局不同的数据质量审计

美国社会保障局建立了相应的数据质量审计规程，每个月审计两万个与案例有关的记录，以此来控制系统数据处理的质量。相反，在美国联邦调查局的档案系统，几乎没有进行任何的数据质量控制，因此其犯罪档案系统存在严重的问题。

针对联邦调查局计算机犯罪档案系统的一项研究发现，在国家罪犯信息中心系统中保存的档案有 54.1%是不准确、不完整或模糊的，而联邦调查局的半自动化识别系统中 74.3%的档案有严重的质量问题。对此，联邦调查局采取了一些改正问题的措施，但系统中的数据质量低劣的问题却已经产生了非常严重的负面影响。

审计人员的主要工作内容包括：对信息系统的关键用户进行访谈，了解他们的活动和工作程序，对系统的安全性能、应用控制、整体性控制情况进行审计和检查，并对系统的有效性和稳定性作出评估。必要时，审计人员还会跟踪某项业务在系统中的操作流程，使用自动审核软件进行测试。安全审核还应该考察技术、程序、文件、员工培训和人员配置，最终出具审核报告，列出安全控制的缺陷和可能带来的后果，并提出改进建议。

信息系统审计中非常重要的一点就是数据质量的审计分析。数据质量审计有三个途径：调查用户对数据质量的理解和认识，审查整个数据文件，以及检查数据文件中的数据。通过上述调查分析，可了解信息系统中数据的准确性和完整性。

定期进行数据质量审计，企业才能掌握其信息系统中有多少不准确、不完整或模糊的信息。不准确、不及时或与其他信息源不一致的数据也会给组织信息系统的运行或企业的经济效益带来严重的问题。

9.6.2 审计的技术和方法

(1) 审计跟踪

由于信息处理的虚拟化和网络化，在信息系统中，数据是动态变化的，这给审计工作带来很大的困难。但是，这也正是审计跟踪工作尤为重要的深刻缘由。

审计跟踪是指存在用来跟踪事务的信息处理完整过程的文档。当事务在源文档上出现时，追踪就开始了，而当它被转换为最终输出文档或报告上的信息时，追踪过程结束。人工信息系统的审计跟踪具有可见性。然而，计算机信息系统改变了审计跟踪的形式。现在，审计人员必须知道如何以电子方式搜索记录过去活动的文件，以追踪现代网络计算机系统的审计线索。

这种电子审计跟踪经常采用控制日志的形式，因为日志自动在硬盘或移动设备上记录了全部的计算机网络活动。在线事务处理系统、性能及安全监控系统、操作系统和网络控制程序等很多系统都具有这种审计特征。记录全部网络活动的软件被广泛用于互联网、企业内部网和外联网上。这种审计跟踪不仅能帮助审计人员检查错误或识别诈骗，还可以帮助信息系统安全专家追踪和评价黑客攻击计算机网络的线索。

(2) 审计抽样

审计抽样是指从审计总体中选取一定数量的样本进行测试，并根据测试结果，推断审计对象总体特征。

审计抽样的方法有很多种。按照抽样决策的依据不同，可分为统计抽样和非统计抽样。统计抽样(statistical sampling)是审计人员在计算正式抽样结果时采用统计推断技术的一种抽样方法，采用客观的方法来决定样本量大小及抽样方式。非统计抽样(non - statistical sampling)是审计人员全凭主观标准和个人经验来评价样本结果并对总体做出结论。两者最根本的区别在于，统计抽样可以量化抽样风险，而非统计抽样则不能实现。

按照总体特征不同，可分为属性抽样和变量抽样。属性抽样主要用于测试控制，估计一个控制或一组相关控制属性的发生概率。属性抽样包含三种基本方法：①固定样本量抽样(fixed sample - size sampling)，常用于估计审计对象总体中某种偏差的发生比例。其特点是预先确定样本量，在执行抽样计划的过程中不再进行变动。②停——走抽样(stop or go sampling)，这是在固定样本量抽样的基础上的一种改进形式。它从预计总体误差为零开始，通过边抽样边审查评价来完成审计工作，可以克服固定样本量抽样时要选取过多的样本缺点，提高审计工作的效率。③发现抽样(discovery sampling)，是属性抽样的一种特殊形式，主要用于查找非法重大事件。其理论依据是，如果总体偏差率大于或等于某一特定比率，那么在既定的可信赖程度下，从一个足够大的样本中至少能查出一个偏差。

变量抽样根据总体的抽样来估计总体的金额数或其他衡量单位，其主要目的是验证可能存在于程序或功能中的因控制失效导致重大影响的重大金额。变量抽样法通常有3种常用方法：①分层单位平均估计抽样(stratified mean per unit)，先对样本总体进行分层，在不同分层中进行抽样检查确定样本的平均值，根据样本平均值推断总体的平均值和总值。②不分层单位平均估计抽样(unstratified mean per unit)，通过抽样检查确定样本的平均值，根据样本平均值推断总体的平均值和总值。③差额估计抽样(difference estimation)，以样本实际价值与账面价值的平均差额来估计总体实际价值与账面价值的平均差额，然后再以这个平均差额乘以总体项目个数，从而求出总体的实际价值与账面价值差额。

(3) 连续在线审计

连续在线审计可以利用信息技术在不中断被审计业务系统的正常运行的情况下，对业务系统的内部控制进行检查与评估，连续监测系统运作，评价系统安全性、有效性以及评价数据的真实性和完整性。目前常用的连续在线审计方法有以下几种：

① 系统控制审计检查文件/嵌入式审计模型(SCARF/EAM)。通过在应用系统中嵌入特殊的审计软件模块，实现对系统有选择的监测，如图9-6所示。信息系统审计人员在认为重要的控制点上嵌入审计模块对系统中的事务进行连续的监控，将收集的信息写入一个特殊的审计文件——SCARF主文件。

② 整体测试法(ITF)。通过在系统中建立虚拟实体(dummy entity)，用正常系统运行，对结果进行比较分析，判断控制，如图9-7所示。适用于一般测试数据不能有效测试系统控制的情况。在实施整体测试方法时要注意测试数据可能会进入被审计系统的真实数据环境。

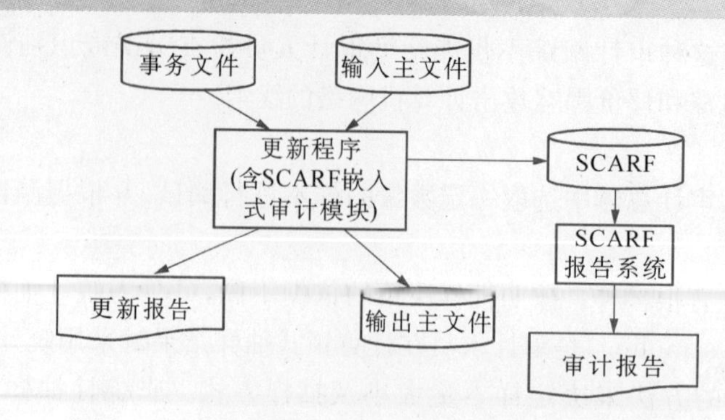

图 9-6 系统控制审计检查文件/嵌入式审计模型

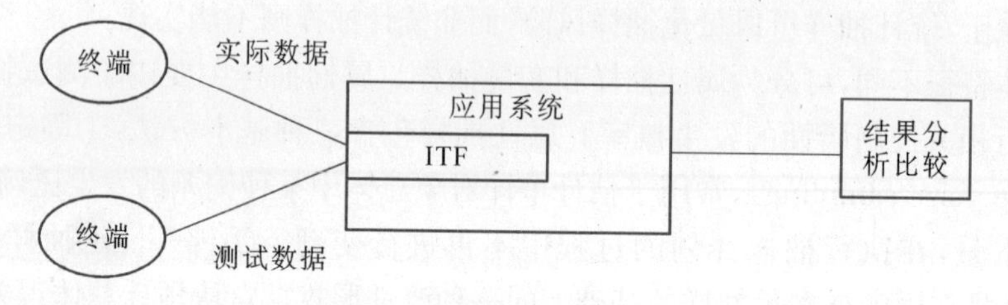

图 9-7 整体测试法(ITF)

(4) 主要的审计工具

在进行信息系统审计时,会涉及到大量的数据处理和分析工作,借助专业的审计工具,将大大提高审计工作的准确性和效率。

在审计工作中,常用的审计工具软件有以下几类:

① 评估安全性和完整性的工具软件。如:访问控制分析软件。

② 熟悉系统的工具软件。如:系统配置分析软件、流程图制作器。

③ 评价数据质量的工具软件。如:查询工具、数据比较软件。

④ 评估程序质量的工具软件。如:程序比较软件、测试数据生成器。

⑤ 辅助审计程序开发的工具软件。如:程序生成器。

⑥ 辅助生成有关审计文档的工具软件。如:文档生成器、办公软件。

还有一些与软硬件度量有关的工具,如硬件监测器、软件监测器、固件监测器、混合监测器。

★★★★★ 本章知识点 ★★★★★

信息道德	非授权使用	安全政策
商业道德	软件侵权	生物统计安全技术
技术道德	知识产权	系统审计
从业人员的道德修养	隐私问题	审计跟踪
道德指导方针	安全管理	审计抽样
计算机犯罪	系统控制	整体测试法 ITF
黑客攻击		

案例分析

Raymond James 等公司对出站内容的管控

对于位于佛罗里达州彼得斯堡的证券经纪公司——Raymond James 金融公司的首席安全官弗雷德里克森来说，防止敏感的客户数据及专用信息泄漏是最新的优先事项。这个问题关注的已不仅仅是电子邮件里的内容，而是员工所使用的激增的替代通信方式，包括即时通讯，博客，FTP 传输，网络邮件和留言板。仅仅监视电子邮件是不够的。因此，弗雷德里克森推出了基于网络的出站内容监控系统。该软件来自于旧金山的 Vontu 公司，跟基于网络的入侵检测系统以相同的方式，在网络层进行监控通信流量。然而，Vontu 监控的是来自于 Raymond James 公司 16 000 名用户的网络活动，而不是以入站流量为重点。它审查每一个实时网络数据包的内容和主题，当发现违反政策的行为时发出警报。

基于网络的系统做的不仅仅是基于规则的扫描，比如社会安全号码或其他容易辨认的内容。它们通常分析敏感文档及内容类型的文件，并为每一个文件生成一个独特的指纹。管理员然后制定相关内容政策，系统使用语言分析以确定敏感数据，当这类信息在企业局域网传输时强制执行制定的政策。该系统可同时检测完整的文件和“文件片段”，如在即时通讯软件中，用户粘贴的文件片段。

出站内容管理工具，专门用来检测通过电子邮件、即时通信软件或其他渠道离开公司的专有信息。这项技术是如何工作的？简单的说，这些工具通过多种渠道对传出信息的沟通工具进行过滤，如电子邮件和即时通讯软件，找出敏感信息。他们都基于一些相同的技术——模式匹配和相关文本搜索，同样可用来帮助杀毒软件和反垃圾邮件工具阻止传入的威胁。这些工具通常带有已定义好的识别个人资料的基本模式，如社会保险号码和信用卡号码，也有针对常用私有资料的模板，诸如法律文件、人事数据、以及产品的测试结果等。

公司通常使用这些工具搜寻三种类型的信息，第一类也是最简单的类型是个人可识别信息，如社会安全号码和信用卡信息；第二类是公司机密信息，如产品规格，工资信息，法律文件或供货合同，虽然此类信息难以确定，但在有足够的样本时，大部分工具可以发现语言表达的模式；第三类是对公司资源的不恰当使用，如潜在的涉及种族攻击的通信。

位于佛罗里达州西棕榈海滩的富达银行，正使用 PortAuthority 技术公司（位于加利福尼亚州帕洛阿尔托）的 PortAuthority 系统的邮件过滤功能。发出的包含有社会安全号码、账号、贷款号码或其他个人财务资料的电子邮件将被截获并返回给用户，并附带如何发送电子邮件的安全指示。

但是，过滤器并不是完美的。即使使用得当，这些工具也不能在企业周围建上铜墙铁壁。例如，他们无法检测到通过 Skype 网络电话（VoIP）服务的或者 SSL（安全套接层）连接的信息流动，科克指出。他们还可能误报造成海量的日志，使得 IT 安全人员很难找出真正的问题。这就是为什么首席信息官(CIO)们应该将出站内容管理看做一种补充工具,以限制意外或无意的敏感数据通信,而不是主要的防御工具。

(资料来源:

① Galen Gruman. Boost Security with Outbound Content Management [J]. CIO Magazing, 2007 (4).

② Robert Mitchell. Border Patrol: Content Monitoring Systems Inspect Outbound Communications [J]. Computerworld, 2006(3).)

【思考题】

(1) 组织应该如何在监控和侵犯员工隐私权两者之间寻找平衡?为什么公司认为实现这种平衡是重要的?

(2) 疏于监控或过度侵犯员工隐私会给公司带来什么不良后果?

(3) 你了解现有的信息传输技术吗?假设你是案例中提及企业的信息主管,请问你会采用什么方法和技术来监测信息。假设你是案例中提及公司的客户,你认为公司应该采用什么手段来保障你的信息安全?

第十章
全球企业与未来的挑战

学习目标

- 了解全球企业的定义
- 了解全球性价值链和面临的主要技术问题
- 了解信息技术管理面临的文化、政治和地缘经济挑战
- 了解企业 2.0 和社群关系 2.0
- 了解开放架构与开放创新

10.1 全球化背景下IT战略和应用

企业IT规划内容涵盖了企业IT战略和IT应用,目标在于发现满足企业客户价值和企业价值目标的创新性方法。本节主要探讨全球企业的IT战略和应用。

10.1.1 全球企业IT战略

全球企业是指在跨国企业基础上发展起来的,突破国与国之间界限,在全球范围内实现资源优化配置的大型企业。经济全球化发展为跨国企业向全球企业的转变提供了适宜的宏观环境。但如何协调和管理分布于全球各地、数量众多的子机构,是全球企业面临的重大问题。

在以往,企业一般采用下面两种国际管理策略:一种是国外子公司采取自治策略,但在新流程、新产品和新创意方面,子公司要依赖于总部;另一种是企业总部密切管理公司运作的全球战略。这样的策略曾经为企业做出巨大的贡献,因为它通过权限限制实现了总公司对子机构的有效管理,但同时,这种策略的弊端也显而易见——子机构的发展潜力和前景受到了束缚。

全球企业面临着重大的压力,一方面,各种分支机构在地域上分散的分布增大了总公司控制管理的难度;另一方面,总公司无法为每个分支机构都配备足够的问题解决专家。

案例10-1

通用汽车建立工厂IT系统

通用汽车花了大量时间对全球160个工厂的IT基础设施进行彻底升级,包括对每个工厂的软件和程序进行标准化,升级网络并建了四个指挥中心,目的是让专家可以看到所属工厂,并使得闲置的生产线能够迅速工作起来。通用在其所属全球工厂推广两个标准化软件系统,一个是路由跟踪系统,用于确保每一辆车的生产按计划生产;另一个是厂内订单管理系统,该系统连接供应商与装配生产线。

通用还建立了一个应对重大技术问题的流程,包括位于关键工厂的8个专家中心。中心配备了专门的应用软件专家,员工可以到这里寻求帮助。第一道防线位于每个工厂,全球四大指挥中心负责监控和参与IT问题的解决,并对其他专家中心的帮助进行协调。位于密歇根州庞蒂亚克的主要指挥中心里,网络专家远程跟踪可能会对工厂产生影响的事件,如停电、自然灾害等。每天早上,全球指挥中心的员工会对工厂进行"健康检查",希望能避免由于在停工期进行升级维护而在开始两小时的运行中出现问题。

(资料来源:摘自M. Weier, "GM's Factory IT Faces a Test", Information Week, June 21, 2008; and L. Sullivan, "Hummer Manufacturing Plant Goes Wireless", Information Week, March 8,2004.)

事实上，全球企业都努力向跨国战略(transnational strategy)迈进，依赖信息系统和互联网来帮助自己整合全球业务活动。全球企业并没有在子公司设立独立的信息系统部门，也没有采取在总部的指导下采取集中式的信息系统运作方式，而是努力为其IT平台开发一个集成的、全球协作的硬件、软件和基于互联网的体系结构。表10－1比较了全球化企业IT战略的几大方法。

表10－1 全球化企业IT战略的三大方法及其技术特征

战略名称	具体方法说明	信息技术特征
国际化	① 自主运作 ② 地区相关 ③ 纵向一体化 ④ 特定客户群 ⑤ 被动制造 ⑥ 按地区和工厂来服务和细分客户	① 独立系统 ② 分散化/没有标准 ③ 严重依赖接口 ④ 多个系统，高度冗余及重复服务和运作缺乏公共系统和数据
全球化	① 利用全球资源 ② 多地区 ③ 横向一体化 ④ 实现某种程度的客户和生产透明性 ⑤ 一定程度的交叉分区	① 独立系统 ② 依赖接口 ③ 一定程度的应用集中和通用系统的使用 ④ 运作重复性下降 ⑤ 存在某些世界范围内的IT标准
跨国化	① 通过全球联盟实现虚拟企业运营 ② 世界市场和大规模定制 ③ 全球电子商务和客户服务 ④ 透明制造 ⑤ 全球供应链和物流 ⑥ 动态资源管理	① 逻辑上统一，物理上分布，通过互联网连接 ② 公共的全球数据资源 ③ 集成的全球企业系统。 ④ 互联网、内部网和外联网上的基于Web的应用 ⑤ 跨国IT策略和标准

表10－2展示了一些全球化公司实施IT战略的例子。

表10－2 全球化公司实施IT战略的例子

	全球联盟	全球化资源和物流	全球化客户服务
实施IT战略的公司实例	英国航空公司/合众国航空集团 皇家荷兰航空公司/西北航空公司 澳洲航空公司/美利坚航空公司	贝纳通集团(Benetton)	美国运通(American Express)

续 表

	全球联盟	全球化资源和物流	全球化客户服务
IT 环境	全球网络(在线订座系统)	全球化网络,4000 个商店中安装电子销售终端,在中央制造中使用 CAD/CAM,在自动化仓库中使用机器人和激光扫描仪	全球网络将本地分行和本地商户连接到客户数据库、医疗数据库或其他有权访问的指定数据库上
结果	调度协调 代码共享 航班协调 共有制	使用 CAD/CAM 每小时可以生产 2000 件针织套衫 快速响应(10 天到达商店) 减少库存(准时制)	在世界范围内存取资金 "全球帮助"热线 紧急信用卡置换 24 小时客户服务

10.1.2 全球企业 IT 应用

全球企业开发的信息技术应用要以全球企业 IT 战略(global business/IT strategies)和企业已有 IT 技能、IT 经验为依靠。同时,这些 IT 应用还要依靠各种全球企业驱动力(global business drivers),即由行业特性、行业竞争或环境力量引起的企业需求。拥有全球客户的航空公司或连锁酒店集团就是一个例子。此类公司的客户要到处旅行或处理全球业务,因此公司需要全球 IT 处理能力,以完成在线交易处理,向客户提供快速、方便的服务,否则客户就会转向公司的竞争对手。全球企业运营产生的规模经济效益是产生全球 IT 应用支持需求的另一个驱动力。表 10-3 概述了使全球 IT 能力成为必要竞争手段的若干企业需求。

表 10-3 驱动全球企业应用的若干企业需求

- 全球客户。客户是那些需要到处旅行的人或者有全球运作业务的公司。全球化 IT 有助于企业向客户提供快速、方便的服务。
- 全球化产品。同样的产品遍及世界各地,或者企业产品由全球子公司转配生产。全球化 IT 有助于企业管理全球市场营销和质量控制。
- 全球化运作。根据经济或其他条件的变化,将产品的零部件生产或装配过程指派给子公司完成。只有全球化 IT 才能支持这种地域的灵活性。
- 全球化资源。全球化公司的各个子公司共享公共的设备、设施和人力资源,并共同分担它们的成本。全球化 IT 可以对这些共享资源进行跟踪。
- 全球化协作。在全球化公司中,员工可以快速访问、共享同事的知识和专业技能,并加以组织利用以支持个人或小组的工作。只有全球化 IT 才能支持这种企业协作。

当然,很多全球 IT 应用,特别是财务、会计和办公应用系统,已经被使用了很多年。如许多全球企业都在使用全球财务预算和现金管理系统,使用传真、电子邮件系统等办公自动化应用。然而,随着全球运作的扩展和全球竞争的加剧,安装面向客户和供应商的全球电子商务和电子化企业应用的压力不断增加。在一些全球企业中,企业依靠自行构建的网络或国有电信网络,建设面向客户的全球电子商务网站和客户服务系统,以及面向供应商的全球供应链管理系统。随着以电子商务为目标的互联网、内部网、外联网的企业应用的爆炸式增长,使全球化公司应用此类软件变得更加切实可行。

案例 10-2

天合公司的IT战略

位于克利夫兰的天合有限公司(TRW),是一家拥有170亿美元资产,业务范围覆盖技术、制造和服务领域,并在全球35个国家设有分支机构的公司。

当天合波兰工厂的企业资源计划系统出现问题时,天合会首先派出与该工厂位置最近的IT团队前来协助解决问题,如果这一团队未能成功的解决问题,天合才会派出举例位于英国或德国的团队来提供后备支持。

速度是关键,本地支持意味着能以更快的速度访问终端用户和资源,按地域临近性来聚集具有快速反应能力的IT支持团队,是天合的全球IT运作的一大特点。

此外,天合还创建了一个卓越中心,其内设有多个主题问题专家,专家可以帮助整个公司的员工解决他们遇到的问题,并满足他们的需求。天合认为,企业无法根本不需要在世界各个地区的分支机构配备专职技术专家,利用共享资源来解决全球IT问题非常有效。

(资料来源:Leinfuss, Emily. Blend It, Mix It, Unify It. Computerworld [J], 2001(3).)

10.2 全球IT平台与全球系统开发

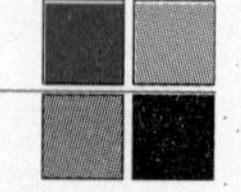

对于得益于经济全球化发展的全球企业而言,它的IT平台建设和系统开发的标准、需求是不同以往的,这给全球企业的IT人员来说,是非常严峻的挑战。本节主要探讨全球IT平台开发、全球系统开发,以及全球性价值链。

10.2.1 全球IT平台

技术平台管理是全球IT管理的主要方面,它包括对支持全球企业运营的硬件、软件、数据资源、通信网络和计算设施进行管理。全球IT平台(global IT platform)管理不仅存在技术复杂性,而且还牵扯重大的政治和文化问题。例如,在某些国家,由于高物价、高关税、进口限制、政府审批周期长、本地服务或备用不足等各种原因,使得硬件和软件选择非常困难。即使向同一个硬件提供商购买软件,欧洲开发的软件也可能与美国或亚洲版本不兼容。如果没有当地分销商的支持,或者软件出版商拒绝为忽视软件许可证和版权协定的市场提供服务,企业可能难以获得性能可靠、功能强大的适用软件。

案例 10-3

花旗银行整合全球 IT 平台

花旗银行(Citibank, N. A.)是花旗集团(Citigroup)下属的一家零售银行,总部位于纽约,在全球 100 多个国家及地区设有分支机构。

在 20 世纪 70 年代,花旗银行自主开发了后台办公银行系统(consolidated online modulated operating system, cosmos),以满足快速发展和管理的需要。在向分支机构推行该系统时,总部将系统的源代码分发给各个国家的分公司,而事实上,分公司为了将系统和本地办公更好的结合,在一定程度上对代码进行了修改,从而造成了整个系统应用的不一致。

2000 年,花旗银行开始使用一个带有标准用户界面和业务流程的全球系统,用于替换 Cosmos,并在 2004 年完成了 100 多个国家和地区分支机构的系统切换工作。整个系统既是标准的,也是为各个国家的分公司定制的,它在同一的框架下使用了当地的语言、管制规则和业务流程。

(资料来源:Mearian, Lucas. Citibank Overhauls Overseas Systems. Computerworld [J], 2002(2).)

管理国际数据通信网络是全球 IT 挑战中的关键的一项。表 10-4 列出了《财富》500 强中 300 家企业的首席信息官指出的前 10 个国际数据通信问题。注意在这 10 个问题中,政治问题的地位超过了技术问题,这清楚地说明了政治问题在全球通信管理中的重要性。

表 10-4 管理国际数据通信的 10 大问题

国际数据通信问题	
网络管理问题	提高网络的运作效率。
	处理不同的网络。
	控制数据通信的安全性。
管制问题	处理国际间数据流的限制问题。
	管理国际电信的规则和条例。
	把握国际政治。
技术问题	跨国管理网络基础设施。
	管理技术的国际化集成。
与国际相关的问题	调和民族间的差异。
	处理国际关税结构

建立国际计算设施是另外一个全球化挑战。拥有全球运作业务的公司通常要在子公司所在的国家自己建立或者由系统集成商来建立数据中心。这些数据中心可以满足本地和本地区的计算需求，甚至可以借助通信卫星连接来平衡全球的计算负荷。然而，海外数据中心的支持、软硬件采购、维护和安全保护成为了企业总部的一个大问题。这就是为什么很多全球化公司转向应用服务提供商或系统集成商，来帮助自己管理海外运作的原因。

互联网是国际商务和贸易的关键要素之一，也是全球商务的 IT 平台。互联网以及相关的内联网和外联网技术，为企业与员工、客户、供应商、分销商、制造商、产品开发商、财务后盾、信息供应商之间的通信与数据交换提供了一种低成本的交互式渠道。表 10-5 列出了构建全球电子商务网站需要考虑的关键问题。

表 10-5　企业建立全球互联网网站的关键问题

关键问题	是否必须开发新的导航逻辑以满足文化偏好的需要？
	哪些内容需要翻译并提供给外国用户？针对外国当地的竞争对手，应该提供哪些与国内不同的信息和产品？
	是在企业主站点上增设其他语言版本，还是开发拥有特定国家域名的独立网站？
	须借助哪些广告宣传推广方式和途径，才能将客户吸引到网站上来？
	网站的点击量是否达到了需要在本地假设服务器的程度？
	在特定国家，需要注意有关网站的法律纠纷，如违法的竞争行为、隐私等。

10.2.2 全球系统开发

企业在进行全球系统开发(global systems development)时需要面临来自多方面的挑战，如技术支持、需求确定、人员等问题。本地系统需求和全球系统需求之间存在冲突，要想在公共系统特性方面，如多语言用户界面和灵活的设计标准，达成一致也很困难。必须鼓励本地终端用户参与系统开发，才能较好的平衡本地需求和全球需求。

一些系统开发问题(systems development issues)是由系统实施和维护活动引起的混乱造成的。此外，还有一些重要的全球系统开发问题与数据定义的全球标准化有关。参与国际商务的各方要想共享数据，必须解决公共数据定义问题。由于语言、文化和技术平台的差异，实现全球数据标准化非常困难。如英国将销售称为“已登记的订单”(order booked)，德国将其称为“已预订的订单”(order scheduled)，而法国将其称为“已生成的订单”(order produced)。不过，许多企业都已认识到在数据定义和数据结构标准化的重要意义，并采取了实际行动，通过让子公司参与数据建模和数据库设计过程，企业开发出支持其全球企业目标的全球数据体现结构。

案例 10－4

雀巢公司开发全球系统

雀巢(Nestle)公司总部位于瑞士的一个小镇韦维(Vevey)，其营运范围几乎遍布了全世界，是一家庞大的食品和制药公司。

1997年前，雀巢公司根本没有一个真正意义上的公司计算机中心，各个地区的子机构均自行经营业务。差异化带来了低效率和额外的成本，缺乏标准的企业流程也使雀巢无法运用全球购买力来获得低成本的原料。在雀巢各个子机构中，存在着对同一原料的不同名称，以及公司不同组织支付不同的价格向同一供货商购买同一原料。

为了解决这些问题，雀巢建立了分布于全世界的五个计算机中心来执行企业财务、应付账款、应收账款、规划、生产管理、供应链管理和企业情报软件，并在全球公司安装应用。在项目执行过程中，雀巢遭遇了巨大的困境：汇丰银行(HSBC)质疑该项目的成功性，认为项目触及了雀巢传统的分散式企业文化和员工组织文化，具有一定的危险性，于是降低了雀巢银行的评级；雀巢公司的许多高层对该项目的实施并没有正确的认识，把项目当做简单的软件应用；在项目执行初期，大部分员工由于处于新流程的学习和适应期，不能较好的进行工作，从而抵制该项目；项目的设计部完善，采购部门未能和财务、规划、销售系统整合。

面对这些问题，雀巢制定了详细的设计和执行方案，整合了现有的组件并完成了销售和配送模块的工作，对员工进行新系统培训，并在2003年成功实施。

该项目完成后，雀巢公司不仅节约了大量成本，并且能够更好的进行销售预测和品牌管理。

10.2.3 全球性价值链

联合国工业发展组织认为，全球价值链是指为实现商品或服务价值而连接生产、销售、回收处理等过程的全球性跨企业网络组织，涉及从原料采购和运输，半成品和成品的生产和分销，直至最终消费和回收处理的整个过程。包括所有参与者和生产销售等活动的组织及其价值、利润分配，当前散布于全球的处于价值链上的企业进行着从设计、产品开发、生产制造、营销、交货、消费、售后服务、最后循环利用等各种增值活动。

全球价值链的集成需要良好的企业模型和系统策略，以及选择硬件、软件、网络标准、系统应用软件包来支持全球企业过程。在处于不同国家、不同文化、不同需求的各个运行单位之中，如何找到某种方法实现全球计算平台的标准化？如何才能找到用户友好，并且能真正提高国际团队工作效率的软件应用系统？如何实现数据流无缝跨越符合不同国家标准的网络？以上，是全球价值链面临的主要问题，克服这些挑战要求企业系统在全球范围内实现集成和互联互通。

(1) 软件

核心系统的开发对应用软件提出了独特的挑战。

在系统开发时必须考虑到，新系统是完全替代旧系统，抑或和旧系统集成。新系统完全替代旧系统时，必须保障新系统真正适用于不同国家多个机构的独特企业过程和数据定义。新系统和旧系统集成时，则必须建造和测试新的接口。

用户的接口和系统功能性也是影响系统成功与否的重要因素。面对处于不同国家使用不同语言和拥有不同文化、不同教育水平的全球员工，软件接口必须是易懂和容易掌握，因此，图形接口比较理想。

目前，越来越多的全球企业开始转向供应链管理和业务系统，以建立标准化的企业过程和创造协调的全球供应链。但是，这些跨功能的系统却经常不兼容于不同语言、文化和其他国家的企业过程。管理全球企业应用，是一个复杂而艰巨的任务。

(2) 计算平台和系统集成

国际信息系统遍布世界各地，由不同的部门、不同的人员为不同类型的计算机硬件开发。开发企业的国际信息系统，实质上是开发全球的、分布的和集成的系统以支持跨越国际边界的数字企业过程。在国际环境中，在全球企业成百上千家下属机构中，保障系统的集成性非常困难，即使所有站点采用相同的硬件和操作系统也难以保证集成。但如果各站点遵从全球企业的某个中央权威部门建立的数据和其他技术标准，就可以大大的改善集成的效果。

(3) 连通性

连通性是指把全球企业的人员和系统连接成一个集成网络的能力。国际网络的建设面临着成本和关税、网络管理、安装延迟、低劣的国际服务质量、规则限制、变化的用户需求、不同的标准，以及网络能力等方面的限制和挑战。全球企业可以建立自己的专用网络通过专用标准或因特网技术来提供国际连通性。但是，在不同的国家，数据交换、技术标准和可接受的设备供应商依然会给连通性建设带来困扰，并导致企业全球系统的混乱。全球企业也可以创建全球的内联网用于内部通信和外联网以便更快的与供应商交换信息。随着无线网络服务价格的降低和通信能力的增加，基于卫星系统、数字蜂窝电话和可在任何时间、任何地点使用的手持移动设备及计算机网络，增强了企业在全球范围内的信息工作能力和效率。

10.3 信息技术管理及挑战

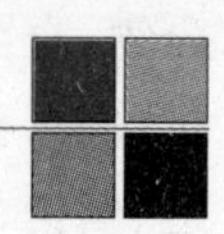

全球企业需要运用信息技术，以处理世界范围内的贸易和其他交流活动，实现跨越全球经营。作为全球企业的 IT 人员，需要将企业的全球视野和 IT 战略、IT 应用方案整合起来，以建设企业的全球信息系统。本节主要讨论全球信息技术管理的概念、基本要素，以及企业面临的来自文化、政治和地缘经济的挑战。

10.3.1 全球信息技术管理

全球信息技术管理(global information technology management)的主要内容是指针对全球市场制定合适的企业IT战略,终端用户和信息系统管理人员据此确定支持企业IT战略的企业应用组合方案,并确定支持这些应用的硬件、软件和互联网技术平台,确定数据资源管理方法以提供必要的数据库,及确定系统开发项目以产生所需要的全球信息系统。

经济和市场全球化的环境中,信息技术战略与运作对企业非常重要。作为21世纪的发展方向,世界各地的企业都在全球电子化企业、电子商务以及其他信息技术创新方面投入了大量资金,决心将自己转变为一个强大的全球化企业。因此,企业管理人员和业务人员需要知道如何管理这一关键的组织职能。图10-1给出了全球信息技术管理工作的主要方面。

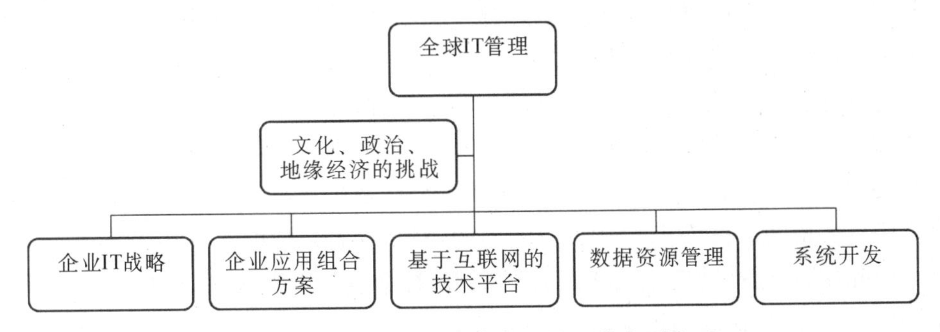

图10-1 全球企业信息技术管理的主要方面

信息技术是现代企业获得成功的一个基本要素。信息技术也是一项重要的企业资源,必须恰当地进行管理。现实生活中的很多例子让我们看到,信息技术在公司业务创新战略的成功或失败中扮演着重要的角色。因此,对支持企业现代化业务流程的信息系统和信息技术进行管理是业务经理、业务人员、IT经理、IT人员共同面临的一个大挑战。

图10-2说明了大型企业信息技术管理(managing information technology)的常用方法——在每个领域都有负有主要责任的执行官。

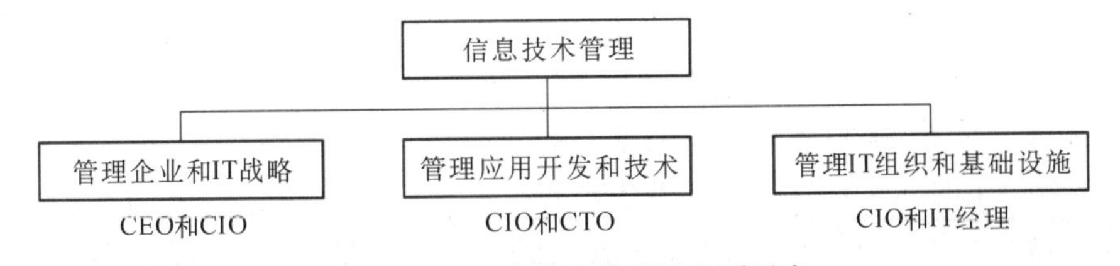

图10-2 信息技术管理的主要因素

这个管理方法主要由三个部分组成:

① 管理企业和IT战略的联合制定与实施。在CEO和CIO的领导下,由业务经理、业务人员、IT经理、IT人员共同制定一份应用信息技术支持企业优先业务战略的规划。在这一规划过程中,IT应与企业战略目标保持一致。该规划过程还包括对企业IT项目开发与实施投资进行评价。

② 管理新型企业IT应用的开发与实施。这是CIO和首席技术官(Chief Technology

Officer，CTO)的主要职责。该领域的 IT 管理包括对信息系统开发和实施过程的管理，以及新信息技术的战略企业应用的研究责任。

③ 管理 IT 组织和 IT 基础设施。CIO 和 IT 经理共同负责管理 IT 人员的工作，这些 IT 人员通常被组织成各种项目小组或其他二级单位。此外，CIO 和 IT 经理还负责管理 IT 基础设施，包括硬件、软件、数据库、通信网络及其他 IT 资源，组织必须获取、操作、监控并维护这些资源。

10.3.2 我国的信息化与工业化融合之路

从世界范围来说，工业化的发展不仅推动了信息技术的出现和发展，还为信息技术的发展提供了基础性的生产能力和技术条件。信息技术正在或已经把几乎所有的传统工业从机械化提升到自动化。设计、制造、营销、管理都正在实现自动化、信息化、智能化，由计算机控制的机械和生产线代替或减少了劳动者的工作量，提高了效率。计算机虚拟技术的应用加速了产品的设计和生产过程，提高了产品质量和可靠性，降低了成本。网络技术使人们的生产和生活超越了时空和地域的限制，实现跨行业、跨地域、跨国界的合作与集成，逐步走向全球化。工农业和服务业的生产方式和组织形式也相应发生了重大变化。人均劳动生产率和社会财富积累大幅度增长，从而导致国家实力的增长、生态环境的改善和人民生活水平的普遍提高。因此，信息化推动产业结构的升级调整，社会资源优化配置，促使工业生产的效益和质量的提高，以及创造新的市场需求。

从企业层面来看，我国提出的信息化与工业化融合的战略，就是要在工业研发、生产、流通、经营等领域广泛利用信息设备、信息产品、信息技术，推进设计研发数字化、制造装备智能化、生产过程自动化和经营管理网络化，不断提高生产效率、改善生产工艺、优化产业结构，促进产业信息化水平普遍提高的过程。

信息化与工业化的融合是一个全方位、多层次、各领域的渗透和发展。信息化不只是与某个门类工业融合，而是与所有工业门类都融合。信息化不只是与工业企业的某个环节融合，而是与采购、设计、生产、销售、客服等多个环节融合。信息化与工业化融合不仅体现在技术、产品层面，还体现在管理、产业以及社会层面。因此，信息化与工业化融合可以分为技术融合、产品融合、业务融合、产业衍生以及社会层面融合五个层次。

① 技术融合是指工业技术与信息技术的融合，产生新的复合技术。如汽车制造技术和电子技术融合产生的汽车电子技术，工业生产和计算机控制技术融合产生的工业控制技术。

② 产品融合是指信息技术或信息产品融合到工业产品中，增加产品的技术含量，提高产品的附加值。如普通机床增加数控系统之后就变成了数控机床，传统家电采用了电子信息技术之后就变成了信息家电，普通玩具增加电子遥控技术之后就变成了遥控玩具，产品性能价格比有大幅提高。

③ 业务融合是指信息技术应用到原材料采购、产品研发设计、生产制造、市场营销、财务管理、人力资源管理等各个企业业务环节，促进业务创新和管理创新。

④ 产生衍生是指由于技术变更引发的产业边界的收缩或扩张，甚至是多种新兴产业或传统产业相互渗透，改变了原有产品特征和市场需求，产生新的产业形态。信息化与工业化

融合可以催生出的新产业，如电子信息产业以及新型服务业、教育培训业、IT 咨询业等。信息化与工业化融合对电子信息产品制造业、软件产业、信息服务业、电信业等产生了大量市场需求，可以有效推动这些产业的发展壮大。

⑤ 宏观社会层面是指信息化与工业化融合可以促进信息技术与传统生产技术融合，极大地解放了生产力，提升社会生产效率；信息技术与传统生活模式融合，产生新的生活模式，进而有效提升人们的生活品质；促进信息文明最高程度的传播，促使人们转变原有的生产生活观念与思维模式，促进社会和谐；使社会经济基础、结果、生产力与生产关系从工业社会向信息社会过渡，确保实现社会经济信息化。

10.3.3 文化、政治以及地缘经济的挑战

企业在全球运营中，必须面对多种文化、政治和地缘经济的挑战。全球信息技术管理必须侧重于全球企业 IT 战略的制定和全球电子化企业应用组合、互联网技术、平台、数据库和系统开发项目的管理。但在进行这些工作时，必须好好的考虑不同地区文化、政治和地缘经济的差异。

文化挑战(cultural challenge)是指全球企业 IT 人员在工作时必须面对语言、文化兴趣、信仰、习惯、社会态度和政治哲学等方面存在差异的挑战。在被派往国外机构工作前，IT 管理人员必须接受培训，以适应文化上的差异。

政治挑战(political challenge)主要是指一些国家对越过国家边界传输数据，即国际间数据流，实行管制或禁止。有些国家禁止某些硬件和软件的进口，也有些国家规定全球企业必须将其在该国获得的收入的一部分用于该国国民经济中。

地缘经济挑战(geo-economics challenge)是指在全球企业活动中，地理对现实经济活动和收益的影响。如果一个非常遥远的地区出现了 IT 问题而无法自行解决，该怎么办？全球企业的各个分支机构跨越不同的时区，整个企业如何保障实时通讯和联系？企业在发展全球企业 IT 战略时，可以通过建立专门的问题解决中心、专家中心等方式来解决这些问题。

10.4 未来之路

开放创新的理念推动着企业创新模式的改变，而基于开放标准和开放架构的系统开发和资源利用模式为开放式的创新提供坚强的支撑；三网合一和三屏合一下的移动计算的兴起，为企业移动商务的发展奠定了基础；新的视角还包括 Web2.0 协作思想的延伸，企业 2.0 和社群关系 2.0 这种数字化协作(digital collaboration)行为对于企业中共享、创新、运用群体智慧解决问题有着重大的推动作用；物联网的兴起，无所不在的感知和基于此的智能决策使得智慧的城市、智慧的国家、智慧的地球成为可能。

10.4.1 2.0之路

Web2.0 技术的出现和应用给互联网发展带来了新的生机和活力。Web2.0 的典型案例

如 Facebook、Flickr、Twitter、YouTube 等已经成为全球访问量最大的网站，而维基百科更是彻底颠覆了传统百科全书的专家编辑方式，成为了世界上容量最大、更新最快、非专家编辑的百科全书。Web2.0 最大的特点就是用户平等参与、群体沟通互动、分享和协作。

在 2006 年，美国著名学者安德鲁·麦卡菲（Andrew P. McAfee）首先提出了“企业 2.0”概念，明确了 Web2.0 技术对管理的重要价值，并将其定义为组织利用自发社交软件平台（Emergent Social Software Platform，ESSP）实现目标。企业 2.0 突出的特点是：不预先规定工作流程、角色和职责、员工之间的依赖关系，让员工彼此平等的创建和完善内容，最终达到“自组织”和呈现“集体智慧”的成效。

许多企业简单的认为，高活跃度和高参与度是一个成功有效的企业 2.0 社区的评价标准。而事实上，高活跃度和高参与度并不能作为评判企业 2.0 社区成效的核心标准。企业 2.0 社区是否与企业的管理模式及价值链密切结合，并促使企业在管理和价值实现的各个环节上实现改变和完善，才是最核心的评价标准。

企业 2.0 有非常多的优势。一方面，它可以在企业中建立一个实时更新的知识库，帮助员工快速地搜寻信息和指导，减少重复劳动。另一方面，由于参与者没有层级结构的限制，所有员工在同一个平台上畅所欲言，这能促使更多的人参与创新和利用群体智慧解决问题。

案例 10－5

人们对企业 2.0 普遍持有的五大误解

福里斯特研究公司（Forrester Research）2009 年 5 月的一项调查发现，在美国有 50%的公司使用支持群体交流的“社交软件”（Social Software）。但遗憾的是，麦肯锡的研究调查显示，其中仅有 21%的公司对其利用企业 2.0 挖掘集体智慧的行为满意，22%的公司则是完全的不满意。安德鲁·麦卡菲指出了人们对企业 2.0 普遍持有的五大误解。

(1) 误解一：企业 2.0 的风险远大于回报

应用企业 2.0 的风险主要有：员工张贴仇恨言论、色情内容或批评公司的领导层和战略，以及被共享的信息会不会被竞争对手利用而给自己造成损失等。而事实上，麦卡菲的调查证明，以上风险极少发生在 Web2.0 实践案例中。有两点可以用来解释这一现象，一是互联网用户是匿名的，但参与企业 2.0 的员工，根据用户的历史行为等信息可以分析出员工的真实身份，因此员工在发表言论时都会避免损害公司利益和违法道德法律，而公司也会对不当言论的员工进行教导或处分；二是企业 2.0 是虚拟的社区，参与其中的员工具有社区意识，是行为规范的监督者，一旦发现有不当言论，就会对言论发出者进行声讨和教育。

(2) 误解二：企业 2.0 的回报必须用钱来计算

在企业 2.0 的建设过程中，会像其他 IT 项目一样投入资金，但目的却是发展无形资产。无形资产的价值本来就很难单独测量。但麦卡菲的研究表明，通过评估项目的成本和时限、可能带来的好处、预期覆盖面就能做出是否建设和推行企业 2.0 的决定，以及大致估算回报。

(3) 误解三：只要我们搭台，人们就会蜂拥而来

许多企业高管认为，自己企业的协作平台会像维基百科、Facebook、Twitter 等 Web2.0 网站，自动吸引大批用户参与。而事实却相反。一个有效的企业 2.0 项目需要明确的表扬措施、奖励办法，以及其他类型自上而下的支持。如高管本人的亲身参与，当员工得知自己的意见会被重要人物听见时会大大提高参与的积极性。

(4) 误解四：企业 2.0 的价值主要在于帮助同事更好的完成工作

目前，大多数企业采用 ESSP 支持已有协作关系的员工，企业 2.0 项目所处的网络环境通常是封闭的，除了预先规定的团队成员，外人不可以进入。实际上，开放的网络更有价值。在企业 2.0 中和员工打交道的陌生人，极有可能就是公司的潜在客户。

(5) 误解五：企业 2.0 应按其产生的信息来评价

人们通常以为，企业 2.0 的价值可以根据其产生的信息质量和全面性来评估。这种评价方法不够全面。首先，ESSP 收录的往往是“设想”和“不完善的意见”，而非已经完善的提议和答复，企业 2.0 的目的就在于鼓励员工发表自己的各种想法和创意，并帮助人们建立社会联系，将人与人之间的潜在关系转变为实际联系。

社群关系 2.0 是由企业 2.0 应用和发展衍生出来的新名词。社交网络、维基、博客等协作工具大大地提高了社群的形成速度，也扩大了其影响的广度和深度。在过去，大部分社群活动属于线下活动，活动的次数较少，受传播途径的限制，影响的范围和程度都很低，因此，企业有非常充裕的时间关注社群活动并做出反应。随着互联网社交媒体(social media)的兴起，海量化的信息、多样化的传播途径以及高的传播速度，使得企业难以对社群进行有效的管理。Pew 研究中心的一项调查显示，在美国，有 40%的民众因为医生的意见与自己在网上找到的信息相矛盾，而怀疑过医生的诊断和治疗。假设有这样一位病人 A，他将自己久治不愈归结于医生，认为医生给他施以了不正确的治疗方法，并将其发表在某个病友交流的社群论坛里。如果有患同类疾病正准备寻找医生的病人 B 看到了这条信息，他会相信 A 的言论吗？A 的言论会在多大程度上影响 B 的判断？

社交媒体平台可以增强社群的力量，这主要表现在四个方面：加强联系，社群成员借助社交媒体工具及功能可以建立多方面的关系，并共享信息；快速组织，社交媒体工具可以号召人们就共同关心的事情采取行动；创造和汇总知识，社群 2.0 可以整理及汇总不同成员提供的知识；筛选信息，通过对信息进行相关度排序和口碑式点评，有助于用户在海量信息中找到最相关的答复。

① 社群机会。在社群中，聚集的都是对同一主题密切关注的用户。作为企业，则必须清晰的认识和挖掘自己与这些社群的关系。一方面，企业必须防止自己的声誉和品牌受损，当

社群中出现批判和指责的言论时,有必要对其进行正面的导向。另一方面,企业必须认识到,这些社群中,有相当多的业务发展机会。如在一个针对肺部疾病的社群中,有大量的医生和患者参与其中,作为一个专门研究和生产销售某肺部疾病治疗药物的企业,就应该和这个社群处理好关系,寻找合适的机会扩展自己的业务。

② 参与在线社群。企业的社交媒体团队在制定在线社群管理的相关政策和策略时,必须遵循两个宗旨:消除负面影响和鼓励正面参与。该团队的主要职责就在于密切关注公司内外的在线社群,在必要时参与这些社群,并在发生社交媒体危机后第一时间予以回应。当然,该团队还应负责从广大的普通员工中找出社交媒体专家(类似于网络意见领袖),如安永会计师事务所(Ernst & Young)曾在Facebook上策划校园招聘却收效甚微,最后安永征募了几名在Facebook上非常活跃的实习生加入这个行动,才使得该招募活动变得"真实可信",从而吸引了大量的人参与其中。总结社交媒体团队的使命:制定正式的社交媒体政策,要求员工对自己发布的内容承担责任,保障所发布内容的真实性,并遵守规范公司行为的法律和职业准则;密切观察公司内外的在线社群;参与在线社群,在社交媒体中发出有力的声音,并接触社群领袖和但当内部社群的联络人;在第一时间做出反应,承认错误或规避危机。

10.4.2 移动之路

移动计算是计算系统在数字通信技术冲击下的演进,是一个多学科交叉、涵盖范围广泛的新兴技术,并被认为是对未来具有深远影响的技术方向之一。移动计算是一种新型的技术,它使计算机或其他信息设备在没有与固定的物理连接设备相连的情况下能将有用、准确、及时的信息与中央信息系统相互作用,分担其计算压力,使信息能够提供给任何时间、任何地点需要它的用户,使得计算机或其他信息智能终端设备在无线环境下实现数据双向传输及资源共享。移动计算环境中用户是移动的,计算设备是低端的便携设备,用户之间采用无线介质进行通信,通过协作完成任务。

基于移动计算的企业移动商务不仅涵盖了原有电子商务的交易流程:营销、销售、采购、支付、供货和客户服务,还推动着全新的销售与促销渠道的产生。移动互联网业务可以实现信息、媒体和娱乐服务的电子支付,既能充分满足消费者的个性化需求,设备的选择以及提供服务与信息的方式又是完全由用户自己控制的。同时我们也可以发现,移动互联网其实也依托于因特网强大的信息存储能力和丰富的信息资源,是现有企业应用水到渠成的延伸和扩展。

案例 10-6

西门子医疗引进PDA移动服务系统

为了更加及时、高效地为客户提供具有竞争力的服务,自2009年7月份以来,西门子医疗在其客服工作流程中采用了PDA移动服务系统,这是医疗服务行业中采用的全新服务系统。西门子医疗所有客服工程师(CSE)都将配备一个定制的PDA,确保与西门子医疗客户设备运行保障中心(USC)保持密切、实时的联系,实现在线信息共享和工单交互。

这种便携式PDA除了强大的GPRS通信功能,还配备了计算机键盘输入功能、3D条形码扫描功能和身份识别工具,它可提供备件查询、订单下达、工程师工时和实时信息记录、现场记录、装运部件状态等信息。所有信息都由介于USC和CSE之间的PDA处理。实时管理功能将可确保USC更加出色地管理服务资源,以快捷的响应和专业的服务,满足客户的期望。"创新和客户导向是西门子医疗的首要工作重点。我们不但在产品和解决方案中而且在工作流程中追求创新和卓越。通过充分运用PDA移动服务系统,我们希望能够更加快速地为客户提供统一、有效的服务,这也有助于提升我们的市场竞争力,为保护患者的健康和生命做出贡献。"西门子东北亚区医疗业务领域负责人欧翰林博士指出。

10.4.3 开放之路

过去,全球各种计算机软硬件之间的兼容性问题和相互通信问题一直都是产业发展的主要障碍。直到IBM-PC、TCP/IP协议和HTML等标准的出现,这些问题才得到了较好的解决,全球计算环境和商业模式逐渐成为一种既有章可循,又鼓励创新的开放体系。互联网的发展证明,依靠传统的私有技术控制市场,赚取超额利润的商业模式已经无法适应互联网时代息技术发展的新要求。

开放标准是公众可以得到和实现的标准,通过允许所有人都可以得到并实现这些标准,开放标准鼓励不同的软硬件模块之间的兼容性,因为每个人、每个组织都可以基于技术手册及相关资源建立自己的产品和其他基于该标准的兼容工作。开放标准实际上是一个涵盖非常广泛的概念,在各个行业领域,都有不同的应用。如网络通信设备标准、计算机硬件标准、计算机软件标准,乃至传统工业领域的标准。对于信息系统开发和实施的企业而言,开放性的产品应用和解决方案能有效降低企业产品成本、增强产品的兼容性与开放性、提升企业自身地位和影响力。

对于企业而言,现在的应用和数据的类型正变得更加多样性和复杂化,如何在异构环境下实现应用、数据、业务流程等多方面的集成已经成为当今最为重要的IT业务需求。为了解决这些问题,更好的把握行业发展趋势,许多国际知名企业、产业技术联盟和国家政府都在不遗余力地推动开放标准的发展,基于这种理念的开放架构可以在硬件、软件、系统管理等多个层面提供类似中间件的开放接口,从而可以方便地集成第三方的软件或应用,开放架构正在成为连接起创造力与价值的新一代企业信息化的应用支撑。

对于中国而言,作为信息化程度相对落后的发展中国家,开放使得我们可以更好的在国际范围内展开信息技术开发与信息化实施,减少了各种技术限制,打破了发达国家的垄断壁垒,真正通过信息化提升我国的企业管理水平。

10.4.4 智慧之路

智慧地球最初由IBM提出，是IBM对于如何运用先进的信息技术构建整个新世界运行模型的一个愿景，其核心是以一种更智慧的方法通过利用新一代信息技术来改变政府、企业和人们相互交流的方式，以提高交互的明确性、效率、灵活性和相应速度。如今，信息基础架构和高度整合的基础设施的完美结合，使得政府、企业和人们之间能够做出更明智的决策。智慧方法具体来说以下面三个方面为特征：更透彻的感知、更全面的互联互通、更深入的智能化。

(1) 更透彻的感知

更透彻的感知，是指利用任何可以随时随地感知、测量、捕获和传递信息的设备、技术或流程。通过在企业中使用这些新设备，构建企业的管理信息系统，实现信息的快速获取和深层次分析，支持决策和中长期规划。

(2) 更全面的互联互通

互联互通是指通过各种形式的通信网络工具，将员工和企业的管理信息系统连接起来，进行信息的交互和共享，从而更好的对环境和业务状况进行实时监控，从全局的角度分析形势并实时解决问题，使工作和任务可以通过多方协作及远程完成，从而彻底改变整个企业、行业的运作方式。

(3) 更深入的智能化

智能化是指深入分析收集到的数据，以挖掘出有价值的信息，用以解决新颖的特定的，或系统的全面的问题。这要求使用数据挖掘和分析等技术来处理复杂的数据分析、汇总和计算，以便整合和分析海量的跨地域、跨行业和跨职能部门的数据和信息，并将其上升到知识应用到特定行业、特定场景和特定案例中以更好的支持决策和行动。

★★★★★ 本章知识点 ★★★★★

全球企业	信息技术管理	移动计算与移动商务
全球企业 IT 战略	全球信息技术管理	企业 2.0
全球 IT 平台	面向服务的体系结构	社群关系 2.0
全球系统	云计算架构	智慧地球
全球性价值链	开放式数据控制平台	物联网

案例分析

丰田汽车和宝洁公司 CIO 的退休及对继任规划的需要

乔治亚大学助理教务长及 CIO 芭芭拉·怀特说，当 3 名工作人员退休以后，她失去了他们加起来总共90多年的经验，而且还有大量的员工可能在未来10年内退休。大部分企业也面临着和芭芭拉·怀特一样的问题——人才的退休和继任培养显得尤为重要，特别是对于CIO这样在企业决策层级中处于至关重要位置的角色。

芭芭拉·库珀是丰田汽车的美国销售业务部的CIO，她认为未来CIO将会更具有策略性和影响力，但同时她也担心CIO将面对的企业以及技术上的变革。越来越多的IT主管都在思考这样一个问题：CIO会向上升迁或是离开。第一代全职业生涯的CIO即将要开始进入退休的阶段，另外有些则是开始担任董事的职责，或是由于位置的攀升超过他们技术根基，因此离开IT界进入其他的企业担任领导者的角色。事实上，在CIO杂志2008年的CIO的现况报告中发现，调查中有56%的CIO认为，在他们目前的角色中，具有长期策略的思维以及计划能力，会是领导管理能力中最重要的部分，然后才是合作能力和影响力(47%)以及在IT方面的专业能力(39%)。同时，有许多CIO不知道当他们离开或退休时，谁能够接替他们的位置，负责IT的领导工作。

事实上，许多CEO认为，CIO应该是企业策略领导者，而不是功能性的主管。TAC的全球CEO罗伯特·彼得凡斯说，他很少跟他的CIO谈到有关技术的问题，而经常会谈到有关"对我们的客户塑造企业的价值"之类的话题。他另外提到，想要获得成功，CIO必须了解企业的价值主张。

在了解这些观点之后，今天的CIO并不应该只满足于寻找能够接替自己角色的人而已，而是要寻找能够"具备企业能力"，并且能够达到让更多IT与企业环境整合，也就是更具备领导能力的下一代IT领导人。对于企业期待的改变，意味着CIO将会比过去拥有较佳的工作安全性。但这也表示将必须花更长的时间才能找到一个能够与企业和企业文化融合的CIO。

宝洁公司在2003年外包了将近一半的IT员工，用于从事一般性质的IT工作，而保留的则属于IT工作的上层，并且建立了越来越多的企业价值。宝洁有内部提升的企业文化，当看到优良的技术人才越来越难留下，并且也认识到IT员工有经常更换公司的特性，为了克服这两个问题，这家公司提出了新的、快速的IT生涯途径给年轻员工。IT领导人采用加速开发的课程作为生涯途径的一部分。这样可以将有潜能的人放在"职业生涯发展课程"(career executive development program)中，让他们在高阶IT主管前曝光，并且协助他们加速成长。同时我们也指定限制的条件：如果你不表现，就有可能会被其他的员工所取代。

(资料来源：Michael Fitzgerald，"How to Develop the Next Generation of IT Leaders"，CIO Magazine，2008(5).)

【思考题】

(1) 该案例中的一些意见认为，CIO在整个公司的领导地位是比较独特的，延伸超越了他们的主要技术职能，请思考其中的缘由。

(2) 你认为未来成功的CIO最重要的能力是什么？你对自己在这些方面的能力如何评价？在这之前你意识到这些技能和能力的重要性吗？

(3) CIO如何能够培养他们的继任者在不确定的将来，最有可能需要并且不同于现在成功的CIO所具备的技能呢？哪些关键能力是持续需要的，哪些只是当前的技术环境所需要的？CIO如何为后者做好准备？

表索引

图索引

主要参考文献

[1] 安德鲁·麦卡菲.企业 2.0 的五大误解.哈佛商业评论[J],2010(1).
[2] 白英彩.网络存储——未来 IT 基础设施的核心[J]. 电信快报,2001,(12).
[3] 拜鹏,张华铎.管理信息系统简明教程[M].北京:清华大学出版社,2007.
[4] 陈德良.管理信息系统[M].北京:人民邮电出版社,2009.
[5] 陈伟达.管理信息系统[M].北京:科学出版社,2009.
[6] 陈晓琴.浅析移动电子商务[J].决策管理,2009(1).
[7] 陈智高,刘红丽,马玲.管理信息系统[M].北京:化学工业出版社,2007.
[8] 付立.中小企业 IT 基础设施[J]. 电脑知识与技术,2008,(16).
[9] 付彦.知识共享型组织结构[M].北京:经济管理出版社,2008.
[10] 高学东,武森.管理信息系统教程[M].北京:经济管理出版社,2005.
[11] 耿文莉.企业管理信息化问题研究[M].哈尔滨:黑龙江人民出版社,2008.
[12] 姜旭平,姚爱群.信息系统开发方法[M].北京:清华大学出版社,2004.
[13] 金润圭.管理学[M].华东师范大学出版社,2008.
[14] 肯尼斯 C.劳顿,简 P.劳顿.孙志恒编译.管理信息系统精要:网络企业中的组织和技术(第四版)[M]. 北京:经济科学出版.2002.
[15] 肯尼斯 C.劳顿,简 P.劳顿.薛华成编译.管理信息系统(第九版)[M].北京:机械工业出版社,2007.
[16] 肯尼斯 C.劳顿,简 P.劳顿.周宣光译.管理信息系统(第八版)[M].北京:清华大学出版社,2005.
[17] 赖茂生.信息资源管理教程[M].北京:清华大学出版社,2007.12.
[18] 李东.管理信息系统的理论与应用[M].北京:北京大学出版社,2007.
[19] 李红主编. 管理信息系统[M].北京:经济科学出版社,2002.
[20] 李劲东,吕辉,姜遇姬.管理信息系统原理[M].西安:西安电子科技大学出版社,2007.
[21] 李松.管理信息系统实用教程[M].北京大学出版社,2007.
[22] 梁昊.IT 基础设施趋向整合 CIO 面临三大挑战[J]. 互联网周刊,2002(29).
[23] 刘凤英.管理信息系统[M].北京:经济科学出版社,中国铁道出版社,2007.
[24] 刘宇熹,陈尹立.计算机系统服务外包及运行维护管理[M].北京:清华大学出版社,2008.
[25] 刘远生.计算机网络基础[M].北京:清华大学出版社.2005.
[26] 麦克高文.李琦,郭耀译.企业架构实用指南[M].北京:清华大学出版社,2005.
[27] 梅姝娥,陈伟达.管理信息系统(第一版)[M]. 北京:石油工业出版社,2003.
[28] 孟江明.大规模管理信息系统的开放式数据控制平台架构设想[J].西部财会,2009(12).
[29] 倪庆萍. 管理变革对成长性企业管理信息化的保障作用[J].企业经济,2006(7).
[30] 闪四清.管理信息系统教程(第二版)[M].北京:清华大学出版社,2007.
[31] 施怿垠.浅析 3G 时代的移动电子商务[J].科技创新导报,2010(20).
[32] 斯蒂芬·哈格,梅芙·卡明斯,埃米·菲利普斯著.严建援等译.信息时代的管理信息系统(第六版)[M].北京:机械工业出版社,2007.
[33] 斯蒂芬·哈格.管理信息系统——商务驱动的技术[M].北京:高等教育出版社,2008.
[34] 斯蒂芬·哈格,梅芙·卡明斯著.严建援,刘云福,王克聪等译.哈格管理信息系统(第二版)[M].北京:中国人民大学出版社,2009.
[35] 苏选良编著.管理信息系统[M].北京:电子工业出版社,2003.
[36] 唐桂华,夏晖.我国 MIS 的开发现状及发展趋势[J].电子科技大学学报(社科版),2002(2).

[37] 陶青. 国外大学 MIS 课程建设研究[J]. 现代情报，2006(7).
[38] 王恩波主编. 管理信息系统实用教程[M]. 北京：电子工业出版社，2002.
[39] 王敏晰. 虚拟企业：新型企业组织形式[J]. 经营与管理，2004(3).
[40] 王要武. 管理信息系统[M]. 北京：电子工业出版社，2003.
[41] 王众托. 企业信息化与管理变革[M]. 北京：中国人民大学出版社. 2001.
[42] 吴建新，刘德学. 全球价值链治理研究综述[J]. 经贸论坛，2007(23)：8.
[43] 吴小梅. 管理信息系统教程[M]. 杭州：浙江人民出版社，2005.
[44] 夏立明，朱俊文编著. 基于 PMP 的项目管理导论[M]. 天津市：天津大学出版社，2004.
[45] 许鑫. 企业架构：理论与实践[M]. 南京：南京大学出版社，2009.
[46] 薛华成. 管理信息系统(第四版)[M]. 北京：清华大学出版社，2003.
[47] 杨肖鸳，黄传坤. 虚拟企业的 MIS 功能与框架分析[J]. 2002. 20(6).
[48] 杨勇. IT 基础设施的精益化管理[D]. 杭州：浙江工业大学，2009.
[49] 杨月江，修桂华. 管理信息系统实用教程[M]. 北京：北京大学出版社，2007.
[50] 易荣华. 管理信息系统[M]，北京：中国计量出版社，2006.
[51] 尹征杰. 我国移动商务现状与发展趋势[J]. 合作经济与科技，2010(5).
[52] 于海澜著. 企业架构，价值网络时代企业成功的运营模式[M]. 北京：东方出版，2009.
[53] 詹姆斯·奥布莱恩，乔治·马拉卡斯著. 李红，姚忠译. 管理信息系统(第七版)[M]. 北京：人民邮电出版社，2007.
[54] 张宏. 系统分析与设计教程[M]. 北京：清华大学出版社，2008.
[55] 张黎明. 计算机管理信息系统教程[M]. 北京：北京工业大学出版社，2006.
[56] 张占坤，唐立新. 论美特斯邦威的虚拟经营[J]. 中国外资，2009(8).
[57] 赵蔚扬. 世界百强的 IT 血脉与战略[M]. 北京：电子工业出版社，2007.
[58] 郑明身. 组织设计与变革 理论·实务·案例[M]. 北京：企业管理出版社，2007.
[59] 仲秋雁，刘友德主编. 管理信息系统(第五版)[M]. 大连：大连理工大学出版社，2006.
[60] 周晓晔. 企业组织重构理论方法及实现技术研究[M]. 沈阳：东北大学出版社，2007.
[61] 朱顺泉. 管理信息系统理论与实务(第三版)[M]. 北京：人民邮电出版社，2008.
[62] Galen Gruman. Boost Security with Outbound Content Management [J]. CIO Magazing, 2007(4).
[63] IBM 商业价值研究院. 智慧地球赢在中国.
[64] IT 基础设施走向整合[N]. 人民邮电，2001-04-17(7).
[65] Michael Fitzgerald. How to Develop the Next Generation of IT Leaders [J]. CIO Magazine, 2008(5).
[66] Robert Mitchell, Border Patrol. Content Monitoring Systems Inspect Outbound Communications [J]. Computerworld, 2006(3).

图书在版编目(CIP)数据

管理信息系统/范并思,许鑫主编. —上海:华东师范大学出版社,2010.12
ISBN 978-7-5617-8353-5

Ⅰ.①管… Ⅱ.①范…②许… Ⅲ.①管理信息系统—高等学校—教材 Ⅳ.①C931.6

中国版本图书馆 CIP 数据核字(2011)第 000307 号

管理信息系统

主　　编　范并思　许　鑫
责任编辑　赵建军　蒋　将
审读编辑　房爱莲
责任校对　汤　定
装帧设计　卢晓红

出版发行　华东师范大学出版社
社　　址　上海市中山北路 3663 号　邮编 200062
网　　址　www.ecnupress.com.cn
电　　话　021-60821666　行政传真 021-62572105
客服电话　021-62865537　门市(邮购)电话 021-62869887
地　　址　上海市中山北路 3663 号华东师范大学校内先锋路口
网　　店　http://ecnup.taobao.com/

印 刷 者　苏州永新印刷包装有限责任公司
开　　本　787×1092　16 开
印　　张　18.25
字　　数　401 千字
版　　次　2011 年 2 月第 1 版
印　　次　2011 年 2 月第 1 次
印　　数　4100
书　　号　ISBN 978-7-5617-8353-5/F·186
定　　价　37.00 元

出 版 人　朱杰人